CARAMBAIA

14

O sino e o relógio

Uma antologia do conto romântico brasileiro

Autores
**Franklin Távora
Bernardo Guimarães
Fagundes Varela
Apolinário Porto Alegre
J. F. de Meneses
Visconde de Taunay
Nísia Floresta
Joaquim Norberto
Maria Firmina dos Reis
Corina Coaracy
Escolástica P. de L.
João Manuel Pereira da Silva
Martins Pena
Justiniano José da Rocha
Gentil Braga
Flávio d'Aguiar
Josino do Nascimento Silva
Francisco de Paula Brito
Casimiro de Abreu
José de Alencar
Joaquim Manuel de Macedo
Luís Guimarães Júnior
Machado de Assis
& dois autores anônimos**

Organização
**Hélio de Seixas Guimarães
Vagner Camilo**

INTRODUÇÃO 7
Hélio de Seixas Guimarães
Vagner Camilo
NOTA SOBRE A EDIÇÃO 21

Parte 1 – Fantástico 23

O SINO ENCANTADO 25
Franklin Távora

O PÃO DE OURO 31
Bernardo Guimarães

A GUARIDA DE PEDRA 61
Fagundes Varela

O BAÚ 71
Anônimo

MANDINGA 75
Apolinário Porto Alegre

O PUNHAL DE MARFIM 89
J.F. de Meneses

Parte 2 – Histórico 105

CAMIRÃ, A QUINIQUINAU 107
Episódio da invasão
paraguaia em Mato Grosso
Visconde de Taunay

FANY OU O MODELO
DAS DONZELAS 129
Nísia Floresta

AS DUAS ÓRFÃS 137
Joaquim Norberto de Sousa e Silva

GUPEVA – ROMANCE
BRASILIENSE 159
Maria Firmina dos Reis

Parte 3 – Cotidiano 185

CONVERSAÇÕES
COM MINHA FILHA:
A MULHER LITERATA 187
Corina Coaracy

ACHAR MARIDO NUM OVO 193
Episódio em 1839
Escolástica P. de L.

QUE DESGRAÇA! 199
Anônimo

O BANHO RUSSO 205
João Manuel Pereira da Silva

MINHAS AVENTURAS NUMA
VIAGEM NOS ÔNIBUS 209
Martins Pena

A CAIXA E O TINTEIRO 215
Justiniano José da Rocha

Parte 4 – Intriga **221**

CARLOTINHA DA
MANGUEIRA **223**
Gentil Braga

O GRANDE VASO CHINÊS **231**
Flávio d'Aguiar

UM ENFORCADO –
O CARRASCO **239**
Josino do Nascimento Silva

A REVELAÇÃO PÓSTUMA **247**
Francisco de Paula Brito

CAROLINA **259**
Casimiro de Abreu

LEMBRA-TE DE MIM **279**
José de Alencar

INOCÊNCIO **293**
Joaquim Manuel de Macedo

O ÚLTIMO CONCERTO **321**
Luís Guimarães Júnior

O RELÓGIO DE OURO **365**
Machado de Assis

FONTES DA TRANSCRIÇÃO
DOS CONTOS **377**
REFERÊNCIAS **381**

Introdução
Hélio de Seixas Guimarães
Vagner Camilo

INTRODUÇÃO AO CONTO ROMÂNTICO

Lenda, causo, raconto, anedota, apólogo, quadro, história, novela, noveleta, romance, romancete... Todos esses termos foram utilizados de modo profuso e indistinto no Brasil ao longo do século XIX para se referir a várias modalidades de narrativas que hoje classificaríamos mais ou menos tranquilamente como *contos*. A oscilação dos termos para nomeação de histórias mais curtas que o romance e a novela mostra justamente a indefinição de um gênero que, a princípio, se alimentou de narrativas de origem incerta, transmitidas oralmente de geração a geração, acumulando versões sobre versões, até ganharem a forma mais estável da escrita. É o caso das lendas e contos de fadas que circularam pela Europa ao longo de muito tempo até que chegassem ao livro. Ou dos mitos, lendas e causos que circularam pelo território brasileiro até que encontrassem a página impressa pela pena dos primeiros escritores brasileiros e, mais tarde, pelos trabalhos de Sílvio Romero e Luís da Câmara Cascudo.[1]

---

[1] Cf. Sílvio Romero (org.), *Contos populares do Brasil*. Lisboa: Nova Livraria Internacional, 1885; Luís da Câmara Cascudo, *Contos tradicionais do Brasil*. Rio de Janeiro: Americ-Edit, 1946.

A imprecisão dos limites entre as formas breves e a flutuação das designações genéricas não são características só da literatura local, mas de outras tantas, como demonstraram estudos, por exemplo, sobre o nascimento do gênero na França, que foi a principal referência cultural e literária para os escritores brasileiros do século XIX.

Os contornos imprecisos do gênero em seu nascimento sempre levaram o leitor ou intérprete a esbarrar na questão das fronteiras com os gêneros vizinhos, bem como na questão das formas prévias de que o conto moderno se valeu para se configurar como tal. Isso inclui o contato com formas oralizadas, como o *causo*, a lenda, a anedota. As marcas de oralidade, que vão além da questão da brevidade, se fazem notar em várias das tentativas inaugurais do gênero, talvez mesmo motivadas pela persistência da transmissão oralizada da literatura no país, o que obviamente não contradiz sua preservação na forma impressa.

O estudo do comparatista Jacques Voisine, *Le récit court, des Lumières au Romantisme (1760-1820). I. Du conte à la nouvelle*, faz retroceder a permeabilidade entre os gêneros a bem antes do Romantismo, desde pelo menos o Renascimento, e continuaria a se verificar por muito tempo, dado o emprego muitas vezes indiferenciado dos termos *nouvelle* e *conte*. Segundo o crítico, o período de 1760-1820 viu a *nouvelle* adquirir, em relação ao conto em prosa, uma autonomia que manifestaria toda a sua riqueza com o Romantismo. Era de se esperar que o vocabulário crítico registrasse essa diferenciação, mas não foi o que ocorreu.

Com a palavra *conte*, nota Voisine em estudo complementar, a língua francesa dispôs de um termo genérico que cobria diversas formas de narração breve em prosa, e algumas específicas de uma ou outra literatura estrangeira. As principais variantes praticadas no período por ele estudado são: o *conte philosophique* nascido na França, o *Märchen* dos românticos alemães e as adaptações literárias do conto de fadas tradicional, de Charles Perrault aos irmãos Grimm. No curso desse período, operou-se uma repartição de fato das funções próprias ao romance, ao conto e à novela, propícia ao brilhante desenvolvimento que conheceu a prosa narrativa do século XIX.

Essa modernização das formas tradicionais do conto e da sua distinção em relação a outras formas de narrativa mais longas parece ter se verificado mais ou menos simultaneamente em vários países entre meados do século XIX e as primeiras décadas do século XX.

Buscando afastar-se do conto tradicional, mais próximo da tradição oral, novas formas apresentavam um foco narrativo bem delimitado, histórias desenvolvidas em tempo e espaço geralmente restritos, linguagem econômica e análise vertical das situações apresentadas. Assim, com poucos personagens e situação bem definida, em poucas páginas e alguns minutos de leitura, as histórias punham o leitor em contato com dilemas morais e interpretativos de grande profundidade e alcance.

Para a definição, na teoria e na prática, de histórias com essas características contribui de forma decisiva Edgar Allan Poe (1809--1849). Foi o poeta de "O corvo" e o autor de histórias de mistério e horror que eletrizaram a imaginação dos leitores da primeira metade do século XIX nos Estados Unidos e em boa parte do Ocidente que postulou o conto como uma unidade de efeito, uma estrutura em que todas as partes devem concorrer para deixar no leitor uma impressão indelével. Essa unidade, ou totalidade, seria uma característica distintiva do conto em relação ao romance, pela possibilidade de leitura ininterrupta, "numa assentada", permitindo ao autor "levar a cabo, e sem interrupção, todo o seu plano", de modo que durante aquela hora de leitura o espírito do leitor está sob o controle do escritor".[2] E assim tem sido com sucessivas gerações de leitores que se deixaram arrebatar pela leitura de "O gato preto", "O barril de amontilado", "A queda da casa de Usher"...

Além de Poe, destaca-se algumas décadas mais tarde na definição do conto moderno Guy de Maupassant (1850-1893), com suas histórias baseadas na reversão de expectativas, nas quais o leitor é surpreendido no final por uma solução que contradiz a expectativa inicial. Maupassant também dominou a técnica do distanciamento do narrador em relação ao que é narrado, fazendo o leitor ficar numa situação de exposição direta ao relato, aumentando o potencial efeito do conto. Na Rússia, onde já havia resultado em grandes realizações com Nikolai Gógol (1809-1852), por exemplo,

---

2 Edgar Allan Poe, "The Short Story", *The Portable Edgar Allan Poe*. Nova York: Penguin Books, 1981, pp. 565-567.

o gênero alcançaria o patamar da perfeição com Anton Tchékhov (1860-1904). Por meio da delimitação de "fatias de vida", momentos ocasionais e pequenos flagrantes do cotidiano, o autor de "A dama do cachorrinho" construiu histórias com o mínimo de enredo e o máximo de emoção, preparando um golpe certeiro no leitor enquanto ele tem a sensação de estar lendo uma história sobre coisa nenhuma. Já no século XX, o escritor argentino Julio Cortázar, ele mesmo um mestre no gênero em sua feição moderna, atribuiria ao grande conto a capacidade de transformar um episódio doméstico, cotidiano e aparentemente sem importância "no resumo implacável de uma certa condição humana, ou no símbolo candente de uma ordem social ou histórica".[3]

Voltando ao século XIX e ao Brasil, o aparecimento do conto confunde-se com o da própria produção escrita que reivindica para si o status de "literatura brasileira", possibilidade aberta a partir da independência do país de Portugal, em 1822, em plena vigência do ideário romântico na Europa e também nas suas colônias e ex-colônias europeias. Por causa dessa correlação histórica, a forma breve traz em si muitas marcas do movimento romântico e ganhou forte impulso justamente nas Américas.

Ainda há muito a se investigar sobre os modos como o conto circulou, foi lido e compreendido no Brasil no momento de sua constituição como gênero moderno. O que sabemos é que ele existiu com os contornos imprecisos de que já tratamos e foi praticado de maneira bissexta no país no período temporal convencionalmente associado ao Romantismo, que se estende de meados da década de 1830 ao final da década de 1870. Ainda que Barbosa Lima Sobrinho, numa pesquisa minuciosa sobre a origem do conto, afirme que este "se divulgou no Brasil como um gênero autônomo, no período de influência romântica, a partir de 1836, tendo entre seus primeiros autores os melhores jornalistas da época – Justiniano da Rocha, Pereira da Silva, Josino Nascimento Silva, Vicente Pereira de Carvalho Guimarães, Martins Pena, João José de Sousa e Silva Rio", ele mesmo trata de relativizar sua afirmação ressaltando que as narrativas curtas eram referidas principalmente como histórias,

---

3 Julio Cortázar, "Alguns aspectos do conto", *Valise de cronópio*. São Paulo: Perspectiva, 1993, p. 153.

lendas, anedotas, apólogos..., e que o caráter esporádico da produção nesse gênero fica indicado pelo fato de boa parte dos seus praticantes não persistir no gênero, dedicando-se ao jornalismo (caso de Justiniano da Rocha), à política (caso de Firmino Rodrigues e Josino do Nascimento), à história (como fez Pereira da Silva) ou ao teatro (caso de Martins Pena).

Joaquim Norberto, um dos pioneiros das histórias curtas, chamava suas narrativas de romance e novela. Macedo publicou algumas histórias mais curtas, mas no volume hoje mais conhecido, *As vítimas-algozes*, refere-se a elas como "quadros da escravidão" e também como "romances". Alencar, que produziu poucas narrativas de menor tomo, não chamou nenhuma delas de conto. *Cinco minutos*, por exemplo, que Edgard Cavalheiro incluiu na sua famosa antologia do conto romântico, e que os manuais de literatura do século XX muitas vezes classificam como conto, começa com essa advertência do narrador: "É uma história curiosa a que lhe vou contar, minha prima. Mas é uma história, e não um romance". E Alencar fecha a narrativa referindo-se a ela como "o nosso romance, o nosso drama e o nosso poema", ou seja, nem sequer menciona a categoria "conto".

Um breve levantamento em alguns dos periódicos mais importantes do século XIX mostra como foi se formando a noção do conto como gênero escrito, para ser lido.

Desde a década de 1840, há nos jornais do Rio de Janeiro os contos morais, alguns escritos em verso, que vinham sendo praticados desde o século XVIII por autores franceses, como Marmontel, que tinham grande nomeada no Brasil. Em geral, eram histórias curtas contendo algum conselho ou lição, caso de "Os burros, os camelos e os guardadores", publicado no *Correio Mercantil* em 13 de janeiro de 1848. J.F. de Meneses chama de conto o seu "O punhal de marfim", publicado em 1862 na *Revista Popular* e incluído nesta antologia, embora Sacramento Blake se refira a ele como "romancete".

O *Jornal das Famílias*, um grande fomentador das histórias curtas, manteve a partir de novembro de 1866 uma seção intitulada "Romances e novellas", que talvez tenha sido a primeira voltada para a publicação de narrativas curtas na imprensa brasileira. Nela foram publicados os autodesignados "contos morais" "A vaidade corrigida", assinado por Paulina Philadelphia, "Cecília, a voluntária" e "Um milagre da música", assinados por Victoria Colonna.

A denominação "conto fantástico", gênero mais contemporâneo, que remete a Hoffmann e Poe, aparece mais cedo no *Jornal das Famílias* por obra e graça de Machado de Assis, que em 1864, sob o pseudônimo Max, publica "O anjo das donzelas (conto fantástico)", narrativa que se refere a si mesma como conto: "Este [poeta] do meu conto depôs aos pés da bela insensível a vida, o futuro, a vontade".

Em 1865, temos o narrador de "Confissões de uma viúva moça" ponderando para o leitor que aquilo é "o prefácio do meu romance, estudo, conto, o que quiseres", e no mesmo ano, em "Cinco mulheres", também de Machado, o narrador explica: "Isto não é um romance, nem um conto, nem um episódio".

Em 1866, em "Linha reta linha curva" e "O que são as moças", temos também narradores autoconscientes do gênero que praticavam, fazendo menções a ele no curso da narração, o que ainda se deu com "O anjo Rafael", de 1869, e com tantas outras histórias publicadas no *Jornal das Famílias*, como "Quem conta um conto...", de 1873, em que Machado se refere ao dito popular que remete às narrativas orais e informais para escrever... um conto escrito.

Assim, a produção de contos autoconscientes de sua pertença a um tipo de narrativa moderna, escrita, parece estar estreitamente vinculada à atuação de Machado de Assis, seja na sua produção copiosa para o *Jornal das Famílias* – foram mais de sessenta narrativas publicadas entre 1863 e 1878 –, seja por meio das suas coletâneas de narrativas curtas, a primeira delas datada de 1870 e intitulada *Contos fluminenses*.

Machado parece ter sido o primeiro autor a estampar na capa de um livro a palavra "conto", com a publicação desse volume em que recolhia histórias publicadas ao longo da década de 1860 no mesmo *Jornal das Famílias*. Tanto o livro como o jornal, com sua longeva seção "Romances e novellas", foram publicados por Baptiste Louis Garnier, o que por si só é sugestivo do papel que o editor teve, junto com Machado, na definição do conto moderno no Brasil.

Ainda assim, mesmo na altura da publicação de *Contos fluminenses*, e muito depois disso, permanecia a instabilidade no entendimento do termo, o que fica indicado pela recepção do volume. Em 13 de fevereiro de 1870, quando o livro começou a circular no Rio de Janeiro, saía publicada em *A Reforma* uma nota elogiosa, referindo-se "aos romancetes e fantasias, no gosto dos melhores contos de Theophilo Gautier ou Gerard de Nerval", sugerindo que o modelo do gênero e a perfeição deste estavam mesmo na França, mas, apesar disso, entendendo a publicação como um melhoramento, na medida em que faz "louvores ao Sr. Garnier, editor de mais esse bom livro brasileiro, pelos serviços que vai prestando".

Na mesma *A Reforma*, em 2 de maio de 1872, os *Contos fluminenses* eram referidos como "escritos ligeiros, reminiscências do ameno folhetinista", em comparação desvantajosa com o recém-lançado romance *Ressurreição*, que para o comentarista anônimo era "a primeira revelação de sua aptidão para o romance", gênero então mais valorizado.

Vale notar que Machado de Assis, nos títulos dos seus livros posteriores, não volta a utilizar a palavra "conto", substituindo-a por "histórias": *Histórias da meia-noite* (1873), *Histórias sem data* (1884), *Várias histórias* (1896).

Várias justificativas já foram levantadas para esse desenvolvimento relativamente tímido e tardio do conto moderno no Brasil, se posto em comparação com o que se produziu, por exemplo, nos Estados Unidos, onde, além de Poe, surgiram contistas de enorme sucesso, como Washington Irving, Nathaniel Hawthorne e Bret Harte, para ficar apenas em poucos nomes.

O próprio Machado, em "Instinto de nacionalidade" (1873), anotava que nesse gênero "tem havido tentativas mais ou menos felizes, porém raras", e cita apenas o exemplo de Luís Guimarães Júnior, sugerindo no entanto que, nele, existiria uma indistinção entre o contista e o folhetinista, na medida em que – maliciosamente? – o cita como contista, mas o descreve como "folhetinista elegante e jovial". O motivo da pouca difusão do conto no Brasil, para Machado, é ser "gênero difícil, a despeito da sua aparente facilidade, e creio que essa mesma aparência lhe faz mal, afastando-se dele os escritores, e não lhe dando, penso eu, o público toda a atenção de que ele é muitas vezes merecedor".

A dificuldade, ou a aparente facilidade apontada por Machado, pode ser notada nas narrativas recolhidas neste volume. Sendo a técnica da escrita do conto moderno muito relacionada ao recorte preciso de uma situação no fluxo do mundo e da vida, de modo que a situação recortada permita ao leitor entrar em contato com um problema de amplo e longo alcance, tornam-se cruciais o início e o desfecho. É preciso capturar a atenção do leitor o mais rapidamente possível, implicando-o de imediato na situação da qual trata a história. Também é desejável que a narrativa seja suspensa em momento estratégico, no qual não se diga muito mais nem muito menos do que o necessário para produzir um efeito poderoso sobre o leitor, a partir do acúmulo dos elementos criteriosamente selecionados pelo escritor para compô-la. Ora, o que se nota aqui, e o leitor fica desde já convidado a refletir sobre isso, é que com frequência demora-se para entrar na matéria principal da história. É como se os autores começassem a escrever sem ter um traçado exato e rigoroso do que planejam contar, e a história fosse se compondo um pouco ao correr da pena. Também vale notar que em alguns casos o final pode ser decepcionante para o leitor acostumado a narrativas breves de corte mais rigoroso, que se tornariam mais frequentes justamente a partir do final do período compreendido por esta antologia.

Daí a impressão, às vezes, de que o conto, no Romantismo, é um pouco incaracterístico, "uma coisa informe e vaga", conforme definiu Edgard Cavalheiro na principal antologia de contos românticos: *O conto romântico*, publicada em 1961 pela Civilização Brasileira. Mário da Silva Brito, que, devido à morte de Cavalheiro antes da conclusão do trabalho, acabou ficando responsável pelo prefácio do livro, argumenta, a partir de considerações de Tristão de Ataíde endossadas por Edgard Cavalheiro, que "a prolixidade, a eloquência, o excesso de imaginação, a fantasia, o sentimentalismo, as expansões derramadas, a exuberância de emoções e de linguagem", que ele considera traços viciosos da produção literária romântica no Brasil, seriam avessos à contenção e à precisão do conto.

Para alguns críticos, os contos estavam impregnados de marcas de oralidade, traços que teriam "contaminado" até mesmo o romance. Afrânio Coutinho, por exemplo, avalia negativamente uma parcela dos romances românticos por identificá-los aos "contos orais, relatados em sessões sucessivas por um fictício narrador", com sua "preocupação de conferir à construção externa o caráter de fiel registro daquilo que fora oralmente narrado, prova bastante evidente da influência que, no particular, o nosso romance sofreu".[4]

---

[4] Afrânio Coutinho, *Literatura brasileira – Era romântica*. São Paulo: Global, 2001, pp. 286-288.

Assim, um certo desprestígio do conto romântico na historiografia e na crítica literária brasileiras talvez se explique em parte pela sua adesão e proximidade, vistas por muitos como excessivas, da tradição oral. Diante do empenho de afirmação de uma literatura culta, escrita, as marcas da oralidade apareciam como resquícios de um tempo e de uma cultura a serem superados, ou reconfigurados pelo registro certamente mais prestigiado e pretensamente "superior" da escrita.

Esses conflitos entre o mundo oral e o escrito, que se desdobram na justaposição nem sempre harmoniosa entre o fabuloso e o documental, foram vividos e expressos de maneiras diferentes pelos românticos brasileiros, que buscaram conformar à modernidade do romance e do conto conteúdos arcaicos, inspirados nas narrativas recolhidas das tradições indígenas e sertanejas, que muitas vezes convivem com a notação realista, como também se observa ao longo deste volume.

A instabilidade das definições e a liminaridade verificável entre os diversos formatos da prosa ficcional oitocentista, das quais acabamos de tratar, serviram de guia para a organização das histórias incluídas neste volume. Nos quatro blocos, as histórias foram aglutinadas em torno das suas afinidades com o lendário e o fantástico, o relato histórico, a crônica do cotidiano e a intriga de fundo romanesco. Claro que essas afinidades não aparecem exclusivamente em nenhuma das histórias, que de maneira geral misturam os vários registros. Também é preciso notar que essa disposição não pressupõe uma "evolução" da lenda ao romance. Isso fica evidente pela convivência, no interior de cada um dos quatro blocos, de textos escritos e publicados com intervalos de décadas; por outro lado, há nos diferentes blocos textos publicados quase concomitantemente.

O que notamos no conjunto e gostaríamos também de deixar como sugestão e hipótese de leitura são os diferentes modos como as histórias lidam com o decorrer do tempo, tanto o tempo em que se desenrola a matéria narrada quanto o exigido para a leitura. Embora oscilem bastante, variando do intervalo de uma viagem de ônibus ao grande quadro histórico, de um par de páginas a dezenas delas, pareceram-nos notáveis os diferentes modos de organização do decurso temporal nas várias narrativas.

No primeiro bloco, as histórias organizam-se principalmente em torno de uma temporalidade externa e muitas vezes abstrata, que se confunde com o tempo imemorial e mítico da lenda, nas quais muitas vezes há um deslizamento da referência histórica para o plano do fantástico. É o caso do conto de abertura, "O sino encantado", em que o instrumento tradicional de marcação do tempo místico e religioso continua a soar fantasticamente desde o fundo de um poço, onde há anos ele jaz submerso. O ciclo de vida, paixão, morte e ressurreição, que o dobrar dos sinos marca, sobrepõe-se aqui ao tempo historicamente delimitado das invasões holandesas verificadas no nordeste da América do Sul no século XVII. Nesse bloco, as histórias são povoadas de seres fantásticos como tatus brancos, fantasmas, vozes cavernosas e cadaverosas, instrumentos mágicos e malditos e uma noiva-cadáver.

No segundo bloco, o tempo marcado por guerras e conflitos, episódios, datas e personagens registrados em relatos que partem de episódios históricos ou os tangenciam, torna-se a referência principal das narrativas. Vale notar a surpreendente centralidade das personagens femininas nessas histórias, duas delas escritas por mulheres, sugerindo seu papel fundamental na sustentação da ordem social ameaçada pelas lutas entre os homens, o que muitas vezes resulta no sacrifício dessas personagens.

O terceiro bloco reúne histórias pautadas pelo tempo da experiência urbana, cuja ligeireza as aproxima de crônicas e anedotas de pouca duração. Essa ligeireza e pouca duração referem-se tanto ao decurso do que está sendo narrado como ao tempo de leitura que a história demanda. Estamos diante de histórias que remetem ao flagrante, ao instantâneo, o que por sua vez remete às técnicas do registro fotográfico, que surgem, se aprimoram e se popularizam justamente no período em que se desenvolvem as histórias contadas aqui. Pode ser sugestiva para a leitura dessas histórias a lembrança de que o daguerreótipo é uma invenção da década de 1830, e que a circulação de imagens fotográficas impressas em papel tornou-se mais e mais frequente a partir da segunda metade do século XIX. Assim, à maneira das fotografias, em poucas páginas as histórias reunidas nesta terceira parte concentram-se em episódios bastante pontuais, envolvendo poucas personagens, confrontadas com a frustração de alguma experiência e a insatisfação daí decorrente, o que em quase todos os casos se apresenta em chave cômica.

Finalmente, o quarto bloco traz histórias em que a passagem do tempo é filtrada pela subjetividade das personagens ou dos narradores, muitas vezes sugerindo que a história institui sua própria temporalidade. Aí é notável a presença de "O relógio de ouro", conto escolhido para fechar e intitular o volume. Publicado por Machado de Assis em 1873, a referência ao objeto moderno e valioso de marcação do tempo anuncia a cronometrificação da narrativa, que desde as primeiras linhas estabelece algo como uma contagem regressiva para um final que se desenha trágico e que produz uma viravolta completa em relação à expectativa inicialmente criada para o leitor. Estamos aí diante de um "conto clássico", que, segundo a definição sintética de Ricardo Piglia, narra em primeiro plano uma história, enquanto constrói em segredo uma outra história, que só ao final aparece na superfície.[5] Também nos parece que certa consciência das exigências do gênero breve e do manejo técnico da temporalidade da história sobressai nestas narrativas que fecham o volume, o que propomos como hipótese de leitura.

Ao reunir estas 25 narrativas, publicadas entre 1836 e 1879, que contemplam as principais vertentes da ficção oitocentista, acreditamos trazer uma amostra abrangente e representativa dos prosadores do período, convencionalmente chamado *romântico*.

Tendo se beneficiado de coletâneas anteriores, especialmente a de Barbosa Lima Sobrinho e a de Edgard Cavalheiro, esta antologia pretende ampliar essas contribuições com uma amostragem mais ampla e diversificada. Beneficiando-se também de novos recursos de pesquisa, como a digitalização dos periódicos oitocentistas pela Hemeroteca Digital Brasileira da Biblioteca Nacional, tornou-se possível garimpar novos textos diretamente dos jornais e revistas da época, nos quais a maior parte dessa produção foi publicada pela primeira vez e onde algumas dessas histórias ficaram esquecidas.

Assim, a coletânea inclui não só contos de autores canônicos e celebrados do Romantismo brasileiro como também obras de autores desconhecidos, alguns ocultos sob pseudônimos, outros até mesmo anônimos, que surpreendem pela qualidade narrativa e pela experimentação.

---

5 Ricardo Piglia, "Teses sobre o conto", *Formas breves*. São Paulo: Companhia das Letras, 2004, pp. 89-94.

O leitor familiarizado com a produção do período poderá estranhar a ausência de uma das histórias que integram *Noite na taverna*, de Álvares de Azevedo. Julgamos, entretanto, que, se há uma relativa autonomia de tais histórias azevedianas, não se pode esquecer que elas se articulam numa narrativa de moldura, à maneira do *Decameron* de Boccaccio. Há, além disso, a hipótese de uma suposta continuidade entre *Macário* e *Noite na taverna*, sustentada desde Miranda de Azevedo até Antonio Candido, o que tem motivado a publicação conjunta de ambas as obras. Pensando em tal articulação e continuidade, e também considerando a existência de várias edições de *Noite na taverna* em livro, optamos por não incluir nenhuma das histórias na presente antologia.

Apresentadas nossas escolhas e hipóteses de leitura do conjunto, a expectativa é que o leitor percorra estas páginas da maneira que melhor lhe aprouver, se encante e se divirta com as histórias. E que elas abram novas possibilidades de se pensar no trabalho de produzir ficção num mundo muitas vezes hostil à imaginação.

AGRADECIMENTOS

Constância Lima Duarte, Eduardo Brandão, Lúcia Granja, Marcelo Diego, Maria Eunice Moreira, Maria da Glória Bordini, Marta de Senna, Rogério Fernandes, Sílvia Maria Azevedo e Vilma Arêas.

HÉLIO DE SEIXAS GUIMARÃES é professor de Literatura Brasileira na Universidade de São Paulo (USP), pesquisador do CNPq, pesquisador associado da Biblioteca Brasiliana Guita e José Mindlin e editor da *Machado de Assis em linha: revista eletrônica de estudos machadianos*. Autor de *Os leitores de Machado de Assis: o romance machadiano e o público de literatura no século XIX*, entre outros.

VAGNER CAMILO é professor de Literatura Brasileira na Universidade de São Paulo (USP), pesquisador do CNPq e pesquisador vinculado ao projeto multidisciplinar *Reescrever o século XVI*, desenvolvido conjuntamente por docentes da USP e da Universidade do Minho. Autor de *Risos entre pares: poesia e humor românticos* e *Drummond: da Rosa do Povo à Rosa das Trevas*.

Nota sobre a edição

Para estabelecer o texto desta edição, atualizamos a grafia das palavras e a pontuação, optando pelas formas mais correntes. No entanto, não foram corrigidas as colocações pronominais ou concordâncias que indicavam opções estilísticas dos autores. Erros evidentes de composição tipográfica foram retificados.

As citações de textos em línguas estrangeiras são feitas conforme aparecem nos textos-base.

As notas das edições originais tomadas como referência para transcrição dos textos foram mantidas e vêm indicadas por [N.E.O.]. As notas incluídas pelos organizadores e pelos editores estão indicadas por [N.E.].

Parte 1
Fantástico

O sino encantado
Franklin Távora

1877

FRANKLIN TÁVORA
Baturité (CE), 1842 – Rio de Janeiro (RJ), 1888

João **Franklin** da Silveira **Távora** é autor de *O Cabeleira*, marco do regionalismo romântico, e de *Um casamento no arrabalde*, entre outras produções em gêneros diversos. Menos lembrado, o conjunto de contos ou histórias breves intitulado *Lendas e tradições do Norte* surpreende pela fusão do fabuloso e da matéria histórica. O conjunto totaliza sete histórias ("O sino encantado", "A cruz do patrão", "O tesouro do rio", "Chora Menino", "As mãos do padre Pedro Tenório", "O cajueiro do frade" e "As mangas de jasmim"), publicadas seriadamente em *A Ilustração Brasileira*. Reproduziu-se aqui a primeira dessas histórias, na qual a nota de fantástico é dada pelo sino que continua a badalar, mesmo submerso em um poço. Ainda neste conto, temos o relato popular colhido oralmente e transcrito pelo narrador. Essa estratégia recorrente à época e presente em mais de uma narrativa reunida nesta antologia se funde à referência histórica. Aqui, as referências são às invasões holandesas e à resistência local a elas, tomada, de modo evidente, como expressão de nativismo ou nacionalismo pelo escritor e sua época.

COM SUAS ÁGUAS AZULADAS BANHA O RIO MANGUABA, PELO lado ocidental, a vila de Porto Calvo, berço e sepultura do Calabar. Na altura desse torrão histórico, o rio rola por cima de pedras moles e por debaixo de árvores frondosas, que das margens lhe atiram para o leito os ramos, e com eles formam, em muitas partes, pelo embastido das folhagens e das trepadeiras que nestas se enredam, vasta galeria, interrompida a espaços por abertas naturais que dão entrada à luz para o seio das águas.

A vila ocupa o cimo da eminência e a banda oposta à que é banhada pelo rio. Na extremidade austral da rua grande, cujos quintais caem sobre a encosta ocidental, vê-se a matriz, que é consagrada a Nossa Senhora da Apresentação.

Foi nessa igreja que, depois de haverem tomado aquele ponto aos portugueses no século XVII, se fortificaram os filhos de Holanda para resistir às tropas comandadas por Matias de Albuquerque. Foi aí que, senhor da vitória, mandou este enforcar no dia do julgamento, pelas oito horas da noite, não obstante ter sido condenado pelo improvisado conselho de guerra a padecer o suplício no dia seguinte, o infeliz Domingos Calabar, que fora o primeiro auxiliar dos holandeses, alma e executor terrível de inumeráveis danos aos filhos de Portugal. Foi aí que, três dias depois da execução, Sigismundo, apossando-se da vila desamparada, mandou dar sepultura sagrada, com todas as honras devidas ao posto de major com que os holandeses haviam retribuído seus serviços militares, aos restos mortais do destemido alagoano, que ele fora encontrar mutilado e exposto nas estacadas de Porto Calvo, então conhecido por Vila do Bom Sucesso.

Por uma tarde de novembro (se bem me lembro) de 1864, fazia eu uma digressão pela banda esquerda do Manguaba. Dessa banda o rio quase que não tem margem; passa lambendo o pé da encosta íngreme e coberta de arvoredo.

Alguns passos antes de chegar ao sulco estreito e fundo, que desce, fazendo voltas como caninana, de ladeira abaixo em demanda do rio, forma este um ângulo, onde as águas parecem estagnarem-se. Pouco adiante continua a correr por cima de pedras brancas, alargando-se, espraiando-se, até chegar a Porto de Pedras, distante de Porto Calvo 7 léguas.

Nesse ângulo formaram as águas um poço profundíssimo, que tem talvez 4 metros de largo na superfície. O arvoredo, que para esse ponto estende a sua copa, é mais basto e enredado. A encosta, recortada de veredas e quintais em todas as direções, não oferece ali comunicação nem mostra indício de passagem humana. As plantas rasteiras crescem e alastram à vontade; os cipós estão inteiros; por cima daquelas e por entre estes só passam os insetos e répteis, ou, de tempos a tempos, algum animal que abre por ali caminho para ir beber no rio.

Agarrando-me aos troncos e saltando pelas pontas das pedras, ganhei, com poucos passos, a como enseada que serve de banheiro natural à povoação. Estava uma velha sentada à beira da água, enquanto um menino, que fora encher o pote no rio, brincava com ele infantilmente, enchendo-o, esvaziando-o e fazendo-o depois boiar como a panela de barro da fábula de La Fontaine.

Soou nesse ínterim ave-maria no sino da matriz. Ao som do bronze, a velha persignou-se, rezou e, voltando-se depois para o menino, disse-lhe estas palavras:

– Enche o pote, que é hora. Não tarda que toque o sino encantado.

A esta voz, dirigi-me à velha nos termos seguintes:

– Que história é essa? De que encantado seria?

– Pois vosmicê não sabe do sino que toca naquele poço?

E apontou o ângulo das águas mortas, de que tratei há pouco.

– Não sou desta terra, e não lhe sei as particularidades.

– Ora! Uma história tão velha.

O menino a esse tempo subia já com o pote na cabeça. A mulher deu a andar após ele pelo trilho, e eu após ela, curioso de saber a história.

– Então diz você – prossegui eu – que há um sino que toca ali dentro. Mas como é isso? Está dentro do poço mesmo ou enterrado ao pé do morro?

– Está mergulhado dentro da água.

– Ora essa! Que lembrança! Meterem um sino dentro d'água!

– Lembrança de gente de outro tempo.

– Que tempo?

– Quando estiveram aqui os holandeses.

– Ah! Eu logo vi que os holandeses andavam no meio da história, aqueles hereges! – disse eu para dispor a meu favor a velha, em quem não me foi difícil entrever, em pouco tempo, o espírito atrasado do povo crendeiro.

– Foi assim mesmo, meu senhor. Contam os antigos que antes de se render esta vila àqueles excomungados, os cristãos, sabendo que eles tinham por costume fazer das igrejas de Deus casas de malefícios, tiraram dos altares todas as imagens, e da torre o sino; as imagens foram repartidas por entre o povo batizado, e o sino foi trazido ao rio e afundado no lugar que lhe mostrei. Meu dito, meu feito. Os pés de pato, assim que tomaram conta da terra, fizeram da igreja fortaleza para guerrearem contra a cristandade. Mas depois foram batidos e tiveram de fugir.

– Foram então os moradores pescar o sino, mas não o acharam. Não foi assim?

– Não, senhor. Todo santo dia, preparava-se o povo para tirar o sino, mas nada do vigário marcar o dia para a obra. Hoje, amanhã, hoje, amanhã, passaram-se meses e anos. Uma viúva rica, que fizera uma promessa a Nossa Senhora da Apresentação, tendo ficado boa, mandara colocar na torre um sino de preço... Por isso, ninguém pensou mais no sino do rio; e lá ficou ele esquecido.

– Até que um dia...

– Um dia um menino, lavando-se no Manguaba, deu com o sino no poço. Ajuntou-se gente; veio o vigário, um senhor de engenho mandou duas juntas de bois para carregar o sino. Um mergulhador amarrou uma corda nele, e os bois começaram a puxar a benta carga. Quando esta já ia aparecendo no lume da água, pegaram o vigário e o juiz numa pendenga, mesmo na beira do rio. O vigário queria que o sino fosse para a igreja de... (não me recorda o nome da igreja que disse a velha), dizendo que ela precisava mais do sino do que a matriz, que já tinha outro; o juiz jurava que o sino havia de ser posto novamente na torre de Nossa Senhora da Apresentação, porque a ela pertencia de direito. Todos dois tinham razão, não acha, meu senhor?

– Eu acho que a razão estava da parte do juiz – respondi eu.

– A pendenga – continuou a velha – passou do juiz e do vigário ao povo junto; uns queriam que o sino viesse para a matriz, outros que fosse para a igreja de... A coisa já estava feia, quando se ouviu um estalo; fora a corda, que se partira. O sino, já quase todo da banda de fora, teve de cair de novo dentro do rio. As águas, com o peso e a queda, saltaram com grande força contra o povo, e ouviu-se no mesmo instante um estrondo medonho como trovão que saía do fundo. O sino tinha-se metido pela terra adentro, para nunca mais ninguém o ver.

– Tudo por causa da ambição, minha velha.

– Sim, senhor. Já naqueles tempos havia muita opinião e muita teima.

– Mas disse-me você que se ouve o sino soar de dentro do rio?

– Ouve-se sim, senhor. Muitas pessoas de crédito têm ouvido suas vozes a esta hora, ao meio-dia e à meia-noite.

Tínhamos chegado à rua.

– Adeus, meu senhor. Com Deus amanheça.

Assim se despediu de mim a velha, a quem devo este conto que não é invenção minha, e que, depois de me ter sido assim narrado, eu verifiquei não ser também invenção da velha, mas uma tradição alagoana que tem a consagração de muitos anos.

O Pão de Ouro
Bernardo Guimarães

1879

BERNARDO GUIMARÃES
Ouro Preto (MG), 1825-1884

Bernardo Joaquim da Silva **Guimarães** é mais lembrado por sua produção ficcional, em particular seu romance *A escrava Isaura*. Mais recentemente, porém, resgatou-se sua poesia, sobretudo a humorística, evidenciando seu alto grau de ousadia e inventividade. O escritor e poeta mineiro também se destacou nas narrativas breves, recolhidas em livros como *Lendas e romances* e *Histórias e tradições da província de Minas Gerais*, que são produções de grande interesse. "O Pão de Ouro" é uma narrativa menos lembrada e, pelo que sabemos, nunca reeditada. Ela foi originalmente recolhida no volume que traz outro romance breve esquecido: "A ilha maldita". A narrativa se vale de uma lenda associada aos bandeirantes, no caso Anhanguera (Bartolomeu Bueno da Silva, o "Diabo Velho") e um de seus companheiros, Gaspar Nunes (talvez Gaspar Nunes Sarmento, nome constante nos livros genealógicos da época), desbravadores das regiões de Minas, Goiás e Mato Grosso, onde se acreditava existir a fabulosa montanha do Pão de Ouro, cercada por vales e rios repletos de ouro e pedras preciosas, mas dominada pelos tatus brancos, povo noturno, habitante de furnas, por meio do qual o escritor parece reverter o foco e pôr pelo avesso a idealização do indianismo romântico oficial, do qual o escritor mineiro foi duro crítico. Os "paulistas" e a ideologia bandeirante também não saem ilesos à visada crítica de Guimarães.

I. A MÃE DO OURO

Antes de encetar a narração dos acontecimentos que constituem o principal assunto desta história, cumpre-nos rememorar uma lenda, ou antes uma avença mítica dos primitivos e selváticos habitantes da terra americana, a qual sem dúvida é desconhecida da maior parte dos leitores.

Esta lenda, provavelmente ampliada e embelecida pela imaginação dos colonos portugueses, é a história da Mãe do Ouro, que passo a contar a meus leitores.

Era nos topes alterosos de uma das mais altas montanhas da América meridional.

Esses topes, por cima dos quais desdobravam-se risonhas planícies de verdor eterno e entrecortadas de córregos cristalinos, eram separados do resto da terra por despenhadeiros vertiginosos, que o pé humano em vão tentaria galgar, e eram somente acessíveis ao corvo e ao condor altivolante.

E do meio dessas planícies erguia-se outra montanha coroada de enormes rochedos erguidos a prumo, como um castelo guarnecido de torreões denegridos e derrocados pelo tempo, ou como aéreo e colossal terraço, ornado de estátuas disformes, mutiladas e despedaçadas pelos raios.

Era como um jardim encantado superior à habitação dos homens e vizinho à dos anjos, todo intermeado de grutas profundas e misteriosas, de penedias de figuras caprichosas e fantásticas, formando lapas, areadas, terraços, ruínas, de veigas deliciosas alcatifadas de musgo e flores, de fontes de água viva a borbulhar, de vergéis harmoniosos a conversarem mistérios com as auras do céu.

Aí nessas alturas inacessíveis, em uma gruta misteriosa, morava uma fada formosíssima, filha do Sol ou de Tupã, e irmã da Aurora. Era chamada a Mãe do Ouro.

Enquanto sua irmã espargia de seu regaço flores etéreas sobre o berço do Sol, e pérolas de orvalho, que refrigeram e fertilizam os campos, ela matizava os horizontes de franjas de ouro, e sacudindo pela terra o pó dourado de seus cabelos, fecundava pelas grutas dos montes os veios de imensas jazidas auríferas, e enastrava de rubis e diamantes o leito dos rios.

Ela vivia feliz em seu asilo sagrado, e passava alegremente os dias ocupada em enfeitar de áureos matizes os véus da Aurora e esparzir palhetas de seus inesgotáveis tesouros pelos caminhos do Sol; ou percorria as montanhas sacudindo do seio uma chuva de ouro e pedras reluzentes.

Nenhum mortal a conhecia, nem cobiçava os seus tesouros. O ouro, os rubis, as safiras, os diamantes rolavam pelas torrentes de envolta com o cascalho sem fascinar a vista dos mortais, e serviam apenas de brinco entre as mãos das crianças, sem ter aos olhos do homem maior valor do que as penas da arara ou do tucano com que costumavam enfeitar o cocar ou o cinto da araçoia.

Mas aí em uma hora malfadada, a virgem depositária dos tesouros de Tupã esqueceu sua origem celeste e deixou-se levar por uma paixão terrestre.

Um dia, que ela passeava pelos vales vizinhos à sua gruta encantada, deu com os olhos em um jovem e formoso cacique que dormia à beira de uma fonte à sombra de um pé de manacá, que balanceado pela viração entornava sobre ele uma nuvem de flores.

Levado pelo ardor da caça e por uma audácia e agilidade incríveis, o imprudente moço grimpara os alcantis medonhos, chegara aos jardins da fada e ali adormecera oprimido de fadiga. O suor do cansaço lhe escorria pela fronte, que pousava sobre o braço recurvado; o cocar, arco e flechas jaziam-lhe ao lado sobre a relva; o sangue juvenil e vigoroso lhe transparecia por sob a tez de jambo, um pouco bronzeada pelo sol nos fragueiros exercícios da caça e da guerra. Era uma linda e encantadora figura em seu aspecto selvático.

A esta visão, a fada estremeceu e sentiu desusado abalo em seu coração. Julgou que era um manitó celeste que Tupã lhe enviava para servir de companhia em sua solidão. Deu-lhe na fronte um beijo fervente de amor, despertou-o e o conduziu para os íntimos recessos de seus palácios cristalinos. Ali mostrou-lhe as deslumbrantes riquezas que Tupã lhe prodigalizara: as abóbadas de cristal sustentadas por colunas de pórfido e ágata, enleadas de arabescos de ouro de mirífico lavor, a safira, a esmeralda, o topázio, a ametista incrustados no pavimento em maravilhosos mosaicos, os vasos rutilantes de ouro e pedraria cheios das mimosas e fragrantes flores, que o sol faz desabrochar, e a cheirosa rocia de seus aljôfares.

Fascinado por aqueles esplendores sobrenaturais e engolfado nos gozos do amor, o moço indiano esqueceu-se de todo de sua terra e de seus irmãos, e viveu longos anos junto à fada da montanha. Esta, entregue às delícias de seu novo viver, esqueceu-se também completamente dos misteres de que fora encarregada pelo pai das luzes. A Aurora, quando arrojava seu carro fulgurante pelos campos do oriente, já não os achava, como dantes, enastrados de rubis e de ouro; em vez da transparente poeira dourada, que lhe iriava os caminhos, tinha de guiá-lo a custo por entre cegas neblinas e temerosos nevoeiros, e as rosas, que espargiam pelos céus, fanavam-se e despedaçavam ao sopro iroso dos tufões entre nuvens tempestuosas ao estampido dos trovões. O Sol via seus raios empalidecerem e embaçar-se a sua luz rutilante.

Então Tupã, indignado, fadou à filha descuidosa com a voz do trovão. Os raios de céu caíram em chuva sobre a montanha que encerrava os palácios e os tesouros que sua infeliz filha guardava para o amante em vez de com eles embelecer as obras da criação, como lhe incumbia.

Derretidas pelos raios ardentes, todas essas riquezas se embeberam pelas entranhas da terra, espargiram-se pelos veios graníticos das montanhas, pelos álveos profundos dos rios caudalosos, mesclaram-se às areias dos regatos e à argila dos morros áridos, esconderam-se em abismos insondáveis e pelos lôbregos socavões de inacessíveis serranias. Os esplêndidos paços subterrâneos da fada calcinados pelo fogo do céu converteram-se em medonhas e escuras furnas, seus jardins em um montão de negros e disformes rochedos.

O mísero cacique, arrojado nas baixas regiões donde saíra, vagou longo tempo pela terra, lastimando e procurando em vão a amante perdida para sempre e seus magníficos tesouros. Como um louco, vivia a escarvar o seio das montanhas à procura dos encantados palácios do ouro, e nesta insana lida ia-se definhando e enervando de dia a dia, até que Tupã, compadecido de seu longo penar, o transfigurou em uma formosa árvore, que balanceia no céu a copa engrinaldada de flores de ouro. É o truculento Ipê, que, como um cacique, todos os anos se enfeita de um diadema de flores amarelas, diadema efêmero e irrisório, que no outro dia o vento lhe arranca da fronte e roja pelo chão.

A fada descaída das graças de Tupã foi condenada a vagar incessantemente pelas cumeadas das álgidas serranias e em vez de derramar, como outrora, pela face da criação seus deslumbrantes tesouros, foi forçada a escondê-los com avara solicitude aos olhos cobiçosos dos mortais.

Erradia pelo recosto das montanhas alterosas, pálido e macilento fantasma, sem gruta, sem palácios, sem jardins, a ninfa vagueia de país em país, de montanha em montanha, procurando todos os meios de sonegar à cobiça dos homens o luzente metal e as preciosidades que Tupã confiava à sua guarda. Mas em vão! Por toda a parte a persegue a avidez insociável dos mortais; por toda a parte quebra e viola os secretos e profundos cofres, em que procura aferrolhar esses tesouros que os homens antepunham aos frutos da terra e às bênçãos do céu, e a que rendiam cultos maiores do que ao próprio Tupã; porque tudo com eles se comprava – os prazeres, a abundância, o amor; tudo a eles se sacrificava – a virtude, e a lealdade, a honra, e o pudor.

Em vão os esconde nos píncaros vulcânicos das mais altas serras, ou os enterra em abismos vizinhos ao Averno; em vão os envolve em camadas e camadas do mais rijo granito, ou os sepulta no leito dos rios profundíssimos. Em vão, a sede insaciável dos humanos, armada de indústria e audácia, lacera o flanco das montanhas, perfura o âmago da terra, desloca o álveo dos rios, despedaça e pulveriza o duro granito, e por toda a parte procura apoderar-se dos tesouros da desditosa fada.

E cada golpe de alavanca, ou de almocafre, que retine pelos algares da montanha, ecoa doloroso em seu coração, e lhe arranca gemidos profundos, e pesarosos lamentos.

Assim, nesse viver inquieto e atribulado, ela expia sua fatal fraqueza, esperando a época em que, segundo as promessas de Tupã, lhe será restituída a posse pacífica de seus maravilhosos palácios e de seus inesgotáveis tesouros.

– Espera – disse-lhe Tupã – a época em que os homens, ocupados somente em lavrar a terra para dela tirar os frutos necessários à vida, não ponham mais olhos cobiçosos em teus tesouros, e em que a virtude, a paz e a inocência voltem a habitar entre os mortais. Enquanto não chegam esses tempos, expiarás, ó filha rebelde e ingrata, os enormes crimes que, por tua leviandade, os filhos do homem, devorados pela sede do ouro que imprudentemente ateaste em seus corações, vão perpetrar sobre a terra, ensopando-a de lágrimas e sangue.

II. OS JARDINS DE TUPÃ

Do vale de São Paulo de Piratininga, habitado outrora pela famosa tribo dos tibiriçás, partiu a maior e mais notável parte das bandeiras ou expedições exploradoras, que, nos fins do século XVII e até o meado do XVIII, se internaram pelos sertões de Minas, Goiás e Mato Grosso, com o fim de explorar essas regiões desconhecidas, submeter e escravizar as tribos indígenas, e principalmente para descobrir as minas de ouro e pedras preciosas, sobre as quais se contavam coisas estupendas e fabulosas.

Os paulistas foram, pois, os mais encarniçados inimigos da Fada do Ouro, os mais incansáveis e porfiados em descobrir os cofres ocultos em que ela procurava esconder seus maravilhosos tesouros. A descoberta do Eldorado era o sonho ardente desses audazes aventureiros, que, por sertões inóspitos, cruzavam toda a extensão da América portuguesa em demanda do ouro, expondo-se a toda sorte de azares, afrontando fadigas e perigos incríveis.

Entre os nomes desses denodados sertanejos, avultam em primeiro plano os de Bartolomeu Bueno e seus filhos, cujas viagens e assombrosos trabalhos sem dúvida são bem conhecidos dos leitores. Um dos filhos de Bartolomeu Bueno foi encarregado pelo governador da capitania de São Vicente, Rodrigo César de Menezes, de explorar e formar estabelecimentos no território de Goiás, onde o pai de Bueno já tinha achado indícios e provas de imensas riquezas minerais. À testa de um destacamento de cerca de duzentas pessoas, Bueno penetrou por aqueles sertões, cuja fama de riqueza aurífera trazia enlevadas todas as imaginações. Dizia-se que pelas regiões banhadas pelo rio Caiapó era tão espantosa a abundância de ouro que para colhê-lo não seria preciso mais lavar as areias dos rios nem quebrar o granito das montanhas; via-se distintamente o ouro em grossas barras cintilando ao sol no veio dos rios cristalinos; não seria mais com bateias e almocafres que seria extraído, mas com alavancas e talhadeiras seria arrancado ou cortado aos pedaços, como pedras que se tiram das pedreiras. À proporção dessas, assoalhavam-se outras tais e quejandas maravilhas, que excitavam de mais em mais a imaginação e a cobiça daqueles infatigáveis exploradores.

Três anos o denodado paulista andou entranhado pelas matas e chapadões sem termo daquelas regiões só povoadas de feras e gentios. Enfim vendo baldados todos os seus trabalhos e pesquisas, e tendo perdido quase toda a sua gente por enfermidades e desastres inseparáveis de uma tal empresa, resolveu-se a retroceder, e foi somente alguns anos depois que voltou e estabeleceu a primeira colônia em Goiás, para onde foi nomeado capitão-mor.

Quando Bueno, cansado de viajar, resolveu-se a voltar, um de seus companheiros, por nome Gaspar Nunes, disposto a perecer naqueles sertões, e a não voltar a seu país sem levar ao menos a notícia das minas que procuravam, decidiu-se a continuar as explorações encetadas. Associaram-se-lhe uns oito ou dez companheiros, dos mais resolutos e aventureiros. Separaram-se de Bueno, que em vão tentou dissuadi-los de tão louca empresa, e seguiram rumo do norte.

Levavam por armas somente uma faca de mato, uma azagaia e um arco-e-flechas, que lhes serviam para matar a caça para seu sustento e substituíam-lhes as escopetas, que tinham abandonado como carga inútil, pois não podiam achar naqueles desertos munição para elas.

Assim se foram desprovidos quase de tudo, munidos somente de audácia e resolução. Atravessaram sertões imensos, transpuseram cordilheiras, passaram rios caudalosos sem nada encontrar que pudesse compensar um dia só dos rudes trabalhos e privações por que iam passando.

Já quase esmorecidos e arrependidos de sua louca tentativa, quando um dia avistaram uma índia, que à beira de um sapão[1] embalava à sombra um menino doente em uma maca de palha de buriti. A índia trazia braceletes e outros ornatos de ouro. Foi um achado que encheu de alegria os nossos aventureiros.

Chegaram-se a ela; assustou-se, tomou o menino nos braços e quis correr, mas eles, que em suas longas excursões pelos sertões

---

[1] No original, aparece "çapão", palavra da qual não encontramos registro e que remete tanto a "sapão", árvore semelhante ao pau-brasil, como a "capão", que significa bosque, ilha de mato. [N.E.]

tinham aprendido alguma coisa da língua dos tupis, tranquilizaram-na e a resolveram a não fugir. Gaspar, que era algum tanto curandeiro, preparou e aplicou alguns remédios do mato, com os quais a criança começou a ter melhoras.

A índia, agradecida, tornou-se sumamente dócil e contou-lhes que os de sua tribo, perseguidos por outra tribo inimiga, viram-se obrigados a fugir e a tinham abandonado ali sozinha por não poderem salvá-la com o filho doente. Tinham querido matar a criança, mas ela opusera-se a isso desesperadamente, e por isso a tinham abandonado.

Os paulistas perguntavam-lhe onde achava aquele ouro que trazia nos braços e no pescoço. Quis ela dar-lhes aqueles adornos, mas eles recusaram e insistiram para que lhes indicasse o lugar em que os havia. A índia declarou que não longe daquelas paragens existia um lugar em que era pasmosa a abundância de ouro e de pedras preciosas.

– Aí – dizia ela –, o cascalho dos rios é de diamantes e os rochedos das montanhas são de ouro, e o que há de mais extraordinário ainda é um grande penedo todo inteiro do mais puro ouro, que existe em cima de uma serra e que alumia tanto, quando o sol lhe bate defronte, como se fosse um outro sol. Mas ai de vós – acrescentava ela com certo ar de terror –, ai de vós, se lá entrardes! Lá são os Jardins de Tupã e nenhum mortal ainda lá entrou que voltasse nem vivo, nem morto.

– Se é assim – perguntaram-lhe –, como se sabe que lá existem todas essas riquezas?

– Avista-se de longe – respondeu a índia –, e alguns já têm entrado lá e apanhado muito ouro e diamantes; mas saem logo; os que ficam lá de noite é que não escapam.

– E não se sabe então quem é que assim acaba com os que lá vão ter? – perguntou Gaspar, cuja curiosidade, bem como a de todos os seus companheiros, subia de ponto com as revelações da índia.

– Oh! sim! sabe-se; sabe-se muito. São os tatus brancos.

– Tatus brancos!... que diabo de qualidade de bicho é essa?

– Não é bicho, não; é uma casta de gente terrível, que vive debaixo da terra como o tatu durante o dia e só de noite sai do buraco. São brancos, brancos como o leite destes meus peitos, e numerosos como as formigas, e ai de quem lhes cai nas garras; não deixam ficar nem os ossos. Tupã não quer que ninguém pise nos seus jardins e pôs lá essa raça maldita para vigiá-los.

– E podes nos guiar a esses lugares? Protesto que havemos de dar cabo dessa corja de tatus brancos, que vos faz tanto medo.

– Eu pôr lá meus pés?! Tupã me defenda; tenho muito medo...

– Não será preciso, nem queremos que chegues até lá conosco; basta que vás até certa altura, em que possas mostrar de longe esses sítios; depois irás para onde quiseres.

– Lá isso pode ser, mas vós... pensai bem, vós ides correr a uma morte certa...

– Não te dê isso cuidado; estamos acostumados a afrontar a morte todos os dias; é-nos preciso absolutamente ir lá.

A índia em vão tentou demover os audaciosos paulistas de seu temerário propósito; movida enfim pelos rogos e instâncias dos mesmos, a muito custo resolveu-se a ir guiá-los até as proximidades desse sítio tão cheio de maravilhas e perigos.

Os paulistas, com a fantasia exaltada pela pintura que a índia lhes fizera das assombrosas riquezas dessa região, não cabiam em si de contentes e davam ao desprezo a história dos tatus brancos, de que riam-se a bandeiras despregadas, divertindo-se à custa da credulidade dos pobres índios.

– Bruxarias de bugres! – diziam eles entre si. – Que perigos poderemos nós aí encontrar que já não tenhamos afrontado por uns medonhos desertos que temos atravessado! Animais bravios, serpentes venenosas, gentios ferozes?... Com esses de há muito estamos avezados a nos haver e não nos faltará astúcia e valor para lhes escapar. Se essa pobre gentia não está zombando de nós, vamos enfim colher o fruto de nossa audácia e de nossos trabalhos; havemos de entrar nos Jardins de Tupã e tocar com a mão no grande sol de ouro, bem que pese aos tatus brancos e ao mesmo Tupã.

Portanto, puseram-se a caminho guiados pela índia. Depois de três dias de bom caminhar chegaram a uma eminência, donde descortinaram um vasto e formosíssimo vale, formando um quadrado quase regular e encaixado por todos os lados entre serros de pouca elevação.

– É ali! – disse a índia apontando para o vale, mas quase sem olhar para lá. – Ali embaixo as áreas dos regatos são de ouro, e o cascalho de diamantes. Amanhã, quando o sol se levantar daquele lado, olhai para acolá (e apontava para o poente) e vereis em cima daquela serra brilhar uma coisa como um sol defronte de outro sol. Porém, cuidado! Lembrai-vos bem do que vos disse da gente que aí mora; ai de vós, se vos pressentem. De noite escondei-vos e resguardai-vos bem. Agora, adeus! Tupã vos preserve das garras dos tatus brancos. Daqui ao país de meus irmãos não é longe, em breve estarei com eles.

Ditas essas palavras, a índia deitou-se a correr para trás. Em vão quiseram detê-la chamando-a em altos gritos; a índia tornava-se surda e corria a bom correr, até que de todo desapareceu a seus olhos.

Era já sol posto; a perspectiva que tinham diante dos olhos era das mais belas e magníficas; mas a noite, que começava a descer, não permitia que devidamente a apreciassem.

Os aventureiros assentaram de pernoitar ali mesmo para no dia seguinte descerem a explorar o extenso e formoso vale que tinham diante de si.

III. OS JARDINS DE TUPÃ

Apenas alvoreceram os primeiros clarões do dia, já os nossos intrépidos aventureiros estavam em pé, e impacientes, já como que devoravam com os olhos os imensos tesouros, em cuja posse esperavam entrar daí a pouco sem a menor contestação. Colocados em um cômoro eminente, donde podiam descortinar o vale em toda a sua extensão, presenciaram o mais esplêndido e assombroso espetáculo que é dado a olhos humanos contemplar.

O sol começava a surgir no oriente, à direita dos paulistas, que anelantes de curiosidade e impaciência aguardavam o seu aparecimento. Apenas o seu disco resplandeceu no horizonte, os olhos de todos eles volveram-se como por encanto para o lado do ocidente, e um grito de surpresa e admiração rompeu a um tempo dos lábios de todos eles. Ali um rochedo enorme aprumado sobre a grimpa mais elevada da montanha brilhava como uma lâmina de ouro polido, e parecia mesmo, como dissera a índia, um sol que assomava defronte de outro sol a competir com ele em beleza e resplendor. Esse estranho e maravilhoso espetáculo os teve longo tempo em muda contemplação, suspensos e absortos de admiração.

Voltados apenas daquele primeiro assombro, estenderam suas vistas pela encantadora paisagem que se desdobrava a seus pés. Ao norte, o vale se prolongava muito, ao longe encrespando-se em colinas levemente acidentadas, que se iam perder nas brumas cinzentas dos remotos horizontes. O terreno compreendido entre as serras, que formavam como um cinto de muralhas em torno dele, era dividido em vastas leiras abauladas, cobertas da mais esplêndida verdura e separadas entre si por uma multidão de ribeiros que, descendo da serra de oeste, se encaminhavam por um leve pendor para o lado oposto, a se confundirem em um rio que lambia as faldas da serra do oriente. Desta também se despenhavam em cristalinas espadanas cascatas, que aqui e acolá pelo roto das águas deixavam ver lâminas de ouro cintilando ao sol.

Capões tufudos, cheios de viço e fresquidão, se estendiam pelas orlas dos córregos, como cercas de verdura dividindo em vastos canteiros de relva aqueles deliciosos sítios.

Fartos já de dar pasto aos olhos por esse magnífico panorama, Gaspar e seus companheiros desceram a serra, e como a encosta não era extensa, em breve se acharam enredados pelos viçosos vargedos daquela deliciosa valada, toda entremeada de vergéis, de veigas matizadas de flores, de lezírias extensas, formando um labirinto em que com dificuldade se orientariam nossos bravos sertanejos, se não fosse a rocha de ouro, que lhes servia de farol e que, pela elevação em que se achava, sempre lhes ficava à vista. A cada vertente que passavam, a cada córrego que transpunham, escapava-lhes um grito de surpresa e admiração. Aqui deparavam com um montão de areia de puro ouro acumulado pelas torrentes pluviais; acolá, ao passar de um regato, seus pés pisavam uma barra de ouro maciço; além, era um arroio cujo álveo estava marchetado de palhetas cintilantes; mais adiante, no seio azul de um límpido remanso, os diamantes, os rubis, as safiras rutilavam como as estrelas no fundo do firmamento.

Além dessas maravilhas do reino mineral, também a vegetação era a mais esplêndida e opulenta que se pode imaginar. A mangabeira, o araticum, o cajueiro espalhavam por todas aquelas veigas o suavíssimo cheiro de seus frutos. O maracujá, enlaçando pelos arvoredos suas ramas flexíveis, formava berços e grutas de verdura da mais amena fresquidão, embalsamadas do aroma de sua flor simbólica e de seus frutos deliciosos. Renques de altos buritis se estendiam ao longo das vertentes como filas de selváticos guerreiros balanceando na fronte seus vistosos cocares.

Aves de mil variadas espécies povoavam essas encantadas solidões, e as enchiam de mil alegres rumores. Manadas de veados pastavam tranquilamente pelos campos sem temer as matilhas do caçador. A lontra e ariranha de pelo auriluzente saltava[2] a emborcar-se na água dando caça aos peixes, que em cardumes vagueavam pelo veio cristalino dos córregos alardeando a beleza de suas escamas de ouro e prata, de púrpura e azul. Pacas aos bandos retouçavam à beira dos arroios e, mergulhando na água, recolhiam-se às tocas conhecidas. O sagui, a irara, o quati e outros animaizinhos inofensivos saltavam e brincavam pelas ramas das árvores. Por toda a parte a natureza ostentava vida, magnificência, esplendor e beleza.

E tudo naquela aprazível solidão se achava intacto e virgem. Nenhum sinal indicava que jamais ali houvesse penetrado pé humano; nem um ramo quebrado, nenhuma relva trilhada, nem uma pedra aluída de seu lugar nativo. Era como um Éden que acabava de sair das mãos do Criador e que só esperava o Adão e a Eva, que deviam povoá-lo. Mas todas essas louçanias da natureza pouco atraíam as vistas de nossos aventureiros, que, deslumbrados pela prodigiosa abundância de ouro e pedrarias, quase que eram cegos e surdos para tudo o mais.

– Meus camaradas – disse um deles –, acho bom que voltemos sobre nossos passos. Já conhecemos quanto é bastante este sítio e suas imensas riquezas; já as vimos com os nossos olhos e as tocamos com as nossas mãos. Somos poucos, e tentar avançar mais seria grande temeridade da nossa parte. Em outra ocasião poderemos voltar em maior número e mais bem apercebidos contra qualquer eventualidade. Quem sabe se a índia, que nos não há enganado a respeito da riqueza destes lugares, também nos não disse verdade a respeito dessa nação alva como leite...

– Quem pode acreditar nas bruxarias dessa pobre gentia! – atalhou um outro. – Como entre nós outros há quem acredite em almas

---

[2] Como lontra e ariranha são animais da mesma família e no texto original o verbo aparece no singular, parece ter havido uma duplicação de palavras. [N.E.]

do outro mundo, também essa pobre gente tem suas abusões, de que não devemos fazer caso algum.

– E demos graças a Deus – acrescentou outro – por haver entre eles dessas abusões; a elas devemos nós a ventura de achar intactos estes imensos tesouros. Aliás, já tudo isto estaria revolvido e estragado.

– Mas – objetou o primeiro dos interlocutores – é essa mesma extraordinária abundância de riquezas que temos diante dos olhos, entre as mãos e debaixo dos pés, que me faz ficar assim temeroso e pensativo. À fé de paulista, que me parece, que estamos em uma terra de feitiçarias e encantamentos. Quer me parecer que tamanha riqueza não pode existir senão por milagre de algum mágico ou de alguma fada, e que não pode deixar de ser guardada ou por essa nação alva, de que nos falou a bugre, ou por alguma enorme serpente ou dragão de fogo...

– Mal hajam tuas histórias de encantamentos e bruxarias! – replicou Gaspar com enfado. – Pensas acaso que com essas bugigangas hás de meter medo a nós, os companheiros de Bartolomeu Bueno, que temos corrido quantos azares e afrontado quantos perigos há neste mundo?

– À fé de paulista, que me não compreendes, Gaspar, e te zangas debalde – retrucou o outro. – Apareça esse que já me viu recuar diante de perigo algum, e muito menos procurar desanimar outros! Isso que eu digo são abusões cá de minha cabeça; mas não estorva que marchemos avante, ainda que nos leve o diabo. Haja embora tatus brancos ou pretos; serpentes ou dragões de fogo, haja o diabo a quatorze, por minha alma vos juro, não serei eu quem recue um só passo.

– Sem dúvida, meu bravo companheiro, nem eu digo o contrário; nós, que ainda não tivemos pavor diante de perigo algum visível e palpável, nem diante de inimigos de carne e osso, havemos de recuar diante de fantasma da meia-noite! Recuar agora seria dar um coice na fortuna que nos abre seus braços. Até agora ainda não encontramos vestígio algum que denote haver por aqui criatura humana nem branca nem preta, nem coisa alguma que nos possa inspirar receio. Temos já visto muita coisa, mas ainda não vimos tudo. Seríamos uns poltrões dignos do desprezo e do escárnio de nossos patrícios, se tendo chegado até aqui sem o menor contratempo, por um vão terror deixássemos de ir ver de perto e tocar com as nossas mãos aquela grande maravilha que lá resplende do lado do ocidente. Avante, pois, companheiros! Nada de vãos receios! Avante!

Essas palavras de Gaspar foram aplaudidas com calor e eletrizaram a companhia. Continuaram, pois, seu caminho em direção à montanha do Pão de Ouro, como eles a apelidaram, e que sempre lhes ficava em vista por causa de sua elevação, pisando sempre um chão crivado de prodigiosas riquezas minerais, e coberto da mais esplêndida e luxuriante vegetação. Ao cabo do dia, chegaram à base da montanha, que não era de grande elevação, mas cujas abas eram bastantemente íngremes e alcantiladas, formando a modo que uma muralha, que, como a dos outros lados, servia de cerco e limite àquele recinto de delícias.

IV. OS TATUS BRANCOS

Chegados ao pé da montanha ao descair do dia, nossos bravos aventureiros trataram logo de explorar qual seria o ponto mais favorável por onde deveriam procurar galgar ao cimo, em que existia o Pão de Ouro.

Contentíssimos por terem avançado até ali sem o menor contratempo, já não se lembravam dos tatus brancos, nem dos sinistros avisos da índia, senão para rirem-se com a melhor vontade de tudo isso. Percorrendo as abas da serra, toparam uma espécie de furna ou mina à maneira da boca de uma fornalha, que se prolongava horizontalmente pelo âmago da montanha até perder-se nas trevas. Essa furna não tinha talvez nem meia altura de um homem, e para nela entrar seria preciso andar de joelhos e mãos no chão. Não lhes causou isso grande impressão; pensaram que seria alguma lapa natural, provavelmente guarida de animais bravios, e continuaram em suas explorações. Mais uma centena de passos adiante depararam outra furna da mesma forma e do mesmo aspecto; mais adiante ainda outra. Começaram a cismar e analisaram com atenção a boca da furna; não encontraram rasto algum nem de alimária, nem de homem; penetraram por ela adentro até onde o podiam fazer sem perigo; nada viram e nem ouviram. Não sabiam o que pensar.

Prosseguiram seu caminho, e mais adiante encontram outra furna de forma idêntica, e assim por diante outras e outras muitas. O caso tornava-se digno de atenção e próprio para inculcar sérios medos. Os índios da noite, alvos como leite e ferozes como o tigre, vieram à lembrança de todos, e a despeito da incontestável intrepidez e valentia daqueles rudes viajores, afeitos a romper por todos os obstáculos e perigos, um sentimento de pavor lhes assaltou o espírito e fez-lhes tremer o coração. É que tudo que tinham visto naquele dia e naquela região era estranho e extraordinário, e assim já não duvidavam muito que daquelas gargantas subterrâneas surgissem monstros a devorá-los. A noite, que já vinha descendo, contribuía ainda mais para tornar pavorosa a sua situação.

– Isto não pode ser toca de animais bravios – disse Gaspar. – Consta a algum de vós que haja feras que tenham seus covis assim dispostos de modo tão regular e uniforme?

– Não; nunca vimos nem ouvimos falar em tal – foi a resposta de todos.

– Portanto, meus amigos – continuou Gaspar –, se existem esses tatus brancos, de que nos falou a índia, aqui nestas furnas deve ser a guarida dessa gente alva, que aborrece o dia e só de noite sai de suas tocas. Mas não vejo motivo nenhum nisto para nos acovardar, meus bravos amigos. Nós, que temos feito frente a homens que amam a luz e não têm receio das trevas, e temos sabido escapar-lhes das garras, nenhum receio podemos ter desses imundos filhos das trevas. Eles só de noite aparecem, portanto tratemos de nos pôr a salvo em algum lugar onde nos não possam ver, mas de onde os possamos espreitar e observar a nosso gosto. Amanhã, depois que se recolherem, veremos o que se pode fazer para dar cabo deles.

– Como de dia não saem e nada podem fazer – dizia um deles –, o melhor que se pode fazer é tapar as bocas das furnas entulhando-as com as maiores pedras que pudermos carregar; assim emparedados, veremos por onde podem escapar-nos.

– Isso não tem propósito – respondia outro – e seria muito difícil tapar-se tantas bocas de furna em um só dia. Demais, lembremo-nos que são tatus e podem furar uma saída por onde bem lhes parecer. O melhor é ajuntar bastante lenha na boca de cada furna e deitar fogo; assim os sufocaremos e os mataremos todos, como se matam as formigas-cabeçudas lá em nossa terra.

A pouca distância das furnas havia um montículo cuja cima era guarnecida de um grupo dessas arvorezinhas que costumam formar bosquetes em meio dos campos. Dali podiam avistar as bocas de quase todas as furnas e era a posição mais favorável que podiam encontrar para se esconderem e ficarem de espreita.

Para ali, pois, se dirigiram, ocultaram-se do melhor modo que puderam e ficaram apercebidos para o que desse e viesse.

A noite caía escura, sem estrelas e sem luar; o céu estava talhado e apenas se podia enxergar a mui curta distância. Apenas as trevas tinham acabado de cerrar-se de todo, os nossos heróis começaram a ouvir um rumor confuso e indefinível que partiu do lado da serra. Eram como uns ecos cavernosos e longínquos, ora como o toque de uma matilha de cães, e gritos de caçadores, que perseguem ao longe um veado ou uma anta no seio de uma gruta profunda; ora murmurava confuso à maneira do grunhir de uma vara de porcos. De súbito, aquele alarido se tornou mais intenso e distinto; eram gritos, guinchos, ganidos, assobios, bramidos, uivos, uma mistura enfim de sons de toda a espécie, que restrugia pela boca das furnas e se expandia pela valada de um modo medonho e atroador. Por mais de uma hora os desgraçados aventureiros estiveram escutando na mais terrível ansiedade aquela estranha vozeria, que de momento a momento mais se avizinhava e aumentava de intensidade. Nada podiam ver, porque era grande a obscuridade da noite; mas pela natureza dos sons logo compreenderam que eram soltados por gargantas e lábios humanos, e por uma multidão incalculável de pessoas.

Então – ai deles! – já bem tarde fugiu-lhes do espírito toda e qualquer dúvida que ainda pudessem conceber acerca da existência dos tatus brancos; o que julgavam parto extravagante da imaginação supersticiosa dos selvagens tornava-se medonha realidade. Eram sem dúvida os tatus brancos, que saíam de tropel de suas tocas e se derramavam em chusma pela campanha, fazendo toda aquela tremenda algazarra, como um bando de meninos ao sair da escola, porém mil vezes mais atroadora e pavorosa. Começavam a compreender quão desesperada era a sua situação, e arrependeram-se mil vezes de sua louca temeridade; mas era tarde.

Por um momento, contudo, julgaram-se salvos. Os bandos dos selvagens até então apinhados ao sair das furnas parecia que se iam espalhando pela campanha; as vozerias diminuíam pouco e pouco, e como que se iam derramando e dissipando ao longe. Alguns grupos apenas pareciam rondar pelas vizinhanças do montículo em que se achavam nossos aventureiros. Estes, para melhor se esconderem, treparam nas árvores e se ocultaram entre as ramas; mas ai deles!

A lua, que estava em seu primeiro quarto depois de cheia, começou a despontar; o céu se desnublou; e o teatro daquela assombrosa cena foi-se clareando.

Uma multidão inumerável de entes humanos perfeitamente nus e alvos como a neve, espalhados por todos aqueles contornos, vagavam em todos os sentidos e se derramavam pelas campinas. Uns se embrenhavam pelos matos, outros corriam através dos campos com a rapidez da corça, outros trepavam nas árvores com a agilidade do macaco, outros esfuracavam a terra com as unhas, como verdadeiros tatus; assim dispersos em desordem se iam afastando da entrada das furnas, com exceção de alguns pequenos ranchos, provavelmente velhos e crianças, que se conservaram ao pé delas. Quem tem observado, quando se revolve a terra de um formigueiro, aquela imensa quantidade de ovas brancas carregadas nas costas das formigas, que desaparecem debaixo delas, saindo das células, correrem às tontas, cruzando-se em todos os sentidos, redemoinharem e se espalharem aos poucos, terá uma justa imagem, se bem que em miniatura, do que eram os tatus brancos ao precipitarem-se de tropel fora das tocas e se derramarem pelas campinas.

Atônitos e transidos de pavor, os aventureiros paulistas, aos quais em tais conjunturas de nada podia valer toda a sua intrepidez e valentia, observavam aquele estranho espetáculo. Já alguns grupos vagueavam a mui pequena distância do lugar em que se achavam nossos heróis.

Estes, de medo de serem descobertos, quase que nem respiravam, e murmuravam tremendo quantas orações e rezas tinham aprendido. Mas estavam bem escondidos, e restava-lhes ainda a esperança de que os tatus poderiam passar além sem deles darem fé.

Os malditos selvagens, porém, além de terem melhor vista de noite do que os linces de dia, parece que tinham um faro tão apurado quanto os melhores cães de caça.

Uma chusma deles investiu de repente em altos gritos contra o montículo em que se achavam refugiados os paulistas. Estes compreenderam logo que estavam descobertos, e que para eles não havia mais salvação possível. Desceram, pois, das árvores, rezaram e encomendaram suas almas a Deus e, indignados de morrer às garras daqueles entes abjetos e imundos, fizeram propósito de ceifar, antes de sucumbir, o maior número deles que pudessem. Os tatus brancos eram de mui pequena estatura, quase anões, mas ágeis e robustos. Suas armas eram seus próprios dentes e unhas, que as tinham curvas e agudas como os carnívoros, ou paus brutos, que quebravam pelo mato, e as pedras, que encontravam pelo chão.

Um montão deles ficou logo espichado por terra aos golpes desesperados dos paulistas, que às vezes, de um só gilvaz de suas catanas, faziam morder o chão a dois e três. Mas não puderam resistir por muito tempo ao número infinitamente superior de seus agressores.

A maior parte sucumbiu na luta; alguns, porém, foram garroteados e amarrados pela turba cada vez mais apinhada dos tatus brancos, e entre estes Gaspar.

Gaspar, apertado por uma chusma deles, trepou em cima de um cocuruto ou cupim que a fortuna lhe deparou, vibrando golpes de espada por todos os lados, os ia matando aos montes com a mesma facilidade com que os nossos caçadores trepados em um toco de árvore costumam matar uma vara inteira de caititus que, espumantes e furiosos, o atacam por todos os lados. Mas o seu número era demasiado grande; atracaram-se-lhe às pernas e o fizeram tombar de bruços sobre a pilha de cadáveres que tinha amontoado em torno de si. Uma bordoada na nuca o atordoou; foi amarrado de pés e mãos, como seus companheiros.

Houve grande altercação e horrível algazarra acompanhada de sanguinolentas vias de fato, por ocasião da distribuição das presas, isto é, dos corpos dos prisioneiros vivos e mortos. A carne humana parece que era para eles finíssima iguaria, por isso mesmo que raras vezes podiam obtê-la.

Pelo que era grande a ganância e grande também a alegria e o entusiasmo pela bela caçada que acabavam de fazer, posto que tivessem perdido na luta não menos de cinquenta a sessenta companheiros.

No fim de contas, não podendo chegar a acordo algum amigável, os mais atrevidos foram agarrando nos cadáveres e prisioneiros vivos, e sempre em briga uns com os outros às dentadas, unhadas e pontapés, os foram carregando em charola para a boca de suas furnas.

Tocou um paulista a cada uma das furnas, as quais, ao que parece, eram habitadas cada uma por uma família ou tribo, ficando outras muitas queixosas e descontentes. A furna, porém, a que foi recolhido Gaspar, teve dois corpos, ele e mais um companheiro também vivo, talvez porque pertencia ao chefe ou primaz daquela gente, que de humano apenas tinha a figura.

V. NO INTERIOR DA FURNA

Quem tiver reparado no modo por que as formigas costumam carregar para a cova o mísero insetozinho que teve a desgraça de cair-lhes nas garras fará uma ideia justa da maneira por que Gaspar e seus companheiros, amarrados com cipós de pés e mãos, carregados cada um por sete, oito e mais selvagens, uns puxando para aqui, outros para acolá, uns pegando, outros largando, uns arrastando, outros empurrando, foram introduzidos aos trambolhões pelas furnas adentro, no meio de uma selvática e imensa grita de triunfo.

Gaspar, durante o trajeto com os abalos e empuxões dos condutores, foi voltando a si do atordoamento que lhe causara a bordoada que recebera na nuca. Lá dentro a escuridão era completa, impenetrável e, a despeito disso, aqueles selvagens, afeitos às trevas, pareciam enxergar, pois moviam-se com toda a presteza sem se abalroarem, e faziam tudo com todo o desembaraço, como se estivessem à luz do meio-dia. Inimigos da luz, não faziam fogo, e o clima tépido daquelas regiões os dispensava de se aquecerem.

Gaspar pensava ter caído vivo no inferno, e sua pavorosa situação ainda mais cruel se tornava pela lembrança do rico e delicioso vale, que tinha ali tão perto de si e que ainda há pouco acabava de atravessar com o coração a transbordar de esperanças e o espírito cheio dos mais brilhantes projetos. Atravessar o paraíso para cair de chofre naquele inferno de eterna escuridão! Oh! que era um transe de pungir, de ralar o coração!

Gaspar foi atirado no chão, amarrado como estava como um porco que se vai sangrar. Pelo tropel e vozeria dos selvagens, compreendeu que a furna se dilatava interiormente em um vasto subterrâneo, cuja atmosfera pesada e quente estava carregada de miasmas infectos e nauseabundos. Posto que transido de horror, sua curiosidade era grande e, ao menos para disfarçar sua angústia, desejava conhecer aquele inferno onde a sorte o precipitava por modo tão estranho e desapiedado. Esperava que acendessem algum lume; mas em vão; aquela gente, inimiga da luz do sol, ignorava até o uso do fogo.

Estava, pois, condenado a perpétuas trevas; estava como no túmulo em vida. O único pensamento que ainda o consolava era a esperança de que aqueles selvagens não deixariam em breve de dar-lhe cabo da vida. Uma cena horrorosa, que lhe feriu os ouvidos, ainda mais o veio confirmar naquela ideia.

Por entre o alarido sinistro dos selvagens, Gaspar ouviu um ruído como de pauladas sobre um corpo humano, de ossos que se quebravam a repetidos golpes e os gemidos de uma vítima nas agonias da morte. "Ai! Meu Deus! Meu Deus! Piedade!", foram as últimas palavras que saíram dos lábios do padecente e ecoaram lugubremente pela escuridão infernal daquelas abóbadas. Gaspar conheceu a voz de um de seus mais queridos camaradas; deu um arranco e um rugido de desespero; ai dele! o que poderia fazer senão esperar também com resignação a sua vez!...

Daí a pouco um novo rumor ainda mais estranho chegou-lhe aos ouvidos. Era o de um corpo que se rasgava, que se esquartejava brutalmente entre as mãos daqueles ferozes selvagens, que se lançavam à presa e a disputavam entre si como um bando de cães esfaimados. Seguiu-se depois o ruído da mastigação das carnes, que se rasgavam dos ossos, que estalavam entre os dentes caninos daquelas feras humanas, que devoravam quentes e ainda palpitantes os membros da vítima. Quem não os tivesse visto julgaria estar num antro de lobos ou panteras. Gaspar sentiu o cheiro das entranhas palpitantes e do sangue ainda quente de seu companheiro. Os cabelos se lhe eriçaram, bagas de suor frio rolaram-lhe pela testa, cerrou os olhos em uma vertigem e teria caído em terra, se já não estivesse amarrado e estendido no chão.

Passados aqueles momentos de turvação, os olhos de Gaspar, já um pouco familiarizados com a espessa escuridão que reinava na furna, começaram a divisar mui confusamente os vultos branquicentos dos selvagens, que se moviam mais perto dele. Um destes se avizinhou, pôs-se de joelhos, debruçou-se sobre ele, tocou-o com as mãos e esteve como que o contemplando por algum tempo. Gaspar estremeceu.

"É chegada a minha vez!", disse consigo; rezou o ato de contrição e encomendou sua alma a Deus.

Imediatamente um grupo numeroso se acercou dele dando gritos de feroz alegria; Gaspar esperava a cada instante os golpes que deviam matá-lo e avançava a cabeça para nela recebê-los a fim de morrer mais depressa. Já os cacetes estavam alçados sobre ele; súbito, o índio ou índia, que estava debruçado sobre ele, levanta-se bruscamente, estende os braços sobre o prisioneiro e suspende os golpes dos selvagens; dirige-lhes depois algumas palavras, antes gritos em tom imperioso, e com um gesto fá-los se retirarem como um bando de urubus que o cão só com um rosnar enxota da carniça; sentou-se depois outra vez junto de Gaspar, tocou-lhe o corpo com as mãos, encostou as faces em suas faces, os lábios em seus lábios e pousou seu peito sobre o dele. Gaspar reconheceu que era uma mulher e sentiu um horror e um asco irresistível. Essa mulher, que assim o afagava, tinha as mãos e a boca besuntadas do sangue de seu camarada há pouco devorado, e seu hálito tresandava um cheiro infecto e nauseabundo de sangueira. Gaspar sentiu as entranhas se lhe revolverem em ânsias cruéis. Se ele se visse com o pescoço enleado entre as roscas de uma serpente, que com a farpada língua lhe lambesse as faces e os lábios, não sentiria tanto horror e repugnância como ao ver-se enlaçado nos braços de tão repulsiva criatura.

A índia retirou-se e um momento depois voltou trazendo uma pele que estendeu no chão junto a Gaspar; desatou-lhe os cipós das mãos somente, e por gestos o convidou a repousar, e tornou a retirar-se. Daí a momentos tornou a aparecer trazendo-lhe para alimento o quê! Santo Deus! O braço de seu camarada esquartejado, ainda quente e fumegante! A tal vista, Gaspar soltou um grito de horror, voltou bruscamente o rosto e o escondeu entre as mãos. A mulher parece que compreendeu sua repugnância e foi lhe buscar frutos; estes eram sãos e saborosos, colhidos há pouco nos vales próximos àquela espelunca infernal. Gaspar não tinha fome, mas sentia necessidade de alimentar-se; comeu-os, e ao comê-los não pôde deixar de exclamar: "Ah! Frutas do paraíso, quanto sois deliciosas! Mas ai de mim, que sou condenado a comer-vos no inferno!". A índia retirou-se e não voltou mais essa noite.

Gaspar deitou-se na pele e refletiu amargamente sobre seu cruel destino. Já não havia para ele dúvida que aquela mulher, que pelo ascendente que exercia sobre os outros, parecia ser filha, irmã ou talvez mulher do cacique ou chefe daquela gente, se tomara de amores por ele, e a esse fato devia ele o ter-se-lhe poupado a vida. Mas que vida, meu Deus! E por que preço!

"Descer vivo à escuridão dos túmulos", pensava Gaspar, "para viver em perpétuas trevas e completa solidão no meio desta corja de monstros repulsivos, que mais parecem um bando de tatus a esfuracarem as sepulturas de um cemitério infecto! E para cúmulo de misérias ter de ser ainda o alvo em que se devem cevar os desejos amorosos de uma harpia repugnante e asquerosa! Que sorte mesquinha e amargurada! Quanto é preferível o destino desse meu companheiro que ainda há pouco devoraram! Antes minhas carnes, como as dele, já estivessem sendo digeridas por esses estômagos esfaimados! Oh! meu Deus! Antes a morte, mil vezes a morte!".

E o mísero paulista pedia a morte de todo seu coração.

Mas refletindo depois melhor e com mais calma, lembrou-se de que talvez lhe não seria impossível evadir-se daquele inferno, e que o amor da índia, longe de ser um estorvo, poderia proporcionar-lhe os mais favoráveis ensejos a sua fuga, contanto que ele soubesse haver-se com astúcia e habilidade. Pensou muito nisso, e por fim resolveu-se a viver e a esperar, e o que era mais penoso ainda, a corresponder aos repulsivos afagos de sua abominável amante.

A noite, que para eles era o dia, estava ainda longe de seu termo; portanto, os tatus brancos tinham saído todos de novo a correr os campos, ficando apenas alguns rondando a caverna e guardando o prisioneiro. Extenuado pelas fadigas do dia, cansado de emoções violentas e de amargas reflexões, Gaspar adormeceu pensando nos meios que empregaria para obter a sua evasão.

VI

Quando Gaspar acordou, as trevas que reinavam na caverna já não eram tão espessas; um fraco crepúsculo, que parecia entrar por uma abertura no alto da abóbada, permitia avistar-se mais claramente e a alguma distância, como em uma noite não muito escura, mas sem estrelas nem luar. Era o dia que surgira, não para aquele inferno de perpétuas trevas, mas para o mundo exterior. Todavia, a alma de Gaspar expandiu-se algum tanto com aquele escasso clarão, que sempre lhe permitia lobrigar alguma coisa em torno de si: rezou a Nossa Senhora dos Aflitos e esperou.

Os tatus brancos, afugentados pela luz do sol que não podiam suportar, começaram a recolher-se de tropel a seu covil. Depois de terem roído esfaimadamente os restos dos ossos do defunto esquartejado essa noite, e de terem devorado mais algumas alimárias e frutos trazidos do campo, estenderam-se no chão pelos cantos da caverna empilhados uns sobre os outros e começaram a roncar como porcos em ceva. Com o surgir do sol começava para eles a noite; tinham ceado; era bom que agora dormissem. Só dois vultos ficaram em pé, de vigia a Gaspar, e para se não deixarem furtar do sono, roíam ossos, brincavam e tagarelavam. Meia hora depois apareceu a selvática amante de Gaspar; a um aceno dela os dois vigias se retiraram e sumiram-se nas trevas da espelunca.

Os amores de Kora, a heroína, da gentil Paraguaçu, de Atala e da meiga Celuta, e de todas essas formosas filhas das florestas nada têm de comparável com a paixão que o jovem paulista, mesmo do meio da mais espessa escuridão e sem se falarem, soube inspirar àquela misteriosa princesa das trevas. Somente não se podia dizer se era bela ou não; porém, em compensação se podia dizer com literal exatidão e não por hipérbole, como é manha de todos os poetas e romancistas, que ela era alva como jaspe, como neve ou como casca de ovo.

Romeu, ao avistar Julieta no topo da escada furtiva do palácio dos Montecchio, não sentiu tão violento abalo, seu coração não palpitou com tanta ânsia como o de Gaspar ao ver encaminhar-se para ele no meio das sombras da caverna, anelante e com os braços abertos, aquele anjo das trevas, alvo como ossada sem sepultura. Oh! que sim; mas o sentimento de um era de prazer e de amor; e o do outro era de asco e de horror.

Todavia, Gaspar, resolvido a aproveitar-se do amor da selvagem para procurar um meio de escapar daquele sepulcro infecto em que estava condenado a viver, tratou de apresentar-lhe a melhor cara possível e entregou-se com toda a complacência a seus estranhos carinhos, e os retribuiu com a amabilidade que pôde. A liberdade e a luz do céu, de que se achava privado, valiam bem aquele penoso sacrifício.

A ninfa mostrou-se contentíssima, trouxe-lhe frutos, dançou em roda dele, dando gritinhos de prazer, e retirou-se. Durante o dia apareceu ainda duas ou três vezes. Quando veio a noite, saiu com seus companheiros, mas ficaram de vigia ao prisioneiro seis ou oito guardas.

Oito dias passou Gaspar naquele estranho e tristíssimo modo de vida, ganhando tempo e contando com impaciência os dias e as horas. Durante esse tempo esmerou-se em tornar-se o mais agradável possível à sua amante e procurou ganhar-lhe a confiança, mostrando-se satisfeitíssimo com a sua nova sorte e cada vez mais submisso e amoroso. No fim desse prazo, abalançou-se a expressar a sua amante, por meio de gestos e sinais, o desejo que tinha de também sair à noite com ela, somente para vê-la sempre ao pé de si e não ficar por tanto tempo privado de sua companhia; pintou-lhe com mímicas expressivas o seu extremoso amor e, do melhor modo que pôde, deu-lhe a entender que nunca por motivo nenhum a abandonaria e que o seu maior gosto seria viver e morrer junto dela. A índia a princípio pareceu hesitar e ficou pensativa por alguns instantes; mas por fim deu-lhe a entender que sua súplica seria atendida e que na seguinte noite lhe seria permitido sair com ela.

De feito, assim aconteceu; na seguinte noite Gaspar experimentou o indizível prazer de ver a luz límpida de um céu estrelado e de respirar a longos tragos o ambiente puro e perfumado daquelas deliciosas solidões, depois de ter jazido por mais de oito dias na escuridão profunda de uma espelunca infecta e asquerosa. Aquela noite límpida e estrelada, posto que sem luar, pareceu-lhe um dia esplêndido, e quase que seus olhos estranharam aquela luz serena, tão afeitos estavam já com as trevas. Em face daquele espetáculo, seus pulmões se encheram de ar vivificante, seu coração se dilatou e alentou-se de novas esperanças.

Entretanto, Gaspar era vigiado de perto por sua amante, que o não deixava um só momento, e por um grupo, que decerto por ordem dela, os acompanhava sempre em certa distância. Também Gaspar era matreiro e não seria tão desasado que arriscasse logo uma fuga sem probabilidade alguma de sucesso. Ele bem sabia que aquela gente tinha à noite uma espantosa penetração de vista, e o faro e a velocidade dos melhores cães de caça. Portanto, foi ele o primeiro que, pressuroso, convidou sua companheira a recolher-se à caverna, logo que pressentiu a aproximação do dia.

Assim volveram-se mais alguns dias a Gaspar, o qual, para entreter-se e encurtar o tempo, passava-o a observar os estranhos costumes daquela gente, que quase se não distinguia dos brutos, e os trabalhos em que empregavam suas noites. Apenas saíam das furnas, derramavam-se em grupos pela campanha. Uns internavam-se pelos matos farejando a caça, que perseguiam com incrível celeridade através das mais emaranhadas brenhas, dando uivos e ganidos como uma verdadeira matilha de cães. Outros com a agilidade do quati andavam trepando pelas árvores para colher frutos ou para surpreender os pássaros e roubar-lhes os ninhos.

Outros percorrendo os campos davam caça às perdizes e codornizes, que colhiam de surpresa em seus esconderijos, ou esfuracavam o chão com as unhas já para arrancar os tatus de seus buracos, já para roubarem o mel às abelhas do chão. Outros esgravatando as fendas dos rochedos andavam à cata de lagartos, cobras, sapos, lagartixas e outros répteis e insetos, que tudo lhes servia de alimento. Assim passavam as noites a caçar o alimento só para aquele dia, pois toda caça que apanhavam quase sempre a escorchavam e devoravam no mesmo instante e no mesmo lugar, à maneira dos lobos e panteras.

Durante esse tempo, Gaspar, em suas surtidas noturnas, procurou portar-se por tal modo que desvanecesse toda e qualquer desconfiança que a índia pudesse nutrir ainda a seu respeito. Assim, já ela ousava afastar-se a sós com ele para longe dos outros grupos e deixava-se ir sem susto para onde Gaspar a queria conduzir sem serem espionados por ninguém. Nessas ocasiões, se Gaspar o quisesse, poderia tê-la agarrado e sufocado com as mãos, e escapado para sempre à sua triste escravidão. Mas repugnava a sua consciência e doía ao seu coração nobre e generoso matar tão cruelmente aquela que, fosse porque fosse, tinha sido a salvaguarda de sua existência e, embora sem o querer e sem o saber, lhe proporcionava meios de escapar daquele horrível e abominável cativeiro. Demais, a empresa não era isenta de perigo; um grito só que ela soltasse podia ser ouvido dos seus, e tudo estava perdido; mesmo poderiam dar falta dela a tempo que aqueles insignes galgos pudessem ir-lhe no encalço e apanhá-lo. Um meio somente lhe ocorria de libertar-se com segurança e sem fazer grande mal à sua libertadora; para levá-lo a efeito só esperava um ensejo favorável. Este enfim se apresentou.

A noite já ia bastantemente avançada; os tatus brancos, fatigados de suas correrias por campos e brenhas, avizinhavam-se pouco e pouco para seus covis. A índia e Gaspar, algum tanto afastados dos outros, marchavam pela orla de um capão ao longo de um delicioso vargedo³. Súbito, um lindo e veloz animalzinho saltou diante deles e desapareceu pelo mato. A índia salta após ele pela brenha adentro; Gaspar a acompanha. Veloz como o gamo, ela corre através das balças emaranhadas; Gaspar a custo a pode seguir de longe; mas ela o chama e espera. Tendo faro de cão como todos de sua raça, vai descobrir de novo o bichinho na moita a que se acolhera. Ei-lo que salta outra vez, e a índia que de novo o persegue pressurosa através das brenhas. Assim se foram pouco e pouco alongando e se entranhando pelo bosque, e a pobre e descuidosa filha da noite nem se lembrava quão longe andava já dos seus. Voltaram sobre seus passos até chegarem ao campo, donde tinham partido. A índia trazia nas mãos o animalejo; mas a coitada quase não podia suster-se de fadiga; Gaspar também a custo podia andar. Ambos sentaram-se oprimidos de cansaço. Gaspar fez que ela reclinasse a cabeça sobre seus joelhos. Ela a princípio relutou e apontou para o oriente, dando a entender o receio que tinha de que o dia os surpreendesse ali. Gaspar expressou-lhe que ele não dormiria e que, ainda mesmo que o dia os apanhasse, ele a carregaria nos ombros para o seio de sua caverna. Tranquilizou-se a índia, e daí a instantes adormeceu profundamente sobre os joelhos de Gaspar.

Mais uma hora e o dia ia luzir. Uma hora só de sono para a pobre indiana e o sol da vida e da liberdade ia surgir para Gaspar! Imagine-se com que sofreguidão e impaciência ele contava os minutos e os instantes, com que ansiedade voltava de contínuo os olhos para o oriente, com que tremor de coração aplicava o ouvido à escuta de alguma voz, de algum rumor, que indicasse a presença dos tatus

---

3 O original traz "çapão" e "vargado", o que não parece fazer sentido; daí a substituição por "capão" e "vargedo". [N.E.]

brancos. Mas o que ninguém pode imaginar é a viva alegria com que saudou os primeiros clarões dessa aurora que vinha arrancá-lo de um túmulo e restituí-lo à luz, à vida e à liberdade! O prazer indizível que experimentou quando, olhando em roda de si, se viu a sós com a índia no meio daquela imensa solidão. Estava salvo!

Quem os visse ali – aquele par solitário em meio daqueles risonhos e fecundos ermos, ela suavemente adormecida nos joelhos dele, ele embevecido no espetáculo da natureza que em torno se lhe despertava entre esplêndidas galas e rumores harmoniosos –, quem os visse ali julgaria ver aos fulgores da primeira aurora outro Adão e outra Eva no seio de um novo Paraíso.

Somente em dois pontos se acharia diferença; um é que a Eva do Gênesis não seria por certo tão alva como esta; outro é que o novo Adão trazia sempre uns calções esfarrapados e os restos de uma capa.

Talvez se pense que Gaspar poderia escapar deixando a índia adormecida, sem que lhe fosse mister esperar pelo alvorecer do dia. Engano; Gaspar era assaz precavido para compreender que ela poderia acordar bem depressa, gritar pelos seus e tudo estaria perdido para sempre. Não assim de dia, porque à luz do sol aqueles desgraçados nada enxergavam e mal podiam dar um passo sem tropeçar e cair.

Quando o sol dardejou seus primeiros raios, Gaspar depositou cuidadosamente sobre a relva a cabeça da índia adormecida; contemplou pela primeira vez à luz do dia aquele corpo, que não era malfeito, porém de alvura tão excessiva que fazia repugnância; os cabelos eram finos, corredios e de um louro quase branco; o rosto era irregular, mas não inteiramente destituído de graça; porém, as unhas curvas e compridas, e os dentes aguçados que se viam por entre os lábios entreabertos, davam-lhe um ar feroz e repulsivo. Gaspar, depois de ter lançado um último olhar de comiseração sobre aquela infeliz selvagem, pôs-se a fugir a bom andar para longe daqueles sítios fatais.

Mal tinha dado uma centena de passos, Gaspar ouviu gritos atrás de si; assustado, voltou o rosto. A mísera, talvez pelo contato da relva fria na cabeça, tinha acordado, e em pé, voltando-se para todos os lados com os braços estendidos, dava gritos lastimosos e estorcia-se em uma indizível aflição. Dava alguns passos vacilantes com as mãos estendidas como quem apalpa nas trevas, e logo caía e se estrebuchava no chão arrancando os cabelos em desespero. Gaspar teve pena dela, e quem deixaria de tê-la! Um sentimento de dó e também de gratidão por aquela infeliz criatura, que fora o instrumento de sua salvação, deteve por alguns momentos as plantas do paulista naquele solo fatal; teve dó da mísera e de todos de sua raça, fadada a tão abjeta e monstruosa condição.

Salvo das garras dos tatus brancos e daquele ignóbil e misérrimo cativeiro, que tinha Gaspar diante de si?... O deserto profundo, incomensurável, mil novos trabalhos e obstáculos a superar, mil novas fadigas e azares a afrontar! Mas antes isso do que ser condenado a viver nas trevas entre aqueles monstros, último rebotalho da natureza humana! Antes morrer vendo o céu, a luz, a natureza, do que viver sepultado na perpétua escuridão daquelas horríveis espeluncas.

Não é nosso propósito e nem poderíamos referir todos os riscos, fadigas, privações e trabalhos por que teve de passar o nosso herói, atravessando sozinho e sem outro recurso, mais que a sua audácia, astúcia e robustez, aqueles vastíssimos e inóspitos sertões até chegar a sua pátria. O certo é que o intrépido aventureiro chegou são e salvo a São Paulo de Piratininga, onde contou a seus patrícios pasmos e boquiabertos as estranhas aventuras que acabamos de relatar. Não podemos garantir a veracidade delas, mas asseguramos que não é invenção nossa, pois ouvimos essa tradição de pessoa mui sensata e autorizada, e que tinha boas razões para dar-lhe inteiro crédito.

Fundados na relação de Gaspar, e dirigindo-se por suas indicações, muitas outras bandeiras de paulistas partiram em diversos tempos para aquelas remotas regiões em demanda daquele novo Jardim das Hespérides. Exploraram muitos países desconhecidos, descobriram riquíssimas minas de ouro e diamantes, muitos rios caudalosos, vales de riqueza e fertilidade espantosa; mas o verdadeiro vale do Pão de Ouro, esse nunca, nunca mais foi encontrado.

É que decerto a fada mãe do ouro tinha então estabelecido ali os seus palácios e jardins encantados, e lhes pusera por guardas aqueles monstros alvos de figura humana. Vendo, porém, que mesmo assim eram descobertos e violados os seus tesouros, assentou de transferi-los para outros sítios em sertões mais profundos e remotos.

A guarida de pedra
Fagundes Varela

c. **1861**

FAGUNDES VARELA
Rio Claro (RJ), 1841 – Niterói (RJ), 1875

Luiz Nicolau **Fagundes Varela** se notabilizou como poeta integrado ao que se convencionou denominar de segunda geração romântica brasileira. É autor de *Cantos e fantasias*, *Cantos meridionais* e *Cantos do ermo e da cidade*, entre outros livros de poemas. *Cântico do calvário* é considerado um momento alto de sua criação. Seus escritos em prosa permaneceram dispersos e foram recolhidos em livro apenas posteriormente. Entre as tentativas de Varela com a narrativa breve, há títulos como "As ruínas da Glória", aparentemente inspirado por *Noite na taverna*, de Álvares de Azevedo, que foi imitado por muitos outros escritores do período, como Franklin Távora. "A guarida de pedra" entrou nesta seleção pelo andamento e pela concisão, capazes de prender a atenção do leitor até o fim, além do interesse despertado pela ambientação do fantástico em um pequeno marco histórico do período colonial: a guarida do Forte de São João de Bertioga, no litoral paulista, fortificação portuguesa cuja primeira edificação remonta à fundação das capitanias de Santos e São Vicente.

EU TINHA CHEGADO A SANTOS NO VAPOR JOSEFINA, ESSA POBRE *Josefina* que, já cansada de sua mísera existência, e alquebrada pelos fardos imensos que de contínuo suportava, disse adeus à luz do sol e foi dormir nos palácios de coral junto às ossadas do Leviatã e do Mastodonte, arrebatando consigo grande número de exemplares das primeiras obras de um jovem poeta muito meu conhecido. Estávamos no mês de novembro; o calor era insuportável, os mosquitos nos perseguiam atrozmente, a mim e mais dois companheiros que me olvidei de mencionar, como se fôssemos outros tantos faraós, e o resto desse enjoo tão amaldiçoado por Don Juan nos torturava os estômagos horrivelmente. Tínhamo-nos hospedado no Hotel D., onde passamos um dia inteiro a apreciar o novo Babel que representava um inglês discutindo com dois franceses e três alemães; as monótonas tacadas de um bilhar sempre ocupado; e o aroma gastronômico dos camarões e lagostas que não estava muito em harmonia nesses momentos com o estado despótico de nossos buchos doentes.

À tarde meus dois amigos vestiram-se cuidadosamente e, acendendo os indispensáveis charutos, cada um tomou para seu lado. Eu, porém, que me achava horrivelmente esplenético, peguei em um volume de J. Sand – *Cartas de um viajante*, julgo eu – e, dirigindo-me para a praia, aluguei uma canoa e ordenei que me conduzissem à Bertioga, onde tinha um pescador meu conhecido, homem de 80 anos, agradável ao último ponto e excelente narrador de legendas.

Era já bastante tarde quando cheguei. Saltei à praia e dirigi-me à casa do meu velho amigo; bati, o octogenário recebeu-me com vivas demonstrações de alegria e, puxando um escabelo, fez-me sentar.

O calor era intenso, mas, entretanto, um grande fogo de ramos secos ardia no meio da cabana e alumiava, com seus clarões vermelhos e trêmulos, as denegridas paredes donde pendiam arpões de ferro, redes de finas malhas e mais outros arranjos que soem empregar-se nas pescarias.

Como estava inundado de suor, lancei minha sobrecasaca e chapéu a um lado, desapertei a gravata e, depois de haver conversado algum tempo com o pescador sobre coisas gerais, pedi-lhe que me contasse alguma história desses lugares. Por alguns minutos concentrou-se o ancião como para folhear o livro das recordações de sua longa existência, depois disse-me:

– Vou vos contar uma triste história sucedida bem perto de nós, na Fortaleza da Bertioga. Eu era muito pequenino quando ouvi o barulho que produziu este acontecimento, ouvi-me.

E, unindo os tições da fogueira, deu começo à narração. Eis pouco mais ou menos o que me contou ele:

"Havia há muitos anos, no fim da muralha principal que protege a fortificação de São João da Bertioga, uma guarida feita de uma só pedra, onde nas noites de chuva e tempestade se abrigavam os soldados que faziam sentinela. Tinha essa guarida duas janelinhas gradeadas de ferro, em forma de cruz, que davam ambas para o mar, e no chão, bem no fundo, uma espécie de respiradouro ou buraco que servia para deixar sair as águas que porventura a invadissem. Por baixo levantavam-se grandes e escarpados rochedos onde as vagas se arrojavam, soltando continuados borrifos de refervente escuma e desprendendo lamentosos rugidos.

"No tempo em que o tenente R. era comandante da fortaleza, os habitantes das imediações falavam de visões e espectros medonhos que, justamente quando o brônzeo relógio acabava de soar a última pancada da meia-noite, apareciam junto à guarida de pedra horrorizando e assombrando tudo. Os soldados tinham se tornado escravos de um terror sem limites; pediam de contínuo ao comandante que tivesse compaixão deles, que os poupasse às cenas diabólicas que soíam acontecer todas as noites, que mandasse enfim benzer por um padre aquela guarida maldita; porém, ele sorria-se desdenhosamente, chamava-os de medrosos e covardes e os obrigava a tomar seu posto.

"Uma noite, distribuindo as sentinelas, mandou para a guarida de pedra o soldado André. O pobre homem lançou-se aos pés do seu superior, pedia em nome de quantos santos existem que o dispensasse por aquela vez; porém, severo e inflexível, o comandante disse-lhe duras palavras, fez-lhe ríspidas ameaças e o mísero soldado não teve remédio senão resignar-se e ir para o posto tremendo, onde lhe era dado velar até que outro o fosse substituir. Quando tinha decorrido o tempo marcado para a vigia de André e um seu camarada vinha tomar-lhe o lugar, encontrou-o este de bruços, lívido e sem sentidos, a espingarda e o capote lançados a um lado. Recolheram-no à enfermaria e no outro dia ele principiou a contar aos companheiros a visão que tivera durante a noite."

O comandante entrava nesse momento.

– Então, André, como vais? – perguntou ele.

– Melhor um pouco, melhor, meu comandante – responde o soldado –, o susto quase me matou.

– Que história de susto me estás a dizer?

– Meu comandante, eu vi, eu...

– Então o que foi que viste? Conta-me, isso deve ser divertido – disse R. com voz motejadora.

O soldado olhou algum tempo fixamente para o comandante e calou-se.

– Porém tu não dizes o que viste? – perguntou este.

– Se eu contar, não o acreditareis, pensareis que é uma mentira ou que foi o medo que me enganou, entretanto aí está Guilherme que também viu.

– É verdade – disse um soldado corpulento, adiantando-se –, foi no sábado quando eu estava de sentinela, por sinal que quando Francisco me veio substituir, eu estava trêmulo e branco como um defunto.

– É verdade – atestou Francisco, saindo também do seu canto.

Enfim, a guarda toda tinha por experiência própria conhecimento da aparição das almas do outro mundo na fortaleza, exceto o velho Gustavo e o pequeno Joaquim, que só o sabiam por ouvir falar.

– Bem – disse o comandante –, silêncio; agora tu, André, conta-me minuciosamente o que viste.

O soldado levantou-se um pouco sobre o cotovelo, passou a mão pela testa e falou desta maneira:

– Eu estava encostado à guarida com minha espingarda ao lado e assobiava para distrair-me do medo que se tinha apoderado de mim. Sem uma estrela acordada, o céu era negro como uma furna, o vento corria desesperado, e o mar empolado batia com tal fúria sobre as pedras que até fazia a escuma entrar pelas janelinhas da guarida. De repente o relógio principiou a tocar; contei até onze pancadas; quando chegou às doze, ouvi uma gargalhada tão estridente, tão medonha, que os cabelos se me arrepiaram na cabeça e a espingarda caiu de minhas mãos trêmulas; a gargalhada tinha soado perto, bem perto, a quatro passos de mim!... Nossa Senhora, agora mesmo parece-me que ainda a tenho nos ouvidos!...

André interrompeu-se, os camaradas benzeram-se, e o comandante disse com interesse:

– Continua, meu rapaz, continua.

O rapaz prosseguiu nestes termos:

– Inda bem a gargalhada não tinha acabado de soar, que eu escutei o som lúgubre e funerário de uma sineta; era toque lento e compassado como o que anuncia um enterro. O suor corria-me em bagas pela testa, meus dentes rangiam com força e minhas pernas tremiam como varas verdes. Voltei o rosto para o lado... Oh! meu Deus! era horrível o que eu!...

– Então, calaste?... – gritou o comandante já um pouco impressionado.

– Eu vi – continuou André lentamente –, eu vi uma figura sombria e medonha! Era um frade; o capuz cobria-lhe a cabeça e lá dentro, à luz amarelenta de um círio que trazia na mão, divisei um rosto lívido e esverdeado como o de um cadáver e dois olhos que, ardentes e inflamados, me faziam correr calafrios nas veias. Atrás dele vinham quatro vultos todos mais alvos do que a neve, e seguravam com uma mão um chicote fumarento, enquanto a outra sustinha um caixão mortuário. Eles caminhavam lentos que parecia gastar uma hora para mover um pé; e cantavam com voz trêmula e cavernosa a encomendação dos defuntos. Um vento gelado e furioso corria por todos os lados, as aves da morte piavam desoladamente, as ondas exalavam soluços frenéticos, batendo-se umas contra as outras. Entretanto, a diabólica procissão caminhava sempre. O frade que ia na frente estava já perto e estendia seu braço de esqueleto para me agarrar.

"Valha-me Nossa Senhora! gritei eu, então tudo sumiu-se, frade, espectros, caixão mortuário, e eu caí sem sentidos no chão!"

Os soldados estavam pasmos e horrorizados, e o comandante pensava.

– Entretanto, eu não sonhava, nem estou agora mentindo – disse André –, vi com estes dois olhos que a terra há de comer e...

– Qual viste! Qual viste!... Não existe coisa alguma – gritou uma voz fora da porta, e um soldado corpulento e trigueiro entrou arrebatadamente. – Perdão, meu comandante, perdão – disse ele surpreendido, deparando com seu superior.

– Vem cá – disse este. – Então tu não crês no que contou teu companheiro?

– Eu não, senhor – respondeu o soldado –, essas coisas só aparecem aos medrosos e covardes, e eu nada tenho disso.
– Então eu sou medroso, sou covarde, Jorge? – disse André, olhando fixamente para o rosto bronzeado de um seu camarada.
– Tu? Tu és mais poltrão do que uma galinha.
– Pois olha – retorquiu André –, se estivesses no meu lugar, talvez te custasse mais caro.
– Ah! Ah! Ah! – gargalhou Jorge. – Para te mostrar que tudo isso não passa de asneiras – e voltou-se para o comandante –, eu peço licença, meu comandante, para ficar hoje de sentinela na guarida de pedra.

Os soldados olharam todos espantados para Jorge; julgavam impossível que depois da narração de André alguém se lembrasse mais disso. Sabiam, é verdade, que o soldado era valente e destemido, que seu corpo estava coberto de cicatrizes, que nunca recuara ante o número de inimigos fosse ele qual fosse, porém, achavam temeridade, loucura, o tentar ele combater com espíritos.

A licença foi concedida. Quando chegou a hora, Jorge escorvou a espingarda, carregou duas pistolas e foi se postar cantarolando na guarida. Seus companheiros viram-no preparar-se espantados de tanto sangue-frio e foi com uma espécie de terror que o viram descuidadamente meter-se no seu abrigo de pedra, à espera dos tremendos inimigos. Depois retiraram-se todos e puseram-se a conversar junto do fogo com o ouvido alerta.

A noite era negra e tempestuosa, os ventos rugiam pela floresta lúgubres e desenfreados, como os sombrios demônios de Ramayana, as ondas referventes de ardentias agitavam-se com espantosos rugidos como se defendessem o misterioso tesouro dos nibelungos, o trovão retumbava pelo espaço como o ronco de uma população de titãs adormecidos.

Quando o relógio principiou a soar lenta e lugubremente as badaladas da meia-noite, Jorge aprontou suas armas e pôs-se à espera do que viesse.

Quando, porém, a décima segunda pancada acabou de soar, o soldado sentiu uma ventania tremenda, devastadora como o simum asiático, que parecia derrubar tudo em sua passagem, e o dobre longínquo das sinetas dos mortos acompanhado de uma salmodia chegou aos seus ouvidos. O valente soldado estremeceu um pouco, mas reavendo depois todo o sangue-frio, riu-se consigo mesmo e murmurou: "É o vento, é a tempestade que ruge". Entretanto, o toque aproximava-se cada vez mais, e o coro medonhamente solene ressurgia abafando o bramido das vagas.

– Dir-se-ia que tenho medo? – falou Jorge. – Porém não, é preciso ver – e deu um passo fora da guarida.

Lá vinha o medonho frade na frente, com sua face esverdeada e sinistra; seu olhar de Satã debaixo do capuz; atrás dele, à luz macilenta dos círios, seguia-se o caixão conduzido pelos quatro espectros alvos como a neve. Jorge sentiu os cabelos se arrepiarem e o frio do terror correr-lhe pelo corpo porque a estranha procissão aproximava-se mais e mais, e vinha em sua direção. Avançou mais um passo e gritou com a voz alterada, preparando a espingarda:

– Para aí!... senão faço fogo!

Os fantasmas, porém, caminhavam sempre e já estavam a poucos passos. Então Jorge levou a espingarda ao rosto e fez fogo.

Nesse momento um vento glacial e empestado passou-lhe pela fronte e tomou-lhe a respiração; o soldado sentiu como se sentisse o peito despedaçar-se debaixo de garras de bronze.

Os companheiros ouviram o tiro e benzeram-se, mas possuídos pelo terror não ousaram ir ver o que era.

No outro dia a guarida estava deserta.

Pelas janelinhas viam-se fragmentos de roupa ensanguentada e pedaços de carne humana agarrados às grades de ferro. À entrada no chão estava um capote militar ensopado de sangue escuro e coalhado pelos frios da noite, e uma espingarda a poucos passos com o cano quebrado e torcido como se fosse de cera!

Não foi possível achar-se os restos[1] do mísero soldado; uma mão terrível e misteriosa cobria de sombras todo esse drama de horrores e de sangue.

Algum tempo depois benzeram a guarida, novos soldados vieram à fortaleza e de Jorge e seu fim trágico só ficou a tradição.

Aqui o ancião acabou a sua narração e calou-se; eu pus-me a meditar.

---

1 A formulação, mantida conforme o original, parece oscilar entre "Não foi possível achar os restos" e "Não foi possível acharem-se os restos". [N.E.]

No outro dia pela madrugada, despedi-me do pescador. A aurora era bela e suave, um bando de alvos pássaros rastejava o mar quedo com as asas levianas, uma brisa matinal carregada de eflúvios marinhos batia-me pelo rosto. Entrei na canoa e parti.

Chegando, contei a meus amigos a triste legenda do soldado e, entre uma xícara de café e a prosa, escrevi-a como aí está.

O baú
Anônimo

S/D

Este conto é um exemplo de várias produções não assinadas com que nos deparamos em diversos periódicos da época, entre as quais selecionamos duas narrativas para integrar este volume. É curioso, aliás, pensar nesse anonimato em um contexto como o romântico, que prima pela afirmação do autor, indicando que a ocultação do nome é também uma das muitas estratégias de valorização da autoria. Por meio do objeto evocado no título, esta narrativa breve remete a um momento histórico específico em um relato tenebroso e, ao mesmo tempo, cômico. Não parece faltar, também, uma dimensão moralizante, que condena a atitude imprudente da noiva.

ISTO FOI HÁ CINQUENTA ANOS: ENTÃO NINGUÉM AMAVA O QUE era velho e nacional, e era uma dor de coração ver como se tratavam de resto, e se relegavam nos forros, e nos cantos mais obscuros os melhores trastes de casa. O tempo dos baús tinha passado, a maior parte deles se achava ignobilmente transformada em tulhas de aveia junto das estrebarias.

Adélia, linda rapariga, acabava de sair do convento; seus pais lhe deram parte do seu próximo casamento: que o noivo, os vestidos, as joias estavam prontas e os parentes convidados... Pensando nos vestidos, nas joias, nas plumas, Adélia era feliz... Chegou o dia das núpcias: grande era a alegria da família, da rapariga e de suas amigas. A festa foi bela e suntuosa; o povo ao ver passar os noivos, e os pobres ao receber a esmola, exclamavam: "Que lindo par! Deus os abençoe! Deus os faça felizes!".

Felizes! Sim. Vós ides vê-lo. Um dia de casamento é sempre longo, e as horas correm penosamente. A jovem esposa propôs a suas amigas, para se divertirem, diversos jogos próprios da sua idade... "Vamos ao esconde-esconde..." E eu – disse Adélia – tenho um esconderijo em que ninguém me achará. Eis a bela e fresca desposada subindo a escada das águas-furtadas, abrindo e fechando a porta do forro; levantando a custo a pesada tampa dum enorme baú e metendo-se dentro com o seu vestido de cetim branco, seu véu branco, mui contente de se ter lembrado de tão seguro esconderijo... Suas amigas não a acharão... não... e a pesada tampa se fechou sobre ela. Quem virá descobri-la?! Ninguém.

As companheiras de Adélia a procuraram longo tempo, bem longo... puseram-se enfim a gritar por ela na escada, nos corredores, à porta de todos os quartos: "Adélia! Aparece, acabou-se o jogo... e tua mãe, teu marido esperam por ti no salão".

Era assim: todo o mundo a esperava; em breve todo o mundo se pôs em cuidado, e começou a procurá-la, e a gritar: "Adélia! Adélia!...". A pobre rapariga talvez que ouvisse todo esse ruído, todas essas vozes, mas não podia sair do baú. A tampa ao cair se tinha fechado, e as lindas mãos da noiva, ornadas de anéis e diamantes, não podiam abrir o caixão, que ia ser seu sepulcro. Quanto não gritaria ela?! Mas a grossura do velho baú lhe tinha sufocado a voz, e ninguém pôde imaginar, desgraçadamente, que se tivesse ali encerrado. Passaram-se semanas, meses e anos. Adélia não apareceu, e sua mãe, como Raquel, ficou inconsolável. O marido de um dia não teve uma dor tão profunda. Esta estranha desaparição deu longo tempo muito que falar.

Depois que voltou a moda dos baús, foi tirado aquele do forro e trazido com outros móveis para o pátio, a fim de serem vistos e apreçados. O baú era bom... vai-se abrir para ver o seu estado por dentro.

Alguns ossos, restos dum esqueleto de mulher, pedaços de cetim branco, uma coroa de folhas de laranjeira, alguns diamantes e anéis enfiados em dedos descarnados... Eis o que restava da jovem e bela noiva.

Mandinga
Apolinário Porto Alegre

1867

APOLINÁRIO PORTO ALEGRE
Rio Grande (RS), 1844 – Porto Alegre (RS), 1904

Apolinário José Gomes **Porto Alegre** foi um importante historiador, poeta e escritor gaúcho. Em sua extensa obra, destacam-se volumes de narrativas breves, como *Paisagens*, *O crioulo do pastoreio (lenda)* e *A tapera*. Além da produção recolhida em livro, são vários os registros de escritos de sua autoria em periódicos. Seu conto nesta antologia surpreende pelo registro preciso do trabalho e dos costumes locais a partir da representação da personagem negra e de certo imaginário associado a ela, na qual, entretanto, desponta certa dose de demonização, responsável pela dimensão do fantástico explorado pela narrativa.

I

Corria o ano de 1867.

Estávamos no mês de julho, mês de geadas hibernais e calores de verão. A inconstância da temperatura transtornava a saúde e os cálculos do homem. O estado atmosférico, pela sua irregularidade e súbitas mudanças, trazia um mal-estar que afetava não só a existência, como os interesses de cada um. A própria natureza parecia dominada pelos sentimentos de angústia e tristeza estereotipados em cada fisionomia; pelo trajar sombrio e desalinhado do arvoredo, pelo plangente soluço de cada folha e de cada onda, dir-se-ia que ela vestia luto e chorava a viuvez e a orfandade inconsoláveis ao ceifar da morte.

Era um mês maldito!

Assim, por vezes, de manhã o capinzal surgia enastrado de carambanos, ao meio-dia a mormacenta calma convidava à sesta, ao entardecer os cerros vestiam úmidas névoas que, como um manto, pouco a pouco desdobravam e cobriam toda a superfície da terra.

O minuano de sopro glacial, mas saudável; o minuano que se espoja bravio no tapete das várzeas e nas franças da mataria, esparzindo a maunças a rama amarelenta; o minuano que revolve os caetés do banhado e os borbotões das catadupas e curva a vetusta coma dos pinheirais; a raros intervalos cruzava o espaço, repontando o rebanho de nimbos que empanavam o azul diáfano dos céus do sul. Soprava às vezes algumas horas e desaparecia, deixando as caligens e nevoeiros invadirem seus largos domínios.

Os campeiros não sabiam mesmo a estação por que passavam.

E quem o poderia dizê-lo?

As gramíneas dos prados, começando a pungir viçosas e com alegria do gado magro e famulento, após alguns dias de benéfico sol crestavam as bátegas de neve, que, sobrevindo de repente, esvaeciam o prematuro sorriso da primavera, cerravam uma ou outra flor, que, como um sinal de esperança e alegria, ia desabotoando intempestivamente as pétalas, esparzindo no ambiente a caçoila de perfumes.

O passarinho ensaiando o atito da quadra verna, iludido pela transição mentirosa do tempo, logo emudecia trêmulo de frio e talvez de susto.

II

Prosseguia, no entanto, ativa a safra da farinhada, apesar de lá vir um dia em que a massa fermentava no cocho ou fazia estalar o ordume dos tipitis nas prensas.

As raízes da gostosa maniva aguaram pela maior parte e as de roça em baixadas apodreceram. Os farinheiros estavam descontentes e, resmungando, continuavam no serviço que este ano lhes prometia poucos lucros.

Vamos então a uma atafona na encosta do morro de Santana.

É noite.

As rodas dos engenhos rangem, movem-se e gritam no silêncio daquelas paragens.

O pião guincha girando, o tremonhal estremece, a almanjarra estala aos empuxos de um possante animal.

As pás do forno batem furiosas agitando o polme da mandioca.

O cevador e o forneiro estimulam a espaços os bois com a palavra e o diapasão que lhes são peculiares.

É o ruído do trabalho. É a voz da vida.

Viajor, no país onde encontrares máquinas funcionando, a agitação de mós e o burburinho da gente que se afana, conclui logo que esse país marcha, progride.

Esse era o interior.

Por fora o céu era negro e tremenda borrasca ribombava. Tudo treva e caos! Relâmpagos, trovões e raios sucediam-se continuamente; quase sem interrupção! Uma chuva de pedras de todas as dimensões zurzia o telhado e a frente da casa.

A geração que trabalhava naquela atafona não se lembrava de tormenta igual, e a própria tradição talvez só tivesse para cotejo as cenas e peripécias do dilúvio.

Em torno ao monte de mandioca estão umas vinte pessoas. As facas lestas esfolam as raízes; porém, os pensamentos e a palestra versam sobre o tempo que berra e estruge fora. As luzes das candeias pousam pálidas e versáteis em cada semblante.

A raspagem da mandioca, que é o serviço mais alegre e animado, ora é triste e cheio de maus presságios. Os capotes são dados sem gracejos; o olhar da roceirinha não tem a viveza e o dengue provocadores, nem sua boca desfaz-se num muxoxo faceiro; os moços estão taciturnos, os velhos mudos e a miuçalha, sempre travessa e ruidosa, sempre com a risadinha pronta e o gesto em ação, então retraída como a flor do cacto ao bafo do pampeiro.

Formavam um grupo digno duma paisagem campestre, mas com uma expressão de terror pouco frisante.

– Mau tempo! Desde que vim ao mundo, não vi uma invernada assim! – exclamou Brígida.

– Mau tempo! Mau tempo! – repetiram alguns em coro, acompanhando como um eco a reflexão da respeitável matrona.

Um rapaz de mangas arregaçadas até os cotovelos ajuntou:

– Má cara traz Santana! Hoje nem viola, nem tirana e chimarrita. É um tempo dos diabos!

– Cala-te, bagual!... Ouves como troveja e não conténs essa língua maldita – se lhe dirigiu outro, cujo medo pelos raios era proverbial.

– Bagual!... Eu podia... – e mostrou-lhe uma enorme raiz de cananeia... porém... – Mil raios te partam!

Cavernosa e profunda detonação abalou céus e terra.

Todos olharam para o moço.

– João – ponderou Brígida –, mais respeito!

O silêncio restabeleceu-se.

III

Num quarto contíguo à atafona estava uma negra doente. A patologia acharia sérios embaraços em determinar os caracteres da enfermidade.

Ela não gemia, mugia. Não admitia roupas sobre si. Em vão lutavam para tê-la coberta. Em vão! Cobertores e lençóis, os arrojava longe; camisas e vestidos, despedaçava-os. De gatinhas e nua atirava-se no soalho e retouçava como os brutos. O grande Nabucodonosor, dizem, acabara assim. Triste desvario o em que uma criatura humana, dotada de sentimentos elevados, de uma inteligência superior aos outros seres do globo, vê-se num instante esbulhada de tais predicados, buscando descer à condição do quadrúpede e do réptil!

Que enfermidade é esta?

Que nome lhe dá a ciência?

Nenhum. Não é a alienação mental nem a excentricidade dos filhos de Albion.

Se fosse o desejo de ser pássaro, ainda ia bem; porque era uma aspiração a voo. Voar, sondar os céus, seria admirável; porém, rastejar!? É uma degradação.

A negra assaltada de mal tão incompreensível chama-se Luísa. Nasceu em terras de África. É mina de nação, segundo o selo do rosto. Alta, volumosa, feia e, então, meio fula por efeito da febre e insônias. Dorme quase sempre durante o dia, se é possível dar o nome de sono a um estado marasmático. De noite vela, grita e preenche as funções de alimária de que se incumbiu.

Tornou-se também duma voracidade espantosa. É gastrônoma como uma avestruz ou dois padres.

IV

– Mau tempo! – repetiram os raspadores em coro.

– Eu só o que digo é que o Diabo anda com este mês – insistia João, levando um balaio para o cevadouro.

– Mais respeito, rapaz; o céu está feio! – tornava Brígida.

– Tia Brígida, cada um sabe de si e Deus, de todos. Eu sei por que falo... e você mesma tem o exemplo em casa. Por que esticaram o mulambo quase todas as suas galinhas, a leitoada que era só boa e aquele terneiro petiço que à força de raspa estava redondinho?

– Ora, João, descobriste o mel de pau! – exclamou um da roda.

– Como?

– Pois bicho que bebe manipueira lá se estriba mais no garrão!

– Ou eu ou vocês não damos em bola. Não é a mesma calha das prensas? Não é a mesma manipueira de sempre? E como nos outros anos nunca tal aconteceu? O Chico Dias, que é o ilhéu mais caborteiro da redondeza e feliz como filho de padre, não contou também outro dia no Claudino que a mãe do ouro sapecou todo o seu mandiocal?

– E eu vi quando ela passou – intercalou um. – Parecia a roda grande que engranza no rodízio! Veio do cocuruto do cerro e passou pelo potreiro das pedras.

O Bernardino Nunes, que era um incrédulo digno de excomunhão, voltou à carga:

– Histórias de bambaê! Já tropeei em toda a campanha e nunca vi coisa que me arredasse o pé. E com sorriso sarcástico mediu toda a roda mais propensa à opinião de João.

Este último não desacorçoou:
– E por que a negra Luísa grita dum modo tão estúrdio? Aquilo é gemer de gente?

Os gritos da africana eram bem distintos aos ouvidos de todos.

Os trabalhadores paravam com os caxirenguengues numa mão e a raiz pendida na outra sobre os montículos de raspas. Acharam razão no dito de João. O próprio Nunes não encontrou retruque.

Houve silêncio profundo por instantes. Só o boi do cevadouro, desajoujado há pouco da almanjarra, num canto fazia estalar a sua tamina de cruera; Luísa mugia e a tempestade detonava fora!

Um afinal quebrou o estado de expectação:
– Aquilo não será mandinga que botaram na negra?
– Qual! Eu sei por que falo...
– João, desde inda agora estás a dizer que sabes por que falas... O que é que sabes?
– Eu vi – retrucou com um gesto de íntima convicção.
– Viste? – exclamaram.

Ele meneou a cabeça com um movimento de íntima convicção.
– O quê? Conta-nos isso.

João foi o alvo da atenção geral.

O joeirador e o forneiro deixaram o serviço e vieram ao monte. A neta de Brígida esqueceu a barrica do polvilho com a massa empilhada na peneira. O baiano Maneca retirou tão rapidamente o braço de dentro do tipiti, onde socava o polme da mandioca, que o arranhou todo nas pontas de taquara. O Prudêncio, cuja surdez fazia suar no rigor do inverno a quem com ele conversasse, mudou de cepo e começou a escutar antes do moço falar. O imprenseiro não depôs, atirou a vara.

João estava pálido, merencório e trêmulo. As mulheres, mais que os homens, tinham friagem no seio; não essa da atmosfera, a do susto, sempre mais contagiosa e enérgica, sempre produzindo oscilação irregular do coração e regelo da medula dos ossos.

– Anteontem – começou ele –, vinha eu do morro com a foice e o machado ao ombro. Ao passar pela casa do Anacleto, o porqueiro, entrei. Pauteando e verdeando, a noite caiu. Depois arranjamos um fandango. Vieram mais rapazes do vizindário e eu esqueci-me de casa. Era natural.

"A estrela da meia-noite apontou quando eu saía por último. A noite estava escura como carvão.

"Ao passar junto à coivara do Tiradeira foi que vi... ó inda sinto os cabelos se espetarem na cabeça! Vinha montado num touro caraúno."

– Num touro!? – bradaram.

– Sim, o juro por minha alma! Caramba! Era um novilho ligeiro! Corria mais que um galheiro no vargedo ou uma cotia no cerrado! E ele vinha montado guapamente, trazendo um poncho encarnado e chilenas que repenicavam como nas coritibas da sapateada. Seus cabelos e seus olhos pareciam de fogo.

– Porém, quem?

– O Diabo – respondeu João, grave e solene.

Nesse momento três pancadas na porta da atafona, sobrepujando a tempestade, ressoaram cavernosas e mortuárias.

– Quem bate? – perguntou o imprenseiro.

– Uma pousada. O temporal apanhou-me em viagem.

– Que diz, tia Brígida, abro a porta?

– Abre, abre, que é crueldade deixar um cristão exposto ao tempo.

Um dos que estavam sob a impressão da crendice de João interveio:

– Tia Brígida, seria bom não abrir... Este mês não é como os outros...

– Abre – tornou em tom incisivo a velha matrona.

A porta escancarou-se.

As candeias e velas se apagaram, talvez à lufada que entrou esfuziando.

Porém, a luz do forno dos beijus esclarecia a meio e destacou o vulto do hóspede.

Era o original da descrição de João.

Ele chegou-se ao monte de mandioca e saudou a todos com cortesia, dizendo:

– Falai no mau, aparelhai o pau – e dirigindo-se a João, que parecia atacado de sezões: – Esqueceste de falar do meu chapéu de abas largas com plumas de galo e destas botas de couro da Rússia; e, sobretudo, da corrida de anteontem à noite. Admirei-te as pernas... tinham asas!

Todos estavam mudos e estatelados. Passavam por esta crise em que o espírito humano dir-se-ia flutuar entre a terra e o céu, despojado de parte das condições da vida ordinária. Então qualquer objeto em torno toma aspecto diverso, formas amplas e variáveis como na nuvem baloiçada nos braços do tufão, e a semitransparência da bruma sobre as árvores da montanha. Há na visão mil caprichos fantásticos da imaginação, sem que se possa chamar a esse estado de vigília febril ou sonho.

É uma fase do terror, da qual os mais fortes nem sempre se acham isentos.

Enquanto, ouvindo-o, ficavam suspensos, ele acendeu as candeias.

– D. Brígida – disse – há de consentir que raspe algumas mandioquinhas.

A pobre senhora, que não era das menos medrosas, ainda mais espantou-se de ser tratada pelo nome; nem teve ânimo de polidamente recusar o oferecimento.

Ei-lo ativo no trabalho! As raízes voam-lhe das mãos ao cesto com uma rapidez indizível.

Está sentado numa banqueta.

A pena de galo flutua-lhe na cabeça como o distintivo de sua realeza.

Ninguém falava em torno, um ou outro olhar o buscava de viés, receando encontrar o seu.

Era o terror soberano.

Afinal Brígida ousou uma interrogação.

– O senhor é da cidade?

– Não, minha senhora, meu reino não é deste mundo.

Ela não o compreendeu e depois de breve pausa:

– Viajava por nossos pagos?

– É verdade – respondeu ele sem fixá-la. – Jacto-me de ser excelente médico e ofereço de tempos a tempos meus préstimos à humanidade sofredora. Há mais de 100 mil anos o homem reclama o auxílio de minha arte que conhece os específicos das cinco partes da Terra.

Também isso foi como uma zoada aos ouvidos da boa mulher, que lhe dirigiu a palavra apenas para fazer as honras da casa a hóspede tão singular.

Os outros da roda não o honraram também com um só relance d'olhos; porém, sentiram sua voz abemolada e terna titilar-lhes o ouvido como um canto de sereia.

Não tinham razão, era um preconceito, uma injustiça que a presença do recém-chegado destruía ao mais ligeiro exame. Era um belo mocetão de cabelos ruivos, barba à inglesa e olhos azuis derramando carinhos e esplendores que transbordavam pelos vidros dos óculos de ouro.

Ele prosseguiu:

– Se a senhora quiser utilizar-se de meus serviços, nada de cerimônias. Gosto de plena franqueza.

– Obrigada, senhor. Tenho uma negra, a quem, eu penso, botaram mandinga; pois na cidade os médicos não conhecem a doença.

– Oh! – exclamou ele, rindo-se. – A Luísa?!

Todos ficaram horrorizados.

– Sim, meu senhor; conhece-a?

– Muito. Uma pagã, nunca foi batizada. Nem outra é a causa das geadas e calores deste mês e da saraiva, raios e chuva desta noite.

– E não há remédio para ela? Oh! Eu lhe ficaria muito agradecida se pudesse curá-la!...

– Impossível! Minha ciência se esboroa contra os poderes do inferno que laboram naquela alma.

– Mas inda é tempo de batizá-la.

– Quem diz à senhora que ela durará até amanhã? Ainda uma hora? A tempestade cresce... Não ouve? Mau sinal!

Calaram-se.

O estranho com espantosa alacridade acabara pondo de parte algum trabalho já feito, com um carro de mandioca, de cevas de seis palmos de altura. Quase só e conversando, pois, quando entrara, o serviço havia começado há pouco e, então, ao redor do monte apenas restavam ele e Brígida, que não se aventurava a encará-lo. Os mais tomados de susto pânico esgueiraram-se furtivamente e foram barafustando pelos mais remotos esconderijos da casa.

Quando a raspagem terminou, os dois interlocutores se olharam. Estavam a sós.

As raras falripas de Brígida ficaram hirtas no pericrânio como espinhos de tuna.

– Não se assuste, minha senhora, sou o mais pacato cidadão do orbe civilizado – e guardou na cinta sua faca que semelhava antes uma pá de alvanel.

– Aquele tolo do João – continuou o desconhecido impassível e com tom firme – contava uma bem esquisita história quando me lembrei de pedir pouso. Diga com toda a sinceridade, acha o Diabo tão feio como o pintam?

A mísera velha tartamudeou. Não se entendeu o que articulara.

– João mentiu impudentemente – observou ainda, tomando um tição e acendendo um perfumoso charuto. – Os papalvos, deve confessá-lo, acham poderosos recursos na sua própria imaginação para esboçarem a fisionomia de outrem... Porém, que importunidade, com a minha parlenda a roubar-lhe as horas de repouso? Vá deitar-se, sem constrangimento. Eu me estiro na boca deste forno e dormirei satisfeito. O fogo é meu elemento.

Brígida respirou como o prisioneiro que sai das estacas e perguntou trêmula e pálida:

– O senhor não quer um mate?
– Nada absolutamente. Agradecido. Meu sistema higiênico é de nada tomar à noite, mormente bebidas frias.

V

Que formosa manhã raiou após a noite tempestuosa! Os primeiros albores vinham dourando o topo dos cerros e a natureza saudava a festiva madrugada.

Vamos à atafona.

Em cada pálpebra há o carimbo das insônias. Má noite, por certo, a que passaram. O trabalho está todo em atraso. São poucos os tipitis nas prensas. Os fusos estão frouxos, as chapeletas bamboleiam, a massa não enxugou. Não se forneia portanto.

– Que é isto? – exclama o vizinho Juanico entrando. – Então hoje não se põem antolhos nos animais, não se acende o forno? Epuxa! Tanta gente e tão pouco trabalho! Temem estropiar os bois? Estrompar os braços? Ou estão encarangados?

Ninguém respondeu à explosão ruidosa da intimidade de Juanico.

Brígida e João lhe fizeram um aceno e ele acompanhou-os a um quarto. O sol entrava aos borbotões por uma janela. No chão havia um cadáver nu, hirto, nojento e com uma expressão tão medonha que arrancou um grito espontâneo ao bom vizinho.

Não trocaram uma palavra. Saíram.

Brígida ainda com vivos sinais de pavor contou o que já sabemos... e mais alguma coisa.

Pôs o capitel à coluna. Era o remate da história.

Ei-lo:

– Não imagina, vizinho, como fiquei zonza quando levantei os olhos e vi que estava a sós com ele! Todos, todos tinham fugido!

– Eu com razão – murmurou João.

– Não, não – retorquiu com energia –, nos homens foi uma vileza, tu sobre todos, João!... Ó nunca hei de esquecer a véspera de Santana!...

– Como podia valer-lhe, tia Brígida, contra o demônio?

– Como?! Cala-te, é melhor. Com tua presença davas-me ânimo. Não esquecerei, eu te juro, os amigos de ontem. Nestas ocasiões é que se conhece o quilate de cada um.

– Porém, vizinha, vamos ao resto – acudiu Juanico.

– Tem razão! Eu dizia?! Ah! Deixei-o estendido junto ao forno com o chapéu de abas largas e pluma de galo. Não o vi mais depois. Quando o relógio da sala deu a última pancada da meia-noite, a casa estremeceu toda a um grito feroz e terrível de Luísa.

Persignou-se a boa velha e continuou:

– Um escravo cobrou ânimo e foi vê-la. Estava morta, e o hóspede havia desaparecido. Toda a casa encheu-se de cheiro de enxofre. Também o tempo estiou e a noite limpou, como por milagre. Junto ao fogo ele deixou-me um gato negro, com uns olhos! Que olhos, meu Deus! Parece que ainda os estou vendo! Que olhos malvados!

E de novo persignou-se.

– Para enxotá-lo e afugentá-lo, queimei alecrim... todos queimaram alecrim... rezamos... O bichano desapareceu, mas ninguém pregou olho até agora.

– É estranho o passo! É estranho! – resmungava entre dentes Juanico.

....

Ao romper do dia, ainda no lusco-fusco, um trapeiro conta que vira subindo uma nuvem, um homem de chapéu de penacho e poncho vermelho. Cavalgava um touro preto, levando na garupa uma coisa que parecia uma mulher.

Se o trapeiro falava a verdade, eis o que não sabemos.

O punhal de marfim
J. F. de Meneses

1862

J. F. DE MENESES
Rio de Janeiro (RJ), 1845-1881

Entre os contos de José Ferreira de Meneses, dispersos em jornais e revistas, costuma-se lembrar de "Poverino", que promove, tal como outros tantos escritores do período, uma espécie de emulação de *Noite na taverna*, de Álvares de Azevedo. Mais desconhecido, todavia, é o conto selecionado aqui e que nada fica a dever ao primeiro em termos de realização literária. Longe disso. Mas essa não é a única razão da escolha. Chama atenção, desde a abertura do conto, o modo como o autor joga com a expectativa do leitor diante do que o título sugere, no sentido da narrativa fantástica ou de horror. A metanarrativa se enuncia desde a nota introdutória e se estende por parte significativa do conto. Por meio desse procedimento, o autor cria um distanciamento em relação ao que já tendia, à época, a se tornar nova convenção, contrariando o anticonvencionalismo característico do espírito romântico. É para restabelecê-lo que se recorre ao comentário anti-ilusionista, irônico. Cabe avaliar o rendimento dessa estratégia em vista do desenvolvimento e do desfecho da narrativa aqui apresentada. Ainda que possa parecer que ela não se sustenta até o final, a contribuição de Meneses é relevante, ao que se acrescentam ainda as evocações literárias de certos nomes e vertentes do romantismo europeu, pouco frequentes na produção brasileira do período.

UMA PALAVRA

Há títulos, nomes, que por si sós trazem-vos à imaginação um drama inteiro em toda a variedade de suas cenas – nó e desfecho –, que vos fazem sonhar com todo um romance fantástico e intrincado de episódios.

É este um deles, a mim emprestado e sobre o qual fiz *fiasco*, porém em tudo o que se segue não fala só a imaginação inspirada num título; palpita aí, ainda que um pouco encoberto, um *fato real*.

O fantasma – o espírito de um outro mundo – penetra até vosso quarto de dormir; como o pai de Hamlet, não vos pode descortinar os mistérios da vida de além, apenas vos diz – com *essa voz cadaverosa que parece sair da terra* – na frase do poeta francês: "Eu sou alma, sou espírito" e, no entanto, vedes-lhe a caveira; seus ossos tiritam e a ponta do manto dele é tão fria que leva-vos gelo à medula dos ossos.

Senta-se à vossa mesa e remexe em vossos papéis – era capaz de gostar do vosso vinho, se não houvésseis tido a previdência de bebê-lo todo.

E no entanto é espírito.

E fala? E anda? E bebe? E come?! Não sei responder-vos; perguntai-vos antes ao faceto Carlos Dickens quando faz falar a sombra de Marley ao seu amigo Scrooge – e *de tal maneira ruidosa que a polícia devia vir multá-lo*; a Achim d'Arnim, o fantástico ingênuo, quando faz falar Esther aos convivas noturnos de suas visões.

É assim no meu conto, há fantasia aqui; porém reveste-se e funda-se em um fato *que se deu*.

Demais – afora isso e o título, que não me pertence – tudo é meu.

Não graceje o leitor sobre tanta coisa que me *resta*; lembre-se que apesar de tudo eu pinto, e se pinto mal é porque não sou matriculado em belas-artes, sou *curioso* apenas.

I. O PUNHAL DE MARFIM

Era uma princesa destes tempos: quero dizer afável, coquete, flutuando em sedas e crinolina.

Não habitava castelos góticos, não cuidava de falcões, não sonhava para seu cavalheiro armas nem proezas de torneios, nem glórias da Terra Santa. Nada disso. Ela era de seu tempo. Tinha, é verdade, ricos palácios de escadarias de mármore, mas eram palácios de nossos dias; tinha harpa como uma castelã da Idade Média, mas também havia o seu piano.

Sonhava, e bem romanticamente, um cavalheiro pálido, de pretos cabelos, morbidez no olhar, trazendo bem a casaca, de um nome distinto nas tricas da diplomacia, de palavra autorizada nas lutas da tribuna. Não era pouco, mas estava com seu século, e depois era uma princesa.

—

Não vos direi ao certo em que país teve lugar este romance. Devo mesmo ocultar.

Ficai, porém, sabendo que as decorações do teatro desta ação eram como convinham.

O céu era azul; brilhavam tanto as estrelas nas noites de luar que, sem o quererdes, esquecíeis as horas contemplando-as; o sol era quente – como um sol do Oriente –, as montanhas eram azuis e altas, e quando vinha a aurora, elas descobriam-se de um véu de nuvens pálidas e leves que tomavam o seu sono à noite.

Nas praias, nas longas praias de suas costas, onde o caminhante ao pino do dia via faíscas de fogo – e ardentes de calcinar as pedras – elevarem-se das areias quentes; nas praias, nas longas praias, as palmeiras sussurravam e os cocais levavam suas flechas de folhas ao ar – tremiam aos beijos de um vento brando – e as gotas de orvalho destombavam pelos seus ramais, límpidos como brilhantes, semelhando a árvore dos desertos que chora, só e inconsolável, lágrimas de pérolas de fantásticas cores.

Nos vales havia acácias e açucenas, junto aos rios debruçavam-se trêmulos e moribundos os nenúfares, nas pedras e nos rochedos brilhava também, como em sangue, a flor do cacto.

Nos jardins da princesa, ficaríeis atônito em colher flores, tantas eram; ficaríeis indeciso ante a palidez doce e cândida das margaridas, o brilho das dálias, a beleza do gerânio.

Sob os caramanchões, onde era o mistério, os jasmins adormeciam-vos de fragrâncias; quando à noite, umedeciam-se de orvalho aos beijos dos silfos.

Está bem! Não vos esqueçais, porém, que nas noites de tempestade a morte corria horrenda e assoladora – mil vítimas tinham as sepulturas no mar; nessas longas e tão belas praias, escondiam-se grutas fantásticas, nos antros das quais as figueiras-bravas sombreavam lagos de água de fogo, e os náufragos vinham ali buscar das mãos de espectros, que diziam frades, a absolvição de pecados, a água santa dos finados.

Nas matas, belas e luxuriantes como as do Novo Mundo, rugia o tigre como um trovão, e a cascavel perturbava o silêncio das noites com o tinir de suas campainhas misteriosas, e infectava o ar com emanações pestilentas.

Assim era esse país, bem infielmente descrito e onde, não sei por quê, levavam meus heróis a vida.

—

O palácio da princesa era rico e suntuoso como um de Gênova, Veneza ou Malta.

As escadarias de mármore vinham banhar-se nas ondas do mar – e amarrada a elas estava sempre a barqueta do palácio.

A rica moça, faceira e romântica, dava todas as tardes, ao dobrar ave-maria – a doce e poética hora –, um passeio nas quietas águas do mar.

Não estou certo se ela cantava, mas sei que tinha uma fisionomia tão bela e tão triste; nas tranças pretas de seu cabelo prendia-se com tanta graça uma flor; era com tão doce e simpática voz que ela chamava pelo seu barqueiro que ignoro do que mais se precisava para alegrar um passeio, poetizar uma tarde!?...

Às noites havia reunião no palácio – a companhia era escolhida e agradável.

A gente da cidade sentava-se então nas escadarias e contemplava os céus e as luzes brilhantes dos salões refletindo-se nas águas.

E então corriam, como vibração elétrica em toda a imensa baía, as notas doces, sonoras de cantos apaixonados, por vozes de mulher; os instrumentos doces e graves iam adormecer sonhos nas cabeças dos poetas; soavam as gargalhadas estridentes e espontâneas, e tudo mostrava que a vida ali ia alegre e festiva.

Maria – eis o nome da princesa – era órfã; seu pai, nobre e destemido guerreiro, morrera no exílio, diziam que suicidado.

Maria era criança, contava apenas 1 ano de vida; o ar do desterro, a desgraça de sua família, tinham-lhe impresso aquele palor e tristeza que lhe davam tanta beleza.

Maria, por um acaso singular (e que não serei eu quem o explique), tem uma lembrança longe de um agonizante que a abraçava e bafejava-lhe em beijos o hálito da morte.

O último estertor do moribundo fora um tão longo e desesperado beijo nos lábios da criança que, diziam, havia deixado neles uma marca indelével e tornado frios como os de um cadáver.

Essa imagem nunca mais havia ela perdido, e a pobre moça, em todos os aniversários da morte de seu pai... corria espavorida diante de um espectro e ia esconder, no seio de sua velha mãe, seus beiços de criança que um fantasma procurava beijar.

A mãe da princesa, o orgulho das belezas do seu tempo, sofrera grande impressão pelas desditas de sua casa, e seu cérebro havia se ressentido delas. Conheciam-na todos por "Idiota", mas os mendigos da cidade levavam suas preces pela loucura dela, pois grandes, copiosas eram as esmolas que derramava – e diziam eles que não era isso devido à sua generosidade, mas sim ao desarranjo mental de sua cabeça.

Até aqui o prólogo, leitor; vamos ao drama.

II

É em uma das salas do palácio. Uma suntuosidade grave e de bom gosto vê-se ali nas paredes, nos móveis, nos ornamentos, na escolha dos quadros; um deles representa um velho trajando à militar: brilham-lhe no peito as condecorações; a fronte é severa, mais de uma ruga afundou-se ali pelo desgosto, pelo excesso dos prazeres; mas também nos campos de batalha ela alteou-se aos gritos da vitória.

Aquele homem nasceu fadado para da vida só gozar prazeres; deram-lhe a natureza e os homens títulos, honras, coragem e inteligência, e no entanto morreu no exílio – miserável e desgraçado.

Esse homem é o príncipe.

Em frente, está sentada sua mulher: é uma velha de fisionomia simpática; seus cabelos brancos caem-lhe em anéis na branca face: são os sinais dos anos que pesam sobre essa mulher – anos de prazer, mas também de desgraças.

Seu olhar é melancólico e vago; às vezes, porém, fixava-se sobre o retrato de seu marido, e seu peito de velha estremecia todo.

Sua filha está com ela e aperta uma das suas mãos.

– Então sofres, minha filha? – dizia ela.

– Oh! Muito, minha boa mãe! As noites levo-as em claro, meu travesseiro amanhece banhado em lágrimas – respondeu a moça.

– E tuas faces tornam-se cada vez mais pálidas, minha pobre filha!

– É verdade, e no entanto não sabe ainda tudo! Tenho-o seguido por toda a parte; nos passeios à noite que costumo fazer no mar, *ele*, ele também aí aparece. Pois bem! Era já bem tarde: a estrela vespertina raiava bela e límpida – parecia o diadema de alguma princesa dos ares que se debruçava em coxins de nuvens de azul; meu peito estremecia doce a um pensamento dos céus; meus cabelos, pretos como meus olhos, haviam se desenrolado, e minhas lágrimas caíam neles, como em fundo de veludo negro pérolas e brilhantes... a margarida que se prendia neles caiu e balouçava-se nas águas; e então ele, que vinha em uma outra barca que seguia a minha, debruçou-se, apanhou-a e, antes que pudesse pedi-la, ele já a tinha despedaçado, e suas pétalas iam na correnteza das águas. Olhei para o ousado sem atenção e delicadeza, e, meu Deus! Bebi essa paixão que me acabrunha num olhar dele, altivo e apaixonado.

"Em uma outra noite, estava eu na grande janela da fachada do palácio, quando uma voz doce e sonora, com um ar de tristeza, aos acentos da guitarra, soou nos ecos perturbando a calma e o silêncio deles.

"Era ele! Aquela voz penetrou bem fundo em mim, estremeceu vibrando como em uma caverna de sons. Depois não hei mais tido um momento de descansar, a imagem dele me segue em toda parte.

"E, por desgraça, eu sei que ele não me ama, nem me poderá amar!"

– E por quê? Minha filha, não és tu tão bela? – disse a mãe.

– E o beijo *dele*, que é frio como o de um cadáver? Em que fronte colarei meus lábios sem ali matar todo o pensamento ardente de poesia, sem que se fuja horrorizado como ao tocar um espectro?...

– Silêncio, filha! – disse a velha, pondo-lhe o dedo na boca e olhando desvairada para o quadro do príncipe. – Não fales nele! – e ambas estremeceram.

Passou-se um instante de silêncio.

A moça chorava.

– E então, minha mãe?! – disse ela à velha, como esperando um remédio, uma consolação ao menos.

– Queres então que ele te ame, minha filha?

– Oh! Sim, minha mãe.

– Sabes da câmara verde?

– Sei.

– Ao lado, no toucador, nunca viste o diamante negro e o punhal de marfim?

– Sim, já os vi.

– São as dádivas da Cigana; toma deles e terás felicidade, assim dizia a Cigana.

– Sim, obrigada, minha boa mãe, porém, diga-me...

– Vai, vai – disse a mulher –, não posso falar mais, tenho medo de que o morto ouça... – E apontava trêmula para o fúnebre quadro.

Maria viu que a loucura tomara da cabeça de sua pobre mãe, que não havia meio de obter-lhe explicação, e correu a buscar as dádivas da Cigana.

—

Maria, a princesa, estava apaixonada pelo moço dos passeios ao mar e dos cantos noturnos aos sons da guitarra.

Alberto, eis o nome do misterioso desconhecido.

A princesa estava doida de amores por ele, e no entanto não era diplomata, nem orador, nem havia cabelos pretos.

Não, não, seu ideal tinha falhado.

Alberto ocupava-se em gastar dinheiro – o que tinha em abundância –, fazer versos à lua, namorar as estrelas, recordar-se de Idalina, sua noiva morta no dia dos esponsais, ainda levando ao túmulo sua capela de flores de laranja!

Alberto ainda não se havia esquecido da pobre virgem roubada assim à felicidade, e para levar o tempo derretia seu ouro em ondas de vinho do Reno, em espumas de champanhe e gim.

Era pálido como um poeta, loiro como um filho da Germânia, vadio e doentio como um cigano; não aspirava a honra ou glória alguma neste mundo.

Era um louco, dir-me-ão; sim, convenho; mas era rico, era inteligente e gostava de bom vinho e de poetas; pelo que era um louco de bom gosto.

—

Em sua casa reinava a desordem elegante de um rapaz.

Um dos seus colegas de prazeres, moço de espírito e humor, dizia da casa:

– É este o reino da extravagância, o rico bazar do mundo, o juízo final da inteligência e da arte!...

"O Dumas deveria vir à nossa casa; devíamos mandá-lo convidar a um almoço conosco, e então teria ele a fumar em narguilé com tubos de essências, como nem o seu Monte Cristo teve em ideia.

"Méry, o fantasista, teria cachimbos com bocas de âmbar de que tanto fala o Gautier – pasmaria ante esse desenho dúbio, essas linhas fugitivas de uma beleza misteriosa que aqui se deita em nuvens de cinza de charuto.

"'Anatak!', gritaria Hugo, o profundo, quando desse com essa virgem de Murilo junto dessa espanhola – *effrontée*[1] – que lança, na olhadela, dardos aos passantes e esse ramo de violetas no casco descarnado e oco de alguém que foi abade.

"'Abade e espanhola!', continuava ele. 'Ah! Sem dúvida, quando unidos, sois fortes e grandes, e eis por que tão heroicos defendestes Sevilha e Saragoça.'"

E esse endemoninhado que lembrava os estudantes de Salamanca de outrora – do tempo de Gil Braz[2] –, esse maldito, que em verdade tinha na cabeça um bazar em espumas de champanhe, continuava assim a falar e ensurdecer uma assembleia inteira.

Convém, entretanto, dizer: conquanto falador, em nada exagerava ele a casa de Alberto.

---

[1] Em francês no original: atrevida, ousada. [N.E.]
[2] Variante do nome de Gil Blas, personagem da novela picaresca *Histoire de Gil Blas de Santillane*, de Alain-René Lesage, publicada entre 1715 e 1735. [N.E.]

Eu, porém, que não sei relatar bem e que não tenho a torrente diluviana de palavras do nosso homem, direi apenas que poucas vezes se achava um criado nessa casa, de tantos que tinha; os quadros amontoavam-se e muitos cobriam-se da poeira dourada das garrafas de Porto velho.

A discussão dali de todos os dias era sobre poetas e jornais, mulheres de todos os países, amores de todos os meses; faça o leitor ideia do harmonioso ruído que reinava ali.

E entretanto, muitas e muitas vezes, era triste o rosto de Alberto, e o copo caía-lhe das mãos: era que uma saudade de Idalina vinha-lhe num suspiro e lhe afastava o prazer.

Previna-se o leitor de uma coisa: Alberto não era um herói de Byron, de Shakespeare ou de Musset: não, não.

Ele sabia todos esses poetas de cor, e era uma doçura ouvi-lo recitar o "Don Paez" ou a "Parisina"; sua voz era pausada e fraca, porém de maneira nenhuma queria ele assemelhar-se a esses personagens invocados de cérebros sublimes e que deliraram a imaginação da Europa inteira.

Também não era ele um desses cínicos de Paris que têm a vida no mármore dos hotéis e nos bastidores da Ópera; cínicos aborrecidos, enfastiados e que trazem na carteira a relação de suas vítimas; excêntricos no falar, trovejando contra o mundo, mas adulando o alfaiate do dia e trazendo calças e barbas à inglesa.

Não se parecia tampouco com o alemão esplenético das universidades, de botas e boné, buscando esquecimento em gim e cerveja, lançando sonhos nas baforadas do seu cachimbo.

Não, não era nada disso.

Era sim um galante rapaz, de uma imaginação móbil como as bandeiras dos navios, de um caráter desconhecido, sentindo como uma criança a morte de Idalina – satisfeito, porém, de ter podido escapar a esse prosaísmo de uma união e à morte provável de todas as suas sensações e ideias de poeta.

Ria-se e bem espontâneo, porque era rapaz – via seus amigos rapazes como ele; tinha flores, ouvia música e tinha o ouro em sua bolsa, e escaldava o vinho em sua cabeça.

Mas, passageira como um relâmpago, vinha-lhe a tristeza em uma ideia única, múltipla porém como um vidro de muitas faces, e era: seus pais mortos, a velhice, Idalina e no momento não ter quem o amasse.

Oh! Era um estranho rapaz esse loiro mancebo!

E muitas vezes bateu ele em sua testa de 20 anos, como se chamasse pela razão acordando-se da loucura!

III

Duas tinham sido as dádivas da Cigana fornecidas a Maria por sua velha, a Idiota: o diamante negro e o punhal de marfim.

O imprudente que olhasse o diamante ficava perdido de amores por quem o trouxesse, fosse uma mísera – e, se passado tempo se esfriava a paixão, tendendo a apagar-se, uma gota de sangue vertida pelo punhal fazia reverdecê-la e torná-la mais viva do que nunca.

Era essa a santidade das duas dádivas da Cigana, morta de fome nos degraus de uma igreja, porque era-lhe vedado vender por o quer que fosse as duas cabalísticas prendas, com as quais, em outros tempos de crença e de supersticiosa poesia, havia ganho montões de ouro.

Por sua morte, a Cigana legara à princesa esses objetos, em paga dos quais teve enterro decente, já que não havia podido livrar-se da morte miserável que teve.

O autor relata todas essas coisas – por fidelidade – sem pedir ou não que creia nelas o leitor.

Já disse: conquanto encoberto e disfarçado, existe em todo este conto um fato real, a forma sob a qual está o todo em que se apresenta, pareça-lhe, se quiser, uma alegoria ou símbolo, pertencendo a seu espírito a descortinação deles.

—

Vai alta a noite. Maria, a princesa, está em sua câmara; encosta-se ao divã, e seus olhos vão do relógio à porta com visível impaciência.

....

Em que pensas, Maria? Em memória de quem derramas as lágrimas que assim te brilham no rosto? Fala, princesa, sonhas com o teu loiro Alberto, esse doido mancebo de olhos tão azuis, de tez tão pálida e por quem levas em claro as tuas noites solitárias de donzela?

Tu o amas, não é assim, Maria?

Como ofega teu peito! Como ressaltam em teu branco colo as pérolas do teu colar!

Como são belos os teus cabelos desatados assim, sem flor nem pedrarias!

Ai! Maria, como és bela!

Um rei dar-te-ia a melhor pérola do seu diadema; um poeta, a mais doce de suas inspirações, o mais dúlico[3] dos seus harpejos, só por um beijo nesses teus lábios de moça!...

E tu choras, princesa? E por quê? Acaso não foi potente o negro diamante da cigana?

E se ele for ainda rebelde, não tens o punhal de marfim?

Seca, seca teus olhos, branca princesa!

Toma de tua harpa, busca distrações nos acentos amorosos dela; o ar de tua câmara também abafa: a fragrância das flores, o álotes que se queima na lâmpada de prata entontecem-te o cérebro, criam-te fantasmas; busca o ar a teu seio agitado, branca princesa!

....

Mas quê?! Esperas alguém, altiva princesa?!

Pobre de ti, Maria! Onde lançaste o branco e puro véu de tua virgindade?!

Onde as flores de donzela?!

....

Ouviram-se passos; Alberto, o pálido, assomou à porta.

– Ah! – gritou a princesa, e seus braços nus lançaram-se em derredor do pescoço do moço, e uma lágrima lhe rolou nas roupas negras.

---

3 No original, "dulico", provavelmente do grego *doulikós*, servil, referente a escravo. [N.E.]

– Aqui estou, Maria; o que me queres?
– O que te quero? Ainda mo perguntas? Quero passar minhas mãos nas ondas de ouro de teus cabelos. Sonhar a ventura no límpido azul de teus olhos, viver em teu sorriso; pressentir, gozar o céu em teu peito.
– Sempre louca – murmurou Alberto.
– Louca! Sim, mas se soubesses como ferve-me o peito a um pensamento teu?!
O moço conservou-se calado.
– Amo-te tanto!
E a princesa apertou no seio a meio aberto, e onde corriam em azuladas veias torrentes de um sangue quente, a loira cabeça do poeta.
Ele conservou-se frio e ergueu-se a passear na câmara.
– Escuta, Maria – disse ele, parando em frente da princesa, que sentada no divã, agitada e inquieta, aberto o roupão no peito, passava as mãos febris pelos cabelos negros e os lançava em ondas nas brancas espáduas. – Escuta, eu sei que tu me amas.
– Oh! Muito, muito, não é assim, Alberto? – interrompeu a doida.
– Sim, muito, eu o sei, e eis o que me desespera.
– Te desespera! É o que dizes, Alberto?
– Sim, Maria, eis o que me desespera. É forçoso que te diga e, entretanto, tu talvez não compreendas... eu não posso te amar, a ninguém mais tampouco.
– Meu Deus, meu Deus! – disse a mísera e escondeu nas mãos a cabeça.
– Escuta, Maria, tu me vais perdoar. A palidez de minhas faces é um anúncio de morte; meu peito, que tantas vezes bateu apressado ao conchego do teu, está frio, está em cinzas.
"Eu revolvo-me desesperado, como o cego nas trevas que o cercam, como o afogado nas águas do mar!... Um peso do inferno me acabrunha o peito, sofro como de um pesadelo horrível: não posso mais amar na terra; vou abraçar-me com a morte e no sepulcro terei meu leito de esposo!
"Minha cabeça queima como um ferro quente, tenho sonhos que me enlouquecem... Oh! Se eu pudesse amar!?..."
– Cala-te, cala-te, Alberto, tu me horrorizas! Cala-te, que inda quero te amar; cala-te, que quero ter em teus lábios as delícias celestes! E, no entanto, é forçoso que deixes de amar-me!

"Olha, Alberto, não me faças sofrer muito, a dor é má conselheira e eu poderia..."
- O quê?... - perguntou o moço.
- Nada; dá-me um beijo - e a princesa sorriu-se entre as lágrimas.
- Deixa-me, deixa-me, princesa; passou-me agora um arrepio no corpo como o roçar das asas da morte.
- És sublime comediante, meu doce amado!
- E por quê?! - sobressaltou-se o moço.
- Dá-me um beijo - respondeu a princesa.
- Não, não.
- Ah! [...] que tu não sabes, Alberto, que talvez tenha nas mãos a tua vida!
- Pois tira-ma, tira-ma, pelo amor de Deus! Pesa-me demais! Tarda-me tanto conhecer os mistérios de um outro mundo!!
- Assim, queres morrer! E o meu amor, o que fazes dele? Morrer, para mim, eis o que projetas; mas estás enganado, Alberto; ninguém, ouves? Ninguém te pode arrebatar de meus braços, sem que eu queira. Ferve-me nas veias o sangue vingativo de espanhola.
- Ah, ah! - gargalhou Alberto.
- Não te rias, te digo; tua vida, tenho-a nas mãos.
"Vês este punhal de marfim? Ele é fatídico; é a dádiva de uma Cigana; uma gota de sangue que ele derrame de teu peito, tu serás a mim mais tímido, mais cativo do que nunca... e se eu tivesse a certeza, a dúvida só de que tens outra mulher, nos braços da qual queiras talvez me esquecer... por meu pai, morto desgraçado no exílio e cuja sombra agora nos escuta; por minha mãe espanhola e louca; por teus olhos de tão divino brilho, não terias mais um instante de vida!"
- Por Deus! É o que eu te peço, Maria! Mata-me, e te deverei a última ventura.
- Alberto! - bradou trêmula a princesa, e as lágrimas saltaram brilhantes dos seus olhos.
- Peço-to de joelhos; o passamento por tuas mãos deve ser belo; és pálida e mística como o anjo da morte; apaga-me na fronte, com o teu beijo frio, o lume da existência!

E Alberto acercou-se dos joelhos da princesa, tomou-lhe das mãos e fitou nos dela seus olhos de poeta. E de pé, trêmula, os negros cabelos em alvoroço, o peito a descoberto, estuante... a bela e romântica filha da nobreza debruçou-se sobre a cabeça dele e pregou nela seu beijo de mulher...

– Ah! – gritou Alberto, ao roçar daqueles lábios e saltando horrorizado. – Teu beijo é frio como o da morte... Eu te odeio... Idalina, Idalina, em breve vou ter contigo; esta mulher acaba de matar-me!...

– Idalina! – bradou ferida de ciúme a princesa. – Ah! Eis aí a tua sentença e a minha também... agora é que vais morrer!

– Ah! – gemeu o infeliz...

E um jorro de sangue foi à face da moça como um estigma de maldição...

....

A lua mostrou seu rosto empalidecido, cansada de procurar o seu amante[4], desenlaçando-se do seu negro manto de nuvens, e viu:

Uma mulher em desalinho com um moribundo nos braços, colando seus lábios no rasgo do peito como para lhe estancar o sangue; e o mísero debatia-se na agonia e exclamava:

– Maria, Maria... adeus... eu te perdoo... adeus!

– Espera, espera, meu bem-amado... dá-me, dá-me teu beijo último...

– Ai! Como são de gelo os teus lábios, anjo da morte!...

– Adeus, adeus! – soluçavam ambos.

Nuvens negras cobriram de novo a face do astro... uma estrela rubra como uma lágrima de sangue rasgou-as, tombando no espaço; o mar gemeu na praia e morreu num suspiro...

Tudo ficou em silêncio.

---

4 Tradições poéticas da Romênia. [N.E.O.]

Parte 2
Histórico

Camirã, a quiniquinau –
Episódio da invasão
Paraguaia em Mato Grosso
Visconde de Taunay

1874

VISCONDE DE TAUNAY
Rio de Janeiro (RJ), 1843-1899

Entre outras tantas atividades, Alfredo Maria Adriano d'Escragnolle Taunay, o **Visconde de Taunay**, destacou-se como escritor e historiador. É autor de *Inocência*, além de lembrado pelo relato histórico *A retirada da Laguna* e por outras obras em gêneros diversos, inclusive narrativas breves, como em *Histórias brasileiras*, livro no qual se encontra uma história celebrada por críticos de diferentes filiações: "Irecê, a guaná". Relegou-se, entretanto, ao esquecimento outra história indianista do volume, ótima realização no gênero, por isso escolhida para esta antologia. Nela, Taunay buscou se afastar da idealização extrema. No entanto, o protagonista Pacalalá, ainda que mais verossímil, além de contemporâneo da época de Taunay, não deixa de comportar atributos ideais, como a força, a liderança, o desprendimento em prol da comunidade e a dedicação filial. A narrativa é produto de uma vivência efetiva dos acontecimentos históricos, da Guerra do Paraguai e dos interesses em jogo, e vem marcada por um ponto de vista contrário aos paraguaios, aqui representados como vilões. Vale, todavia, confrontar essa perspectiva com a posição adotada pelas comunidades indígenas da região, que parecem não tomar partido no conflito, buscando refúgio fora da vila controlada pelo exército paraguaio. É fascinante a descrição que o autor faz da Serra de Maracaju, para onde se recolhem os refugiados de diferentes etnias, fundando aí uma comunidade solidária, praticamente autossuficiente, graças à fertilidade do solo. Impressiona, além disso, a dolorosa cena final.

CAMIRÃ ERA UMA INFELIZ VELHA QUINIQUINAU QUE PASSAVA os dias a prantear a morte de um filho único, baleado em ação de guerra pelos paraguaios.

Os seus olhos não derramavam lágrimas; mas o seu corpo mirrado pela consumição mostrava que uma dor imensa ia aos poucos lhe devorando a vida. Tudo era motivo para recordar-lhe o valente mancebo, que o chumbo inimigo havia feito cair para sempre nos campos do Aquidauana. O sol que irrompia deslumbrante, a lua que despontava serena, a nuvem que corria nos céus, a chuva que umedecia o solo, o vento que gemia ou a brisa que sussurrava traziam-lhe de pronto à lembrança algum fato que se prendia à existência de seu adorado filho.

Então Camirã, em voz alta e trêmula, num canto que mais tinha de resignação do que de desespero, contava como e quando ele havia contemplado o sol ou a lua a nascerem, quando fitara a nuvem passageira, se abrigara da chuva, contendera com o furacão ou refrescara o corpo às carícias de branda aragem.

Vivia agora da caridade dos seus, caridade, porém, sem vexame para quem a recebia, por isso que todos à porfia vinham espontaneamente depor em sua choupana algum alimento, escasso sem dúvida, pois para todos escasseara, mas dado de coração.

Nesse tempo, a gente quiniquinau experimentava uma dura provança. Expulsa em princípios do ano de 1865 pelo terror da invasão paraguaia que então assolara repentinamente o distrito de Miranda, havia ela vagado longos meses por matas e agruras antes de poder assentar arraiais ao abrigo do inimigo.

Também quem deixara de sofrer!

A coluna devastadora vinha dirigida pelo coronel Resquin, que, em nome da República do Paraguai, levara inopinadamente a guerra ao seio do Brasil.

O ataque havia sido tão pouco esperado que os batalhões paraguaios, sem oposição alguma à sua marcha de conquista, foram tangendo adiante de si toda a população tomada de surpresa e possuída de imenso pavor.

Ao passar a divisa do Império, Resquin destacara de sua força de mais de 5 mil baionetas uns seiscentos homens para irem abafar a resistência do tenente Antônio João na colônia de Dourados.

Valente homem aquele tenente!

Isolado no fundo dos sertões, sentinela perdida da fronteira, morreu como herói, ao lado de onze companheiros em quem infundira a coragem e o patriotismo que lhe inflamavam o peito.

Não podia esperar socorro de ninguém. Encerrado em sua paliçada, tinha diante e ao redor de si a imensidade do deserto.

Avisado dois dias antes que para Dourados marchava uma força imponente, não quis desamparar o posto. Reuniu a gente da colônia e fez-lhe uma fala em que citou francês e até latim.

O homem tinha pretensões literárias que afagava com certo orgulho e se revelavam nos ofícios mensais que costumava dirigir ao chefe militar de Nioaque.

Nessa fala ele expôs as circunstâncias em que se achava a colônia e a loucura da resistência, e terminou dando a todos licença para o abandonarem.

Ele ficaria.

– Para quê? – perguntaram uns soldados.

– Para morrer!

Onze de seus comandados declararam que ficariam também.

Todos os mais partiram: mulheres, crianças, velhos e até moços.

Antônio João esperou então os inimigos da pátria. Fez içar a bandeira do Brasil e preparou com esmero o ofício com que havia de responder à intimação do invasor.

No dia 28 de dezembro de 1864, um soldado, que saíra a cavalo a devassar a redondeza, voltou a galope.

A vanguarda paraguaia vinha já aparecendo.

Antônio João mandou tocar a reunir e distribuiu os seus onze fiéis pela paliçada. Cada um tinha uma espingarda à Minié, duas clavinas carregadas ao lado e não lhes faltava nem munição nem valor.

Por todos os lados se abriam campos imensos, campos que já se iam tingindo de vermelho. Eram os paraguaios, cujas blusas cor de sangue vivo maculavam a verdejante relva.

– Estão todos prontos? – perguntou Antônio João à sua gente.

– Todos – responderam os onze.

– Então amparem-se com Deus, porque ninguém se entrega.

– Ninguém! – repetiram os onze.

Era Leônidas no meio dos lacedemônios.

De repente soou o clarim paraguaio.

Um parlamentário se aproximava.

A bandeira brasileira desdobrou-se aos ventos do deserto. Parecia ufana de abrigar aqueles doze sublimes insensatos. Losango amarelo sobre fundo verde; cores que mandam um sorriso de consolo ao moribundo, quando ele lhes deita o olhar de adeus no campo da batalha. A coroa imperial como que se preparava para descer sobre aquelas cabeças, transformada em coroa de glória.

Antônio João prezava-se de civilizado: recebeu, pois, com a maior cortesia o enviado.

A intimação era curta: meia dúzia de palavras insolentes, como costumavam alinhar os generais de López.

O comandante de Dourados rasgou em pedaços o ofício que preparara com tanto cuidado e carinho, e a lápis traçou esta resposta:

Sei que morro, mas o meu sangue e o de meus companheiros servirão de protesto solene contra a invasão do solo da minha pátria.

E assinou com mão firme:

Antônio João da Silva.

Os paraguaios o chamaram de louco, e nem faltou brasileiro que ao depois dissesse o mesmo.

Retirou-se o parlamentário, e a força inimiga em distância cercou todo o campo. Para qualquer lado que os defensores de Dourados deitassem os olhos, viram um cordão vermelho que vinha se apertando.

Na guarnição não houve alma que fraqueasse. Quanto mais se demorava aquele ataque desproporcionado, mais crescia o entusiasmo.

– Viva o imperador! – gritou de repente Antônio João.

Era o sinal de fogo. Os brasileiros dispararam a um tempo as armas, ligeira detonação para aquelas vastidões, respondida por uma imensa repercussão.

O herói brasileiro caiu ferido mortalmente.

– Fogo, minha gente, fogo! – gritou ele nos arrancos da agonia.

Raros obedeceram à ordem.

Daí a pouco era arriada a bandeira da paliçada, mas ela desceu com ufania como bandeira de vitória e, quando tocou o chão, uma das suas dobras foi se ensopar no sangue daqueles que tanto a haviam enobrecido.

Parecia enrubescer de orgulho.

Os paraguaios fizeram justiça a Antônio João.

– Era um valente! – disseram eles. – Se o Brasil tiver muitos desses, a nossa marcha por Mato Grosso não será um simples passeio militar, como nos contaram.

Outra vez repetiram isso.

Foi alguns dias depois, perto do rio Feio, para lá da colônia de Miranda 6 léguas.

Aí quem se impôs à admiração dos inimigos foi um paisano, Gabriel Barbosa.

Era mineiro esse; fazendeiro perto de Nioaque, homem já feito, robusto de corpo e estimado. Devia se casar quando arrebentou a invasão e trocou as vestes de noivo pelo manto de morte. Dizem que ambos no céu se talham.

Quando em Nioaque, a 26 léguas da fronteira, soube-se que o Apa estava transposto e que Resquin vinha marchando para o norte, o comandante do corpo de caçadores a cavalo fez os seus 140 soldados, apenou alguns paisanos de boa vontade e marchou ao encontro do inimigo.

Esse comandante gozava de bom nome e estava em condições de prestar grandes serviços. Benquisto dos seus subordinados e respeitado por todos, podia ter dirigido em regra a resistência; entretanto, mostrou que servia mais para o sossego da paz do que para as contingências da guerra.

Em todo caso, julgou de dever ir em pessoa conhecer a força que pisava terras brasileiras.

Não caminhou muito.

A 6 léguas de Nioaque parou no rio Feio; do outro lado, encoberta pela mata, estava a coluna paraguaia; mais de 5 mil homens, já dissemos.

Era no dia 31 de dezembro de 1864.

Muita gente pensou que não veria o ano novo.

No rio Feio, cambiaram-se notas: Resquin, o comandante paraguaio, mostrou alguma polidez; o brasileiro respondeu-lhe apurando o tom.

Trocaram-se amabilidades antes das balas.

Era uma imprudência ter chegado até lá; maior ainda estar a perder tempo.

O que convinha ter feito fora recuar em ordem de Nioaque, para o que sobrara tempo, arregimentar toda a população válida e os centenares de índios que se apresentaram em Miranda espontaneamente, armá-los e esperar os invasores nos angustos e emboscadas. Assim, caro teriam pago o seu arrojo.

Em lugar de uma retirada aconselhada pelas circunstâncias, retirada que poderia ter produzido uma resistência notável, o comandante do corpo de caçadores a cavalo imprudentemente viu a sua tropa quase toda debandada na volta para Nioaque e, incutindo terror pânico em todos os habitantes, foi atropeladamente para a vila de Miranda, onde tomou rumo de Santana do Paranaíba, depois de uns dias de vacilação que mais concorreram para destruir qualquer intenção de pôr peito à invasão estrangeira.

Aquele oficial, cuja fé de ofício era honrosa, decerto num dia de combate havia de sustentar com dignidade a sua posição, mas não tinha cabeça para organizar a defesa de uma grande zona.

Ah! Se fora Antônio João!

Como dizíamos, Gabriel Barbosa se alistara entre os voluntários. Montava um cavalo magro e trazia uma espingarda de dois canos de caçar onças.

A manhã de 1º de janeiro de 1865 raiou quando o tiroteio já havia começado. Na mata da margem esquerda do rio Feio estavam emboscados os paraguaios, na da direita os brasileiros, isto é, soldados de cavalaria que haviam posto pé em terra. Comandava-os um valente capitão, Pedro José Rufino, homem envelhecido nas fileiras, cheio de serviços e esquecido há muito no fundo de Mato Grosso.

Os nossos atiravam bem, e um outro vulto vestido de baeta vermelha estirado no chão imóvel mostrava a certeza do fogo. Um cadáver rolara mesmo pela barranca abaixo e tingia de sangue a água em que mergulhava o tronco.

A fuzilaria rolava forte, quando soou um grito:

– Os paraguaios estão passando o rio!

Imediatamente o clarim do 1º Corpo de Caçadores deu sinal de retirar.

De fato, já dois esquadrões de cavalaria paraguaia estavam na margem direita e vinham à rédea solta sobre os brasileiros.

A princípio, os nossos retrocederam rapidamente, mas guardando ainda cada qual o seu lugar na fileira; depois a carreira foi se acelerando, tornando-se vertiginosa, e ao passo que muitos deixavam a estrada geral para se atirar nas matas, outros mais fincavam as esporas nos ventres de seus cavalos.

Então já não havia mais ordem nem respeito à hierarquia; tratava-se de correr.

De repente Gabriel Barbosa sentiu a cavalgadura afrouxar.

O inimigo, apesar de todos os esforços, ainda vinha bastante longe, de modo que um soldado, ao passar pelo mineiro, parou por um pouco e lhe perguntou:

– O seu cavalo *bombeou*[1]?

– Não pôde mais consigo...

– Pois bem, então faça como eu; *freche*[2] para aquele capão, que nós caímos logo na mata do Nioaque.

– Não – replicou Barbosa. – Estou cansado de correr... Eu fico aqui...

– Mas aqui é morte certa!

O outro fez um gesto de pouco caso.

– Ao menos – disse ele – não mostrarei só as costas aos paraguaios.

E descendo do cavalo, deu-lhe liberdade. Depois escorvou com cuidado a sua arma e parou imóvel no meio da estrada.

Ao vê-lo firme, um dos perseguidores, que tomara a dianteira aos outros, apressou ainda mais a carreira que trazia.

Com o rosto braseado de ardor bélico, fazia na mão direita voltear uma espada voraz de sangue, e na esquerda mantinha as rédeas frouxas. Ouvia atrás de si o galopar dos companheiros e queria colher a glória de matar o primeiro brasileiro.

Gabriel Barbosa fez pontaria com vagar e calma.

Um tiro ecoou, e o cavaleiro paraguaio caiu, soltando um grito de agonia.

---

[1] A forma "bombear", que aparece no original em itálico, pode significar "abaular", "bolear", mas é pouco usual; talvez tenha havido um erro na composição tipográfica da palavra "bambeou". [N.E.]
[2] Variante hoje pouco usada de "fleche", do verbo "flechar", com o sentido de movimentar-se rápido como uma flecha. [N.E.]

Um segundo teve igual destino e rolou ferido por certeira bala, mas a esse tempo cinco ou seis outros se haviam atirado sobre o brasileiro e depressa o prostraram sem vida, todo golpeado e lanceado.

Ainda hoje, nesse mesmo lugar, se vê uma grande cruz lavrada e coberta de desenhos, na qual está gravada esta inscrição:

Aqui murió el soldado de cabaleria Eusebio Gama en agzion di guerra.
– Ennero, 1 – 1865 [sic].[3]

Ao pé dessa cruz esteve por muito tempo atirado, como homenagem aos restos de quem ali descansava, um crânio com dois grandes talhos de espada.

Era o crânio de Gabriel Barbosa.

No dia 2 de janeiro os paraguaios entraram em Nioaque. Aquela linda povoação estava deserta e em poucos minutos ficou reduzida a cinzas.

Em Miranda, daí a vinte e poucas léguas, nesse dia a perturbação tinha tocado ao seu auge. Pela madrugada haviam chegado os restos desordenados do 1º Corpo de Caçadores, e tudo quanto morava nos arredores da vila afluíra para ela. A quantidade de índios terenas, laianas, quiniquinaus, guanás, guaicurus e até cadiuéus, que são, contudo, pérfidos e malvistos, era considerável; todos a pedirem em altos brados armas e munições, de que estava repleto o depósito de artigos bélicos, para correrem a se meter em emboscadas.

Uns propunham que se tratasse quanto antes da defesa, e aconselhavam duas esperas excelentes no Lalima e no Laranjal; outros declaravam qualquer tentativa de luta inútil e impossível, e só esperavam pela voz de debandada; outros, enfim, e entre os mais notáveis da vila, já nem esperavam por aquele sinal e tratavam de abarrotar de trastes as canoas e igarités em que pretendiam descer o rio Miranda, para demandarem a foz do seu afluente, o Aquidauana.

No meio da grita das mulheres, do chorar das crianças, das lamentações dos fracos, do vozear dos índios, dos conselhos desencontrados, das discussões calorosas, aqueles que deviam tomar providências para o bem geral e assumir a responsabilidade de uma resolução imediata, quer no sentido de resistência, quer no de pronta

---

3 Em espanhol estropiado, conforme o original. [N.E.]

retirada, perderam a cabeça e deixaram-se arrastar pelo movimento da população, que, a 6 de janeiro, em peso abandonou Miranda na mais extraordinária confusão.

Nem sequer ficou indicado um ponto em que todos devessem se reunir. Uns seguiram em canoas a procurar refúgio nas matas do rio; o maior número, a pé, tomou a direção da Serra de Maracaju, distante umas 20 léguas, e em cujas brenhas tinham tenção de se ocultar.

Os paraguaios, porém, vinham marchando muito vagarosamente; tanto assim que só a 12 de janeiro é que entraram na vila, que acharam quase que completamente saqueada. Eram os índios que, depois da dispersão do povo, haviam voltado e agarrado tudo quanto lhes aprouve, principalmente armamento e cartuchame.

O depósito continha, contudo, ainda grande número de armas e petrechos de toda a qualidade, que o inimigo tratou logo de arrecadar e de remeter para a República.

– Os brasileiros – diziam muitos paraguaios – cuidavam defender o seu território enchendo os cabides de espingardas e de lanças.

Uma vez de posse de Miranda, o coronel Resquin fez sair um bando que declarou haver daquele dia em diante passado todo o distrito a pertencer à República do Paraguai, debaixo do título de distrito militar de Mbotetin, e convidou a população a recolher-se às suas casas sob pena de serem os recalcitrantes passados, sem apelo, pelas armas.

Naturalmente ninguém se apresentou.

Os fugitivos, que tinham descido por água, estavam então ocultos no lugar chamado Salobra, a 2 léguas da vila, sujeitos a milhares de privações e, o que mais doloroso era, dilacerados pela discórdia e pelas intrigas.

Tudo era motivo para recriminações e queixumes.

Debalde, o vigário de Miranda, frei Mariano de Bagnaia, homem virtuoso e querido, quer de brancos, quer de índios, tentava restabelecer a paz, tão necessária naquelas tristes conjunturas. Não era ouvido e mais de uma vez viu-se desrespeitado.

O acampamento dos refugiados em pouco tempo tornou-se intolerável para muitos: uns tocaram as suas canoas para ir mais longe fazer rancho à parte; outros, em pequeno número, foram espontaneamente se apresentar aos paraguaios.

Entre estes, figurava frei Mariano. O piedoso capuchinho sentia-se fraco e acabrunhado diante de tamanha desgraça, e as suas lágrimas corriam a miúdo ao lembrar-se de tudo quanto os índios, a quem chamava de filhos, estariam sofrendo, esparsos pelos montes ou, sem dúvida, caídos em poder do inimigo.

Depois de haver penetrado no seu espírito a ideia de se entregar ao invasor e obter dele compaixão para todas aquelas vítimas – mulheres, principalmente, e débeis crianças –, não descansou um só instante até ir, acompanhado do tenente João Faustino do Prado e do alferes João Pacheco de Almeida, se apresentar em Miranda no dia 22 de fevereiro de 1865.

Havia na vila uma razão que o atraía com força irresistível: era a igreja matriz que construíra com grande trabalho, empregando nela os seus magros vencimentos e tudo quanto conseguia da caridade dos fregueses.

Correr, portanto, à igreja para dizer missa foi o que fez logo frei Mariano, num estado de júbilo difícil de descrever. Quanto tempo havia passado longe daqueles altares, arredado de todos os objetos de seus extremos, de sua adoração!

As ruínas que por toda a parte o cercavam, casas derrubadas, a meio incendiadas, ruas atravancadas, por todos os lados sinais da destruição, nada o impressionava, nada lhe detinha os passos.

Ele voava para a sua matriz.

Aí também o esperavam destroços que tomavam o caráter de negro sacrilégio. As terras sem os sinos, os altares despidos dos santos ornatos, o teto esburacado, o chão coberto de caliça e caibros, as imagens mutiladas de pronto feriram os olhos de frei Mariano.

Então todos os projetos de conciliação desapareceram-lhe da mente, e ele, transfigurado pelo desespero e pela indignação, no meio daquele templo esboroado, fulminou com a sua excomunhão a todos os paraguaios.

A eloquência selvática do capuchinho aterrou os que o cercavam.

– Foram os mbaiás[4] – gritou meio assombrado um deles.

– Não, não foram! Meus filhos não fariam isto – exclamou o frade, cuja exaltação não achou limites senão quando de todo lhe faltaram forças para clamar vingança aos céus.

---

4 Nome geral que os paraguaios dão aos índios de Mato Grosso. [N.E.O.]

Na manhã seguinte, teve ordem de prisão e pouco depois foi transferido para Assunção[5]. João Faustino do Prado e Pacheco de Almeida escaparam de igual sorte por se terem ausentado da vila no dia mesmo em que nela haviam entrado.

Que fim, porém, teriam levado os índios de Miranda durante todos aqueles inesperados sucessos?

Mais de dez aldeamentos regulares contava o distrito por ocasião da invasão paraguaia.

Os terenas, em número talvez superior a 3 mil indivíduos, estavam estabelecidos no Naxedaxe, a 6 léguas da vila, no Ipegue, a 7,5, e na Aldeia Grande, a 3; os quiniquinaus no Agachi, a 7 léguas N.E.; os guanás, no Eponadigo e no Lauiad; os laianos, a meia légua – esses todos da nação chané. Dos guaicurus, havia aldeamentos no Lalima e perto de Nioaque. Quanto aos cadiuéus, moravam em Amagalobida e Nabileque, também chamado Rio Branco.

Quando ecoou o primeiro tiro naquela vasta zona, cada tribo manifestou as suas tendências particulares. Nenhuma delas, porém, congraçou com o invasor. O "castelhano" era por todas considerado, de longas eras, como inimigo figadal e irreconciliável; umas, contudo, identificaram-se com as desgraças dos portugueses; outras se separaram deles; outras, enfim, começaram a hostilizar a gente de um e outro lado.

Guanás, quiniquinaus e laianos uniram-se intimamente com a população fugitiva; os terenas se isolaram; e os cadiuéus assumiram atitude infensa a qualquer branco, ora atacando os paraguaios na linha do Apa, ora assassinando famílias inteiras, como aconteceu com a do infeliz Barbosa, no Bonito.

Voltemos, porém, aos quiniquinaus.

Quando alguns soldados do 1º Corpo de Cavalaria passaram em debandada pelo Agachi, a aldeia já estava sobressaltada.

– Que vamos fazer? – perguntou a um fugitivo o capitão dos quiniquinaus, Flávio Botelho.

– Fujam todos.

– Para onde?

– Ninguém sabe – foi a resposta. – Cada um por si, Deus por todos.

---

5 Frei Mariano esteve sempre em rigoroso cárcere e só foi salvo no dia 12 de agosto de 1869 pelos brasileiros depois da batalha de Campo Grande. [N.E.O.]

Flávio Botelho era um velho sem prestígio nem préstimo. Tinha um único merecimento: ser pai de duas lindíssimas moçoilas; no mais, embriagava-se diariamente sem respeito algum pela patente que possuía e mostrava com grande orgulho, assinada por Dom Pedro I.

Naquela dificultosa emergência, ele esvaziou uma garrafa de aguardente e tratou de dormir.

A gente do Agachi compreendeu que mais do que nunca estavam faltos de um chefe, e, por tácito acordo, deixando, contudo, as honras ao legítimo possuidor, trataram de escolher alguém que os soubesse dirigir.

Todas as adesões caíram sem discrepância em Pacalalá.

Era o filho de Camirã.

Tinha ele pouco mais de 20 anos, mas era um soberbo índio, cor de cobre vermelho, com feições angulosas, maçãs do rosto salientes, dentes acerados, olhos pequenos e inteligentes, queixo acentuado e denunciando energia.

Com tão pouca idade, soubera conciliar o respeito dos seus e a amizade dos brancos. Era ele quem tomava a peito as queixas da sua gente nas relações com os moradores de Miranda, quem ia denunciar a frei Mariano as irregularidades dos contratos ou os desmandos que se davam na sua aldeia. Pedia providências num e noutro sentido; indicava-as acertadas e conseguia de vez em quando algum resultado, conforme os interesses dos seus e como era de justiça. Soubera até em várias ocasiões franzir o sobrolho às autoridades da povoação, dispostas sempre a abusar, e, apoiado na boa vontade do frade capuchinho e no seu espírito de retidão, obteve que cessassem para os habitantes de seu aldeamento diversas medidas vexatórias a que estavam sujeitos os índios.

Uma vez Pacalalá teve notícias de que um quiniquinau, avelhentado e onerado de família, fizera com o juiz de paz de Miranda um contrato de locação de serviços por dois meses pelo preço de 4 mil réis e mais uma garrafa de aguardente no fim de cada mês.

Sem demora partiu para a vila e recorreu a frei Mariano, que se apressou em saber da verdade.

Um papel em regra de acordo mútuo foi-lhe apresentado, e o índio declarou que o lavrara sem sugestões e de muito livre vontade.

Não havia recalcitrar.

Então Pacalalá adotou um expediente novo. Propôs a substituição do trabalhador, ficando de pé a letra do contrato.

Era um moço que tomava o lugar do velho e, como o tal juiz de paz não podia fazer negócio melhor, imediatamente aceitou a proposta, com grande aplauso do frade.

Pacalalá, que podia, como costumava, arranjar facilmente trabalho a 500 réis diários, esteve com toda a constância dois meses às ordens do contratante e, sem dúvida alguma, fez serviço triplo ou quádruplo do índio que substituíra.

Findo o tempo convencionado, ele recebeu os 4 mil réis, que deu de esmola para as obras da matriz, e levou as garrafas de aguardente para ofertá-las a Flávio Botelho, cuja filha mais bela lhe havia prendido o coração.

Em todo caso, se perdera dois meses de trabalho, em compensação o seu prestígio aumentou de um modo extraordinário.

– Os portugueses – diziam os velhos com aquele sorriso quase imperceptível que os índios têm – não podem com Pacalalá. Eles são velhacos como a jaguatirica, mas Pacalalá é como o lagarto que dá chicotadas sem ser visto.

Camirã tinha orgulho em ser mãe daquele filho, orgulho imenso, mas oculto no ádito de sua alma. Não só por índole, como pelos costumes dos seus, nunca deixara transparecer a afeição intensa que sentia por ele, nunca correra ao seu encontro ou o abraçara, quanto mais beijá-lo ou tecer-lhe elogios!

A mais completa reserva cercava o seu amor maternal, repassado, contudo, do mais profundo entusiasmo.

Se havia cabana bem construída, forte, era a dela; se alguém tinha comodidade de vida na aldeia, não excedia a que desfrutava Camirã.

Da roça de seu filho, vinha abundante colheita de abóboras, milho, arroz e feijão; várias galinhas cacarejavam diante de sua porta, e uma vaca com bezerro ao lado dava-lhe pela manhã leite a fartar.

Não havia dia em que Pacalalá voltasse dos seus trabalhos sem trazer para a mãe um cesto de carás ou de raízes de aipim, alguma fruta saborosa ou miolo açucarado da macaúba, que os índios chupam com delícia.

Às vezes a caçada diligente do rapaz fazia aparecer na refeição habitual a delicada carne da jaó, do aracuã, da jacutinga e do inhambu; mas o preço da pólvora e do chumbo tornava raras essas ocasiões.

Quando Pacalalá vinha do roçado, Camirã, sem dizer palavra, tomava os alimentos e corria a prepará-los. Ele tirava as calças que lhe serviam para o giro habitual, embrulhava-se numa julata e ia deitar-se na rede de tiras de couro, a fumar num grande cachimbo de barro.

Assim ficava longas horas, fitando um ponto no chão e com o espírito em torpor.

As ideias de Pacalalá propendiam para o congraçamento com os habitantes de Miranda; entretanto, ele deveras se afligia da má-fé e da dobrez que os brancos punham sempre nessas relações.

– Cuidado com os portugueses – dizia ele para os seus quando consultado –, são nossos iguais e não nossos amos. Nesta terra não deve haver duas gentes: uma que mande e outra que trabalhe. Todos devem trabalhar.

Uma vez ameaçou até vir ao Rio de Janeiro apresentar as suas razões de queixa e com isso produziu algum abalo no ânimo de uma das autoridades da vila, tão arbitrária quão subalterna.

– Se nos atormentarem muito, irei até a corte falar com o imperador, que é o capitão grande. Eu sei que ele não quer que os índios sejam maltratados pelos portugueses.

Já se vê que Pacalalá tinha direito a mais consideração entre os quiniquinaus do que qualquer outro.

Se não reagia, pelo menos protestava sempre.

Era, porém, chegada a ocasião de justificar a confiança que inspirava, e ele não hesitou em aceitar a comissão que lhe impunham o respeito e a consideração de sua tribo naquela difícil emergência.

Sem perda de tempo, Pacalalá ordenou o abandono da aldeia do Agachi. Separou mulheres, crianças e velhos, carregou-os de tudo quanto podia ser mais facilmente transportado e entregou esse grupo à direção de Flávio Botelho, que devia dirigir-se ao porto do Canuto, no rio Aquidauana, daí a 8 léguas, para embrenhar-se depois na Serra de Maracaju.

A romaria partiu, não sem alarido, imprecações e gemidos. As velhas, sobretudo, levantavam uma grita da mais completa desesperação.

Iam levando à cabeça enormes trouxas, móveis até ou vergadas ao peso do nadô, grande rede de malhas em forma de sacos suspensa por uma tira de couro que aplicam de encontro à testa.

Depois de deserta a aldeia, Pacalalá reuniu trinta homens válidos e à frente deles marchou para Miranda a saber o que convinha fazer.

A estrada do Agachi para a vila estava cheia de fugitivos, índios em grupos, outros isolados, homens montados a correrem, velhos a se arrastarem de cansados, crianças perdidas, mulheres desamparadas e famílias inteiras, umas a pé, outras metidas em carros de bois, que caminhavam aguilhoados por impaciente ferrão.

Toda a população estava em movimento e, coisa digna de reparo nessa ocasião desastrosa, não se davam fatos de violências, roubos e assassinatos, tão fáceis no meio da desordem geral.

– Para onde vão vocês? – perguntou a Pacalalá um mineiro que, desanimado da morosidade dos seus bois de carro, estava parado ao meio da estrada, cercado da família em pranto.

– Para Miranda – respondeu o índio.

– Pois então me levem a minha mulher e essas três crianças. Todas andam bem a pé e depois de amanhã estou batendo na vila. Fico para esconder o meu trem no mato.

O quiniquinau aceitou a incumbência e, acolhendo sob sua proteção a família do mineiro, com ela entrou em Miranda.

A vila estava, como dissemos, entregue à maior anarquia.

Pacalalá compreendeu logo que não havia tenções de resistir e que toda demora importava aumento de perigo; entretanto, como era preciso armar os seus e as autoridades não distribuíam nem queriam distribuir armamento e munições, esperou que os moradores se retirassem.

No dia 8 de janeiro não havia mais um só habitante, e um depósito imenso de artigos bélicos ficava entregue ao saque dos índios, antes de passar para o poder dos paraguaios.

Eis por que nas mãos de terenas, quiniquinaus, laianos, guanás, guaicurus, cadiuéus, beaquiéus e outros viam-se excelentes clavinas e muita pólvora e bala durante todo o tempo da ocupação do distrito.

Com a sua gente municiada, Pacalalá dirigiu-se então para o Porto do Canuto e, capitaneando a tribo, subiu a Serra de Maracaju pelo lado mais íngreme e foi estabelecer acampamento na belíssima chapada que coroa aquelas alturas.

A esse mesmo planalto, mas por caminhos diferentes, haviam já chegado muitos fugitivos; entretanto, como ela era coberta em toda a superfície de mato virgem e vigoroso, diversos núcleos foram se formando, sem que comunicassem logo uns com os outros.

Estava-se aí livre da perseguição paraguaia, mas quanto sofrimento, quanto desespero, para toda aquela infeliz gente sem outro alimento mais do que palmitos, cocos, frutos da mata, mel de abelhas e uma ou outra caça, essa mesma comprada a peso de ouro!...

Os que tinham iniciativa trataram logo de derrubadas para entregar à terra as sementes que haviam cuidadosamente trazido consigo e preparar assim um futuro melhor.

Entre esses, achou-se Pacalalá, por cujos conselhos todos os quiniquinaus cuidaram prontamente de roçar e de plantar, pelo que foram os primeiros que conheceram a abundância de cereais.

Na verdade, a terra como que pareceu querer ajudar os pobres refugiados que só de uma boa colheita podiam esperar lenitivo para tantos males. O grão que nela caiu achou-se em breve multiplicado de uma maneira maravilhosa, e todos quantos galgaram a serra e se acoutaram em suas umbrosas dobras tiveram em pouco tempo mantimentos de sobra, muito além das mais exageradas esperanças.

Houve até um branco de Miranda que, plantando meio alqueire de milho, colheu mais de 200, e de uma quarta de feijão tirou perto de 40 alqueires!

A uberdade do solo era espantosa. Qualquer clareira no mato, aberta, é verdade, com muito trabalho e a poder do machado, muitas vezes manejado por mãos de mulheres e crianças, tornava-se ponto em que parecia cair o maná do céu.

Também não tardou muito que toda a colônia brasileira aí estabelecida de mistura com índios quiniquinaus, guanás, terenas e laianos, gozasse de bastantes recursos para considerar de ânimo mais calmo as desgraças que acabavam de sofrer, e poder com paciência esperar pelo final da guerra que os paraguaios tão imprevista quão deslealmente haviam encetado.

Nos diversos lugares da serra em que havia moradores e que tomaram o nome de acampamentos, construíram-se ranchos vastos e cômodos, e pouco a pouco regularizou-se o modo de viver.

Para aumentar até aquela repentina prosperidade, veio um casal de galinhas, trazido com muita cautela de Miranda por um índio, que lá se introduziu à noite, dar uma produção vigorosa e em tão grande número que, ano e meio depois, contavam-se alguns possuidores de centenas de cabeças de criação.

Nos Morros – assim se ficou chamando o lugar – a boa paz presidiu as relações de todos e, em honra ao espírito da população de Mato Grosso, pôde se afiançar que nenhuma cena de violência, durante todo o tempo de exílio, lembrou que havia totalmente desaparecido o império das leis e a proteção das autoridades.

Os índios, em número décuplo dos brancos, e que podiam, como recearam a princípio muitos, libertar-se com estrondo da tutela em que haviam vivido, se ficaram um pouco mais altanados e independentes, nem por isso praticaram desmandos nem se aproveitaram das ocasiões para reações às vezes justificadas.

Entretanto, a nomeada da fartura existente nos Morros ia atraindo para lá os fugidos do distrito, de modo que em fins de 1865 estavam eles quase todos reunidos na chapada da Serra de Maracaju.

O país, desde os pantanais do Coxim até o rio Apa de um lado, e de outro, desde o Paraguai até os campos de Camapuã e Vacaria, ficara entregue aos paraguaios, que rondavam sobretudo a área compreendida entre os pontos do Souza, Espenidio, Forquilha, Nioaque, Ariranha e Esbarrancado, onde mantiveram, até agosto de 1866, importantes destacamentos.

Por entre essas rondas passavam à noite os índios quando desciam da serra para vir laçar reses na planície e ajoujá-las com outras mansas, tangendo-as assim para os acampamentos.

Com essas expedições repetidas sempre com êxito, apesar da vigilância dos inimigos, abasteciam-se de carne fresca e seca ao sol todos os moradores dos Morros, que então só se podiam queixar da falta de sal, essa mesma até certo ponto minorada pela exploração dos barreiros e terrenos salitrosos, tão abundantes em todo o sul de Mato Grosso.

Pacalalá tinha se formado uma verdadeira especialidade na obtenção de bois para o corte. Era o mais ousado em descer à planície, ficando ali, sem receio, dias inteiros a escolher as reses que contava agarrar. Com alguns companheiros bem armados chegou a levar oito e mais animais, tendo sempre a cautela de esconder as suas pegadas ou de deixá-las aparentes, quando nisto via vantagem.

Uma vez, porém, em princípios de 1866, foi perseguido de perto por uma ronda paraguaia.

Seis quiniquinaus tocavam umas reses encambulhadas, quando Pacalalá reconheceu que iam ser atacados. O lugar, porém, prestava-se à resistência: era já na fralda da montanha e a trilha de subida serpeava por denso matagal de taquaríssima.

Destacando dois índios para continuarem a tanger o gado, Pacalalá com os outros esperou a ronda num angusto pedregoso e de um tiro certeiro derrubou o paraguaio que vinha abrindo caminho na frente dos mais soldados.

A ronda recuou precipitadamente, deixando como troféus de vitória não só o cadáver do companheiro como o cavalo que montava.

Grave agitação produziu nos acampamentos dos Morros a chegada de Pacalalá todo cheio de seu triunfo e trazendo atado à cauda do animal o corpo do inimigo.

Uns possuíram-se de pavor tal, cuidando num próximo e formal ataque dos paraguaios, que, abandonando os seus ranchos e roçados, atirar-se-iam pelas matas a procurar novo refúgio; outros, pelo contrário, viram nesse sucesso maior garantia para a sua segurança e cobriram o vencedor de felicitações e elogios. Sobre o cadáver do paraguaio, exercitou-se a alegria selvática de todos os índios: cada qual, à porfia, vinha embeber nas carnes pisadas pelo arrastamento facões e espadas, e o corpo espicaçado, mutilado e já sem forma, foi por fim atirado aos cães e corvos.

Como consequência daquele encontro tornaram-se as descidas dos Morros mais frequentes e ousadas, e os paraguaios mais cautelosos e receosos de emboscadas e estratagemas.

Pacalalá ia já pescar no rio Aquidauana distante umas 16 léguas e ficava muitos e muitos dias entretido em preparar e secar os saborosos pacus que abundam naquele rio. Era isso tanto mais arriscado quanto vigiadas pelas rondas dos paraguaios as margens do caudal, a que davam o nome de rio Branco, e que impunham como divisa de novo distrito anexado à República sob o título de Mbotetin.

As temeridades do quiniquinau deviam necessariamente trazer um novo encontro e esse deu-se com proporções tão vastas em relação aos que nele se empenharam que pode ser considerado como o feito de guerra mais importante durante todo o período de ocupação.

Foi em maio de 1866.

No Porto de Dona Maria Domingas, à margem direita do rio Aquidauana, existia um extenso canavial que era o objeto da cobiça dos índios muito inclinados às substâncias açucaradas.

Pacalalá formou o projeto de ir fazer rapaduras no próprio lugar e, convidando seis quiniquinaus e dez terenas, pôde encetar com felicidade o seu trabalho.

Passaram-se alguns dias sem novidade, mas, ou pelo natural abandono de medidas cautelosas quando nada parece dever prescrevê-las, ou por casualidade, foram os índios, sem o saberem, pressentidos por uma ronda inimiga que rodeou em distância a mata e mandou pedir reforço ao posto do Souza, daí a 6 léguas.

Vieram perto de duzentos homens.

Os índios, quando se viram cercados, desanimaram.

Foi necessário que Pacalalá, correndo de um em um, os incitasse, mostrasse-lhes a vantagem da posição e, enfim, a necessidade de se defenderem de quem por certo não daria quartel a nenhum deles.

Armas não lhes faltavam, nem munições, nem destreza.

Cumpria, pois, não fraquear e não desperdiçar tiros.

Avançando, então, para a orla da mata, Pacalalá colocou cada companheiro atrás de árvores grossas e aconselhou-lhes pegar bem a pontaria antes de fazerem fogo.

Os paraguaios estavam a pouca distância formados em linha na planície, assim, pois, os primeiros tiros derrubaram de uma vez para mais de uma dúzia deles. Responderam com uma descarga geral, cujas balas foram só varar troncos e cortar galhada.

Os índios recuaram então, ganhando o interior da mata. Perseguidos por uma companhia de infantaria, acolheram-na por modo tal que a obrigaram a retroceder.

Pacalalá multiplicara-se durante a ação: em toda parte se achava para exaltar o ânimo de cada combatente e melhor aproveitar os esforços e crescente entusiasmo dos seus comandados.

Mas, quando o inimigo se retirou aterrado, levando os feridos e mortos, e supondo haver-se batido contra uma tribo de endiabrados, Pacalalá, o valente, a glória dos quiniquinaus, o orgulho de Camirã, não pôde cantar vitória.

Ao passar de uma árvore para outra, uma bala o tocara no meio da testa e o atirara sem vida no chão.

Essa morte, no fim do combate, encheu os índios de pavor e, quando a noite caiu, eles fugiram todos sem levar sequer uma das rapaduras que tão caro lhes havia custado.

Apenas chegou a infausta notícia aos aldeamentos dos Morros, levantou-se uma grita imensa. As moças quiniquinaus cortaram logo os cabelos na altura das orelhas e tiraram de si qualquer enfeite de ouro e prata que ainda conservavam.

A choupana de Camirã foi invadida e nela se ergueram gritos agudíssimos, soltos pelo mulherio e crianças.

A desgraçada mãe parecia esmagada pela dor. Nem sequer podia, como é de uso entre os seus, guiar as lamentações e contar as proezas e virtudes do morto.

Estava aniquilada.

Com a cabeça pensa sobre o peito, nada via, nada ouvia. Não chorava, não podia chorar, mas desde aqueles momentos sentiu que não podia mais viver.

É num estado de quase completo definhamento que encontramos Camirã no princípio desta narração verídica em quase todos os pontos, e que terá o merecimento de falar, pela primeira e talvez única vez, na história do quanto sofreram os refugiados de Miranda e, sobretudo, nas façanhas do desconhecido Pacalalá.

O combate do Porto de Dona Maria Domingas – que combate deve ser o qualificativo adequado àquele encontro – fez com que, durante muitos meses, cessassem as correrias dos índios até as planícies e mata do Aquidauana.

Afinal recomeçaram elas, e um terena achou-se com coragem para se arriscar até o lugar em que havia valentemente guerreado.

Trouxe a notícia de que o cadáver de Pacalalá não sofrera decomposição, mas estava seco e mirrado como se fora uma múmia.[6]

Com isso novamente alvorotou-se o aldeamento quiniquinau. Foram gritos horríveis, gemidos, ululações que se ouviram em distância considerável.

---

[6] Deu-se este fato com diversos cadáveres, índios e paraguaios, devido naturalmente à natureza eminentemente salina de todo o terreno do distrito de Miranda e, principalmente, das margens do Aquidauana. [N.E.O.]

Camirã, que passara todo aquele tempo, longos e longos meses, mergulhada na dor que a ia matando, foi consultar um feiticeiro e saber o que significava aquilo.

O nigromante declarou-lhe positivamente que aquele corpo, enquanto não fosse enterrado, reteria em duro cativeiro a alma de Pacalalá.

Então Camirã tomou inabalável resolução: ir entregar o cadáver do filho à terra.

Sem dizer nada a ninguém, desapareceu da aldeia.

Caminhou, ou melhor, arrastou o débil corpo até o Porto de Dona Maria Domingas.

Quando avistou aquele cadáver amado, pareceu-lhe que a natureza toda, as árvores, os montes, os rios soltavam um brado uníssono de agonia, e que o seu coração era o único e imenso eco.

Caiu desfalecida...

Quantas horas ficou assim, ninguém sabe.

Depois se ergueu a muito custo.

Não levara alimento algum.

Nem tampouco ferro com que abrir a cova em que devia deitar o guerreiro morto.

Com um pau e mais ainda com as unhas cavou um pouco o chão e já quase sem forças suspendeu o cadáver ressecado e o estendeu no leito derradeiro que lhe preparara.

Quando Camirã começou a empurrar a terra solta, os seus braços, finos como gomos de caniço, recusaram-se ao movimento; o seu corpo dobrou-se todo e ela, inerte, moribunda, caiu sobre aquela sepultura mal fechada. Ainda nos derradeiros e desacordados estremecimentos, as suas mãos convulsas chamavam a terra para junto de si.

A noite envolveu no manto misterioso das sombras as últimas dores daquele coração, e quando o sol, na manhã seguinte, irrompeu deslumbrante, os seus raios não iluminaram mais a mãe ao lado do filho, mas tão somente dois cadáveres que, ao calor que deles recebiam, iam-se fundir no gigantesco cadinho que se chama a natureza!

Fany ou O modelo
das donzelas
Nísia Floresta

1847

NÍSIA FLORESTA
Papari (atual Nísia Floresta, RN), 1810 – Rouen, França, 1885

Nísia Floresta Brasileira Augusta, pseudônimo de Dionísia Pinto Lisboa, foi pioneira na educação feminina no Brasil e teve destacado protagonismo como jornalista, escritora e poeta. Além da militância em prol dos direitos femininos, defendeu ideais abolicionistas e republicanos. Na revalorização de sua obra, promovida desde o século passado, ganharam destaque não apenas seus escritos militantes como também sua produção poética e ficcional. É o caso de um poema longo como "A lágrima de um caeté", em que a matéria épica, indianista, se articula com uma das revoltas que abalavam politicamente o país, a Revolução Praieira. Assim, Nísia Floresta levava adiante uma articulação entre a mitificação nacional do índio e acontecimentos políticos do tempo, que já marcara a produção de Gonçalves Dias, cujo antilusitanismo era motivado pela Balaiada, em sua província natal. Outra das revoltas provinciais constitui o pano de fundo da narrativa breve aqui publicada, que, entretanto, nada tem de indianista: trata-se da participação feminina, celebrada pela história exemplar da virtuosa Fany na Revolução Farroupilha.

A CAPITAL DE SÃO PEDRO DO SUL ESTÁ SITUADA EM UMA RIsonha e agradável colina à margem oriental do rio Jacuí. O habitante de Porto Alegre goza do ponto de vista o mais encantador e que pode despertar no homem a ideia sublime do Criador. De um lado veem-se as águas dormentes do vasto rio lambendo as fraldas da colina e trazendo ao porto embarcações carregadas de diversas mercadorias de outras províncias do Império e de diferentes nações do mundo; de outro avistam-se férteis campinas, semeadas aqui e ali de uma multidão prodigiosa de flores, cujas diferentes cores, formando o mais agradável contraste, trazem à imaginação o quadro que se nos traça desse Éden feliz, onde a soberana bondade de Deus colocou o primeiro homem; quadro que é completado pela simplicidade e lhaneza dos excelentes habitantes desses campos que ora descrevo. Chácaras, onde abundam saborosos frutos da Europa, se oferecem aos olhos do contemplador, que se extasia à vista da simetria com que ali brotam as roseiras e os cravos de todas as qualidades sem exigirem difícil cultura. As frentes da maior parte dessas chácaras, coroadas de rosas e como que situadas por entre o azul do céu e o verde das montanhas, apresentam no delicioso outubro um panorama digno do pincel de Rafael!

As vinhas pendentes com o peso de seus crescidos cachos esperam o outono para oferecer o néctar sob a cor da pérola ou do roxo violeta. O aveludado pêssego, o saboroso damasco, a rubra maçã, a roxa cereja e a linda amora sucedem a estação das flores e dão a Ceres um triunfo sobre a Flora. Este delicioso país oferecia em seu seio até 1835 tudo quanto o homem pode desejar sobre a terra: a paz, abundância, simpleza e a doce influência de um clima sadio.

Gozava de todos esses bens na cidade de Porto Alegre uma família que se compunha de seus chefes e nove filhos.

Fany, a primogênita deles, contava apenas 13 anos, e as felizes propensões que ela anunciava já prometiam aos caros autores de seus dias uma ventura que nada parecia disputar-lhes.

Fany frequentava um colégio da capital, cuja diretora, fazendo justiça a seu merecimento, lhe havia conferido depois de algum tempo o título de monitora. Nesse lugar, a jovem educanda, longe de inspirar às suas companheiras um sentimento desfavorável, atraiu em pouco tempo pela sua doçura, amabilidade de caráter e terna perseverança em transmitir-lhes as lições que recebia da diretora, a geral estima mesmo das colegiais que não estavam sob a sua direção. Seus progressos foram rápidos, todos que a conheciam admiravam-na, todos estavam maravilhados de suas nascentes qualidades; somente ela as ignorava porque a mais perfeita modéstia coroava todas as outras virtudes.

Ela estava certa de que a obediência filial e o desempenho exato dos deveres de uma donzela eram uma lei que Deus escrevera no coração desta, e estranhava que o simples cumprimento dessa lei pudesse atrair-lhe tantos elogios. Ademais, o monstro devorador das qualidades das mulheres, a desprezível vaidade, não havia infeccionado sua alma cândida com seu pestilento hálito; e quando nos salões ela ouvia o seu elogio passar de boca em boca, o mais lindo rubor lhe assomava às faces e, procurando ocultar-se por entre as outras, dir-se-ia que ela havia cometido alguma falta que desejava subtrair aos olhos de todas.

Essa rigorosa modéstia era tanto mais apreciável quanto Fany possuía, já na idade de 15 anos incompletos, qualidades que lhe atraíam por toda a parte repetidos encômios.

Mas ela sabia que, se era bela, não era a si que devia esse fútil e frágil atrativo que nenhum merecimento só de *per si* tem. Se mais progressos fazia nos estudos do que suas companheiras, atribuía-os não à menor capacidade daquelas, mas sim a um ato em seu favor da sábia Providência, que, lhe tendo dado onze irmãos depois dela, a destinava, talvez, para dirigir um dia a educação de alguns deles.

Vestida sempre com asseio e gosto, mas sem nenhuma afetação em seus atavios, que eram sempre os mais simples, Fany não aspirava a outra ventura que ser útil a seus pais, a quem amava com a mais profunda dedicação.

Que quadro interessante representava ela quando, voltando do colégio, punha de parte os livros e se achava rodeada na casa paterna de seus irmãozinhos, ocupada em pensar ela mesma nos mais pequenos e poupando à sua boa mãe o peso dos trabalhos domésticos, que, longe de desdenhar, sabia, ao contrário, que é a prática deles que, reunida a outras qualidades, pode conferir à mulher o mais nobre título de "boa mãe de família"!

Quando acabou a sua educação, era ela quem dirigia sob as ordens de sua mãe todo o governo da casa; cosia a roupa de seus irmãos, tratava de sua mãe com uma devoção angélica; e, longe de se assemelhar a essas jovens que, apenas deixam de ser colegiais, folgam de haver recobrado uma coisa que chamam liberdade e que lhes permite dormirem até alto dia, passarem a maior parte dele despenteadas ou à janela, aborrecendo os livros, em que grande parte delas não pegam mais ou leem sem fruto. Fany, no meio de tantas ocupações, achava tempo de empregar-se em cultivar os estudos que havia aprendido e conservar uma correspondência diária com aquela que havia cuidado de sua educação.

Aproximava-se, porém, o momento em que tão brilhantes qualidades e virtudes iam ser submetidas à mais rude prova. O anjo de paz, que até então havia preservado aquela fértil província dos golpes da rebelião, que nas mais províncias do Império tantos e tão assinalados estragos há longos anos fazia, voando para a etérea morada, pareceu abandoná-la durante quase dez anos! Os clarões da aurora do memorável Vinte de Setembro de 1835 desdobraram aos olhos dos habitantes da capital o primeiro painel da rebelião daquele ponto, até então asilo feliz dos perseguidos por ela nas demais províncias. O rio estava coberto de iates que conduziam de uma a outra de suas margens os rebelados, e em menos de uma hora a capital estava em poder deles; o presidente e as demais autoridades, assim surpreendidos, foram obrigados a depor o governo entre as mãos dos que para ele foram nomeados a despeito da lei que os excluía.

Enquanto tinha lugar esse grande movimento, e quando mesmo entre as mulheres, algumas, esquecendo as virtudes pacíficas de seu sexo, elevavam o grito amotinado de particulares vinganças, profanando o santo nome de liberdade em seu fatal entusiasmo, Fany, no recinto de seu quarto, dirigia ardentes preces ao Divino Autor da Natureza para que protegesse os dias de seu pai, que, imprudente, comandava uma das forças rebeldes; seu pai que, surdo à voz do dever que o chamava junto a uma esposa virtuosa e doze filhos, correra a empenhar-se em uma guerra civil, murchando destarte os louros que havia colhido nas fileiras legais quando combatera outrora o estrangeiro em defesa de sua pátria!

Entretanto, o primeiro sucesso dos rebeldes, tendo excedido a toda sua expectativa, deu às famílias destes uma esperança de haverem de tocar a meta da felicidade, e frequentes aplausos pareceram assegurar a sua causa.

A mãe de Fany seguiu a torrente tempestuosa de um entusiasmo que contrastava singularmente com a harmonia de suas doces paixões até então; deslumbrada pelo bom resultado daquela primeira tentativa, via em seu marido um dos principais reformadores do Governo que se pretendia estabelecer e, exaltando-se em uma ocasião em que foi necessário seu marido ir à frente de uma força combater uma outra contrária, ela exclamou, como uma antiga espartana: "Vai, eu cuidarei em tua ausência de nossos filhos; repele os inimigos de nossa pátria e não voltes se não voltas vitorioso!".

A sensível Fany, pelo contrário, sem proferir uma palavra que ferisse o que seu pai chamava "nobre patriotismo", com sua mãe apresentava, em sua mudez, um contraste singular com aquele entusiasmo, que tão pouco se acordava com a doçura e a timidez natural de seu excelente caráter. Ela implorava ao Criador pelos caros autores de seus dias e continuava com mais ardor nos seus exercícios diários, sem que aquela mudança política tão vantajosa para seu pai tivesse em nada influído sobre seus hábitos ordinários.

A caridade era uma de suas primeiras virtudes, e da qual sua mãe lhe tinha em sua infância dado o mais edificante exemplo, e nunca sua bondade se ostentava mais do que quando ela tinha um pobre a consolar em sua miséria.

E assim ela recebia ao mesmo tempo os encômios dos grandes e as bênçãos dos indigentes para quem obtinha sempre de sua mãe algum socorro.

Todos repousavam tranquilos na cidade de Porto Alegre na noite de 15 do mês de junho de 1836, quando uma reação do Governo legítimo foi ali operada, e aqueles da rebelião que se não puderam evadir foram trancados em duras prisões.

O sol veio esclarecer uma cena bem diversa daquela que há meses ali tinha sido representada. Aqui começou a perseguição dos rebeldes, a que não escaparam mesmo as famílias destes, que outro crime não tinham senão o de terem seguido, em silêncio, muitas das opiniões de seus esposos, irmãos ou pais.

Umas presas, outras deportadas, sofriam agora a pena que somente aqueles haviam merecido; e aquelas que haviam ficado em suas casas na capital estavam expostas a toda a sorte de insultos que o povo nessas circunstâncias nunca deixa de dirigir ao oprimido.

Enquanto na capital se passavam essas cenas desagradáveis,

consequência sempre de uma guerra civil, no campo dois formidáveis exércitos se batiam, ambos rio-grandenses, ambos irmãos de armas, um contra o outro, fazendo assim gemer a humanidade lacerando seu próprio seio! As famílias dos rebeldes que se puderam livremente escapar da capital achavam-se confusamente entre os exércitos em que combatiam seus chefes, expostas como estes às balas inimigas. Em um renhido combate entre os dois exércitos, uma das carretas que conduziam essas deploradas famílias aproximou-se imprudentemente do lugar onde o fogo era mais vivo e, de repente, um chuveiro de balas caiu sobre ela! Quais serão as vítimas que ela contém? Era Fany, sua mãe e seus irmãos, que, vendo seu pai e seu esposo empenhado no calor da batalha, quiseram em sua desordem aproximar-se dele e subtraí-lo, se fosse possível, à morte! Fany, a mais modesta, a mais tímida das donzelas, não hesita então de entranhar-se pelo meio de uma tropa de guerreiros, sempre ferozes no calor das batalhas, para seguir sua mãe, que, delirante, quer ver e quer livrar seu pai da morte que adejava sobre sua cabeça.

Tão heroica coragem, tão sublime sentimento filial achou apoio no seio da Divindade; porque Fany e sua família ficaram ilesas das balas que, em direção da carreta em que elas iam, caíram a seus pés, deixando apenas espavoridos de susto os seus mais jovens irmãos. Foi então que Fany desenvolveu grandemente todas as virtudes de seu sexo: animava com as suas doces carícias a mãe abatida, cuidava dos irmãos, prestava socorro aos que caíam feridos aos seus pés, rompendo suas roupas para estancar o sangue que corria de suas feridas e impondo um religioso respeito aos soldados, que a contemplavam tão bela e tão jovem no meio deles!

Cessou o fogo, a vitória declarou-se pelo partido de seu pai, que comandava naquele ponto; mas ai de Fany! Alguns dias depois, esse pai que ela amava ternamente e que tinha resistido ao furor dos combates cai vítima de uma traição na passagem de um bosque onde não cria o inimigo.

Ei-la, pois, órfã com uma numerosa família, no meio de uma campanha, onde bem depressa novos combates ensanguentaram a terra, não lhe deixando quase os primeiros recursos da vida. Mas Aquele que protege a inocência e prepara a coroa à virtude podia desamparar Fany em sua orfandade? Não, por certo, que é na adversidade onde os seus filhos diletos experimentam mais os seus benéficos efeitos.

Em sua desgraça, desprovida daqueles meios que mais deslumbram os homens quando tratam de fazer uma união, ela teve partidos, mas querendo viver somente para sua mãe e seus irmãos, ao menos por alguns anos ainda, renunciou ao casamento e encarou resignada com sua mãe a pobreza e o desdém de um povo cuja causa seu pai não havia seguido. Sempre boa, sempre dócil aos conselhos dessa mãe que ela adorava, sempre modesta e atenciosa com toda a sorte de pessoas, Fany, em sua pobreza como no tempo de sua prosperidade, atraía a admiração dos que a conheciam. E se ela gemia sob o peso de seu infortúnio, era pela perda de um pai, de cuja morte nunca se consolou, ou porque o seu bem-estar passado não vinha agora adoçar ao menos os dias de sua triste mãe e irmãos, por quem ela somente sentia a privação de sua fortuna.

Oito anos volveram-se assim para Fany, durante os quais jamais uma queixa contra os decretos da Providência saiu de sua boca. Era verdadeira filha cristã que sofria em consequência dos males que seu pai havia atraído sobre sua cabeça; sem murmurar, nem levemente, da conduta desse pai, cuja memória ela religiosamente respeitava!

Era tempo do Eterno enviar-lhe a coroa que lhe haviam preparado suas virtudes.

O Governo Imperial compreendeu as necessidades daquela famosa província e empregou, afinal, os meios de a chamar a seu grêmio. Uma anistia geral fez esquecer ódios inveterados e, por uma bondade especial do chefe da Nação, todos os rebeldes ficaram em seus antigos empregos, gozando dos seus direitos.

Fany era de uma das principais famílias daquele país e, por consequência, achou-se de posse de todos os bens que pertencem agora a sua mãe, do meio-soldo de seu pai e, o que é mais, da estima geral de um povo que apregoa as suas virtudes e entre o qual ela vive hoje no gozo dos mais puros prazeres domésticos, rodeada de sua família, ocupada ela mesma na educação de seus irmãozinhos a quem ama com idolatria. Ao vê-la assim, ou nos melhores círculos da capital, recebendo com a sua inalterável e encantadora modéstia os respeitos de todos, crê-la-iam perfeitamente feliz, se uma lágrima não traísse, às vezes, a saudade e a dolorosa lembrança de seu pai.

Possam todas as donzelas, e principalmente aquelas para quem escrevi estes ligeiros traços da história de Fany, imitar suas virtudes e excitar uma pena mais hábil do que a minha para descrevê-las!

As duas órfãs
**Joaquim Norberto
de Sousa e Silva**

1841

JOAQUIM NORBERTO DE SOUSA E SILVA
Rio de Janeiro (RJ), 1820 – Niterói (RJ), 1891

Joaquim Norberto de Sousa e Silva foi escritor, poeta, crítico literário e historiador. Colaborou em vários periódicos e na *Revista do Instituto Histórico e Geográfico Brasileiro*, órgão do qual chegou a ser presidente. Sua contribuição mais decisiva foi na crítica e na história da literatura, por seus estudos, memórias e edições anotadas de autores brasileiros. É lembrado pelo *Bosquejo da história da poesia brasileira* e também por suas *Baladas*. Escreveu biografias de poetas do período colonial e do período romântico, bem como a de *Brasileiras célebres*. A história aqui reunida é uma narrativa histórica, envolvendo os conflitos coloniais em Pernambuco durante a dominação holandesa e a retomada de território, tendo à frente Matias de Albuquerque, Martim Soares Moreno e Felipe Camarão, que seriam presenças significativas em um dos grandes romances românticos: *Iracema*, de José de Alencar. Vale atentar para a narrativa ficcional fundindo a matéria histórica, muito precisamente registrada, com as citações ou intercalações poéticas e o cancioneiro popular. A narrativa dá ênfase à participação feminina nos conflitos bélicos pela retomada do território das mãos de Maurício de Nassau e seu exército. Em meio a essas mulheres guerreiras, inspiradas pelo exemplo de Maria Filipa Camarão, em Porto Calvo, surgem as duas órfãs referidas no título, envolvidas não só nas lutas políticas e "nacionais" como também nas disputas amorosas.

> *o, horrible! horrible!*
> *most horrible!*
> SHAKESPEARE

I. À GUERRA!...

Toda, toda eres perfecta
Toda eres donaire y gracia;
El amor vive en tus ojos;
Y la gloria está en tu cara.
La libertad me has robado;
Yo la doy por bien robada;
Mas recibe el don benigna
Que mi humildad te consagra.

MELÉNDEZ

Alta ia a tarde – o sol desaparecia por entre as nuvens de rosas do poente, e as ondas do Una, refletindo a cor vermelhada do horizonte, se antolhavam como vagas de sangue ao conde de Nassau, que, à frente de um exército de 10 mil homens, aproximava-se de Porto Calvo. O seu tenente Henrique Vagamol o seguia, costeando com algumas tropas a bordo de pequenas embarcações, e a divisão de Cristóvão Archichofle, desembarcando na Barra Grande, acabava de se lhe reunir.

As Províncias Unidas, atemorizadas com as incursões de Henrique Dias, de Rabelo, Camarão e Souto – e da energia que havia desenvolvido o grande Matias de Albuquerque –, e querendo conservar sob o seu jugo as capitanias brasileiras que a tanto conquistaram, resolveram mandar um general em chefe com reforços e poderes ilimitados que, conservando as já conquistadas[1], passasse a subjugar o resto do Brasil! João Maurício de Nassau[2], jovem ardente de glória e ávido de assinalar-se grandes empresas, foi encarregado de tão honrosa quão árdua missão.

Partiu, pois, Nassau de Amsterdã com uma frota de doze navios de guerra guarnecida de 720 soldados e chegou três meses depois

---
[1] Pernambuco, Itamaracá, Paraíba e Rio Grande do Norte. [N.E.O.]
[2] Segundo *estatuder* da Holanda, filho do conde de Nassau e Diremburgo e de Margarida, princesa de Alsácia. [N.E.O.]

ao Recife[3], trazendo por conselheiros a três dos principais ministros da companhia das Índias Ocidentais[4].

Desenvolver toda a atividade, toda a energia possível a pôr termo às devastações dos brasileiros e submeter o Brasil ao domínio da Holanda, foi todo o seu empenho. Bem que tivessem os holandeses sido felizes no último sucesso, contudo começavam a sentir o revés da sorte; Archichofle tinha sido obrigado a arrasar o Forte de Paripueira e a retirar-se ao Recife; graças às correrias destruidoras de Camarão, Souto e Rabelo, seus armazéns achavam-se exaustos; a fome, esse cancro que rói e consome, e a miséria lavravam pelo exército holandês, que, composto de mercenários de quase todas as nações, diminuía a olhos vistos, ao mesmo tempo que o nosso exército se engrossava com as suas deserções e os destacamentos batiam às portas de seus estabelecimentos.

Distribuiu Nassau 2.600 homens pelas guarnições, e com outros 3 mil formou um exército pronto à primeira voz; organizou um corpo de cerca de seiscentos indianos e negros, tirados das aldeias ou pedidos aos senhores, destinado à guerra de devastação e pilhagem, e convidou por uma proclamação aos colonos das capitanias submetidas a virem vender as suas mercadorias ao campo holandês.

Fortificado Bagnuolo em Porto Calvo com a artilharia, decidiu, pois, de acordo com os conselheiros, que as operações começariam pelo ataque da nascente vila; e ordenando preces gerais, como que implorando o arrimo dos céus, pôs-se em marcha para Porto Calvo.

Informado Bagnuolo da marcha do exército invasor, tímido e acovardado como quase sempre o foi, dispôs os meios para a sua fuga, mandando para Madalena sua bagagem, escoltada por uma manga de italianos, quando ao mesmo tempo – contraste singular! – ameaçava com pena de morte e confiscação de bens aos colonos que se retirassem ou fizessem transportar as suas famílias e objetos para o interior! Desprezando os pareceres que lhe deram em conselho os generais Francisco Dias de Andrada e Duarte de Albuquerque, para que fizesse ocupar todas as passagens a fim de fatigar o inimigo em sua marcha, tanto mais que ele havia a vingar 5 léguas de caminho

---

3 Saiu em 25 de outubro de 1636 e chegou em 23 de janeiro do ano seguinte. [N.E.O.]
4 Martins Ceulico e João Gesselim, que voltavam ao Brasil, representando Amsterdã e Midelburgo, respectivamente; e Adrião Ducio, as cidades de Roterdã e Groningen. [N.E.O.]

em algures montanhoso e alhures alagadiço, com passos aqui estreitos e ali perigosos, resolveu-se a esperar Nassau em Porto Calvo; e, reconcentrando todas as suas forças, chamou as tropas capitaneadas por Martim Soares, que guardavam o Una, por onde Nassau havia de passar, para guarnecer dois redutos que erigira no outeiro de Amador Arrais, para cobrir a vilazinha, e que – ainda em mal! – mais úteis foram aos contrários. De um dos redutos até o Manguaba fez elevar encoberta vereda que mais facilitasse-lhe a fuga!

Ao aspecto ameaçador de exército tão numeroso, como o qual ainda não tinha aparecido no Brasil, o pavor e o espanto tornaram-se gerais. Bagnuolo, que regozijara-se com a nomeação de general das tropas luso-hispano-brasílicas, lastimando-se então de sua posição, possuído de terror, ordenou ao governador de Porto Calvo, o general Miguel Giberton, que se fortificasse no forte da igreja com trezentos soldados, minadores, artilheiros, oficiais e munições para três meses; encarregou o comando da maior parte de suas tropas ao tenente-general d. Alonso Ximenes de Almiron e foi encerrar-se no reduto, cuja vereda o protegesse na premeditada fuga, acompanhado dos generais Andrada e Albuquerque e de muitos oficiais brasileiros, portugueses, espanhóis e italianos.

A indignação apoderou-se de todos os corações que palpitam pelo amor da pátria, da glória e da honra. À vista da inação do general, as mulheres, com lágrimas nos olhos, apertando seus inocentes filhinhos contra o peito, enchiam os ares de gritos de desesperação, julgavam-se já vítimas da brutalidade dos soldados holandeses. Os habitantes, o exército, pediam a altos brados que os deixassem ir ao encontro dos invasores; e Bagnuolo, receoso, acovardado, ordenou-lhe, já tarde, que marchassem.

Acendeu-se então o entusiasmo em todos os peitos, como uma explosão que desabrocha por cem partes; e vivas a milhares à fé, à pátria e ao rei ecoaram de boca em boca por espaço longo. E viu-se um guerreiro, esporeando o ginete que montava, correndo a bradar com voz pausada e sonora:

– À guerra! À guerra, senhoras brasileiras!

Quem seria?

As feições eram belas, o perfil e contornos indianos; vivos, negros e expressivos os olhos; e os cabelos pretos e corredios, espargidos pelos ombros.

Quem seria?

Era uma brasileira, ilustre pelo seu nome e coragem; era a esposa de um bravo índio, do Cipião brasiliense; era a intrépida d. Clara Filipa Camarão![5]

As senhoras e donzelas de Porto Calvo, incitadas com o seu exemplo, trajando como se guerreiros fossem, correram às armas; voaram aos braços de seus consortes e pais, ávidas de partilharem dos perigos da guerra, da defensão da pátria e liberdade.

Existia entre elas uma que mais que todas sentia o amor da glória, o amor da pátria chamejar-lhe dentro do coração; seus cabelos, mais negros do que asas do pátrio jacu, debruçavam-se-lhe pelos ombros brincando em ondas; suas faces eram mais coradas que as rosas dos bosques brasilienses numa dessas belas tardes de verão, e os olhos pretos brilhavam como as estrelas nos céus anilados dos trópicos, cheios de vivacidade e amor. A elegante postura, o gracioso andar, o compassivo, terno e amoroso olhar bastavam para reduzir, para cativar o mais duro coração!

Formosa como Mariana, Isabel, sua prima, achava-se a seu lado.

Não mimoseado pela fortuna, curvado ao peso de anos, vivia em Porto Calvo certo homem, cuja magnanimidade e filantropia eram cabalmente conhecidas de seus compatriotas. Tinha ele um filho a quem prestava todos os cuidados; e, não obstante seus acanhados recursos, havia se encarregado da educação de duas órfãs, Mariana e Isabel. Avezado desde a infância a entreter-se com as lindas meninas, afeiçoara-se o filho do velho Afonso Gonçalves a Mariana, e sua paixão aumentou-se com os anos. E

Que peito há tão isento de brandura
Que não conheça o dom de uma beleza!
Quem pode resistir a um doce e brando
Quebrar de olhos que as almas vai ganhando!

Que forte foi no mundo conhecido
Que foro à formosura não pagasse,

---

[5] Veja-se o artigo biográfico que escrevi sobre ela e que vem na *Revista Trimestral do Instituto Histórico*. [N.E.O.]

Tendo que por cobarde fosse tido
Se contra ela valente se mostrasse?[6]

Entretanto, Isabel era também amada pelo jovem Diniz Gonçalves; assentada junto dele, nos rochedos que banha o Pedras Brancas, ensombrada pelas frondosas mangabeiras, vendo as límpidas águas do rio resvalarem-se mansamente com doce murmúrio por entre alvas pedras; ouvindo os ternos gorjeios dos gaturamos que adejam em torno às bananeiras; as melodias dos sabiás, pousados nos raminhos das laranjeiras; os trilos dos pardos coleirinhos que pulam pelos galhos da aroeira; as saudosas canções das patativas; e aqui e ali os beija-flores atravessando os ares, brilhando como raios de luz; prolongando a vista por esses floridos jardins da primavera, dourados pelos últimos clarões do sol, em que, roçando a brisa suave da tarde, vinha-lhe trazer os gratos eflúvios que se elevam das flores – ah! muitas vezes escutou estas palavras, que muitas vezes se deslizaram de seus lábios:

– Se Mariana não existisse – dizia ele –, se ela não tivesse ganho o meu coração, quanto não te amaria eu! Fizera mais ainda, minha cara Isabel, adorar-te-ia como se fosses um anjo do céu sobre a terra!

Sincera e pura confissão de cândida alma, motora de tão sinistro projeto e desgraça!

Não desconhecia Afonso que o fogo da mais ardente paixão abrasava o peito de Diniz, conhecia – ainda em bem! – o amor em que Mariana ardia por seu filho; via que era necessário que quanto antes se ligassem pelo consórcio; mas, em extremo pobres, era antes de seu desejo uni-las a ricos filhos de lavradores de Porto Calvo e esperava consegui-lo logo que os inimigos fossem expulsos das férteis terras americanas. Vã esperança!... Separar dois corações

Ardentes, onde amor ergueu seu trono,
Por seu próprio adotando o par mimoso,[7]

ligados por afeições da infância, é derramar neles o fel da morte.

---
6 Mouzinho de Quevedo, *Afonso africano*. [N.E.O.]
7 W. Jones, na tradução do poema pérsico de Halfi, *Os amores de Luili e Majnun*. [N.E.O.]

Diniz, ambicionando esposar Mariana, não ocultava o seu desígnio à presumida Isabel: tanta candidez borbulhava em seu peito!

Ignorante!

Não previa que essa franca confissão ateava o facho do ciúme no coração da vaidosa donzela; facho que de há muito o abrasava e consumia. E Mariana beijava e afagava sua rival!

Inexperiente!

Ignorava que as florestas engrinaldadas com os cheirosos festões da primavera ocultam em seu seio os ninhos das terríveis sucuriúvas, e que a água que pura e cristalina se nos antolha muitas vezes se acha corrompida pelo hálito da peste!

Amava muito Isabel a Diniz para cedê-lo a Mariana; e a ideia de que cedo ou tarde – mau grado seu – seria esposo de sua rival perturbava-lhe as esperanças; e o ciúme, chama infernal que abrasava-lhe o coração, que incendiava-lhe a mente, inspirou-lhe horroroso projeto...

Em breve medirão os dois exércitos as suas forças; e nesse ensejo, nesse duelo horrendo, em que as leis da humanidade serão calcadas aos pés dos batalhadores, em que o retintim das armas, os trovões dos canhões e o sibilo das armas, cadenciando a orquestra infernal da guerra nessa dança de sangue e de morticínio, imporão silêncio a seus ais, Mariana... o ferro de Isabel estava destinado, não para encravar-se no peito dos invasores, mas no de uma das defensoras da pátria, no de sua amiga de infância!

Quem o saberá?

A confusão, o horror da guerra serão propícios ao seu desígnio.

O tenente-general Ximenes de Almiron, com o sargento-mor Martim Ferreira da Câmara; os bravos capitães Francisco Rabelo, João Lopes Barbalho, Assenso da Silva e Manuel de Sousa e Abreu, e oitocentos soldados; d. Antônio Felipe Camarão com os seus trezentos brasileiros; Henrique Dias com os seus oitenta negros; e d. Clara Filipa Camarão, capitaneando as valorosas guerreiras, puseram-se em marcha; e chegando já sol posto à vista do inimigo, fizeram alto.

Assenhoreando-se o invasor de uma eminência, aquartelou-se nas casas do proprietário Domingos Vaz Barcelos.

Medonha e carregada, como o aspecto da guerra, diferia a noite o combate para o dia seguinte; os holandeses, porém, com quatro peças de campanha não cessaram de fazer fogo contra os nossos.

II. A BATALHA

Arma! Arma! Tudo soa, tudo guerra!
Guerra o mar soa, soa guerra a terra!
Dos vales repulsando nos outeiros
Respondem guerra os ecos derradeiros!
MOUZINHO DE QUEVEDO

O quente sangue espuma!
Qual belga foge, qual brasílio fere!
Quem evita o Mavorte
Na espada feminil encontra a morte!
J. DA N. SALDANHA

O dia começava a despontar quando anunciou-se a marcha do exército inimigo, que desceu em três linhas até a falda do monte.

A primeira linha era comandada por Archichofle.

A segunda por Sigismundo Escup.

A terceira por Nassau; sua guarda compunha-se de cinquenta arcabuzeiros.

Menos de 2 mil brasileiros, portugueses e espanhóis acharam-se para logo frente a frente da linha dirigida por Sigismundo Escup, e imediatamente seguiu-se horrendo combate.

O choque foi terrível.

Tudo tornou-se confusão e horror.

D. Clara, no seu animoso palafrém, corria de fileira em fileira, exortando os seus guerreiros e bradando-lhes continuamente:

– Vitória ou morte!

O Cévola africano, o intrépido Henrique Dias, precedido de seus valentes soldados, pelejava denodadamente.

Camarão com os seus índios não era menos fatal aos holandeses.

Lanças, espadas, chuços, setas, o fogo contra o fogo, o ferro contra o ferro, se cruzavam e retiniam horrivelmente, como uma orquestra de raios! E contínuas descargas de mosquetaria, brados, gemidos e soluços mortais se mesclavam mais e mais, realçando o horror da guerra! Por toda a parte balas, flechas, sangue, fumo, pó, ruína, e em toda a parte a morte! A morte! A morte!

Lá se destacava do grupo negro dos pelejadores o terrível Henrique Dias; uma bala varou-lhe o punho, a amputação é o mais pronto remédio e ei-lo que de novo se abalança ao conflito.

— Basta-me uma mão para servir a Deus – exclama ele –, ao rei e à pátria! À fé de soldado em como cada dedo desta que me fica fornecer-me-á meio para a vingança! Não afrouxar, que Deus peleja por nós contra esses hereges. Ânimo, que a vitória é nossa!

E seus soldados se reanimavam por modo tal que Sigismundo Escup começou a recuar; porém, veio o general Archichofle com a primeira linha a reforçá-lo, e a batalha pareceu começar de novo.

Arrojou-se Ximenes de Almiron com a reserva a refazer o exército real, mas em crescido número eram as tropas de Nassau; e desacoroçoados os nossos deram de rosto aos contrários e à vitória, e seguiram em boa ordem, sempre perseguidos pelos invasores, para o Comendaituba. Aí um punhado de bravos portugueses guardava a passagem: decididos a resistir novamente, ei-los encarniçados tigres de sobre os holandeses, que grandes estragos sofreram. Era de ver 2 mil homens pleiteando contra um exército numeroso e guerreiro, sempre valentes, sempre grandes, ainda mesmo prestes a serem vencidos!

O invicto general português Andrada, desprezando as ordens do inerte Bagnuolo, abalou-se do reduto com poucos soldados da guarnição ao meio dos holandeses; alentados os nossos com esse exemplo de bravura e intrepidez, conseguiram rechaçar os vencedores.

— Vitória! Vitória! – bradavam os soldados entusiasmados.

— Avante, que ela é nossa! – gritava Ximenes de Almiron.

— Meus amigos, três de vossos capitães já não existem, morreram como eu desejo morrer, combatendo como intrépidos que eram! Vosso sargento-mor lá jaz caído entre o tropel de mortos e feridos, sem que desmentisse de seu valor; vingai-os, pois! Nada de desacoroçoamento! Não afrouxar, que Deus peleja por nós contra esses hereges! Ânimo, que a vitória é nossa! – dizia o atrevido e bizarro Henrique Dias aos seus valentíssimos negros.

— Vitória ou morte! – repetia d. Clara, esporeando seu fogoso palafrém, que respirando enxofre e morte, e tascando o freio envolto em espuma, em fogo e em sangue, se inflamava com o espetáculo da batalha, relinchava pulsando a terra com as patas.

D. Antônio Felipe Camarão acoroçoava os robustos, esforçados índios, que governava com o exemplo de impavidez e denodo. Era mais amigo de obras que de palavras e, quando recuava, não era como Ájax ameaçando, mas sempre pelejando. Um crucifixo lhe pendia de sobre o peito, bem como o hábito de Cristo com que o acabava de galardoar o tirano Felipe IV, honra que então a raros se concedia; mas hoje... Ufano, ele oferecia o peito à torrente de sibilantes pelouros, e parecia dizer a cada passo:

– Não temo a morte quando combato pela pátria e pela fé!

E avançavam os nossos pelejando com entusiasmo.

Morria pela bala Pedro da Cruz, que bravamente havia guerreado durante o conflito; e aí a seu lado, ensanguentado, estriçado, o animoso Cosme Viana sustentava ainda a sua espada.

– Ah! Meu amigo, tu também foste mártir da pátria! Somos companheiros na glória de morrer com ela!... – disse Pedro da Cruz.

– Eu antes quisera – voltou-lhe o jovem Cosme Viana – ser companheiro desses que pleiteiam por ela e que com ela hão de vencer!... Oh! Então, como cheio de prazer, não voaria aos braços de minha mãe, levando-lhe a notícia da restauração da pátria!... Infeliz! De cinco filhos que mandara à guerra, só lhe restava eu... só eu!... E agora? Ah!

Torceu o moço o rosto, calou-se e seu silêncio foi de morte! Pedro da Cruz abraçou-o e seguiu-o.

D. Antônio Coutinho e o alferes Gaspar Cabral, João de Uchoa e outros tiveram a mesma sorte, foram abraçar-se à eternidade.

Não cessavam os soldados de energicamente carregar sobre os contrários; ações brilhantes, feitos de heroicidade se sucediam uns aos outros; cenas pungentes arrancariam lágrimas de quantos nesse espetáculo terrível se achavam, se a guerra as não tivesse estancado. Uma brasileira, fatigada de combater, caiu sem alento; imediatamente um holandês varou-lhe o seio com a espada; sua filha, desesperada, investe-o com o ferro em punho, rasga-lhe o peito, penetra os esquadrões inimigos, prostrando a quantos se lhe ousam de antepor, causando estragos, derramando sangue; soltos os cabelos, cintilantes os olhos de raiva, parecia o gênio da vingança, anelante de sangue e de carnagem, regozijando-se com os estragos que deixava após si; e quando ferida e prostrada exalou o seu último suspiro, suas palavras exprimiram a alegria e o contentamento de sua alma.

– Morro, mas depois de vingar-te, ó minha mãe, depois de dar a morte àqueles que te privaram da vida; morro, mas satisfeita!

Sorriu-se então, e pouco depois, cúmulo de mortos e feridos a esconderam aos olhos do inimigo.

Isabel, que ansiosa buscava a sua rival, descobriu-a pouco distante, batalhando como uma amazona ao lado do jovem Gonçalves, de quem jamais se apartara, e seu coração palpitou, e frio estremecimento percorreu-lhe fibra por fibra todo o corpo. Trêmula como a taboca com o rumorejar da viração, armou o mosquete, e na desditosa amiga, na infeliz rival, que odiava mais que aos contumazes holandeses, disparou a arma.

Ei-la no mesmo instante a braços com um holandês; a bala do mosquete apenas beijara levemente a face de Mariana, que num volver de olhos viu-a ameaçada de ser vítima do furor do fero soldado; correu, pois, a seu socorro, e, quando este lhe ia a desfechar um golpe mortal, o prostrou por terra. Todavia Isabel estava ferida; Mariana só pôde impedir que o golpe lhe fosse menos funesto. Vendo-a, pois, quase a perder a vida, a arrastou para fora do lugar da ação, procurando minorar os sofrimentos daquela que pouco antes lhe dispunha a morte!

Observando Nassau o desânimo que principiava a apoderar-se de seu exército, envergonhado ao ver 6 mil homens disputando tão obstinadamente a vitória a um exército cinco vezes mais numeroso, esqueceu-se de que era general para obrar como simples soldado; arrojou-se, pois, ao seio da batalha, arrostou perigos, incitou os seus a imitá-lo.

Estava a batalha quase a decidir-se, pendente a vitória aos destemidos defensores do Brasil; tornara-se o Comendaituba em ondas de sangue, quando Nassau, admirado de tanta intrepidez, e tão heroica, de tanta valentia e tão homérica da parte de seus inimigos, ordenou que se tocasse a retirar.

E o grito "vitória!" retumbou pelas campinas de Porto Calvo como um só brado.

A noite veio subitamente estender a mortalha das mortes sobre o campo coalhado de sangue, juncado de mortos, e os exércitos acharam-se divididos pelo Comendaituba.

Aproveitando-se das trevas da noite, tratou Nassau de enterrar os mortos e de curar os feridos.

Lastimoso lhe era em extremo esses ais de dor que contínuos se desenlaçavam de seus corações, e esses corpos aqui e ali arquejando nas vascas da morte, sequiosos de vida.

Na oposta margem jaziam os nossos.

Um burburinho reinava por todo o exército.

Bagnuolo era o objeto de sérias reflexões.

Poucos soldados falavam das proezas que haviam obrado durante o conflito; a maior parte ardia no desejo de ver de novo o dia para de novo dar provas de valor e expurgar as terras do Brasil dessa peste invasora; Ximenes de Almiron conversava tristemente com o seu amigo Martim Ferreira da Câmara, quando lhe vieram trazer uma ordem de Bagnuolo; e pouco depois esse nome ecoava pelo campo coberto de maldições.

– Vamos depressa – bradou Ximenes de Almiron.

– Para onde? – interrogaram todos a um tempo.

– Para a Madalena, nas Alagoas – respondeu o general.

– Para a Madalena? – perguntou Francisco Rabelo.

– Sim, foi a ordem que recebi do general Bagnuolo.

– E ele?

– Acaba de partir para lá com uma companhia de soldados, acompanhado de Duarte de Albuquerque Coelho.

– Covardia! – disseram uns.

– Infâmia! – replicaram outros.

– Viva a fé, viva a liberdade, viva a pátria, que havemos de defender enquanto tivermos vida! – gritou Rabelo; e parte do exército respondeu a seus vivas.

– Vamos! O general Bagnuolo é...

– Traidor!

– O general Bagnuolo é quem o ordena. Ninguém, pois, se oponha à sua ordem!

– Para Madalena!

O exército, escoltando os habitantes de Porto Calvo, seguiu o caminho das Alagoas.

Avisado Nassau da fuga, e não podendo compreender como soldados vitoriosos dessem de rosto aos vencidos, mandou que o seu sargento-mor com seiscentas praças os perseguisse; mas este recolheu-se logo, sem que diligências se encontrassem com eles, o que por certo não era muito de seu gosto.

O outro dia, ao romper da alva, admirado o general Miguel Gilberton do silêncio que reinava na vila, mandou um oficial ao reduto de Bagnuolo pedir-lhe ordens; mas nem ordens nem avisos tinha Bagnuolo deixado: com tanta precipitação abandonou ele a vila que devera defender! Restava um expediente, e Miguel Gilberton não hesitou. As casas e os armazéns foram entregues ao fogo, e as peças das trincheiras, encravadas.

O exército holandês atravessou o rio sem a menor oposição, e veio pôr cerco ao forte.

Os sitiados, não obstante a pequenez de seu número, corresponderam denodadamente ao fogo do inimigo, acometeram-no com coragem e inquietaram-no diversas vezes em animadas e bem dirigidas surtidas. Quinze dias haviam-se passado e ainda durava o cerco! Um punhado de heróis, capitaneados por um valente que soube cumprir as ordens que lhe prescrevera tão pérfido general, mostrou aos estrangeiros como defendia-se a pátria com dignidade e honra. Tanta intrepidez, tanta coragem não deixaram de incitar a admiração e o respeito do honrado Nassau, que mandou-lhes oferecer capitulação, recusada ao princípio, mas que por fim foi aceita quando já toda a resistência era-lhe inútil, que os parapeitos estavam demolidos e entulhados os fossos. Saiu, pois, em frente da guarnição com armas e bagagens, mecha acesa, bala em boca e bandeiras despregadas.

Fortificado Porto Calvo e entregue ao capitão Peter Vanderverre, pôs-se Nassau em marcha com todas as suas forças de terra e mar em seguimento do exército fugido.

Tão cuidosa se esforçara por restabelecer a sua amiga e prima a boa Mariana, como alegre a viu salva do perigo que ameaçara levá-la à sepultura; e com ela e Diniz acompanhou o exército que, mal parando em Madalena, marchou precipitadamente para São Francisco, deixando em seu trânsito desfalecidas mães nos braços da miséria, e criancinhas, velhos e donzelas que caíam fatigados de longas marchas e devorados pela fome, que cobriam de maldições os nomes de Nassau e Bagnuolo, motores de todas as suas desgraças.

Chegados a São Francisco, foram guerreados e vencidos pelos holandeses.

Bagnuolo, esse desvalente general italiano que a Espanha nomeara para comandar corajosos brasileiros e esforçados portugueses, tinha fugido para Sergipe!

III. O BILHETE

*Salut, dit-elle en soupirant, beau soleil
du Brésil! Salut pour la dernière fois!*
JAKARÉ-OUASSOU

*Dans un billet ....
Je lis son crime et je lis mon malheur!...
Un coup de foudre eût été moins terrible!...*
PARNY

Vencedor, permitiu Nassau, tomando posse da vila de São Francisco do Penedo, que seus contrários se estabelecessem na margem setentrional do rio do mesmo nome. Aí encontrou Mariana o seu velho benfeitor; e Isabel, despindo-se de seu orgulho, confessou o horrendo projeto de assassinato, não mais a tendo por sua rival, não mais sendo Diniz o ídolo de seu coração, o enlevo de seus olhos e o único pensamento que na alma lhe morava. Porém, as douradas esperanças que a lisonjeavam emurcheceram como as flores da primavera ao enregelado sopro do inverno. Isabel, enamorando-se de um jovem amigo de Diniz, muito mais gentil do que ele, mas não dotado de tão brilhantes qualidades, deslembrou-se de seu primeiro amante e deixou-se embalar no berço da esperança por sonhos encantadores que mentiam felicidades, mas a morte veio asinha despertá-la!...

Jerônimo, o desditoso amador de Isabel, sucumbiu à rápida enfermidade que o acometera, e a vida da vaidosa donzela esteve por mais de um momento a extinguir-se, semelhante à moribunda luz de uma candeia ao sopro rijo dos ventos. Os cuidados que Diniz lhe prodigalizara fizeram-na acreditar que era amada por ele, que seu coração se voltara para ela – breve consolação a que deveu a vida –; consolação que o tempo destruiu, como a aragem dissipa as nuvens de aroma que se elevam de entorno dos mangueirais.

Conhecia o velho Gonçalves o como progredia a paixão de seu filho; sabia que era necessário evitar alguma desastrosa consequência e decidiu-se a dar-lhe Mariana por esposa, certo de que, ainda mesmo pobres como eram, seriam felizes amando-se mutuamente.

Ciente Isabel das intenções de seu benfeitor, sentiu-se de novo abrasada pelo ciúme, por essa chama ateada pelo amor e pela inveja; e, para impedir a felicidade de sua rival, lançou mão de pérfido enredo.

Ditosa seria ela a não lhe serem inúteis os cuidados de Afonso e a educação que tão sábia e cuidadosamente lhe havia dado.

Fingiu, pois, a letra de Diniz, traçou algumas linhas, como a ela dirigidas, em que o amante de Mariana confessava amar-lhe e ajuntou outras expressões bem fáceis de despedaçarem o coração; não sabendo, porém, como pudesse fazer com que esse bilhete ditado pela mais vil intriga caísse nas mãos de sua rival, passaram-se dias até que oportuna ocasião veio coroar-lhe o intento.

A tarde ia alta; transmontava o sol desaparecendo por entre os belos damascos de púrpura que desdobravam-se pelo horizonte; seus raios derramavam-se sobre as árvores e sumidades dos montes, emprestando-lhes por momentos véus de ouro; as soberbas vagas de São Francisco deslizavam-se majestosamente com arruído; os passarinhos descantavam tão saudosos que parecia que celebravam as exéquias do dia, que pouco e pouco lá se esvaecia no ocidente; e branda e suave viração, embalsamada do odor dos floridos bosques, percorria as campinas coroadas de coqueiros, agitando seus verdes leques. Mariana passeava gozando das pitorescas cenas que em quadros tão animados ofereciam aqueles sítios, e ante ela, não distante, caminhava Isabel, que tirando do seio um papelinho, deixou-o cair e continuou como se o não tivesse pressentido, na esperança de que Mariana o apanharia. Não se enganou; e o fogo do ciúme que devora, aniquila e consome, inflamou pela primeira vez esse coração tão terno!

Buscou Isabel perder-se pelos labirintos de verdura das planícies do São Francisco, e Mariana dirigiu-se para a margem do rio: aí, sentada sobre um rochedo, olhos demissos e afogados em lágrimas, o peito oprimido de dor, pôs-se a cantar tristemente ao sussurro das ondas e dos coqueiros, que plácida e fagueiramente abanava a viração, estes versos que outrora do saudoso Bernardim Ribeiro, do poeta enamorado da bela lusitana, escutaram as montanhas aprazíveis de Sintra, e que ela muitas vezes repetia ao seu amador, nesse mesmo lugar, reclinado nesse mesmo rochedo:

Ao longe de uma ribeira
Que vai pelo pé da serra,

Onde me a mi fez a guerra
Muito tempo o grande amor,
Me levou a minha dor.

Já era tarde do dia
E a água dela corria
Por entre um alto arvoredo,
Onde às vezes ia quedo
O rio e outras vezes não.

Entrada era do verão,
Quando começam as aves
Com seus cantares suaves
Fazer tudo gracioso;
Ao rugido saudoso
Das águas cantavam elas.

Todalas minhas querelas
Se me puseram diante;
Ali morrer quisera ante
Que ver por onde passei;
Mas eu que digo? Passei...
Antes ainda hei de passar
Enquanto i houver pesar,
Que sempre o i há de haver.

As águas, que de correr
Não cessavam um momento,
Me trouxeram ao pensamento
Que assi eram minhas mágoas,
Donde sempre correm águas
Por estes olhos mesquinhos
Que tem abertos caminhos
Pelo meio de meu rosto;
E já não tenho outro gosto
Na grande desdita minha;
O que eu cuidava que tinha
Foi-se-me assim não sei como;

Donde eu certa crença tomo
Que para me leixar veio...

As lágrimas que se lhe desataram dos olhos, os soluços que se lhe desenlaçaram do coração, lhe tolheram a voz; os versos do trovador de Sintra pareciam tecidos para ela! Crendo ter perdido para sempre o objeto de seu amor que ela pensava idolatrar-lhe, recordava-se saudosamente dos dias risonhos de seus passados anos; lembrava-se do sítio onde vira pela vez primeira a luz do astro que agora se escondia no ocidente; e para ele volvendo os olhos, suspirando, o saudou pela derradeira vez. O sol brilhou ainda por alguns momentos e desapareceu... Ergueu-se então e foi a caminho da choupana do velho Afonso; e, torcendo o rosto, lançou um olhar de saudades sobre as rochas que deixava, e magoado suspiro escapou-se-lhe dos lábios.

Era o último adeus que ela enviava aos lugares testemunhas de seus amores!...

Cedo desceu a noite, e o céu dos trópicos patenteou-se em toda sua pompa, como um oceano de luminosas estrelas. Assentados à porta da choupana, desfrutavam Afonso, Diniz Gonçalves e Isabel a fresca aragem da noite, e Mariana, reclinada à janela, meditava tristemente; tinha ela na mente um pensamento terrível! Terrível como uma inspiração do inferno! Terrível – o suicídio!...

IV. DESESPERAÇÃO INFERNAL

Cleonice ...
Cediamo al destino. Da me lontano,
Vive felice; il tuo dolor consola.
Poco avrai da dolerti
Ch'io ti viva infidele, anima mia.
Giá de questo momento
Io comincio a morir. Qu'esto ch'io verso
Fors'è l'ultimo pianto. Addio! Non dirme
Mai più che infida e che spergiura io sono.

Alceste
Perdono, anima bella! Oh Dio, perdono!
METASTASIO

O astro dos mortos ia placidamente pelo céu, derramando frouxos e amarelos raios, desaparecendo de momento em momento para tornar a aparecer dentre brancas nuvens que ensanefavam a abóbada celeste. O rumorejar da viração, enfiada pela basta folhagem dos bosques, os bramidos das ferozes onças e sucuriúvas, o ruído que faziam os tamanduás correndo pelas campinas em busca de formigueiros, e as capivaras atravessando o rio, os sibilos dos mochos pousados nas cumeeiras das cabanas,

> .... o grito agudo e triste
> Nos velhos sapezais dos verdes grilos,

o som repetido que espargiam de si rompendo os ares

> Do agoureiro morcego as tênues asas[8]

e de quando em quando, lá tão longe, remoto,

> A voz do cão, que rosna e vela em torno,
> Do humilde teto, que a inocência habita,[9]

a misturar-se com o cantar dos vigilantes galos, harmonizavam o hino da noite.

Era meia-noite! Afonso, ouvindo bradar por seu nome, ergueu-se; Mariana o chamava; Mariana, que languia nas ânsias da morte...

O velho embuçado em pardo capote chegou vagarosamente ao leito; beijou-lhe ela as rugosas mãos e, soluçando, regou-as com copiosa torrente de lágrimas de fogo.

---

8 J. B. de Andrada e Silva, *Uma tarde no sítio de S. Amaro*. [N.E.O.]
9 Chateaubriand, *Nuit de printemps*. [N.E.O.]

– Chamai, meu querido pai, que pai mo haveis sido, chamai Diniz e Isabel; quero deles me despedir; quero vê-los pela vez extrema, e morrer amada por eles...
– Morrer!... Morrer!... – exclamou o velho cheio de admiração.
– Sim, morrer!... Meu Deus, todo-poderoso, perdoai-me tamanho crime... a voluntária morte que bebi na taça da desesperação e do crime!...
Afonso, trêmulo, repassado de susto e de pavor como se estivera ante alguma visão, ante algum fantasma, interrogou-a por vezes; instado, porém, fortemente, foi chamar Diniz e Isabel. Então, ajoelhando-se ela ante o crucifixo que pendia da parede esbroada da cabeceira do seu leito, e alagada de lágrimas, pôs-se a murmurar o símbolo dos apóstolos. Sentindo passos, persignou-se e deitou-se. Chegara Afonso seguido de Diniz e Isabel, e, ao vê-los, novas lágrimas desprenderam-se desses olhos outrora tão belos, tão cheios de vida, tão repassados de amor e de ledice, e nos quais agora

> Um não sei que de magoado e triste
> Os corações mais duros enternece,[10]

e serpejaram em fio pelas faces

> Que descoradas estavam como rosas
> Que hão sido fora da estação cortadas,[11]

pois que iam perdendo

> A rubra e branda cor co'a doce vida.[12]

Tomou as mãos de ambos, cobriu-as de beijos, ligou-as; e depois suspirou tristemente.
– É teu, Isabel!... Eu to cedo! – exclamou ela. – Sê feliz com ele por toda a vida, que eu generosamente morro para seres ditosa,

---

10 Basílio da Gama, *O Uraguai*. [N.E.O.]
11 "*Descolorida estaba como rosa,/ Que ha sido fuera de sazón cogida*". Garcilaso de la Vega. [N.E.O.]
12 Camões, *Os lusíadas*. [N.E.O.]

para que o possas lograr sem que o ciúme te mortifique, te exacerbe, te enfureça, e sem que também arme teu braço contra meu peito!

"E tu, meu caro Diniz, única consolação que eras de minha alma! Ah, tu devias fazer a minha felicidade, no entanto foste infiel, perjuraste! Pois bem, sê feliz com Isabel, a quem amas, que este bilhete... Oh, este bilhete em que li teu crime, em que li teu perjúrio, em que li minha desgraça, destruiu todas essas esperanças que me embalavam nos braços da ventura; envenenou esses dias que tão docemente escoavam-se; turbou esses sonhos encantadores de amor que sonhava adormecida junto de ti, reclinada sobre teu peito, acarinhada por teus beijos, afagada por tuas cantigas!

"Ei-lo aqui esse terrível escrito!"

– Perdão, perdão! – disse Isabel caindo de joelhos, com os olhos arrasados de pranto.

Momento solene! Afonso, como estátua, contemplava essa cena sem poder compreendê-la; sua admiração aumentava-se de instante a instante. Reinava o silêncio dos túmulos por toda a choupana, apenas quebrado de quando em quando por um ou outro soluço de morte, por um ai de arrependimento; a candeia que presa a esbroado pilar ardia funebremente, soltando baços clarões, parecia extinguir-se de momento em momento. Diniz arrebatou o bilhete das mãos de Mariana, aproximou-se da candeia, leu-o, conheceu o enredo traçado pela pérfida Isabel e fê-lo em pedaços. Mariana, forcejando, sentou-se, e arrimando a cabeça ao ombro do velho Gonçalves, olhos embaciados pelo hálito da morte, gritou por Diniz, com voz trêmula e moribunda: correu o moço para ela, cerrou-a nos seus braços, banhou-a com lágrimas ardentes; e ela, lhe entregando o último suspiro, tornou-se pálida e fria.

A candeia soltou seu último clarão e apagou-se...

Afonso abriu a janela, e a lua, enfiando por ela seus débeis raios, foi palidejar sobre o cadáver de Mariana...

Diniz, com os cabelos alvoroçados, olhar cintilante de raiva, lançou mão de um punhal que lhe ficava a pouca distância e arremessou-se desapiedado a Isabel.

– Morre, pérfida! – bradou ele pela voz do trovão.
– Perdão!... – implorou ela ajoelhando-se.
– Diniz! Meu filho!...
– Em nome de Deus, perdão!... – repetiu Isabel.

– Morre! Morre!...

– Ah! Não me mates!...

E um gemido, e para sempre a morte!

– Que horror, meu Deus, que horror! – exclamou o velho precipitando-se sobre o desesperado amante, a quem dominavam as fúrias da vingança.

Diniz acabava de sacar o ferro do seio de sua vítima, e ainda tinto de sangue, ainda tépido, ia a embebê-lo no coração, quando arrebatou-lho e furioso bradou-lhe que se contivesse. Porém nada, nada absolutamente pôde opor barreiras à ira de seu peito.

Abriu precipitadamente a porta e seu pai o seguiu segurando-o pelo braço. De repente escapou-lhe, e como um relâmpago que se abre nas trevas desapareceu a seus olhos para todo o sempre.

– Meu filho! Meu desgraçado filho!... – exclamou Afonso Gonçalves levantando as mãos para o céu e caindo de joelhos.

Ouviu-se ao longe:

– Mariana, eu já te sigo! Serei teu outra vez!

E um gemido partiu do fundo das ondas.

V. CONCLUSÃO

Nunca mais os colonos de São Francisco ousaram de passar pelas margens do grande e caudaloso rio durante a meia-noite; e fama foi ainda por muito tempo depois que um vulto correndo despenhava-se nas ondas a bradar:

– Mariana, eu já te sigo; serei teu outra vez!

E ao longe as ondas bramiam funebremente.

Gupeva –
Romance brasiliense
Maria Firmina dos Reis

1861

MARIA FIRMINA DOS REIS
São Luís (MA), 1822 ou 1825 – Guimarães (MA), 1917

Maria Firmina dos Reis foi escritora e contista, reivindicada como precursora, pela autoria do primeiro romance escrito por uma mulher no país. O reconhecimento dessa posição inaugural na tradição é resultado do revisionismo do cânone literário proposto pela crítica feminista. Isso permitiu reavaliar e reeditar obras de sua autoria ou atribuídas a ela, como o romance *Úrsula*. Consta ainda que teria publicado, em época posterior ao Romantismo, um conto intitulado "A escrava", que bem atesta seu posicionamento pró-abolição. A narrativa breve aqui selecionada também foi obra reabilitada por essa crítica revisionista. Ao que parece, teve mais de uma edição, com versões que apresentam algumas variantes, em números de distintos periódicos. Elegemos aquela que parece ser a versão mais acabada da história, que funde a matéria indianista com outros temas, inclusive um tema tabu... A narrativa é, por vezes, um tanto tortuosa, em parte devido ao fato de a protagonista ter o mesmo nome da mãe: Épica. Nome curioso, aliás, pelo gênero de narrativa em questão. Vale destacar que a história se articula, em dada medida, com a de Paraguaçu, a índia convertida, esposa do náufrago português Diogo Álvares Correia, o Caramuru. A história de Caramuru e Paraguaçu consta do poema indianista de Santa Rita Durão "Caramuru", o que sugere uma possível interlocução de "Gupeva" com esse famoso épico setecentista.

I

Era uma bela tarde; o sol de agosto, animador e grato, declinava já seus fúlgidos raios; no ocaso, ele derramava um derradeiro olhar sobre a terra e sobre o mar, que a essa hora mágica do crepúsculo estava calmo e bonançoso, como uma criança adormecida nos braços de sua mãe.

Seus raios desenhavam no horizonte as cores cambiantes do prisma e desciam com melancólico sorriso às planuras da terra e à superfície do mar.

Uma tarde de agosto nas nossas terras do Norte tem um encanto particular; quem ainda as não gozou não conhece na vida o que há de mais belo, mais poético, não conhece a hora do dia que o Criador nos deu para esquecermos todas as ambições da vida, para folhearmos o livro do nosso passado, buscarmos nele a melhor página, a única dourada que nela existe, e aí nos deleitarmos na recordação saudável da hora feliz da nossa existência: aquele que ainda a não gozou é como se seus olhos vivessem cerrados à luz, é como se seu coração empedernido nunca houvera sentido uma doce emoção, é como se à voz da sua alma nunca uma voz amiga houvera respondido.

O que a gozou, sim; o que a goza, esse adivinha os prazeres do paraíso e sonha as poesias do céu, escuta a voz dos anjos na morada celeste, esquece as dores da existência e embala-se na esperança de uma eternidade risonha, ama o seu Deus e lhe dispensa afetos, porque nessa hora como que a face do Senhor se nos patenteia nos desmaiados raios do sol, no manso gemer da brisa, no saudoso murmúrio das matas, na vasta superfície das águas, na ondulação mimosa dos palmares, no perfume odorífero das flores, no canto suavíssimo das aves, na voz reconhecida da nossa alma!

Era, pois, como dissemos, uma bela tarde de agosto, e dessa encantadora tarde gozavam com delícia os habitantes da Bahia, nessa época bem raros e ainda incultos, ou quase selvagens. O disco do sol amortecido em seu último alento beijava as enxárcias de um navio ancorado na Baía de Todos os Santos, a cuja frente eleva-se hoje a bela cidade de São Salvador, e afagava mansamente as faces pálidas de um jovem oficial que, à hora do crepúsculo, com os olhos fitos em terra, parecia devorado por um ardentíssimo desejo, por um querer que a seu pesar lhe atraía, para onde quer que fosse, todos os sentimentos da sua alma.

Sonhava acordado; mas era esse sonhar desesperado, ansioso, frenético como o sonhar dum louco; era um sonhar doído, cansado, incômodo, como o sonhar do homem que já não tem uma esperança; era o sonhar frenético de Napoleão nas solidões de Santa Helena; era o sonhar doído de Luís XVI na véspera do suplício. Encostado ao castelo da popa, o mancebo parecia nada ver do que lhe ia em torno, nem mesmo o sol que lhe dava então seu derradeiro e melancólico adeus, escondendo seu disco nas regiões do oceano.

Patética, sublime e quase misteriosa era a despedida desse sol, brincando tristemente nos cabelos acetinados do moço oficial e fugindo vagaroso, e de novo voltando, envolvendo-o pelas espáduas como em um último abraço, e depois mergulhando-se pressuroso nas trevas, como um amigo que, junto do sepulcro, beija as faces geladas e lívidas do amigo e corre com a saudade no coração a cobrir seus membros de lutuosas vestes.

O navio em que acabamos de ver esse moço, que ainda mal conhecemos, era *O Infante de Portugal*, vaso de guerra que havia trazido à Bahia Francisco Pereira Coutinho, donatário daquela capitania, depois que a célebre Paraguaçu, princesa do Brasil, cedera seus direitos em favor da coroa de Portugal. *O Infante* acabava de receber as últimas ordens de Coutinho e velejava no dia seguinte em demanda do Tejo.

Voltemos, pois, ao mancebo que, conquanto fosse noite, permanecia ainda no mesmo lugar em que o encontramos. Em seus grandes olhos negros transparecia todo desassossego de um coração agitado. Sua idade não podia exceder a 21 anos. Era jovem e belo; o uniforme de Marinha fazia sobressair as delicadas formas do seu talhe esbelto e juvenil.

Mas as trevas eram já mais densas, e o coração do moço confrangia-se e redobrava de ansiedade. Seus olhos ardentes pareciam querer divisar através dessas matas ainda quase virgens um objeto qualquer. Sem dúvida, nesse lugar outrora solitário, hoje populoso e civilizado, havia alguma coisa que o mancebo amava mais que a vida, em que fazia consistir toda a sua felicidade, resumia todo o seu querer, todas as suas ambições, toda a sua ventura. Havia aí algum ente extremamente amado, alguém que atraía para si todas as faculdades, toda a alma do mancebo europeu.

– Que tens tu, meu querido Gastão? – interpelou-lhe[1] um outro jovem oficial, tocando-lhe amigavelmente no ombro. – O que te aflige? Estás triste!!...

O moço interrogado estremeceu ligeiramente, como quem desperta de um profundo sono; e, fitando o seu interlocutor com pungente sorriso, disse:

– Triste... sim, Alberto, contrariado, meu caro amigo.

– Tu, meu caro? E por quê? – tornou-lhe aquele a quem este designara Alberto. – O que te aconteceu, caro Gastão?

– Sairemos amanhã! – respondeu Gastão. Nessas duas únicas palavras encerrava-se tudo quanto o homem pode sofrer de mais doloroso, amargo e acerbo na carreira da vida, e por isso o acento com que as proferia calou na alma de Alberto. Este contemplou-o por algum tempo com uma curiosidade travada de surpresa e, sem poder compreender o acento de tais palavras nem qual a causa de tão grande amargura, disse-lhe:

– É isso o que te contraria e te aflige?

Gastão ergueu a fronte até então abatida e, deixando cair suas vistas sobre seu amigo, murmurou:

– Alberto, para que me interrogas? Podes acaso compreender o martírio do meu coração?

– Ah! Pensas nela?!... – exclamou sorrindo-se o jovem Alberto. – Ora, Gastão, pelo céu! Meu amigo, creio que estás louco.

Gastão abaixou novamente a cabeça e balbuciou:

– Embora... mas... era um delírio, que poderia ter suas consequências.

Alberto pensou nisso e procurou dissuadi-lo.

– Gastão – disse, procurando tomá-lo entre as suas mãos –, que loucura, meu amigo, que loucura a tua apaixonares-te por uma indígena do Brasil, por uma mulher selvagem, por uma mulher sem nascimento, sem prestígio. Ora, Gastão, sê mais prudente; esquece-a.

– Esquecê-la! – exclamou o moço apaixonado. – Nunca!

---

[1] Mantivemos o pronome conforme o original. [N.E.]

– Tanto pior – tornou-lhe o outro –, será para ti um constante martírio.

– E por quê?

– E por quê?! Porque ela não pode ser tua mulher, visto que é muito inferior a ti; porque tu não poderás jamais viver junto dela, a menos que intentasses cortar a tua carreira na Marinha, a menos que, desprezando a sociedade, te quisesses concentrar com ela nessas matas. Gastão, em nome da nossa amizade, esquece-a.

– Pede à Terra que esqueça seu constante movimento, ao vento que cesse o seu girar contínuo, às flores que transformem seus odores em pestilentos cheiros, às aves que emudeçam as galas da madrugada – murmurou Gastão com melancolia.

Alberto guardou silêncio por alguns minutos e de novo disse:

– Louco! Louco! Gastão, meu amigo, traga até às fezes o teu cálice de amargura, mas faze o sacrifício do teu amor em atenção a ti mesmo, ao teu futuro...

– O meu futuro é ela... – replicou Gastão, interrompendo seu jovem amigo.

– Primeiro-tenente de Marinha hoje, meu querido Gastão, breve terás uma patente superior que...

– Que me importa a mim tudo isso, Alberto? Acaso isso pode indenizar-me da dor de perdê-la? Alberto, tu não és francês, o teu clima cria almas intrépidas, corações fortes ou rudes ardendo sempre, mas em fogo belicoso: o sangue que herdaste de teus avós gira em teu peito com ambição de glória, de renome; são nobres as tuas ambições, eu as respeito, porém as minhas são destituídas de toda a vaidade... As minhas ambições, o meu querer, o meu desejo resume-se todo nela. Para que me falas das grandezas deste mundo? Alberto, eu as desprezo, se não forem para repartir com ela.

– Todos nós – disse-lhe Alberto – temos a nossa hora de loucura; também o português, meu caro, a experimenta às vezes. Não obstante, como dizes, o nosso clima gera corações mais rudes; mas, Gastão, teus pais! Queres acaso afrontar a maldição paterna?

– Sim – tornou o jovem francês –, ainda quando ela houvesse de cair sobre minha cabeça, eu não poderia esquecer a mulher a quem dedico todo o meu coração.

– Decididamente perdeste o juízo, meu caro amigo – disse Alberto, comovido. – Que pretendes, Gastão, fazer dessa mulher?

– Amá-la, meu Alberto, como nunca se amou mulher alguma.
– O amor, Gastão, é como um meteoro luminoso, é uma aurora boreal dos trópicos, sua duração é de momento.
– Não – redarguiu o triste –, sinto que hei de amá-la enquanto me animar um átomo de vida, sinto que seu nome será o derradeiro que hei de pronunciar à hora da morte, sinto que...
– Cala-te, Gastão, cala-te! – retorquiu-lhe o jovem português. – Teus desvarios me causam um pungente sofrer.
– E que me importa isso? – disse friamente o moço francês. – Sabes acaso a grandeza do meu sofrimento? Sabes, bem conheces, e não te apiedas de mim.
– Ingrato! – exclamou comovido o jovem oficial português. – Gastão, em nome do céu, recompõe o teu juízo, não penses mais nessa mulher. Eia, promete-me, e eu...
– É impossível, Alberto. Impossível, meu amigo. Oh! Se soubesses... Alberto, eu a tenho aqui no coração. É ela a mulher dos meus sonhos da adolescência, é a visão celeste e arrebatadora da minha infância, é o anjo que presidiu o meu nascimento. Alberto, quem a poderá resistir? Louco o que a vendo possa deixar de amá-la; louco o que a conhecendo não lhe render eterna vassalagem. Anjo na beleza e na inocência, anjo na voz, nas maneiras, é ela superior às filhas vaporosas da nossa velha Europa. Épica é seu nome. No seu rosto, Alberto, se revela toda a candura da sua alma e toda a singeleza dos costumes inda tão virgens da inculta América. Onde está, pois, o meu crime em adorá-la? Seus grandes olhos negros de doçura inexprimível falam à alma com suavíssima poesia: são arpejos da lira harmoniosa ou notas de anjos em torno do Senhor. E esse olhar seu exprime um quê de indizível pureza que obriga a adorá-la como se adora a Deus. Alberto, de joelhos suplicarias a essa mulher angélica, se a visses, perdão de não a teres amado mesmo sem conhecê-la, desde o dia em que começou a tua existência.

Alberto suspirou com desalento: sentia-se fraco para lutar com o coração de seu amigo. Gastão compreendeu o pesar que, mau grado seu, causava ao moço português e disse:

– Perdoa-me, meu caro amigo, perdoa-me se te hei magoado, sofro... tanto.

Alberto não achava uma palavra para exprimir sua angústia,

tomou então as mãos a seu amigo, apertou-as com efusão e depois, apertando-as contra o seu coração, a custo exclamou:

– Meu amigo, meu irmão, fizeste bem em confiar-me tuas mágoas, eu te ajudarei no caminho espinhoso e direi do que tens a percorrer de ora em diante. Eia, coragem, serei o teu Cirineu.

Mas o moço francês não compreendeu uma só das palavras de Alberto e julgando que este, mais compadecido, lhe aplainava a senda dos seus amores, ergueu para ele uns olhos onde havia gratidão e amizade, e disse-lhe:

– Então é verdade, Alberto, que tens um coração?
– E não adivinhavas tu nos transportes de nossa amizade?
– Obrigado! – exclamou com efusão o jovem francês. – Alberto, meu Alberto, faze-me hoje um favor, um único; prometo-te que será o último que te peço.
– Fala, mas não peças coisa que se assemelhe a uma loucura.
– Cruel! Chamas loucura ao sentimento mais santo que Deus implantou no coração do homem!...
– Fala. Vejamos o que exiges de mim.
– Bem sabes, Alberto, que devo entrar hoje de quarto...
– Queres que entre eu em teu lugar?
– Sim, quero que entres em meu lugar.
– Pois não, meu caro.

Gastão envolveu o amigo entre seus braços: era a expressão sincera da sua gratidão. Guardaram um momento de silêncio, só interrompido pelo murmúrio das vagas que se chocavam e pelo sibilar do vento nas enxárcias.

– Que pretendes fazer desta noite, Gastão? – interrogou o jovem português.
– Não o adivinhaste já, meu querido Alberto? Ah! Ela espera-me; eu lho prometi.
– Compreendo-te! Gastão, o teu delírio, meu caro amigo, te faz ingrato. És surdo à minha voz, insensível aos extremos da amizade... Vai, Gastão, vê essa mulher cuja vista te fascinou, como fascinam as cobras do seu país a míseros pássaros. Tu também és um pássaro, nascido em regiões estranhas, que alevantaste o teu voo, atravessaste os mares e pousaste amoroso nas franças do pau-d'arco americano; Gastão, não te deixes atrair da serpente venenosa: goza um momento disso, a que chamas a tua felicidade;

mas desprende novamente o voo. Gastão, eu te aguardo só antes do romper da alva. Jura-me pela honra.

– Juro-o – exclamou o moço francês, com acento doloroso, com indefinível expressão.

O comandante estava em terra. Alberto acenou para Gastão uma lancha.

Então os dois mancebos, como se naquela despedida se dissessem um adeus eterno, de novo em um fraterno amplexo uniram seus jovens corações, onde tão diversos sentimentos se cruzavam.

E a lancha, cortando vagarosamente as águas, deixava após si estreito e espumoso rasteiro. Cinco minutos depois abicou em terra.

Alberto seguiu-a com o coração; depois, um profundo suspiro lhe fugiu do peito, que, mau grado seu, gotejava sangue.

II

E àquela bela tarde sucedeu uma noite escura e feia. A atmosfera estava baixa e carregada, as nuvens ameaçavam tempestade. O mar quebrava-se raivoso nas praias, e o vento gemia nas solidões das matas. Entanto, Gastão, ébrio de prazer, acabava de transpor o pequeno lençol movediço que o separava da terra, dessa terra querida onde ia encontrar em breve a mulher de suas doidas afeições. As nuvens arqueavam-se negras sobre os outeiros, por entre os quais insinuava-se, louco de esperanças, o jovem adorador da filha dos palmares.

Corria o moço afadigado por entre as árvores copadas da velha América; arfava-lhe o peito, as artérias latejavam-lhe, o sangue afluía-lhe para o rosto, o suor caía-lhe em bagas da fronte para o peito. Com que rapidez, com que afã devorava ele o espaço que o separava ainda do lugar da entrevista... Tardava-lhe a hora da ventura.

Por essas sendas tortuosas, por essas brenhas quase virgens de uma habitação do homem civilizado, por esses lugares que, já não tendo aqui e ali a selvagem beleza de uma mata virgem, não tinham em parte alguma o caráter de uma povoação, corria loucamente o jovem colega de Alberto, sem outro pensamento mais que o de rever sua idolatrada Épica. Se havia ainda um mundo além do lugar dos seus sonhos, Gastão havia-o inteiramente esquecido: o amor do seu coração absorvia-lhe todas as faculdades. Aos 21 anos, o homem não tem o coração embotado; o excesso de paixões mal sofreadas, ainda nessa idade juvenil, não o tem aviltado e enegrecido. O amor que abrasa o coração nessa idade, a mais bela talvez da nossa vida, é um amor puro como os afetos de uma criança, é o amor sincero como o beijo de um irmão querido, é um amor santo como um hino sacro entoado pelos anjos do Senhor.

O amor nessa idade é uma emanação do céu, é um concerto divino, noite e dia a vibrar no coração do homem; e, ao som desse dulcíssimo concerto, a mente exalta-se e vai tocar ao infinito, bebe deleites que purificarão a alma, sonha enlevos virtuosos, goza mimos de um sentir indefinível, desses que o mundo só concede uma vez, desses que só no viver dos anjos se goza eternamente. Ah! Se o homem pudesse em toda a sua vida amar assim tão pura e santamente, com esse amor que então animava o coração do jovem Gastão, para que havia Deus [de] criar um outro céu, criar outras delícias para os seus escolhidos?! O céu seria o mundo e nós, os bem-aventurados. Mas, mesquinhos e míseros filhos de Adão, essa hora de mágicos enlevos não a tornareis a achar!... Esse oásis que vos deleitou desapareceu para sempre.

Foi um bafejo divino na hora da tormenta; foi uma gota de orvalho sobre a erva emurchecida pela calma. Agora segui o vosso deserto; árida e espinhosa será a vossa senda. Abrasar-vos-á o simum e uma só fonte de água fresca não encontrareis em vossa peregrinação que vos suavize o requeimar do sangue. E depois deste afã, deste doloroso caminhar, no extremo já, vereis por desafogo de tantas dores o antro escuro e úmido de uma sepultura. Não recueis, oh, não: aí está o esquecimento de uma existência amargurada, aí o descanso, o repouso, a felicidade.

Ao cabo de algumas horas, o jovem oficial se havia entranhado num bosque solitário e ermo. À direita, a uns cem passos de distância, avultava uma cabana cujo teto coberto de pindoba era sombreado por palmeiras simultâneas que lhe davam um aspecto poético e melancólico; à esquerda erguia-se um pequeno rochedo. À sua base serpeava uma ligeira corrente, deslizando suas mansas águas por sobre a areia e pedrinhas; espreguiçando-se como uma criança no seu leito, sumia-se, murmurando no meio do bosque.

Havia aí um quê de indefinível doçura, uma melancolia meiga e suave que se assemelhava, se harmonizava, se casava com o coração de Gastão, onde havia sensações deleitáveis como os sons longínquos de uma harpa que geme na solidão. O mancebo galgou a eminência com presteza. Dali seus olhos poderiam descobrir Alberto, ainda pensativo e desgostoso, se nessa hora ele se lembrasse de alguém que não fosse a mulher por quem esperava, e se a escuridão da noite o permitisse.

Havia um negrume espantoso, porém a natureza ainda estava calma: a tempestade que ameaçava não prometia ser breve.

Gastão contava os minutos pelas palpitações do seu coração. Era a primeira vez que ia encontrar-se com Épica face a face na escuridão da noite; era a primeira vez que ia achar-se com ela só, no cimo dum outeiro, entre o céu e a terra, longe das vistas indiscretas do homem, longe das admoestações de Alberto, tendo por conselheiro só seu coração, por testemunha só Deus! Gastão bebia as delícias do paraíso. Esperou, e esperando cedeu à meditação.

Não haverá aí um só homem que tenha sentido em seu coração o fogo de um primeiro amor que não adivinhe o doce meditar desse mancebo de coração ardente e alma apaixonada. Gastão aspirava os perfumes do céu, embalava-se nas fagueiras esperanças de um amor sem limites.

Depois de tudo isso, a morte; porque o único gozo que semelha aos dos anjos teria então passado. Assim pensava o moço francês, e esse pensamento não podia ser um erro. Errar por muito tempo, entre o amor e a sepultura, é um tormento inqualificável, é morrer sem esperança da salvação da alma, é a tortura da Idade Média não adoçada pelo cutelo do algoz. Gastão, pois, pensava bem; e qualquer outro em idênticas circunstâncias pensaria como ele. Do mundo, o moço só almejava uma coisa, uma somente, do mundo ele só queria aquela mulher que ele aguardava com frenesi, aquela mulher que ele amava com delírio, que idolatrava loucamente. Por ela Gastão daria toda a sua vida, todo o seu sangue, sua alma, seu sossego, toda a felicidade de um futuro que se lhe antolhava risonho.

– Sim – exclamou ele, acordando do seu sonho mentiroso, respondendo ao seu próprio pensamento –, viver ou morrer com ela. Que me importa a mim os prejuízos do mundo? Haverá acaso no mundo mulher mais digna do meu amor?!... Épica! Épica! Eu te adoro, Épica, anjo dos meus sonhos, visão encantadora, que afaga e adoça o amargor dos meus dias... serás acaso uma ilusão?!...

Um leve murmúrio, um rumor vago, como a bulha sutil de passos cautelosos, interrompeu-o: ele julgou esse leve ruído ser a aproximação da mulher amada; estremeceu de amor e correu ao encontro dessa visão angélica.

E encontrou-se face a face com um homem. Gastão recuou um passo e levou a mão à sua espada.

– Quem sois? – perguntou-lhe em português com acento de cólera mal reprimida.

A noite era tão escura que Gastão mal poderia reconhecer esse homem, ainda que fosse ele o seu melhor amigo.

– Quem sois? – repetiu o moço estrangeiro. – Pelo céu ou pelo inferno, dizei-o.

– Quem sou? – respondeu o recém-chegado com voz grave, magoada e horripilante. – Desejais conhecer-me? Breve sabereis quem sou.

– Depressa, senhor, depressa – tornou-lhe Gastão –, ou livrai-me da vossa presença.

– Conheço, mancebo, quanto vos deve ser importuna a minha presença neste lugar; mais tarde, porém, reconhecereis que não sou aqui o mais importuno.

Gastão julgou-se em face de um rival, e sua cólera redobrou.

– E insistes em não dizer quem sois, nem a que vindes?

– Não insisto, não, senhor, quero responder pontualmente às vossas perguntas, não obstante ser quem devia interrogar-vos.

– Vós! E com que direito?

– Com o mesmo, mancebo, com que me interrogais.

– Zombais acaso de mim? – disse Gastão no auge de desesperação. – Ponde-vos em guarda: não quero ser um assassino.

– Esperai, senhor, esperai – replicou o desconhecido com calma –, escutai-me. Eu sou tupinambá – continuou –, sou o cacique desta tribo, sou, finalmente, o pai de Épica. Isto espanta-vos?

– Traição! – exclamou Gastão, desembainhando a espada que cintilou na escuridão da noite.

– Enganai-vos, senhor, ninguém vos traiu. Eu sei tudo: vossas palavras eu as tenho escutado.

– Mentis, maldito tupinambá.

– Não minto, não: dia por dia hei seguido vossos passos e ouvido vossa conversação com a minha pobre Épica. Ainda ontem lhe dizias ao pé da cabana de seu velho pai: "Amanhã, quando a lua estiver em meio giro, eu te aguardarei no cume do outeiro".

– Espião infame! – exclamou o moço desatinado, arremessando-se contra o cacique.

– Esperai, mancebo, esperai – lhe disse o índio –, juro-vos por Tupã que hei de matar-vos ou morrer às vossas mãos, e isto antes do meio giro da lua; porque a essa hora Épica, a inocente Épica, virá louca correndo ao vosso apelo, e só um de nós a deve receber. Se fordes vós, ao menos eu não testemunharei semelhante aviltamento.

– Calai-vos – disse Gastão, puxando novamente pela espada.

O índio, porém, como se não reparasse naquele movimento do jovem oficial, continuou:

– Vossa entrevista será ao meio giro da lua: mancebo, vos antecipastes; ainda me resta, pois, uma hora, peço que me escuteis.

Havia um não sei quê de profundo, de solene, no acento dessas palavras que revelavam inabalável resolução. A seu pesar, Gastão sentiu-se comovido e respondeu:

– Eu vos escuto.

III

– Muitas luas se hão passado, mancebo – continuou o cacique, com voz magoada –, muitas luas já, e tantas que nem vos sei dizer. E era uma tarde, bela como o foi a de hoje; mais bela, talvez, porque era então a lua das flores, e eu dela me recordo ainda como se fora hoje...

"Sim, era uma tarde de enlevadora beleza; nela havia sedução e poesia, nela havia amor e saudade. Sabeis vós o que nós outros chamamos 'lua das flores'? É aquela em que um sol brando e animador, rompendo as nuvens já menos densas, vem beijar os prados que se aveludam, enamorar a flor que se adorna de louçanias, vivificar os campos que se revestem de primoroso ornato, afagar o homem que se deleita com a beleza da natureza. É a lua em que os pássaros afinam seus cantos melodiosos, é a lua em que a cecém mimosa embalsama as margens dos nossos rios, em que as campinas se esmaltam de flores odorosas, em que o coração ama, em que a vida é mais suave, em que o homem é mais reconhecido ao seu Criador..."

Ele fez uma pequena pausa e continuou:

– Era, pois, na lua das flores que, à tarde, um velho cacique e um mancebo índio, do cume deste mesmo outeiro, lançavam um olhar de saudosa despedida sobre o navio normando que levava destas praias uma formosa donzela. Era ela filha desse velho cacique, que com mágoa a via partir para as terras da Europa; mas a formosa Paraguaçu de há muito a havia distinguido dentre as demais filhas de caciques, e sua afeição por ela era sincera e imensa. Paraguaçu seguia para a França, onde devia receber o batismo tomando por sua madrinha a célebre italiana Catarina de Médici, cujo nome tomou na pia batismal; e, não podendo separar-se da amiga querida, levava-a consigo, arrancando-a dessarte ao coração de seu pai e aos sonhos deleitosos do moço índio, que magoado via fugir-lhe a mulher de suas afeições. Épica, senhor, chama-se essa jovem índia. Épica era o seu nome. A sua ausência não seria prolongada; o velho e o moço não o ignoravam; mas eles a amavam tanto que foi-lhes preciso chorar. Seria um pressentimento a dor que os afligia? Foi, talvez... choraram ambos; entretanto, o velho era um bravo, e o moço já um valente guerreiro.

"Ela, entanto, só concebia a dor do velho; as saudades paternas agravavam mais a mágoa de o deixar; o moço índio era-lhe apenas pouco mais que um estranho. Seu coração ainda virgem desconhecia as delícias e as torturas do amor. O índio, pois, era-lhe indiferente, se é que indiferente se pode entender um homem que estava sempre a seu lado e que tinha em suas veias o sangue de seu pai. Este mancebo índio era filho de um irmão do velho cacique, e seu íntimo amigo. Destinado desde a infância para esposo de Paraguaçu, este mancebo nunca a pôde amar, nem tampouco inspirar-lhe amor. Entretanto, Paraguaçu era bela! Ele amava perdidamente sua jovem parenta: Épica era a mulher de suas doidas afeições, porém esse amor puro como a luz da estrela da manhã estava todo cuidadosamente guardado no santuário do seu coração; uma palavra, um gesto, não havia maculado ainda a pureza desse sentir mágico e deleitoso. Épica era pura e inocente como a pomba que geme na floresta: seu coração conservava ainda o descuido enlevador dos dias da infância. Oh! Ela era como a açucena à margem do regato...

"O velho cacique atentou nas lágrimas do guerreiro jovem e, num transporte afetuoso, apertando-o contra o seu coração, apontando para o extremo do horizonte onde se perdia já o navio, disse-lhe: 'Sê sempre digno de mim e de teu pai; quando ela voltar, será tua. Oh! Eu o juro'.

"O moço ajoelhou aos pés do irmão de seu pai e beijou-lhe as mãos com o entusiasmo do reconhecimento."

....

– França! França!... – exclamou o tupinambá depois de alguns momentos de amargurado silêncio. – Pudera eu esmagar-te em meus braços!!!

"Passaram 24 luas", continuou, serenando-se um pouco, "o mancebo as contara por séculos. Ao fim de cada dia, vinha ele ao cimo deste outeiro e daqui perscrutava os mares, nus de uma vela, que visse lá das partes do ocidente, e quando caía a noite, volvia triste e desconsolado aos lares do velho cacique. O mísero velho tinha cegado nesse curto espaço e só da boca do mancebo esperava cada dia a nova feliz que o havia [de] lançar do fundo das suas trevas no gozo da felicidade. Assim se passaram muitos dias... mais uma vez a lua veio estender seu lençol de prata sobre a superfície desta imensa baía e confundir suas saudades às saudades do moço que a contemplava com melancolia, e ainda assim a suspirada Épica não voltara às praias do seu país. A desesperança começava a lavrar no coração do moço guerreiro. O velho sentia maiores saudades; porém, esperava com mais paciência.

"Um dia, porém, um navio alvejou ao longe: era ela; seu coração estremeceu de íntima satisfação; no coração do velho cacique, o transporte não foi mais vivo. Seus olhos a viram, ainda assim; ele mal podia acreditar em tanta ventura. Esse navio tão ansiosamente esperado chegara enfim, e com ele a vida, a felicidade do mancebo. Ao menos assim o acreditava ele, louco de alegria. O anjo dos seus sonhos, o encanto dos seus dias, o ídolo do seu coração, esse navio lhe acabava de restituir. O velho, tateando as trevas de sua noite eterna, correu pela mão do mancebo ao encontro de sua filha. Era um espetáculo bem tocante ver esse velho guerreiro chorar e rir de prazer com a ideia de tornar [a] abraçar aquela filha mimosa que, tocando-a, jamais a tornaria a ver. Épica, a jovem índia, trajava ricos vestidos à europeia. Apertava-lhe a cintura delgada e flexível, como a palmeira do deserto, um cinto negro de veludo, e as amplas dobras do seu vestido branco envolviam-lhe o corpo mimoso, delgado como a haste da açucena à beira-rio. As tranças negras do azeviche, que lhe moldurvam as faces aveludadas, eram aqui e ali entremeadas de flores artificiais. Era todo artifício aquele trajar até então desconhecido do moço índio; ele sentiu repugnância em ver aquela que era tão simples, no meio da solidão, ornar-se agora de trajes que faziam desmerecer sua beleza e seus encantos...

"Paraguaçu, de volta à sua pátria", continuou o cacique após breve pausa, "parecia sentir na alma os efeitos desse inexprimível sentimento de suprema felicidade, que deleita e enlouquece o infeliz proscrito, no dia em que, inda que com as vestes despedaçadas e a fronte cuspida pelas vagas, uma delas, mais benéfica, o arremessa à praia onde seus olhos viram a primeira vez a luz. Trazia nos lábios um sorriso que levava facilmente a compreender o prazer que lhe enchia o coração. Pela mão dessa bela princesa, seguia, débil e abatida, melancólica e desconsolada, a jovem donzela brasiliense. Semelhava ela o lírio, crestado pela ardentia da calma; borboleta que a luz da vela emurcheceu as asas.

"Contraste doloroso havia entre a fronte pálida e abatida da moça índia e a fronte altiva e risonha da jovem esposa de Caramuru.

"Perdoai-me", continuou o cacique, "se insisto nessas particularidades; o que me resta a contar provar-vos-á que elas não são aqui inúteis.

"Um vago, mas doído pensamento magoou o coração do moço guerreiro à hora em que essa mulher, que há muito ele criara seu ídolo, lhe aparecia assim melancólica e triste como a estátua do sofrimento. 'Que terá ela?', interrogava ele a si mesmo. 'Terá saudades desse país longínquo que apenas viu, onde não pode contar um amigo, onde tudo lhe é estranho – linguagem, costumes, rostos e religião?!...'

"Enquanto ele assim discorria, a moça aproximou-se de seu pai e, sorrindo-se por entre lágrimas, estreitou-o com ternura filial contra o coração. Foi um prolongado abraço: um profundo suspiro lhe rasgou o peito e uma só palavra ela não proferiu. E tornava a apertar o velho, e as lágrimas lhe corriam pelas faces, e a moça parecia não se poder separar do pai, que chorava de alegria sentindo-se abraçar por sua filha querida.

"Com indizível ansiedade aguardava o mancebo por uma só palavra da sua querida Épica; mas embalde. Ela parecia toda abstrata, não na contemplação de seu pai, mas numa ideia oculta que, dir-se-ia, lhe amargurava a alma. Mas ele, vencendo o pensamento doloroso que lhe atravessara a mente, aproximando-se dela, em voz de súplica, disse-lhe: 'Épica! Épica, nem uma palavra para o vosso irmão?...'.

"Errou-lhe então nos lábios um mimoso sorriso, duas lágrimas ressaltaram-lhe dos olhos e rolaram sobre as faces; e ela estendeu-lhe a mão amiga, que o moço beijou com reconhecimento. Essa mão, esse beijo, desfizeram o ponto negro que assomara de improviso na alma do guerreiro brasiliense, como desfaz o vento a nuvem carregada à hora do meio-dia. Só o extremo do seu amor lhe representara Épica triste, pálida e desconcertada. Épica era a mesma virgem das florestas, com a diferença única de uma inteligência cultivada pelo trato europeu. Esses trajes, que tanto haviam afligido ao mancebo, davam agora maior realce à beleza daquela que lhe sorria. Sua voz era mais melodiosa, mais doce; pareceu-lhe, ouvindo-a, melhor que a do sabiá, melhor que as notas da perdiz mimosa, que a própria pecuapá gemendo à noite. Ele acreditou que Tupã a havia arrebatado um instante para restituí-la mais sedutora, mais bela que os próprios anjos que lhe entoam hinos. O índio escutava com enlevo; e cada uma de suas palavras causava-lhe suavíssima impressão. Como Paraguaçu, Épica havia recebido o batismo. Conquanto a jovem princesa do Brasil não poupasse esforços em chamar os homens do seu país ao grêmio da Igreja; conquanto sua voz fosse persuasiva, suas palavras insinuantes; todavia foi a voz de Épica que rendeu o moço índio. Ele abraçou o Cristianismo quando soube que Épica era cristã. 'Oh! Mancebo', murmurou o tupinambá, 'quanto pode o amor quando é ele santo, como o que há no céu!...'

"Raiou enfim o dia em que a donzela brasiliense devia pertencer pelo matrimônio ao homem que a idolatrava; e ele a levou pela mão aos pés do altar, e um sacerdote cristão abençoou os noivos que estavam ajoelhados à face de grande multidão. À hora, porém, em que Épica pronunciava os votos, a voz alterou-se-lhe: sua mão resfriada estremeceu convulsa na mão do esposo. Ele olhou-a surpreso. Épica era pálida como um cadáver. À última palavra do sacerdote, a moça caiu desalentada."

....

O tupinambá levantou-se, deu alguns passos rápidos e incertos. Fulguraram-lhe os olhos na escuridão da noite, e um tremor convulso lhe agitou os beiços. Depois, foi pouco e pouco serenando, e reatou o fio de sua narração.

IV

– Era alta noite – prosseguiu ele com uma voz cavernosa –, o vento ciciava entre os palmares, e a lua, prateando a superfície das águas, passava melancólica por cima destas árvores anosas. A sururina desprendia o seu canto harmonioso; na mata ondulava um vento gemedor, e o mar quebrava-se nas solidões da praia. Sobre o cume deste mesmo rochedo, mancebo, a esta hora da noite, silenciosa e erma, um jovem índio e uma donzela americana, que o céu ou o inferno havia unido em matrimônio naquele mesmo dia, em confidência dolorosa tragavam até às fezes o amargor da desonra e da ignomínia. De joelhos, a mulher fazia a mais custosa e triste confissão que jamais saiu dos lábios de uma mulher.
– Gupeva! Meu Gupeva – exclamava ela. Assim se chamava, senhor, o jovem esposo. – Meu irmão, meu amigo, poderás perdoar-me?
Oh! Ele adivinhava já o que restava a dizer a essa infeliz mulher; mas era-lhe necessário ouvir de seus lábios aquilo mesmo que ele daria mil vidas para nunca ouvir.
– Fala! – disse-lhe Gupeva, tremendo de furor.
– Vou merecer o teu desprezo, o teu abandono, mas ao menos peço que meu pobre pai ignore tudo. Gupeva, confiei em ti; talvez minha confiança te ofenda, mas tu conheces a meu pai... ele não poderia sobreviver a minha...

– Cala-te! Cala-te, mulher – exclamou com desespero assustador o desgraçado esposo.

– Não – continuou ela sem se perturbar. – Tens sobre mim direito de vida ou morte; mata-me, Gupeva, mas ouve-me primeiro.

– Épica! Épica, oh! Se isto fora um sonho!

– Amei – continuou ela –, amei com esse amor ardente e apaixonado que só o nosso clima sabe inspirar, com essa dedicação de que só é capaz a mulher americana, com essa ternura que o homem nunca soube compreender. E sabes tu que homem era esse?

– Basta!

– Oh! É preciso que me escutes até o fim, depois mata-me. Esquecida – prosseguiu Épica – de que o homem de suas[2] afeições chamava-se o conde de ***, Gupeva, eu cometi uma falta, que mais tarde devia cobrir de opróbrio o homem que me recebesse por esposa. O amor não prendeu o coração do conde, ele esqueceu os extremos de meus afetos e desposou uma donzela nobre da sua nação, sem sequer comover-se das minhas lágrimas.

"Ah! Bem tarde conheci eu a grandeza do meu sacrifício; bem tarde reconheci a perfídia e a indignidade no coração daquele que era até então o meu ídolo. A pequenez da minha origem apagou-lhe o amor no coração. O conde de ***, Gupeva, era já esposo, e eu... eu trazia em meu seio um filho que há de envergonhar-se do seu nascimento!..."

Ao nome do conde de ***, proferido pelo tupinambá, um calafrio mortal percorreu os membros do jovem Gastão, que, submergido em longas cogitações, ouvia a narração do índio: no fundo do coração despontava-lhe um tormento inqualificável.

O índio prosseguiu:

– Ela estorcia-se convulsa no leito de relva a meus pés; porque, senhor, esse esposo desventurado que na primeira noite do seu casamento ouvia semelhante confissão, esse homem que acabava de receber a mulher impura e maculada pelo filho da Europa, esse homem enfim que, devorado por um amor louco e apaixonado, estampava em sua fronte o ferrete da ignomínia, o cunho do opróbrio, era eu.

---

2 Mantivemos conforme o original. Mas, pelo contexto, o pronome deveria ser "minhas", e não "suas". [N.E.]

– Vós! – exclamou Gastão, com um sentimento indizível.
– Sim, eu!... Eu mesmo – respondeu o cacique com voz de trovão.
E prosseguiu:
– O que se passou, porém, nessa noite de tão amargurada recordação, só Deus e eu sabemos. O sedutor de Épica, mancebo, era um francês; um francês é um cristão; bem, desde essa hora eu deixei de o ser. Tupã não abandona seus filhos... Mancebo, eu não amo o Deus dos cristãos. O conde de *** era filho da Igreja.

Gastão tentou interrompê-lo, mas ele continuou:
– A vergonha, a dor, bem depressa levaram ao sepulcro a desgraçada Épica. Não segui de perto essa mulher por quem houvera dado todo o meu sangue, se disso dependesse a sua ventura, porque restavam-me penosas missões a cumprir. Penosas, mancebo, e bem árduas: vivi para cumpri-las; ouvis?

"Restava-me o dever de velar por essa menina que tem em suas veias o sangue francês, velar pela filha do conde de ***, velar finalmente por Épica, essa jovem donzela a quem pretendeis seduzir."

– Oh! – exclamou Gastão, pálido como o sudário de um morto. – Meu Deus! Meu Deus, onde estou eu!...

– Inda uma outra missão me reteve a vida – continuou Gupeva –, a vingança...

"No momento em que no seio da sepultura se escondia para sempre os restos daquela a quem eu tanto amei, de joelhos, senhor, de joelhos jurei que havia [de] vingá-la. Anhangá escutava os protestos da minha alma. Um guerreiro amanhã desposará a minha Épica e hoje, daqui a um minuto, eu terei vingado a mulher que lhe deu a vida. Agora, mancebo, estás em meu poder; eu podia prender-te; aqui está a sussurrama[3]; podia apresentar-te a minha tribo e fazer-te morrer como meu prisioneiro; mas não quero: duas razões me obrigam a proceder ao contrário. Para dar-te essa morte honrosa era preciso dar a causa dela; minha desonra se tornaria manifesta; e por outra, tu, covarde europeu, hás de empalidecer em face da morte: fraco e tímido, não saberás entoar o teu canto de morte. Quero poupar-me a vergonha de uma confissão, quero poupar a

---

[3] Grafada conforme o original. Palavra não dicionarizada, talvez derivada de "sussurro" ou "suçuarana". [N.E.]

meus irmãos o espetáculo de um covarde. Prepara-te para morrer ou mata-me..."

O que então se passava na alma do infeliz mancebo, a quem eram dirigidas tais palavras, não pode a pena descrever. O mais doloroso golpe acabava de traspassar-lhe o coração; golpe o mais profundo, mais dilacerante, que jamais feriu o coração de um homem. Gastão não amaldiçoou a hora do seu nascimento, mas pediu a Deus a morte, o esquecimento. Todas as suas ilusões estavam dissipadas, desfeitos todos os seus sonhos. Já não era Gupeva que se interpunha entre ele e o seu amor, era Deus, era a natureza, era a sua própria consciência. Depois do amor, a morte... ele havia dito... Seria acaso um erro?

– Da minha vingança serás tu a primeira vítima – continuou o cacique. – Mais tarde o conde de ***.

– Eis-me – disse Gastão, interrompendo Gupeva –, eu sou filho do conde de ***, não me reconheceste então? Oh! Eu sou francês, sou o filho do sedutor de vossa esposa, sou irmão de Épica...

– Infame – rugiu o velho tupinambá. – Infame filho do conde de ***, não terei compaixão de ti. – E brandindo o seu tacape, cravou-o com força no peito do jovem oficial. E batia com os pés na terra, e fazia com gritos um alarido infernal.

Gastão, levando a mão à ferida, obrigou-o por um instante a calar-se e disse-lhe:

– Obrigado, Gupeva, eu queria a morte.

– Covarde! – exclamou o índio.

– Não me insultes na hora do passamento – tornou-lhe o moço, empalidecendo. – Cacique, eu podia matar-te, mas para que quereria eu a vida depois do que me acabaste de narrar?...

Nessa hora, a lua, rompendo o negrume das nuvens, aclarou com sua face pálida o cimo do outeiro. Era o meio giro da lua: a hora da entrevista tinha soado.

E uma visão angélica, uma mulher vaporosa apareceu no cume do outeiro como um anjo mandado pelo Senhor para receber a alma do mancebo cristão que ia partir. Era Épica.

Ela soltou um grito de angústia à vista da cena que, mercê da lua, se apresentou a seus olhos. Esse grito, essa voz tão conhecida, tão amada, atraindo a atenção do moribundo, fez calar o guerreiro índio que apupava a sua vítima.

Ela avançou alguns passos e, olhando fixamente para seu pai, disse-lhe:

– Gupeva, por que o mataste? Cruel! Sabes acaso que este é o homem a quem adoro?

Gupeva, esse feroz Gupeva, esse bárbaro que se ufanava da sua vingança até na presença da morte, à voz da moça cruzou os braços sobre o peito e, com um olhar que queria dizer "perdão", exclamou com aflição:

– Épica!...

Ela pareceu não ouvir essa única palavra que em si resumia quanta ternura há no coração de um homem: seus grandes olhos negros como o azeviche fitavam-se desvairados no mancebo agonizante. Ondulavam à mercê do vento suas madeixas acetinadas; e seu corpo, flexível e mimoso como o leque da palmeira, cedendo a um vertiginoso ondular, caiu inerte sobre o jovem Gastão.

Ele olhou-a com assombro e disse-lhe:

– É um crime.

– Monstro! – tornou ela para Gupeva, que, com os olhos fitos no chão, não se atrevia a encarar a donzela. – Monstro! Foi para me rasgares o coração que me criaste em teus braços!... – E voltando-se para o jovem francês, disse-lhe: – Gastão, meu querido Gastão, vive para a tua Épica.

Nesses olhos em que já se estampava a morte, um átomo de vida reapareceu.

– Épica – disse ele –, o nosso amor era um crime... Épica, eu sou teu irmão!...

V

Ao alvorecer do dia rebentou a tempestade há tanto ameaçada. O mar rugia com assustadora fúria, o vento raivoso sibilava por entre as enxárcias do *Infante de Portugal*, que, não obstante as ordens recebidas, não podia levantar âncora sem grande perigo de despedaçar-se todo de encontro a algum arrecife. Abrigado no ancoradouro, ainda o comandante temia o furor da tempestade. O navio arfava inquieto: joguete das ondas, ele estalava como se houvera de desjuntar-se todo. Um sopro mais violento da tempestade, o pobre lenho seria aniquilado. A chuva desprendia-se em torrentes; o raio sibilava, ameaçador; o mar era um lençol negro e de sinistro aspecto. O mais corajoso tremia; só Alberto parecia insensível à voz do temporal. Sua fronte ardente, seus olhos requeimados pela vigília da noite, seu coração opresso pelo pressentimento de terrível sucesso, inquieto pelo temor de alguma desgraça irremediável, abatido, angustiado pela não aparição de seu louco e infeliz amigo, parecia não compreender a grandeza do perigo que os ameaçava. O mar cuspia-lhe, irritando as faces, o vento insinuava-se, rumorejando por entre as madeixas de seus negros cabelos, e ele não atendia nem aos insultos do mar nem ao raivoso perpassar do vento.

Alberto pensava em Gastão. Tinha visto amanhecer sem que Gastão voltasse ao navio: era preciso que já não existisse para assim deixar de cumprir sua promessa!

Alberto comunicou ao comandante seus receios e o desassossego da sua alma: toda a oficialidade e toda a marinhagem sentiram interesse pelo jovem francês.

Ao meio-dia a tempestade serenou: o mar tornou-se calmo e pacífico, o vento conteve-se nos seus limites. Agora, o azul das nuvens refletia-se nas águas da imensa baía, e as vagas se moviam mansamente, aniladas e risonhas como um ligeiro sorriso. Então o comandante deu suas ordens; um escaler bem tripulado recebeu o oficial português, que um momento depois pesquisava ansioso vestígios do seu infeliz colega. Incansável, devassava o moço todos os subúrbios da pequena habitação, incansável percorria ele todas as sendas, todas as devesas, todos os recônditos lugares daquele vasto terreno; era embalde. Extenuaram de cansaço, ele e um velho marinheiro que o seguia; enquanto outros investigavam outros lugares, Alberto chegou ao alto do outeiro, onde na noite antecedente deu-se a cena que acabamos de narrar.

Oh! Que doloroso espetáculo!

Sentado no tronco de uma árvore estava um velho tupinambá; brandia em suas mãos um tacape ensanguentado: a seus pés estavam dois cadáveres!... Reclinadas as faces ambas para a terra, Alberto não pôde reconhecer seu amigo senão pelo uniforme da Marinha, que o sangue tingira e que as águas que se desprenderam à noite haviam ensopado e enxovalhado. O outro cadáver era o de uma mulher... Bela devia ser ela, porque seus cabelos longos e ondeados, fáceis aos beijos da viração da tarde, esparsos assim sobre o seu corpo, davam-lhe o aspecto de uma Madalena.

Alberto exclamou:

– Que horror! – e cobriu o rosto com as mãos; caiu por terra.

Depois erguendo-se com ímpeto raivoso e aproximando-se do índio, que imóvel parecia aguardá-lo, disse-lhe apontando para o seu infeliz amigo:

– Bárbaro!... Por que o assassinaste?

Gupeva, pois era ele, soltou uma gargalhada estridente e descomposta que lhe tornou o aspecto sinistro e medonho, e disse:

– Ah! Minha filha... não a vedes? – e de novo pôs-se a brincar com o tacape.

– Louco! – murmurou Alberto. – A minha vingança seria um crime.

Os seus companheiros de pesquisa foram-se pouco e pouco reunindo; ele voltou pálido e com a mágoa no coração para junto do cadáver do desditoso Gastão.

Ninguém mais curou do louco.

Quando iam, porém, deitar os cadáveres nas sepulturas, que o rosto da mulher adormecida ao lado do jovem oficial voltaram para cima, todos os circunstantes agruparam-se e, curiosos, procuravam ver tanta formosura. Alberto, surpreso, exclamou:

– Que extraordinária semelhança!...

– Eles não podiam deixar de ser irmãos – exclamaram unanimemente os companheiros de Alberto.

Ah! Era Épica, era a virgem das florestas, era o anjo dos sonhos mentirosos de Gastão, era ela que acabava de conduzi-lo a Deus e que ia descer com ele à sepultura. Formosa ainda na palidez da morte, Épica levou Alberto a perdoar os extremos de seu infeliz amigo.

Alberto ajoelhou à orla da sepultura e orou; todos o imitaram, e aquelas regiões selvagens guardaram respeitoso silêncio enquanto durou o ato religioso, enquanto a oração subiu da terra ao trono do Senhor.

E quando eles deixaram no sepulcro aqueles que tão extremamente se adoravam, e quando lembraram-se novamente do velho tupinambá e o olharam, ele tinha a face em terra, e o tacape lhe havia escapado das mãos.

Então um velho marinheiro, tocando-o com a ponta do pé e voltando-lhe o corpo para o lado, disse:

– Está morto!

Parte 3
Cotidiano

Conversações
com minha filha:
a mulher literata
Corina Coaracy

1879

CORINA COARACY
Kansas City, EUA, 1858 – Thibodaux, EUA, 1892

Corina Henriqueta Albertina Lauwe de Vivaldi **Coaracy** foi jornalista e escritora. Assinava várias de suas crônicas como C. Cy, abreviação que também alude à famosa personagem alencariana, Ceci. Era filha do cônsul dos Estados Unidos designado pelo presidente Abraham Lincoln para o Brasil. Embora tivesse se mudado aos 2 anos para o Brasil, retornou aos Estados Unidos na companhia da mãe para os estudos primários, em Wisconsin. Quando voltou ao Brasil, residiu no Rio de Janeiro, onde se destacou no renomado Colégio Brasileiro, além de ter uma educação complementar com professores particulares de línguas, literatura, música e canto. Graças ao talento como *mezzo-soprano*, participou de inúmeros concertos filantrópicos na campanha abolicionista. Manifestou igualmente especial talento para as letras e o jornalismo, frequentando um grupo seleto de artistas e literatos, muitas vezes reunido em sua casa. Sua atuação destacada na imprensa começou aos 16 anos, colaborando em periódicos fundados pelo pai, como a *Ilustração do Brasil* e o *South American Mail*, e escrevendo fluentemente em português e inglês. Dirigiu por algum tempo a *Ilustração Popular*, espécie de versão resumida da *Ilustração do Brasil*. Sua admirável atuação jornalística, especialmente em uma coluna intitulada "A Esmo", foi celebrada por nomes importantes, como se vê no necrológio que lhe dedicou Artur Azevedo. Quanto à sua produção literária, ela compreende contos, traduções e dramas, além de títulos didáticos. Boa parte dessa obra permanece dispersa nos jornais para os quais colaborou e constam, ainda, alguns inéditos em seu acervo. Da produção literária, resgatamos um conto estruturado na forma de um diálogo entre mãe e filha, em que se debate o que compete ou se pode esperar, sem condescendências, de uma literatura produzida por mulheres em confronto com a que concebem os homens. O caráter didático e militante se alia, assim, a uma reflexão contundente sobre o literário, em que se projeta o ideal de uma criação rigorosa, ao mesmo tempo que se condenam a forma e o teor da produção feminina então em circulação.

MARIA FOLHEAVA ALGUNS JORNAIS ILUSTRADOS E PARECIA tão atenta que não viu quando aproximei-me dela. Segui silenciosa a direção dos seus olhos sobre as páginas e vi que lia um conto, um daqueles milhares de contos – para não dizer milhões – que vêm e passam e vão deixando, como as neblinas, o tempo como acharam. Estava assinado com o nome de uma mulher.

Maria tinha as faces inflamadas e, quando acabou de ler, levantou-se de um salto; só então percebeu a minha presença.

– Mamãe! Ia agora mesmo procurá-la! Veja – e colocou o dedo sobre a assinatura –, é uma das companheiras do colégio, mais do que eu só cinco anos!

– Tem então 18.

– Exatamente. Uma autora de 18 anos, mamãe? Que lhe parece?

– Não desejava que essa autora fosse minha filha.

Maria ficou um pouco amuada com essas palavras pouco entusiásticas e, olhando para a sua historieta, perguntou:

– Então é um mal...

– Um mal como tu o entendes, não... mas também não é um bem.

– Por quê, mamãe?

– Antes de tudo, as mulheres literatas são uma exceção, um fenômeno, uma coisa fora do comum. São toleradas, porém quase nunca granjearam admiração. Sobre cem mulheres que escrevem, noventa nunca chegam a coisa alguma, as outras dez são ou aborrecidas ou pedantes, ou então copiam aquilo que foi escrito por outros.

– Oh! Mas a senhora se esquece...

– Não, minha filha, não esqueço. Queres dizer-me um nome – pensando muito talvez dois ou três –, mas depois? São as exceções, os fenômenos de que te falava. Queres modelar-te sobre os fenômenos? As pintoras nunca pintaram mais do que flores, passarinhos mortos e as suas casas de campo; as poetisas algum soneto de rimas obrigadas; e as escritoras em prosa... Eis aqui, podes ver a novela da tua amiga.

– Como é severa, mamãe!

– Sou tanto mais porque as nossas filhas tendem muito a seguir a opinião que proclama a independência da mulher, a sua aptidão para seguir os estudos do homem, o seu direito a disputar-lhe as honras e a fama. Serei sobretudo severa com aquelas meninas que, com a memória cheia de suas leituras de Dumas e Ponson du Terrail, e de suas composições escolásticas, porque de vez em quando têm uma frase feliz, porque sabem colocar o substantivo antes do verbo, se persuadem que o público deve ouvi-las em êxtase. A palheta do artista é séria demais para as mãos da mulher, e os seus dedos se estragam entre as diferentes tintas.

– A mulher pode ser artista em um gênero...

– Não, Maria, não. O artista verdadeiro, o poeta de coração, deve abraçar e tocar todas as cordas da sensibilidade humana, levantar todos os véus. Qual a mulher que tem forças para tanto? No romance de uma mulher verás soldados, estudantes, homens do povo, que falam todos do mesmo modo, que têm todos o mesmo caráter, gente delicada, honesta e casta – porque já se sabe que uma mulher não deve escrever senão com a maior delicadeza, honestidade e modéstia. Mas desse modo não se é artista – e o literato que não é artista corre grande risco de vir a ser um pedante.

– Mas, mamãe, vamos que esse gênio prepotente, esse fenômeno, como a senhora o chama, exista... se ele não tentar... não se apresentar ao público...

– Menina! O escritor deve apresentar-se ao público com confiança no seu talento; deve sair da sua obscuridade todo armado como Minerva da cabeça de Júpiter. E não é por certo aos 18 anos que uma mulher o pode fazer.

– E se minha amiga sente vocação desde já...

– Há duas vocações: a dos 15 anos e a dos 30 – aquela DA OCASIÃO, nascida no fervor do estudo e no espírito imitativo, que se arrebenta e se evapora, como a bola de sabão ao menor sopro do vento contrário.

– E a outra, mamãe?

– A outra, a vocação verdadeira, a vocação do instinto, amadurecida nas lutas titânicas do pensamento contra os obstáculos da vida real... que vem sentar-se, qual lívido fantasma, ao lado do sonhador agitado. Combatida, repelida, mal compreendida, cai como o leão ferido para depois atirar-se mais ardente, mais indomável. Vence as mais caras afeições, derriba as barreiras do convencionalismo e só, nua, a fronte alta, mostra as suas feridas e combate corpo a corpo com a sua energia – a fortuna –, e por sua vez a prostra sob o seu joelho potente e dita-lhe as suas leis. Oh! Só então, dilacerados, ensanguentados, o poeta e o artista conquistarão, a preço de lágrimas e de dor, o direito de educar e de comover; só então podem apresentar-se ao público e dizer-lhe: "ouve-me!"... Mas uma menina de 18 anos... nascida ontem às primeiras emoções da vida, envolta no prisma irradiante do primeiro amor, uma moça que ainda não chorou...

– Sim, mamãe, quando a puseram no colégio.

– Ah! Pois bem, que escreva o seu diário de educanda, mas guarde-o para si.

Dessa vez, Maria calou-se por algum tempo; afastou-se da mesa onde se achavam os jornais, tomou o seu bordado e sentou-se em silêncio.

Eu interrompi o seu silêncio.

– Pelo que vejo, menina, as minhas palavras fizeram-te má impressão.

– É verdade, mamãe, estou consternada com as suas teorias, que tendem a fechar todo o caminho por onde a mulher possa fazer-se grande e célebre.

– Eu já te disse muitas vezes, minha filha, que em geral a mulher não foi feita para os triunfos populares; e falando das exceções, os caminhos fáceis e planos nunca conduzirão à glória. É debaixo dos golpes do desengano, severo educador, que o gênio se desenvolve potente. Não é, pois, necessário abrir novas portas à mediocridade, que já é numerosa e sufoca. Nesse caso, eu sou um pouco espartana; por que cansar-se para dar ao mundo raquíticas e escrofulosas produções de talentos indecisos? Deixai-os percorrer a sua estrada de espinhos: se são realmente dignos do seu fim, eles lá chegarão, apesar de tudo; se não podem, é melhor o esquecimento.

– Então, mamãe, está segura que esse seu sistema não sufoca às vezes algum pequeno gênio futuro? – perguntou Maria, rindo.

– Muito segura, porque, se o gênio é pura flama do fogo de Prometeu, nenhuma força humana o poderá sufocar. Como tudo aquilo que é imortal não morre senão para renascer mais luminoso, mais brilhante.

– E eu, que queria escrever uma carta de parabéns à minha amiga...

– Espero que não o farás. Na luta de Jacó com o anjo, ninguém veio de permeio. Espera, pois, em silêncio o triunfo do mais forte.

Achar marido num ovo –
Episódio em 1839
Escolástica P. de L.

1852

ESCOLÁSTICA P. DE L.
Local e data desconhecidos

Escolástica P. de L., nome ou talvez pseudônimo, sobre o qual não se dispõe de outras informações, assinava narrativas breves estampadas em páginas de periódicos femininos como *O Jornal das Senhoras – Moda, Literatura, Belas-Artes, Teatro e Crítica*. Dentre tais narrativas, optamos por publicar a divertida história de uma reunião de mulheres que se dá, muito sugestivamente, na véspera do dia de Santo Antônio. Preteridas pelos moços, que preferiram ir à apresentação de uma famosa *mezzo-soprano* estrangeira de passagem pelo país, elas se entretêm, enquanto os aguardam, com a história absurda e divertida de como uma conhecida teria encontrado seu futuro marido. São admiráveis a vivacidade da cena e as intervenções chistosas e irônicas das jovens enquanto uma delas se incumbe do relato.

O QUE VOU REFERIR TEVE LUGAR EM UMA SALA ONDE ESTAVAM reunidas algumas senhoras na véspera de Santo Antônio, às onze horas da noite, depois de haverem esperado por muito tempo os moços da reunião que, sem dó nem piedade, tinham desertado das fileiras do galanteio para irem ouvir madame Stoltz no Provisório[1].

Estavam elas em círculo em um dos lados da sala e já tinham tomado chá; principiavam a chupar os competentes roletes de cana assada.

Uma delas, moça dos seus 24 anos e mui espirituosa, encetou uma nova conversação referindo o seguinte caso, ainda com o roletinho na mão.

– Faz anos por este tempo que aconteceu coisa bem singular! D. Gertrudes achou seu marido num ovo...!

– Em um ovo!! – exclamaram todas as senhoras que se achavam reunidas. – Em um ovo, só se foi algum pinto!

– Não, senhoras; pois era nem mais nem menos o belo e elegante J... que vós bem o conheceis, e tão bom marido como o que desejo para vós todas que estais a rir do princípio da minha história.

– Porém – disseram as mais incrédulas da roda –, como é isso possível, nós não o compreendemos!

– É porque ele será filho de alguma tartaruga – observou uma maligna ouvinte, de olhos travessos.

– Tartaruga!! – repetiram as outras. – Como será galante um marido tartaruga!

– Não gracejem – disse a historiadora. – Quando não, calo-me. Não admito apartes, que cortam-me o fio do discurso.

– Pois entre em matéria – respondeu uma bela, de vestido cor-de-rosa escocês, que tomou ares e ademanes de presidente.

– Como dizia, senhora presidente, d. Gertrudes vindo de São Paulo, onde nasceu, vivia com sua família no Engenho Velho; era em uma noite de São João...

– De São João Batista? – perguntou uma interruptora.

---

[1] O Teatro Provisório, no Rio de Janeiro, foi palco para a apresentação da *mezzo-soprano* francesa Madame Stoltz. [N.E.]

– À ordem! À ordem! – chamaram as outras ouvintes. – Vamos ao tartaruga.

– De São João – continuou a oradora –, e d. Gertrudes ainda não amava...

– Nem as bonecas? – perguntou uma distraída que se entretinha em ler um jornal.

– Senhora, chamo-vos nominalmente à ordem se interromperdes a oradora – observou a presidente de vestido cor-de-rosa.

– Apoiado! Apoiado! (Movimento no auditório.)

– D. Gertrudes, como ia dizendo, não amava ainda, porém sentia necessidade disso...

– Está visto! – disseram vários apartes; e reinou silêncio.

– O belo J... era visita da casa de d. Gertrudes e na véspera de São João foi convidado para a crepitante fogueira e mais folia dessa noite, que foi toda divertida e cheia de prazeres.

"Na ocasião das sortes e habilidades, muitas tiraram-se e fizeram-se extremamente galantes, que divertiram a companhia, que não era pequena.

"A maliciosa E..., amiga de d. Gertrudes, e que já desconfiava de alguma coisa... lembrou-se também de fazer uma sorte e escreveu em um ovo vários sinais cabalísticos com sebo derretido, tendo antes ligado o ovo com uma linha fina para poder suspendê-lo dentro de um copo sobre um palito atravessado. Tendo isso feito, declarou à d. Gertrudes em alta voz que ia botar uma sorte por ela, e que em um ovo, que deixaria ao sereno, amanheceria o nome do seu futuro marido nele escrito.

"Concordaram que sim, que se botasse a sorte, e prosseguiu a função até alta madrugada. Neste comenos, E... escreveu escondidamente o nome de J... entre os sinais cabalísticos do ovo, com o mesmo sebo, e depois o mergulhou em um copo cheio de vinagre diluído.

"Sabeis que o ácido ataca a casca do ovo que não está coberta pela camada oleosa; pois bem. No outro dia, mui cedinho, antes de todos se levantarem, levantou-se E..., foi buscar o ovo, lavou-o com todo o cuidado com água, sabão e uma escova, para tirar-lhe toda a gordura, e o colocou em outro copo, mas com água unicamente, no mesmo lugar onde estivera.

"Mais tarde foram todas as moças ver o ovo e o que nele dizia a sorte. Que surpresa que teve d. Gertrudes, que galhofa que lhe fizeram as outras! Que de risadas não houveram!²

"Estava escrito em alto relevo sobre a casca do ovo o nome de J... entre os sinais cabalísticos!"

– E..., ora, ora, que história! Pois ovo é marido? Se J... assistiu à fogueira, como estava dentro do ovo!

– De que tamanho seria esse tal ovo? – observaram algumas das circunstantes.

– Senhoras, à ordem – disse a presidente –, ouçam! Ouçam!

– Nada disso era, minhas senhoras – prosseguiu a oradora –, J... não estava dentro do ovo nem o ovo era mais que um brinquedo e um incentivo, que fez d. Gertrudes pensar então em amor, em casamento, e achar que a proposta não era fora de razão; e... eu assisti ao seu casamento em outubro de 1839.

– Sempre é marido de ovo – disseram algumas das ouvintes.

– Nego – redarguiu uma bela menina de vestido azul-ferrete que tinha comparecido depois de feita a chamada –, nego a proposição. J... é marido como são todos os outros: a sorte os escolhe e nós os preferimos por qualquer circunstância, às vezes bem imperceptível. E se nós nos quisermos servir da frase do vulgo, que chama "um ovo" a qualquer coisa intrincada, o marido é um ovo que nós não sabemos se sairá gorado.

– Não apoiado! Apoiado! Sim, sim! Não, não! – ouvia-se de todos os lados.

– Pois, minhas senhoras, se entre vós, solteiras, há uma só que na noite de São João, entre a alegria e o folguedo de uma função familiar, no livro de sortes, não tenha tido o desejo de saber quem será o vosso noivo, dê um passo à frente.

Essa intimação, feita com todo o fulgor de um olhar cintilante e nimiamente maligno, fez recuar todo o auditório, e moça houve que, em lugar de dar o passo para diante, recuou e foi parar quase ao meio da sala...!

A oradora ficou só e proclamou que estava vencido e decidido, que mais de um marido têm aparecido dentro das sortes da noite de São João.

---

2 Mantivemos conforme o original. [N.E.]

Fechou-se a sessão à meia-noite em ponto, quando chegaram os rapazes do teatro. Levaram *sabonete* de todo o tamanho, houveram[3] seus arrufos à mistura: mas nem por isso deixaram de dançar três quadrilhas e uma *schottisch*, onde provavelmente fizeram-se as pazes.

É o que têm esses amantes; tão depressa ficam mal, como fazem logo as pazes!

---

3 Mesmo caso da nota anterior. [N.E.]

Que desgraça!
Anônimo

1839

Temos aqui outro exemplo de produção publicada sem assinatura dispersa nas páginas do periodismo do tempo, o que se torna particularmente curioso num contexto como o romântico, em que avulta a questão do *nome* e da *autoria*. O efeito humorístico visado pelo conto é alcançado pelos procedimentos e pelo registro próximos do farsesco, visível na agilidade das cenas, no desmascaramento do namorador janota e na sua exposição ao ridículo por um "personagem" inesperado, entre outros recursos. Há alusão a acontecimentos históricos cujas articulações com o enredo, entretanto, não se revelam prontamente.

– ESSE TEU COSTUME DE NAMORAR A TORTO E A DIREITO te há de ainda dar na cabeça. Isso não é modo, logo que vês mulher entras a namorá-la, como se estivesses perdido de amores por ela, e deixas o namoro com tanta facilidade com quanta o principiaste. Deus queira não andes fazendo jus a alguma coça de pau que te ponha em lençóis de vinho!

Tais eram as palavras que há bem poucos dias eu dirigia a um meu amigo, bom rapaz na extensão da palavra e que só tinha a mania de ter-se por gamenho e casquilho. Trajava no rigor da moda, usava bigodes e barba crescida na ponta do queixo, inferior à Henrique IV, e pera; finalmente, pelo que toca ao rosto, era um perfeito mono, porque além de tudo tinha os cabelos compridos, caídos pelo rosto abaixo; era um moço de bom-tom, e sentia não ter influência política para estabelecer no Brasil uma ramificação das sociedades dos Jovens, porque ele até se intitulava Jovem Brasil, e penalizava-se que a Jovem Itália o não houvesse admitido em seu seio.

A essas palavras, ele me tornava:

– Não tenhas susto; nada me acontecerá; fiz reforma completa em meu procedimento, já não namoro; voaram os belos tempos da inconstância; amor lançou-me suas cadeias e hoje sirvo a uma única divindade. Acredita-me, para Sant'Ana hei de ligar-me em matrimônio, e bem vês...

– Deveras! Ora Deus permita que quanto me dizes seja pura verdade, e que tudo venha a acontecer à medida dos meus desejos.

Com efeito, grande estima tenho eu por esse estouvadinho e ardentemente desejava que ele se arranjasse, e afinal deixasse o procedimento que o indicava às bengalas dos pais que tinham filhas, meninas, moças ou velhas, e que à semelhança do ímã as atraía violentamente para suas costas.

Ora, o meu amigo contou-me o princípio e progresso de seu namoro, disse como havia pedido a moça em casamento, a discussão que houvera para determinar o dia da grande cerimônia, e de tudo isso dispenso meus leitores, para os não enfastiar.

– Saberás – disse-me ele nessa mesma ocasião – que vou ver o fogo da Lapa com o objeto amado: são conveniências que não pode um noivo preterir.

– Ora pois, vai em hora boa; não te aconteça alguma.

Eu tinha certos pressentimentos que me afligiam bastante: os leitores verão como esses pressentimentos se realizaram.

Era na segunda-feira de noite: o meu amigo entrou-me pela porta dentro na maior consternação, os cabelos em desordem, a gravata torta, um lado do colarinho aparecendo e o outro escondido na gravata, a camisa sem botão, aberta e mostrando todo o peito.

– Estou perdido! – exclamou atirando-se para cima duma cadeira. – Estou perdido!

– Que tens? Que te aconteceu? Mataste alguém?

– Foi-se o casamento!

– Que dizes? Como é isso?

– Ontem acompanhei a senhora que devia esposar no dia de Sant'Ana; tínhamos chegado ao largo da Lapa, que estava apinhado de povo; eu ia de braço com a minha futura... Ai! isto só a mim acontece!... Que finezas que lhe eu rendia! Dizia-lhe que nunca amara, que era ela a primeira que me cativara o coração; ela sorria-se e acreditava-me. Aproximamo-nos ao fogo... Oh! Por que não quebrei uma perna nessa ocasião!... Quem havia eu de encontrar? Laura, aquela a quem prometi casamento e faltei: depois disso nunca mais nos tínhamos visto; ela, logo que me percebeu, largou a família e dirigiu-se para nós com olhos afogueados, e com uma rapidez espantosa lançou-se entre mim e a noiva, disse-lhe quanto quis, enumerou todas as minhas namoradas, contou-lhe como eu era inconstante, falso, perjuro e... ai! estou perdido...

– Mas isso tem remédio. Vai à casa da tua futura, desculpa-te; e, se ela te ama, certo farás as pazes.

– Já fiz isso, e daí procede todo o meu mal. Entrei, fui mal recebido, porém tais coisas disse que por fim as pazes foram feitas; já nos entretínhamos com as festas do noivado, quando um macaquinho da futura... endiabrado macaco!... saltou-me no ombro, faço-lhe alguma festa, e ele faz isto...

Aqui o meu amigo mete a mão nos cabelos, dá um safanão e mostra-me um perfeito chinó que lhe encobria a grande calva.

– Ah! Macaco! Macaco! Se eu te apanhara hoje, dir-te-ia para quanto presto! O maldito, tendo o meu chinó na mão, principia a fazer macaquices, ora o põe na cabeça, ora deita-se dentro, ora atira-o para o ar. Que tormento! A minha futura ria-se como perdida, e dizia quando o riso lhe permitia: "Pois, vosmecê é calvo e quer casar sem dizer que usa de chinó! Como é feio!", e continuava a gargalhada. Que desgraça! Que desgraça, meu amigo! A notícia correrá por toda a cidade, e serei o ludíbrio de quanta moça há por aí... quem me quererá daqui em diante para amante, sabendo que eu uso chinó?!... Isso é que me aflige, porque o casamento já me não cheirava bem, e eu pretendia desmanchá-lo depois de São João.

Devo dizer aos leitores que o meu amigo ficava horrendo sem o chinó na cabeça. Ora figurem um homem com grandes suíças, bigodes, pera e barba comprida no queixo sem um só cabelo na cabeça, tendo por cima de tudo um rosto muito comprido, e terão o retrato fiel do namorado infeliz! Deu-me vontade de disparar a rir, principalmente pela causa de seu sentimento, mas não é meu costume aumentar a aflição ao aflito, e disse-lhe:

– Que desgraça, meu amigo! Que desgraça!

O banho russo
**João Manuel Pereira
da Silva**

1839

JOÃO MANUEL PEREIRA DA SILVA
Iguaçu (RJ), 1817 – Paris, França, 1898

João Manuel Pereira da Silva foi político, historiador e escritor. Filho de abastados comerciantes portugueses, estudou Direito em Paris e, ao retornar ao Brasil, entregou-se à ficção, sobretudo à narrativa histórica, algumas publicadas em jornais da época, como o *Jornal do Commercio*. Foi, também, fundador de um periódico, a *Revista Nacional e Estrangeira*, em parceria com Josino do Nascimento Silva. Atuou como deputado por sua província, vinculado ao Partido Conservador. Sua contribuição para a historiografia literária brasileira se deu com a publicação do *Parnaso brasileiro*. Escreveu também o volume biográfico dedicado aos *Varões ilustres do Brasil durante os tempos coloniais*, além do *Plutarco brasileiro*. Quanto à narrativa breve de fundo histórico, vale lembrar os seguintes títulos: *O aniversário de d. Miguel em 1828* e *Felinto Elísio e sua época*. Optamos, entretanto, por recolher aqui um breve e curioso conto que, concebido na fronteira com a crônica, relata a experiência, por recomendação médica, de um banho russo em Paris.

UMA FORTE DEFLUXÃO ME HAVIA ATACADO; NÃO ME PODIA ver livre dela com medicamentos caseiros; e de mais, quando esses me fossem favoráveis, os divertimentos de Paris e os meus mesmos trabalhos de estudante me proibiriam sua aplicação regular. Aconselhou-me um médico meu amigo o uso de banhos russos, que se haviam estabelecido na Rua Montmartre, por detrás da Galeria dos Panoramas. Dirigi-me logo para lá.

Depois de atravessar uma longa galeria toda envidraçada, cheguei-me a um criado que encontrei e declarei minha intenção de tomar um banho. Fez-me entrar imediatamente para um pequeno quarto e despir-me todo. Terminado tão interessante *toilette*, embrulhou-me em um capote riscado e forrado todo de lã, enfiou-me pelos pés umas chinelas de pelo de urso e convidou-me a segui-lo. Já esse prefácio da obra não harmonizava muito com minha expectação; resignei-me, porém, e fui obedecendo ao criado. Atravessamos outra galeria, onde reinava uma atmosfera muito quente, e entramos para um quarto. Fiquei aqui atônito por não descobrir banheira alguma, e, entretanto, o meu mentor mandou-me tirar o capote e descalçar as chinelas. Havia uma tábua inclinada pregada à parede e sustentada por dois pés que formava um leito todo cheio de furos de verruma. Deitei-me em cima, estendido como um morto. O criado abriu um tubo e começou o vapor da água fervendo a esquentar o quarto. Eu suava já como um mouro em terras d'África. O calórico foi subindo a grau que eu não podia sofrer. Gritei misericórdia, que me sentia abafado, sem poder quase respirar. O criado que estava a meu lado pôs-se a rir. Meus furores cresceram quando ele começou com um maço de ramos de ervas a açoitar-me o corpo todo, para, dizia ele, limpar-me completamente. O meu maldito verdugo demorou a terrível operação pelo espaço de dois minutos, que me pareceram dois séculos. Fechou o tubo e então o calor foi diminuindo; fez levantar-me, pôr-me em pé e estender as mãos para segurar em duas argolas que pendiam do teto do quarto, de modo que me conservasse bem direito. Note-se que o calor era ainda imenso, e que eu continuava como sempre a suar terrivelmente, quando o criado, sem cerimônia alguma, puxa por uma mola que estava pregada no teto e precipita-me sobre a cabeça e corpo uma coluna de água tão fria que parecia gelada. Não posso descrever a impressão que senti com tal metamorfose. Estremeci, dei um grito que ressoou por toda a casa e caí no chão tremendo como uma criança.

O criado entregou-se então à expansão da mais livre e viva alegria; suas risadas não ecoaram menos que o grito que me havia escapado.

– Vejo que não estais acostumado a isso – disse-me ele sorrindo.

– Nem estou nem quero estar – gritei-lhe eu mui seriamente. – E ordeno-vos que já e já me retireis desta fornalha e deste gelo, que para isto não foi meu corpo criado.

– Ainda não está finda a operação – continuou ele tranquilamente. – Se agora vos deixasse sair, correríeis risco; portanto tende a bondade de esperar um pouco.

Resignei-me ainda.

Escapei da água gelada e tornei a passar para o leito do vapor, que novamente me arrancou do desgraçado corpo uma imensa porção de suor.

Foi mais agradável, porém, nesta segunda vez, a operação da surra, porque apenas o criado me corria de quando em quando o corpo com uma grande esponja, sem fazer uso das varinhas com que me havia açoitado no primeiro ato da comédia. Voltei outra vez à água fria a refrescar-me sem vontade. Acabado que foi, conservou-me o criado por uns cinco minutos em pé, até que cobriu-me novamente com o capote, calçou-me as chinelas e passou-me para um terceiro quarto todo perfumado e cheiroso, onde havia um leito preparado suntuosamente. Deitei-me, cobri-me bem e ali conservei-me bom quarto de hora. No fim desse tempo trouxe-me o criado minha roupa e um indivíduo de óculos verdes, que se dizia médico. O insigne Hipócrates tomou-me o pulso, viu-me a língua e aconselhou-me que voltasse a tomar mais cinco ou seis banhos russos, que me acharia perfeitamente são de males passados e presentes, e não me recordo se também me afirmou de futuros. Quando ia saindo, apareceu-me o criado e pediu-me 5 francos pelo banho e 3 pelo médico. Fui puxando pelos cobres e pagando-lhe, quando ele, ainda sorrindo-se, me disse:

– Agora, senhor, alguma gratificação para o criado que tão bem vos tratou.

Olhei para ele fixamente e, atirando-lhe com mais 2 francos, fui saindo a toda a pressa do tal estabelecimento de banhos russos.

Escuso dizer-vos que não voltei lá mais.

Minhas aventuras numa viagem nos ônibus
Martins Pena

1839

MARTINS PENA
Rio de Janeiro (RJ), 1815 – Lisboa, Portugal, 1848

Luís Carlos **Martins Pena** foi o grande criador ou introdutor da comédia de costumes no Brasil, sendo conhecido, por isso, pelo epíteto de Molière brasileiro. A força de seu humor, explorando os ridículos e as desventuras das instituições locais e da sociedade brasileira, se faz sentir em produções excepcionais como *Os ciúmes de um pedestre*, *As desgraças de uma criança*, *Os dois ou O inglês maquinista*, *Os irmãos das almas*, *O Judas em Sábado de Aleluia* e *O diletante*, entre outras tantas peças impagáveis. A argúcia na captação dos costumes e tipos da época, revelada em sua produção cômica e farsesca, deixa-se entrever nesta que é uma de suas poucas incursões pelo gênero da narrativa breve, que flerta de perto com a crônica.

DEPOIS DE UM BAILE, O QUE EU GOSTO MAIS É DE UMA VIAGEM nos ônibus. Lá, como em marmota animada, veem-se cenas sérias, ridículas, engraçadas, enfim, tudo que pode acontecer entre pessoas de diferentes condições. O modesto cruzado faz o que não tem podido fazer imensidade de livros e sermões; pois nivela as condições e estabelece uma completa igualdade entre todas as pessoas que o possuem e querem fazer uma viagem nos ônibus. Abençoados ônibus!

Fiquei tão entusiasmado que estou quase fazendo uma minuciosa pintura deles... Porém não, isso levaria muito tempo; vou antes dar a relação da minha última viagem.

Eu fui um domingo pela manhã às Laranjeiras com a intenção de voltar à tarde em um ônibus; assim o fiz. Às seis horas já eu caminhava para comprar o meu bilhete, porém o ônibus ainda não tinha chegado, e eu tive de esperar com mais dois sujeitos que lá estavam.

– Ô compadre – dizia um deles para o outro –, o "onis" não chega, já é muito tarde e a comadre já deve estar arrenegada.

– Não faça caso... Oh! Ele ali vem!

O compadre tinha razão, o ônibus vinha chegando.

– É desaforo! – dizia um deles. – Estas "surpresas" (empresas) públicas devem ter horas certas e não fazerem a gente esperar; há mais de um quarto de hora já nós devíamos estar assentados!

Enfim o ônibus chega, e cada um de nós comprou o seu bilhete. Depois que as pessoas que vinham dentro saíram, eu e os dois compadres entramos e nos assentamos. Daí a cinco minutos chegou uma bela menina acompanhada de seu paizinho, e fui tão feliz que ela se assentou junto de mim. Oh! Que deliciosa coisa é estar no ônibus assentado junto de uma bela moça! Sobretudo quando ela não traz chapéu!!...

Em menos de dez minutos o ônibus estava com as pessoas que podia levar e, entre elas (ainda me lembra com zanga), estava um rapaz que me pareceu o namorado da minha vizinha e que tinha se assentado defronte dela. Eu estive quase furando-lhe os olhos com a bengala, porém contive-me.

Já íamos principiar a nossa viagem quando vimos um embrulho rolando pela estrada com direção a nós, e em pouco tempo conhecemos que era uma pobre mulher gorda como uma baleia, que corria a botar os bofes pela boca para poder achar ainda um bilhete. Coitadinha! Ficou logrolada! Que caretas que fez! Como eu tive pena dela, aconselhei-a que viesse rolando até a cidade, e em troco desse bom conselho, deu-me ela uma descompostura formal. E deem lá conselhos!

— O sr. Juca ainda não pagou — disse o recebedor, dirigindo-se para o namorado de minha vizinha.

— Aqui está o dinheiro — e puxando por uma nota de 5$ que ele teve o cuidado de fazer com que a sua amada visse, entregou ao recebedor.

— Eu já lhe dou o troco.

— Não é preciso, não é preciso, eu não faço caso de 5$.

E depois de mostrar esse heroico desprezo, olhou impavidamente para a sua amada.

— Bravo, bravíssimo — disse eu —, isto vai às mil maravilhas! Assim é que se namora!

Por mais esforços que fizesse o recebedor para que o nosso namorado recebesse o troco, não foi possível.

Enfim partimos, com grande satisfação dos dois compadres, e ainda não tínhamos dado vinte passos, quando o ônibus passando por uma vala deu um forte salto, e a minha vizinha, com o solavanco, caiu por cima de mim! Se eu fosse administrador dos ônibus, mandava fazer valas por todo o caminho e morava dentro de um deles.

Logo que principiamos a nossa viagem, eu senti que me pisavam no pé; no princípio pensei que seria acaso, porém eu recuava o meu pé, e o outro acompanhava-o sempre pisando. Por fim, estando já um pouco zangado com a teima, olho e vejo que era o nosso namorado que porfiava a pisar no meu pé, pensando pisar no da sua amada! Na verdade, tive vontade de dar uma risada, porém achei que era mais divertido desfrutá-lo um pouco, e logo que tive essa ideia, arrumo o pé que estava livre em cima do pé do sujeito. Oh! Se vissem o prazer que brilhou nos seus olhos! Ele fazia trejeitos, revirava os olhos, lambia os beiços, enfim todas as asneiras que é capaz de fazer um namorado. O brinquedo já não me ia agradando muito, porque os calos principiavam a doer-me; e o namorado, achando pouca sensibilidade no pé, pisava cada vez mais forte; por fim, já não podendo aturá-lo por ter machucado o meu melhor calo, disse-lhe muito arrebatadamente:

– O senhor pretende alguma coisa? Se me quer falar, não é preciso pisar-me.

Todos olhavam espantados para mim, o sujeitinho ficou branco como a cal, e a minha bela vizinha olhou para mim com tanta raiva que quase lhe disse: "Minha bela senhora, ainda que eu tenha muita sensibilidade nos pés, pode pisar neles todas as vezes que quiser". Porém, como não queria envergonhá-la, e como também o paizinho já olhava de través para mim, calei-me, e no meio de seus arrufos e das ameaças que me fazia o namorado, chegamos ao Largo do Machado. Aí principiou uma contestação entre os dois compadres.

– Ô compadre – dizia um deles apontando para uma bandeira holandesa que estava em um mastro –, sabes que bandeira é aquela?

– Sei – respondeu o outro –, é bandeira francesa.

– Pois não é; a bandeira francesa é perpendicular, e esta é às avessas.

– Às avessas! Ah! Ah! Essa não é má! – replicou-lhe o outro. – Assim não é que se diz, compadre. Você deve dizer: a bandeira francesa é perpendicular, e a holandesa, "oriental" (horizontal).

Uma risada geral se apoderou de todas as pessoas que tinham no ônibus, e os dois compadres, desconfiando por isso, saíram e continuaram a sua viagem a pé, fazendo desse modo esperar a comadre.

– Para! Para! – gritaram de uma porta na Rua do Catete. O ônibus para, e entra uma mulher velha e feia como uma bruxa; ela se assenta a meu lado, mas, enfim, havia compensação: se tinha uma velha de um lado, tinha uma moça de outro.

– O senhor gasta? – diz-me a velha puxando pela manga de minha casaca.

Eu calado.

– O senhor tem tabaco? – tornou a insistir a bruxa.

Ora, como dessa vez eu podia mostrar a minha vizinha que eu não era nenhum tolo, e que sabia meu bocado de francês, respondo em voz alta:

– *Je n'en ai pas.*[1]

– Eu não peço "jenipapo", eu peço tabaco – respondeu-me a velha.

---

[1] Em francês no original: "Não tenho". [N.E.]

Por essa vez fui o alvo das risadas; o nosso namorado, achando ocasião de vingar-se, ria como um doido, e a minha vizinha fazia coro.

No meio desses e de outros muitos acidentes, chegamos ao Largo do Rossio. Cada um tomou para seu lado. A minha ex-vizinha deu o braço ao paizinho e encaminharam-se para a Rua dos Ciganos, e o namorado, que tinha talvez o que fazer e não podia acompanhá-la, ficou olhando com olhos de lula, até que ela desapareceu.

Eu fui para casa, jurando passear nos ônibus todas as vezes que pudesse.

A caixa e o tinteiro
Justiniano José da Rocha

1836

JUSTINIANO JOSÉ DA ROCHA
Rio de Janeiro (RJ), 1812-1862

Justiniano José da Rocha foi político, jornalista e tradutor. Seu nome está associado ao início da prosa ficcional no país e ao Romantismo, mas acabou relegado ao esquecimento por ser considerado inábil para elaborar tramas narrativas convincentes ou envolventes. No jornalismo, sobressaiu sua índole panfletária, evidenciada em *Ação, reação, transação*. Fundou em 1836 o periódico *O Cronista*, em conjunto com Josino do Nascimento Silva. Seu nome entrou para a história oficial da imprensa do Império como jornalista maior, embora tenha sido tachado por seus críticos como porta-voz conservador, de pena alugada. Foi satirizado em caricatura do poeta e pintor Araújo Porto Alegre, em que aparece de joelhos, recebendo um saco de dinheiro do governante, quando de sua contratação, por alto salário, para redator do *Correio Oficial*. O conto que recolhemos aqui saiu no jornal que ele ajudou a fundar e permaneceu ali esquecido. Curiosamente, o protagonista da história é, também, um jornalista premido pelas demandas do ofício, sem inspiração para compor o artigo ou a matéria do dia. O maior interesse do conto talvez resida em seu caráter performático, fazendo coincidir o tempo e o tema da narrativa com os da própria narração.

> *Quoiqu'en dise Aristote*
> *et sa docte cabale*
> *Le tabac est divin...*

CONFIDENTE DISCRETA DE MINHAS MÁGOAS E DE MEUS PRAzeres, consoladora de minhas aflições, conselheira prudente nos lances apertados de minha vida, permite, ó minha caixa, permite que eu patenteie teus ocultos atrativos, que minha gratidão transborde e te tribute pública homenagem: sim, que de tanto és credora.

E tu, meu precioso tinteiro, tu, dentro do qual vai tantas vezes minha imaginação solicitar ideias, buscar palavras que as exprimam no mesmo passo que minha pena vai buscar o líquido preto que as deve fixar no branco papel, tu também, ó meu tinteiro, deves ter parte neste elogio; mas antes perdoa-me se alguma vez, desesperado por não saber o que deva escrever, impaciente te arranho com mais violência; se alguma vez irado, esqueço-me dos benefícios passados e em meu furor te amaldiçoo.

Não sejamos mal-agradecidos, que, como diz o provérbio, de mal-agradecidos está o inferno cheio; que a ingratidão é vício que desfeia a alma mais bem formada, que embota as mais agradáveis prendas; a ingratidão é crime, e assim a castigavam os antigos legisladores da Pérsia (como se pode ler no insigne autor da *Ciropédia*). Sejamos bem-agradecidos, que é esse um dos primeiros deveres do homem social; e assim, quem mais do que tu, ó minha caixa, quem mais do que tu, ó meu tinteiro, merece os meus louvores, pois que

> *C'est par vous que je vaux, si je vaux quelque chose.*[1]

diz um poeta francês, que tomo a liberdade de traduzir e de vos dedicar

> Se tenho algum valor, a vós o devo.

Realmente, quem se mete no duro ofício de jornalista, quem se obriga a ter regularmente à sua disposição em horas certas e

---

[1] Citação original de Nicolas Boileau: "*C'est par là que je vaux, si je vaux quelque chose*". [N.E.]

aprazadas, duas vezes por semana, ideias que interessem, expressões que as representem; quem se compromete a ter espírito e imaginação obedientes e dóceis como os membros do corpo (quando alguma paralisia, algum reumatismo ou qualquer outro inconveniente não lhe vem embargar os movimentos), faz dó, excita a compaixão se não sabe recorrer à sua caixa e a seu tinteiro, se não sabe avaliar quanto lhe podem ser úteis esses socorros; às vezes lhe há de acontecer o que me aconteceu hoje, e o coitado não terá os recursos que tive.

Há dias aziagos, dias em que o espírito do homem vê tudo através de um denso véu de descontentamento e aflição, diz Macbeth na insigne tragédia de Shakespeare. Ontem foi para mim um desses dias: chegou a noite e – para mais dobradas mágoas – todos os gatos da vizinhança passaram palavra para virem no meu telhado reunirem-se em concerto infernal, que causaria inveja aos estrondosos retumbantes compositores de música moderna; mal pude conciliar o sono, tive de me levantar, que era dia e já me batia à porta um sujeito a buscar originais para a imprensa, e eu nada tinha pronto; disse-lhe que voltasse dali a duas horas; e ponho-me a excogitar, a pensar, a meditar; baldado esforço! As ideias fugiam-me, a imaginação tinha sucumbido, o corpo estava lânguido, o sangue em agitação febril, ardiam-me os olhos, a cabeça, prenhe de maléficos vapores que o sono não havia dissipado, pesava-me peso insólito. Neste estado, como escrever? Oh, caixa, abençoada caixa, eu te avisto e rápido te abro, rápido alongo e junto o polegar e o índice, rápido tiro uma pitada, rápido a sorvo.

Oh, caixa, bendita caixa! Eis que já se me alivia a cabeça, dissipam-se os vapores que a obstruíam, e que nela fizeram fermentar uma noite maldormida; sinto-me mais disposto; agradecido, lanço-lhe os olhos amorosos, sorvo segunda pitada e vou-me sentar à banca: já sem receio, encaro o cândido papel que vai receber o depósito de meus pensamentos, já minhas ideias se vão classificando, já minha imaginação não foge espavorida. O que é que devo escrever? Eia, meus conselheiros, respondam-me.

Pego numa pena, examino-lhe os bicos, acho-os a meu contento, levo-a ao meu tinteiro e remexo-o, e do tinteiro salta a resposta. Escrevo para experimentar a tinta: folha literária. O oráculo falou, há de ser uma "folha literária", mas qual será seu assunto, qual sua ideia geradora? Introduzo de novo a pena no tinteiro e, remexendo-o de novo, continuo o meu solilóquio ou monólogo (se gostardes das etimologias gregas, sirva-vos o segundo; se das latinas, sirva-vos o primeiro; deixo isso a vossa escolha). Tomarei por tema alguma dessas grandiosas palavras ocas de significado, que tanto outrora nos estrugiram os ouvidos? Tratarei de alguma dessas profissões lucrosas ou gratuitas, que tantos ambicionam? Pintarei esse pobre cidadão pacífico, que um conselho de disciplina manda dormir três noites em uma fortaleza, porque ele não quis passar em claro metade de uma, deixando-se ficar em casa em vez de ir apanhar defluxo rondando pelas ruas? Descreverei o agradável sobressalto com que acorda e se levanta esse desgraçado juiz de paz, que foram despertar à meia-noite para participar-lhe que em seu distrito se havia cometido um assassínio e que viesse formar o corpo de delito? Mostrar-vos-ei esse empregado público, para quem só é dia das oito horas da manhã por diante, que só então desperta, estende os braços, espreguiça-se e põe-se a examinar se não padece algum incômodo que o dispense de ir para a sua ocupação? Ou então, deixando em paz as diferentes classes de cidadãos com seus vícios e suas prendas, acompanhar-vos-ei a alguma reunião familiar em que se converse e brinque, e em que vos faça ver moços e moças entretidos nos tão queridos jogos de prendas, que os franceses chamam jogos inocentes? Ou antes, assistirei convosco a um grande baile, notando-vos as mãos que se apertam, os pés que por casualidade se encontram, fazendo-vos ouvir essas tão preciosas conversas em que tantos segredos se revelam? Preferirei trajar lutuosas vestes e, inspirando-me com a lúgubre leitura das melancólicas páginas do choroso Young, descer a algum cemitério, a essa morada dos mortos, mansão do silêncio eterno, do perpétuo descanso? Ou, emprestando-me os poetas descritivos suas cores, irei convosco passear numa bela noite de luar e fazer-vos, gozosos, respirar a fresca e pura e balsâmica emanação das flores que se abrem com o benéfico influxo da lua?

Então cessei de revolver a pena no tinteiro: ele já me havia prestado o auxílio que lhe pedia; e tratando de decidir-me sobre um de tantos assuntos, dei-me pressa de procurar minha caixa, minha amiga, minha conselheira. Acho-a, ponho-a diante de mim e com vagar religioso – qual o do sacerdote que se dispõe a consumar o divino sacrifício –, eu a fui abrindo, abrindo até que ela patenteasse a meus olhos esse pó umedecido e aromático a que a arte do homem e seu engenho sabe reduzir à planta benéfica, que o Brasil agradecido adotou e fez resplandecer em suas armas.

Oh! Minha caixa! Bendita caixa! Quanto não te devo; sim, tu me lembras bem, e eu sigo teu conselho; queres que no lugar do título eu escreva: "Noite de luar". Eis-te satisfeita e eu também.

E na verdade, sob esse título, que lindas descrições não poderei eu fazer; com que cores tão finas não pintarei eu esse ameno painel; quantos variados incidentes não acharei eu para animar a minha cena! Sim, minha caixa, sim, meu tinteiro, eu vos agradeço e desde já vou escrever minha folha literária sobre a noite de luar.

Mas, amigo leitor, enquanto assim divago, enquanto assim converso com meus dois conselheiros, enquanto vos ponho na confidência dos conselhos que me eles dão, o tempo, que por ninguém espera, vai passando, e eis que chega o impressor em busca dos prometidos originais, e por ora, oh! desgraça!, só o título tenho escrito! Que remédio, que volta hei de dar-lhe? Sirvam por hoje estas rabiscadelas, e na ocasião mais próxima conversarei convosco sobre a noite de luar; então vagueará com o meu o vosso espírito; por ora, contentai-vos (que eu também me contento) com esta conversação que tive com minha caixa, com meu tinteiro.

Bendita caixa, bendito tinteiro! Ainda mais essa obrigação vos devo: destes-me fácil assunto para uma folha literária.

Parte 4
Intriga

Carlotinha da mangueira
Gentil Braga

1869

GENTIL BRAGA
São Luís (MA), 1835-1876

Gentil Homem de Almeida **Braga** foi poeta e escritor, geralmente mais lembrado pelo poema "Clara verbena" e pelo romance *A casca da caneleira (steeple-chase)*. Já no livro *Entre o céu e a terra*, encontramos uma amostra significativa de seu talento como folhetinista e contista. Neste último caso, elegemos uma das mais felizes realizações do gênero no contexto romântico brasileiro, seja pelo enredo envolvente, seja pelo domínio da técnica narrativa do contista, revelada no ritmo e na concisão da narrativa iniciada *in media res*, sem concessões ao melodramático, apesar da história trágica da protagonista. Trata-se de uma personagem ambivalente e instigante, pelo comportamento obsessivo e inquietante em suas frequentes caminhadas em direção a uma mangueira. O conto é estruturado por meio dos vocativos ou interpelações dirigidas pelo narrador a essa *menina a caminho* – lembrando a protagonista de Raduan Nassar na novela homônima. Essa estrutura indagativa, como que dialogada, embora sem a resposta da interpelada, confere uma dimensão *dramática* ao narrativo, configurando já uma fusão de gêneros cara à estética romântica, que parece se confirmar ainda mais pelo emprego de certos recursos poéticos que cadenciam a prosa, como as recorrências ou repetições de sintagmas inteiros e as aliterações que ressoam aqui e ali. O conto é marcado por presságios e por certa abertura para o fantástico, apesar de relativizado pelo desfecho (coisa frequente nos contos da época, quando operam com a sugestão do mágico e sobrenatural).

AONDE VAI A MENINA A ESSAS HORAS, TÃO SÓ E PENSATIVA, sem que se lhe dê do ardor da calma, nem do vento cálido a lhe queimar o rosto? Que pensamento a dirige para a sombra da mangueira coberta de amarelos e de vermelhos frutos?

Não há no enleio nem na sisudez de sua figura a expressão indizível da amante; não se lhe pinta no olhar a imagem da paixão; não mostra nos gestos o incentivo do recreio; vai num enlevo de alma incompreensível buscar a sombra da mangueira coberta de amarelos e de vermelhos frutos.

É débil a menina como o junco da beira da água, e, como ele, direitinha e flexível; parece que um sopro a torce e que a instantânea duração de um beijo a pode sufocar; nos lábios nunca se lhe viu o riso e dos olhos jamais lhe correu o aljôfar de uma lágrima. E tão só e pensativa vai em procura da sombra da mangueira coberta de amarelos e de vermelhos frutos.

Nas noites de luar dorme sempre a menina ao relento em uma esteirinha leve e ao sopé de um jasmineiro. Nas noites escuras vela até alta madrugada à luz de um antigo candeeiro, brincando com uma borboleta negra que uma vez lhe pousou no ombro e que, depois de morta, foi guardada num branco envoltório de cânfora.

Logo que se ergue da esteirinha leve e antes que seja nato o sol, a menina procura as roseiras do seu rosal e bebe o orvalho das flores; quebra o grelo mais viçoso e o esconde no seio da terra; tira da haste mais elevada uma folhinha verde e guarda-a na boca.

De tarde a menina beija a brisa que passa e na voz imita o gorjeio de uma ave; solta os cabelos defronte do sol, que lhos doura de mil reflexos; derrama um copo de água sobre as raízes de um limoeiro e senta-se, por fim, na areia, imóvel e calada, volvendo entre os dedos uma conchinha rosada que seu irmão lhe deu.

Um dia viu ela um pirilampo a esvoaçar sobre o seu vestidinho branco e assustou-se; de outra vez ouviu o canto do acauã e entristeceu; lavou, por fim, uma criancinha morta e tremeu convulsivamente.

Mas aonde vai a tais horas a menina, pensativa e só, procurando a sombra da mangueira altiva, que enche os ares com a copa de sua folhagem viçosa, coberta de amarelos e de vermelhos frutos?

Gira em torno do tronco a menina até que de fatigada cai no chão; depois que se lhe extingue a vertigem da roda, recomeça ela o giro para de novo cair; três vezes se ergue e outras tantas volteia; cessa, por fim, de mover-se e procura abrir com os dedinhos fracos o tronco da árvore em lugar nodoso e velho. Corre-lhe sangue dos dedos e a menina solta um grito agudo de tristeza e de dor.

Por que faz ela isso e o repete sem cessar? A menina foi rica no seu berço e viu depois a miséria à sua mesa. O pai, empobrecendo, suicidou-se; a mulher do suicida morreu louca no hospital. Um irmão da menina faleceu naufragado, vindo em um navio cheio de ricas mercadorias. Tão só e desprotegida, a menina recebeu abrigo em casa de sua madrinha e com ela vive.

Depois que se passou o ano de luto, a menina começou a ter sonhos e a ver neles a imagem fantástica do pesadelo afortunado, sempre a lhe pousar sobre os seios, a rir-se, a brincar e a fazer-lhe promessas enganosas.

A menina o vê nas proporções minguadas de um boneco, mas lindo, vivo, vestido de azul e com um barretezinho dourado na cabeça; a menina o ouve e deixa-se seduzir pela linguagem harmoniosa do gênio da riqueza.

E o pesadelo lhe canta uma cantiga que assim diz:

Eu dou a riqueza aos pobres para que eles possam viver felizes.

Dou palácios encantados à margem de uma lagoa azul, à sombra de uma floresta verde, no meio de jardins viçosos.

Na mesa dos meus palácios reina constante o banquete; as mais esquisitas iguarias, as mais doces e sazonadas frutas e os mais delicados vinhos nela contentam o paladar dos que têm fome e sede.

Sempre o festim alegra os meus convivas; fulgem mil luzes nos cristais das salas; grata harmonia desprende-se dos caprichos musicais; o tapete macio esconde os pés dos que dançam.

Nas alcovas do sono tranquilo embala a cama suavemente ao que nela se deita; arde o perfume nas caçoulas douradas e o rouxinol acordado canta no rosmarinho da janela para adormecer ao que deseja dormir.

Amor impera nos meus palácios encantados e vive à luz da beleza dos dois sexos; Vênus Astarte percorre constantemente os meus domínios, espalhando rosas e beijos por onde quer que passe; a saúde derrama a alegria em todos os semblantes.

A mocidade eterna é o dom querido partilhado aos meus eleitos; quando um raio de luar triste lhes quer pratear os cabelos, um outro do sol formoso os doura e ameiga e os torna luzentes e crespos.

A tristeza e o cuidado jamais entraram às portas dos meus palácios encantados; o tédio e o desgosto sempre fugiram espavoridos dos meus prazeres; a morte não ousa aproximar-se das arcadas dos meus vestíbulos.

Feliz o que pode, dormindo, erguer os braços e apoderar-se do meu barretezinho dourado; terá com a posse dele a chave da minha fortuna e tudo o que me pertence lhe pertencerá também.

E ai daquele que, por mim escolhido para lhe cantar sobre o peito, não conseguir erguer os braços e apossar-se do objeto mágico, que serve de enfeite à minha cabeça. Esse, de tão infeliz que é, poderá com muito custo abrir com os dedos o tronco da mangueira em lugar nodoso e velho para encontrar no âmago o anel brilhante, que, metido em um dos meus dedos, me prenderá para sempre.

—

Assim cantava o gênio da riqueza, e a menina, de ouvi-lo à noite, folgava no desabrochar risonho da esperança, mas sem que de vez alguma pudesse erguer os braços e colher nas mãos o objeto mágico, lindo enfeite da cabeça do gênio.

E, de tão infeliz que era, ia todos os dias nas horas da calma à procura da sombra da mangueira e, depois das três voltas em redor do tronco, procurava abrir com os dedinhos fracos a casca nodosa e velha da árvore, sem conseguir penetrar o âmago, onde se esconde o anel brilhante da prisão, dando, por fim, um grito agudo de tristeza e de dor, e vendo os dedinhos feridos e o sangue a correr para o chão.

Carlotinha, Carlotinha, por que não te alegras como as meninas da vizinhança, que vão à missa aos domingos e voltam contentes;

que trabalham de dia, cantando, e à noite conversam entre si, rindo e gracejando umas das outras; que escolhem noivos entre os rapazes da terra e vivem satisfeitas da existência que têm?

Se fosses à missa, eras um anjinho de mais para a igreja e uma nuvem de incenso branco e perfumoso para o turíbulo; serias, se trabalhasses, a imagem da alegria, estampando-se na costura ou no bordado; se escolhesses um noivo, todas as tuas companheiras te invejariam a sorte.

Carlotinha, Carlotinha, por que não choras como aqueles que sofrem e no pranto encontram alívio às mágoas do espírito e do coração? A lágrima é consolo e bem-aventurado é aquele que chora, porque a divina bondade o socorreu na aflição e derramou-lhe o bálsamo santo do conforto nas feridas de suas dores.

Mas a menina não chora e nem ri; tão só e pensativa procura sempre a sombra da mangueira nas horas calmosas e fere os dedos, cavando-lhe o tronco em lugar nodoso e velho.

—

Caiu a tarde no vale e na pitombeira do mato o acauã cantou o seu canto agoureiro; voz tristonha e monótona acordou os ecos da campina, e quem ouviu o canto pensou na desgraça que em breve sucederia.

Só Carlotinha não ouviu o canto da ave pressaga, tão pensativa estava a olhar para o sol e a sacudir os cabelos, a molhar as raízes do limoeiro e a revolver nas mãos a conchinha rosada que seu irmão lhe deu.

À noite, velou a menina junto do candeeiro antigo e brincou com a borboleta escura, que um dia lhe pousou no ombro e que ela guardou com cuidado no branco envoltório de cânfora.

Ao cair lento dos orvalhos da madrugada, saiu a menina ao terreiro do sítio e procurou as roseiras do seu rosal. Mas não pôde beber o rocio que umedecia as flores, porque as flores estavam secas; não quebrou o grelo viçoso para o esconder na terra, porque os galhos estavam duros; não apanhou a folha verde, porque todas estavam murchas.

Ao nascer do sol, estava Carlotinha encostada ao tronco da mangueira, imóvel, inteiriçada e fria, tão fraca e branca, tão triste e linda, que fazia dó o ver-se-a, e o coração se apertava. O primeiro raio do sol, beijando a boca da menina, vibrou nela um som fraquinho e harmonioso; de todo o seu corpo desprendeu-se a música suave do vento a bater nas folhas da anêmona e, quando a procuraram nas horas calmosas do dia, viram-na morta e encostada ao tronco da mangueira.

No dia seguinte falava-se e dizia-se que Carlotinha, a doida, tinha cessado de sofrer.

O grande vaso chinês
Flávio d'Aguiar

1877

FLÁVIO D'AGUIAR
Local e data desconhecidos

Flávio d'Aguiar (ou de Aguiar em algumas das ocorrências) é nome sobre o qual não se tem nenhuma referência biográfica. Não se sabe se é, de fato, um autor que ensaiou o gênero ficcional nas páginas de um periódico como *A Ilustração Brasileira*, mas sem levar adiante seu talento, publicando em livro e se afirmando como escritor, ou, hipótese menos provável, embora não descartada de todo, se é pseudônimo de um autor conhecido apenas em âmbito local, o que não era incomum no período. Nas páginas de *A Ilustração Brasileira*, estampou uma crítica do então recém-publicado romance *O Cabeleira*, de Franklin Távora, que era também colaborador do mesmo periódico, onde saíram algumas de suas contribuições para o gênero. Mas, além da crítica, d'Aguiar assinou, em diferentes números do mesmo periódico, algo em torno de meia dúzia de contos, que se enquadram em diferentes modalidades do gênero: conto filosófico, regional, fantástico etc. São todos de interesse, mas parece avultar entre eles o conto aqui reproduzido, não só pelas notas de fantástico como também por certa matéria e imaginário orientalistas, bastante explorados pelo exotismo romântico europeu, mas pouco comum na literatura brasileira da época.

NO SALÃO DE MEU PAI HAVIA UM GRANDE VASO CHINÊS, MUITO grande, com um bojo enorme coberto de desenhos extraordinários. O seu gargalo era alto e ia se alargando até a extremidade. Os meus braços de criança não podiam abranger a metade desse vaso.

Passava horas inteiras a olhar para os mandarins tão majestosos nas suas capas esplêndidas e a admirar suas mulheres graciosas e afetadas, que se vergam como as flores aos beijos de uma brisa amorosa. Nada igualava o meu respeito pelos soldados, com seu porte feroz e suas terríveis alabardas douradas.

As flores fantásticas enviavam-me o seu perfume singular, que subia ao meu cérebro infantil, exaltava-o e o fazia percorrer loucamente esse belo país dos sonhos, em que a infância cheia de fé e de pureza apaixonada habita.

Como eu tinha então medo dos horríveis dragões com suas caudas compridas e intermináveis! E de quanta coragem, esforços e raciocínios eu me revestia para resolver-me a afagar seus dentes amarelentos e pontudos.

Via-se em um terraço de bambus de arquitetura fantástica duas crianças chinesas vigorosas e robustas. Elas foram-me bons amigos, pacientes, complacentes, atenciosos, impassíveis, mas simpáticos; e, sem mostrarem-se desgostosos, prestavam ouvidos às longas histórias que, agachado perto do grande vaso, eu lhes contava longamente e em voz baixa.

Poucos camaradas deixaram-me tão agradável recordação.

....

Mas vou falar-vos, cheio de uma emoção pungente, da predileta dos meus primeiros anos, de Tcha-Tcha, minha amiga, minha favorita, a depositária fiel dos meus segredos, que nunca há de revelar.

Ah! Se ela repetisse hoje o que eu lhe disse outrora, os meus belos sonhos, as minhas sublimes ambições, as minhas esperanças, eu quebraria em primeiro lugar o grande vaso chinês.

Não poderia fazer ideia da beleza de Tcha-Tcha. Ela tinha a pele tão alva que fazia sobressair o escarlate do seu ventre, e a seu lado via-se um mandarim com as suas barbas compridas e negras. Tcha-Tcha não era garrida. Nunca olhava para o mandarim, que, entretanto, parecia ser abastado! Desde que me conhecia, só para mim olhou – espreitei-a mais de uma vez durante horas inteiras; ocultei-me traiçoeiramente para espiá-la, fingi também dirigir finezas a uma das suas vizinhas, que era uma magricela desenxabida que tocava guitarra. Queria ver se a cólera e os ciúmes alterariam sua constância e sua virtude.

Não! Fiel e terna Tcha-Tcha! Tu continuaste a ser a mesma! Tu nunca mudaste para mim! Tu estás sempre aí, pronta e disposta a ouvir-me! Sorris para mim como no primeiro dia!

És fria, mas és boa. Tua afeição assemelha-se ao mármore de Carrara: gelada, mas eterna!

Do fundo do meu coração, eu te agradeço e te bendigo, Tcha-Tcha! Se não te enterneces ouvindo as minhas dores; e se uma lágrima não umedece a porcelana de tuas faces quando te relato as minhas misérias e a minha desesperação, também não me exprobras minhas infidelidades, a minha fuga, o meu esquecimento, as minhas loucuras.

Tcha-Tcha trajava um vestido azul; de seu colo pendia um colar de ouro e um diadema cingia a sua cabeça. Estava repotreada em uma poltrona enorme, com rodelas. Com uma das mãos manuseava um leque e com a outra, um lenço. Sua boca era breve; seus olhos eram grandes e os sobrolhos bastos, dos quais filtrava um olhar que dardejava setas agudas... que me feriam o coração!

Eu amava Tcha-Tcha. A ninguém confiara o meu amor. Meu pai e minha mãe nunca o souberam. Creio que minha irmã mais moça adivinhara parte do meu segredo, mas creio também que nunca soube qual foi a bela mulher do grande vaso que se dignara distinguir-me.

Não há um só acontecimento da minha infância que eu ocultasse de Tcha-Tcha. Consultava-a toda vez que alguma dificuldade se opunha à minha marcha; e ela sempre tomou o meu partido. Lembro-me como ela se indignava contra a brutalidade de meu irmão mais velho, que costumava maltratar-me. Ela fez mais. Uma noite que ele brincava no salão, caiu junto do grande vaso e ergueu-se, furioso, com uma enorme contusão na testa. Julgou-se que ele tinha batido com a cabeça de encontro ao vaso. Eu não disse coisa alguma, mas sabia que todos se equivocavam. Compreendi logo que Tcha-Tcha tinha querido punir meu irmão e reparei, no dia seguinte, que no seu leque havia uma pequena mossa – ela dera com o leque uma forte pancada na testa de Jorge, porque Jorge me esmurrara as ventas de manhã, o que eu tinha contado a Tcha-Tcha!

Ao sentimento muito terno que me inspirava essa amiga juntava-se uma ardente curiosidade.

O gargalo do vaso, coberto de flores e de lianas no meio das quais esvoaçavam pássaros de cores inauditas, era muito alto para que eu pudesse atingi-lo. Apenas trepando em uma cadeira eu podia descortinar esse mundo maravilhoso onde desabrochava a mais incrível vegetação exótica.

E, ademais, que mistérios insondáveis ali se ocultariam? Eu sacrificaria de bom grado todos os meus brinquedos para mergulhar a vista nesse pélago profundo. Eu ardia em desejos para descobrir esse país encantado.

Um dia, vendo-me sozinho por acaso, cheguei uma cadeira ao grande vaso; trepei na cadeira, pus-me nas pontas dos pés e procurei, não sem muito custo, chegar ao orifício do abismo.

Mas fui bruscamente interrompido no meu assalto pela criada velha da casa que, com um braço vigoroso, me obrigou a saltar da cadeira para o assoalho.

– Quereis morrer, menino?

Afirmei-lhe que não.

– Mas se o vaso caísse sobre vós.

Enrubesci à ideia da situação comprometedora em que se veria Tcha-Tcha; baixei a cabeça, soltando um "oh!".

– Certamente que era possível; e o menos que poderia acontecer era quebrardes um braço ou uma perna.

Sorri, porque eu conhecia perfeitamente Tcha-Tcha e sabia que ela não era capaz de fazer-me mal.

– Ah! Ristes! Pois bem, vou dizer a minha ama; e ela vos proibirá de aproximar-vos do vaso.

Desatei a chorar, lembrando-me que iam separar-me de Tcha-Tcha.

– Perdão! – exclamei, debulhado em lágrimas. – Perdoai-me! Eu não estou rindo; pelo contrário, eu choro! Prometo não repetir o que fiz hoje!

– Pois bem – disse a criada enternecida. – Não choreis mais e nada direi à senhora!

Quinze anos se passaram.

A loucura e as paixões me arrastaram para longe da casa paterna. Eu corri o mundo, amei, sofri e, um belo dia, desalentado, o filho pródigo veio bater à porta materna. E o filho pródigo estava pobre.

Abriram-lha e ele entrou com a cabeça baixa. Sua mãe hesitou em abraçá-lo; sua irmã estendeu-lhe os braços e depôs nas faces do transviado um beijo virgem e tão quente como o sangue que borbulhava-lhe no coração!

O pai tinha desaparecido...

Quando o deixaram sozinho no salão paterno, salão que lhe pareceu maior que outrora, porque várias pessoas que nunca mais regressariam tinham desaparecido dali, o filho pródigo deu com os olhos no grande vaso chinês e viu pregados em si os olhos de Tcha-Tcha.

Então, o que a presença de sua mãe, cujos cabelos tinham embranquecido, o que sua irmã, que tinha crescido, sem encostar-se ao seu braço, o que esse salão, povoado de saudades, não puderam obter, Tcha-Tcha obteve com um simples relancear de olhos.

O filho pródigo soltou um grito pungente e caiu de joelhos perto de Tcha-Tcha, a amiga adorada de sua infância, e pregou os lábios sobre essa figura pálida e alva:

– Oh! Tcha-Tcha, como eu sou infeliz, e quanto tenho para dizer-te! Se soubesses quanto tenho sofrido e quanto me fizeram sofrer aquelas por quem eu te abandonei, te compadecerias de mim! Tcha-Tcha, eu estou velho e alquebrado!

"Hoje, ajoelho-me para falar contigo, contigo cuja boca, quando eu era pequeno, ficava na altura da minha!

"Tudo está mudado!

"Amei as outras como te amei outrora do fundo d'alma e devorado por uma ardente necessidade de ternura e de afeição.

"Elas enganaram-me, atraiçoaram-me, abandonaram-me!

"Zombaram de mim!

"Essas dispensadoras da moeda do amor riram de mim e motejaram-me!

"Ora, Tcha-Tcha, tudo está acabado; venho aninhar-me no teu coração, onde vazarei toda a minha dor."

Então o filho pródigo lembrou-se do que a criada velha lhe dissera: "Nesse vaso nada há que preste. E no seu bojo só encontrareis coisas más".

E como o filho pródigo tinha crescido, pôde verificar que era real tudo quanto a criada velha lhe havia dito.

No fundo, viam-se algumas folhas mirradas e talos quase reduzidos a pó. Uma mosca desgarrada ali jazia quase inânime... Viera respirar o último suspiro de uma flor moribunda.

E no meio das lianas e das plantas, volteavam pássaros fantásticos, qual fantasmas sem ilusões e sem alento!

O filho pródigo viu passar diante dos olhos os sonhos dourados da sua infância, com o seu cortejo de flores, de borboletas, de alegria e de um sol esplêndido.

Recolheu um eco longínquo e bem enfraquecido dos romances infantis que improvisava a sua bela Tcha-Tcha.

E o grande vaso chinês ouviu o filho pródigo expor a sua mãe todas as suas dores.

Desde então ele sai poucas vezes e vive mergulhado na mais intensa agonia. Sua mãe aconselha que se case, mas não com uma filha do celeste Império. Mas o filho pródigo conserva-se inabalável e jura, em presença de sua mãe, que nunca mais a abandonará!

Um enforcado –
O carrasco
**Josino do
Nascimento Silva**

1837

JOSINO DO NASCIMENTO SILVA
Campos dos Goytacazes (RJ), 1811 – Rio de Janeiro (RJ), 1886

Josino do Nascimento Silva foi político e magistrado, atuando em vários cargos públicos ligados à direção da Secretaria de Justiça, da Instrução Pública e do Conservatório Dramático do Rio de Janeiro, além de se projetar como jornalista, tendo sido um dos fundadores do jornal *O Cronista*. Suas incursões pela literatura parecem ter permanecido dispersas em periódicos. É o caso do conto reproduzido aqui, cujo interesse e força residem na representação de uma cena de rua em que a violência social do sistema vigente converte-se em espetáculo para entretenimento da população. A denúncia do horror associado ao "espetáculo" bárbaro e à atitude infame da "plateia" torna-se tanto mais impressionante quando se considera que ela parte de uma voz que traduz a visão de um político vinculado ao Partido Conservador e que é enunciada num período muito anterior ao das gerações românticas que viriam a se ocupar mais frequentemente da violência associada ao escravismo.

ERA NUM SÁBADO. O DIA HAVIA AMANHECIDO TRISTE; O SOL não podia desfazer com seus raios a espessa escuma que os cavalos de seu coche tinham espalhado; ameaçava chuva. Tenho eu por costume, logo que acordo, chegar à janela a ver se há alguma novidade e nesse dia, apesar do tempo, não deixei minha devoção: abri as janelas e passei com uma vista de olhos perscrutadora revista pelas casas de meus vizinhos – que, de passagem o devo dizer, são ótimas pessoas. Notei nelas desusado movimento, parecia dia de festa, ninguém trabalhava, todos chegavam de vez em quando à janela com certo ar de impaciência. "Que será isto?", dizia eu comigo. "Há novidade na rua"; e em conjeturas, umas mais extravagantes que outras, passei um bom quarto de hora, sem atinar com o motivo da impaciência dos meus vizinhos e vizinhas. Cheguei mesmo a pensar que todos eles tinham virado judeus, e como tais santificavam o sábado; mas a esse pensamento se opunha o tê-los eu conhecido no dia anterior mui bons cristãos, todavia como em homens não há que fiar...

– Ó Maria – dizia uma vizinha batendo com o pé na casa –, traz o meu vestido novo.

– Qual, senhora, o de Lucrécia?

– Não, que esse é muito escuro; traze aquele que tem rosas pintadas. Maldita escrava! Ele não há de tardar a passar, e eu ainda não estou vestida, ainda me não penteei. Maria! Maria!

Não tem dúvida, é dia de festa. Mas que festa? Hoje não é dia santo, não há procissão... Quem será esse *ele* que há de passar? Será coisa pertencente à menina? Mas então por que razão todos se aprontam? Maldita curiosidade! Se tu não foras, tanto me não impacientaria por saber o que se passa hoje na vizinhança.

Um tanto desacoroçoado retirei-me da janela, e porque sou por natureza curioso não desamparei a sala: sentei-me à banca, peguei em um livro, era... se bem me lembro, era o *Último dia de um condenado*. Lia eu o capítulo em que o condenado no Hôtel de Ville sofria os preparativos necessários para a guilhotina... Lia, disse eu! É falso: a minha curiosidade não me permitia dar atenção à leitura. Atirei com o livro, dei um passeio pela sala, cheguei de novo à janela – o mesmo movimento, o mesmo enigma. "Hei de saber tudo, hoje não saio de casa..."

– Esmola para o nosso irmão padecente! – esse grito soou a meus ouvidos como o som lúgubre do ranger de ossos de um esqueleto ao pino da meia-noite. Fiquei imóvel, os cabelos se me eriçaram, eu vi tudo... Era um homem que ia morrer e para cujo enterro, e para salvação de sua alma, já se pediam esmolas... Não ouvi mais nada, nada mais vi, silêncio de morte se seguiu a esse grito e, só depois que o ouvi outra vez, voltei a mim, recuperei todas as minhas faculdades. Então quis examinar esse homem que por sua boca soltava palavras tão geladas que gelavam o sangue dos que as ouviam. Era um velho vestido de negro, negra capa estava sobreposta à sua casaca, empunhava uma vara também negra e na outra mão trazia a sacola em que se depositavam as esmolas, era um irmão da Misericórdia. Seus cabelos brancos faziam contraste com seus vestidos. O irmão da Misericórdia trazia em si as imagens do luto e da mortalha que devia cobrir os membros desse desgraçado, morto antes de morrer.

A confusão recrescia em casa dos meus vizinhos, uns gritavam, outros batiam com o pé, outros castigavam os escravos por demoras que só existiam na imaginação e que a impaciência fazia maiores. "Nada entendo disso, cada vez mais se baralham minhas ideias." Pois quando todos se deviam recolher em suas consciências, investigar sua pureza e rogar a Deus por um miserável, que por ser criminoso não deixa de ser homem, é que vejo tanta e tão estranha confusão! És incompreensível, natureza humana! Jogo de paixões contraditórias, obedeces a todas e assim vives!

– *O Chronista*! – gritaram na escada. O diabo leve *O Chronista* e seus redatores! Que me importo agora com o que faz o ministério? Atirei o jornal para cima da mesa, mas não me tendo sido possível descobrir o enigma em ação que se representava em minha presença, e porque sou curioso como uma mulher, lancei os olhos para as doze colunas do *O Chronista* e li a seguinte notícia: "Hoje é o dia destinado para a execução do escravo que assassinou o caixeiro do senhor, na rua do Rosário".

Bem haja *O Chronista* e seus redatores! Foram eles quem me tiraram do estado cruel de incerteza e dúvida em que me achava, e eu vi tudo – bem como aquele que nunca mais perde de vista a forma humana que oferecem algumas paisagens na distribuição e disposição de certos objetos inanimados, depois que pôde reunir os traços que formam essa imagem de homem –, eu vi tudo, todos os traços estavam reunidos, meus vizinhos e vizinhas preparavam-se para ver passar o cortejo fúnebre: o crime foi perpetrado na minha rua, o exemplo devia passar pela porta – tudo estava decifrado e nada podia mais me escapar da ideia.

És incompreensível, natureza humana! Por que força essas donzelas tão fracas, tão achacadas de desmaios, preparam-se para ver passar um padecente! Que mistério é esse! De onde tiram elas essa força? Da educação, sim, que a natureza não dá forças contra si, que o ente por compleição fraco não pode se tornar forte sem uma preparação anterior. Vede! É um homem, e a esse homem vão matar... matar, sim; e vós fazeis mais brilhante com vossa presença o cortejo que o acompanha; o riso está em vossos lábios quando a humanidade solta pungentes gemidos; vós acompanhais o enterro do homem que ainda vive, não chorais sobre as misérias da humanidade, vossos vestidos são de gala, assistis a uma execução como assistiríeis a uma festa.

Eu também quero fazer um esforço, quero ver para contar; verei como se exerce a alta justiça da sociedade; verei dar morte natural para sempre a um pobre homem. Mas antes verei passar o cortejo, a minha casa é ótima para isso. Venha a roupa! E a confusão que havia em casa de meus vizinhos passou-se para a minha, há pouco tempo tão sossegada e taciturna. Tudo era desordem, vesti o colete às avessas, e quando estava na rua é que reparei que tinha calçado o botim do pé esquerdo no direito e vice-versa. Eis-me vestido, abri as janelas e, impaciente, ora chegava a uma, ora a outra: "Que demora! Que crueldade!". O povo principiava a juntar-se no canto das ruas, o que indicava a proximidade do padecente.

Dois soldados de cavalaria aparecem no canto, após eles vinha o pendão da Misericórdia: todos se alegraram, e se não repetiram o verso de Filinto,

Lá rebenta o pendão junto ao rocio,

é porque o não sabiam.

Era a bandeira da Misericórdia; e que recordações gratíssimas e dolorosas não excitou em minha alma essa vista! Oh! Belos tempos em que me contavam as virtudes dessa bandeira! O padecente olhava para ela como único refúgio, como a tábua que ainda o podia salvar no naufrágio da vida! Felizes tempos esses em que a religião tinha forças para arrancar um homem das mãos de seus algozes!

Essa bandeira está hoje despida de seus mais nobres e mais humanos atributos; nada mais vale; é um ornamento que acompanha a procissão – antes enterro.

Sobre a bandeira vi sentada a morte reclamando a presa que lhe davam homens; mas a morte não era impassível nesta festa, não se conservava ociosa; alinhava o cortejo, ria-se para o juiz e, com estridor insólito de ossos, dançava na frente do miserável, depois voltava e de novo, como principal personagem da festa, sentava-se na bandeira e dirigia tudo.

Seguiam-se irmãos da Misericórdia, frades e, após eles, vinha de um lado o juiz, pálido e macilento, trazendo impresso no rosto o desgosto de ter de presidir a execução; seu cavalo parecia horrorizar-se, recuava e apenas obrigado dirigia os passos para o lugar do suplício. Do outro lado iam dois padres, e no meio deles o padecente... Carregado de cadeias, com passo vacilante, tinha nas mãos uma imagem do Redentor. Que horror! O padecente é cego, o padecente não vê as chagas de Cristo... mas com os olhos da alma vê o abismo que está a seus pés, em que força é que caia. Que haverá no fundo desse abismo?... Breve o saberá.

Estava já defronte de minha porta, os padres rezavam não sei que orações, que meus ouvidos só sentiam descompassados sons, tristes como o túmulo. Tudo parou. Meus olhos empanados nada mais viram, eu só ouvia. Silêncio dum momento reinou, e uma voz semelhante ao áspero som de embotada lima em enferrujado ferro disse:

– Justiça, que manda fazer o regente em nome do imperador, o senhor Dom Pedro II, ao réu Domingos Moçambique, escravo de Joaquim Francisco de Oliveira, por ter morto o administrador da casa de seu senhor, conforme a sentença que lhe foi imposta pelo tribunal do júri desta corte, que é do teor seguinte: "À vista da decisão do júri, julgo Domingos Moçambique, escravo de Joaquim Francisco de Oliveira, incurso no art. 1o da Lei de 10 de junho de 1835, e o condeno a sofrer a pena de morte, e custas".

Era uma figura insignificante que ia adiante do cortejo e que me havia escapado por pensar que não era dele.

Quem é esse homem que acompanha tão de perto o padecente? Negro como a noite, ele veste roupas pretas, tem ao pescoço grosso colar de ferro e é vigiado pelos oficiais que o acompanham. Quem é? São dois os padecentes?... Não, este é o carrasco... O carrasco!...

Oh! Meu Deus! Que há de o homem poluir a mais bela feitura de vossas mãos! Vós não criastes carrascos, e o homem fez carrascos! O que é um carrasco? Não sei. Será um homem? Não, por certo. Era o executor da alta justiça da sociedade; sobre sua cabeça estava sentada Astrea, de rutilante espada; eu vi nesse homem o *tipo do justo*, e para bem retratar a sociedade o *tipo do justo* arrastava grossas cadeias. Quem é ele? Sem dúvida o mais virtuoso de nós todos, sem dúvida é ele o guarda mais severo de nossas leis; seu ofício lhe quadra por sua austeridade, por seu amor à sociedade... Não, aquele homem é tanto ou mais criminoso do que o padecente, e porque já não tem sequer um atributo de homem, é carrasco! Olhei de novo para ele; não era Astrea quem se sentava sobre sua cabeça; era Satanás, que o incitava a derramar mais sangue sobre sua cabeça.

Passou o cortejo; eu tinha visto tudo, mas me faltava o resto. Cheguei ao lugar do suplício e a morte galgou dum pulo a sumidade do patíbulo, Satanás não deixou sua vítima, cada vez o atentava mais, cada vez mais lhe entornava no peito o veneno da ferocidade. Tudo estava pronto: o padre, o padecente e o carrasco subiram, amarraram-se umas cordas não sei onde, o padre desceu depois de dizer não sei o que ao padecente, e depois... depois: "Ai, Jesus!", foi só o que ouvi e o que ainda ouço. O homem já não existia; eu vivia, mas o que sentia dentro em mim? Ninguém o dirá.

A revelação póstuma
Francisco de Paula Brito

1839

FRANCISCO DE PAULA BRITO
Rio de Janeiro (RJ), 1809-1861

Francisco de Paula Brito foi, por muito tempo, lembrado mais pela sua atividade como editor e letrista, embora tenha atuado ativamente como jornalista, tradutor, dramaturgo e poeta. Foi, também, fundador da Sociedade Petalógica, a que pertenceu Machado de Assis quando jovem escritor. Escolhemos como exemplo de seu domínio das técnicas ficcionais uma espécie curiosa de conto epistolar, no qual não temos a resposta da interlocutora e em que a voz narrativa é, supreendentemente, delegada a uma personagem feminina, coisa pouco comum na literatura brasileira do período. O domínio técnico se evidencia em certa concisão e ritmo, que prendem o leitor pelo dinamismo da narrativa.

QUERIDA AMIGA. QUANDO RECEBERES ESTA, JÁ EU NÃO EXIStirei; todas as cautelas estão tomadas para que assim aconteça; entretanto, é necessário que desafogue o meu coração, que depois da minha morte se saibam os motivos dos meus pesares; é necessário que a terrível lição que me foi dada possa aproveitar a alguém.

Sabes que contava apenas 15 anos quando me casei, mas não sabes dos pormenores desse acontecimento, que nunca transpirarão. Era eu as delícias de meus pais: capitalistas abastados, e eu sua filha única, meus dias se passavam no seio dos prazeres e dos divertimentos. Teatros, bailes, passeios, elegantes vestidos, ricas joias, tudo era para a sua Carolina: e eu!... eu mal sabia aproveitar tanta ventura; supunha que tudo, e ainda mais, me era devido; cuidava que existia em um jugo insuportável e que devia apressar quanto antes a minha emancipação. Louca! Como paguei caro esse erro!

Entre os mancebos que mais assíduos se mostravam em fazer-me a corte, era um Felício: vestido sempre no último gosto, verdadeiro *petit-maître*[1], com grandes alfinetes de brilhantes, boas memórias, excelente cadeia de ouro e lindo relógio, dançando melhor que ninguém, oferecendo o seu braço a seu par com uma graça que mal se pode imaginar, eu julguei que era ele superior a todo o elogio, que feliz seria aquela que chegasse a ser sua e, por isso, nem tive dúvida em receber as suas declarações nem em lhe fazer outras iguais. Só eu terei sido enganada pelas exterioridades?

E minha mãe adormecida, entretanto, com uma inteira confiança em mim, não via o despenhadeiro em que eu me precipitava. Verdade é que muitas vezes me dava os melhores conselhos e me expunha os perigos do mundo, sobretudo os de uma donzela; mas, ignorante do que se passava entre mim e Felício, seus discursos eram apenas generalidades que não atacavam o mal onde verdadeiramente estava; e eu, conquanto desse muita atenção às suas palavras, entendia, contudo, que nada do que dizia era aplicável a Felício: eu o julgava um modelo que devia ser dado aos outros homens para exemplo. Mães! Mães! Vigiai sobre vossas filhas, dai atenção a essas relações que tomam em solteiras, raras vezes

---

1 "Petimetre", na forma aportuguesada e dicionarizada, termo que designa um indivíduo que se veste e age com esmero excessivo. O mesmo que "janota", "peralvilho". [N.E.]

deixam de ser fonte de amargos pesares; consenti apenas junto delas aqueles que lhes consentireis para maridos e que tendes uma quase certeza que o serão.

Não te contarei como Felício foi ganhando terreno em meu coração e como foi crescendo a minha ilusão; seria a história de todos os namoros: bastará dizer-te que, no fim de algum tempo, uma noite que nos achávamos em casa sós, eu, minha mãe e meu pai, este, com sorriso de mofa, contou a minha mãe que Felício lhe tinha pedido a minha mão, e que fora rejeitado, acrescentando que, por sua vontade, nunca seria sua filha de um homem cujos meios de vida eram ignorados, cujos costumes ninguém sabia, podendo apenas chamar-se um moço do tom, da moda. E acreditá-lo-ás tu? Meu amor era violento, nunca me tinha vindo à ideia que Felício seria rejeitado e, contudo, se tive uma primeira emoção, se uma viva vermelhidão me subiu imediatamente ao rosto, e logo uma palidez mortal, as palavras do meu pai me subjugaram, e nesse momento resolvi suspender todas as minhas relações com o indivíduo assim rejeitado. Quão pouco durou essa resolução!

No dia imediato, uma carta dele me foi entregue, na qual me descrevia, nos mais enérgicos termos, a sua paixão, os seus sentimentos e a desesperação que o possuía pela resposta de meu pai; pedia-me uma entrevista em meu quarto, onde, me assegurava, tinha meios de se introduzir furtivamente. E acreditá-lo-ás ainda? Era a primeira entrevista secreta que se oferecia, e eu não tive ânimo para recusá-la. Que razões me levaram a tanto? Persuadir-me-ia de que devia consolações a quem por mim sofria dessa sorte? Não sei; o sim fatal foi dado, sem pensar nas consequências que poderia ter um semelhante passo. Meia-noite foi a hora designada.

Não é possível, querida amiga, que imagines as ânsias em que passei o tempo que precedeu a essa hora: até às onze, estive com meus pais na sala; ignorando, porém, os meios de que dispunha Felício, desde as ave-marias, o mais pequeno ruído me fazia estremecer. Debalde procurava distrair-me: quis ler, não pude; sentei-me ao piano, meus dedos não acertavam com as teclas; fui passar um por um todos os meus vestidos e enfeites, mas asseguro-te que nada vi; o objeto de meus pensamentos era Felício; o menor ruído me fazia recear que fosse descoberto; a cada instante o supunha encontrado com meu pai e via o furor deste. Quanto dera então por ter negado a fatal entrevista! Tormentos tais só poderão ser igualados pelos que depois sofri.

A hora aprazada chegou, e Felício entrou no meu quarto. Ainda te pouparei os discursos que tivemos: resolveu-me a acompanhá-lo, fomos dali a uma igreja, onde um sacerdote nos deitou as bênçãos nupciais. No dia imediato fizemos saber a meus pais que nos tínhamos casado e lhes pedimos perdão de o termos feito contra sua vontade. Minha fuga foi sempre ignorada do público; meu pai publicou o nosso casamento como de seu agrado e consentimento; em particular, porém, nunca mais me tratou com a afabilidade antiga. Minha mãe se mostrava também ríspida em presença de meu marido, mas, quando ficava só comigo, então derramava ardentes lágrimas, chorava o meu erro e como que queria indenizar-me com carinhos do rigor que em outras ocasiões empregava. A falta dos carinhos paternais foi o meu primeiro suplício; o segundo foi a morte de minha mãe, acontecida pouco mais de um ano depois. E como a chorei eu! Minhas lágrimas eram sinceras; era a única pessoa em cujo seio depositava os meus segredos.

Dois anos se passaram, sem que os sentimentos de meu marido mostrassem a menor alteração; pelo contrário, seu amor parecia crescer cada vez mais. Apenas casado, comprou uma boa carruagem, além de um excelente carrinho que já tinha; um elegante cavalo foi destinado para os meus passeios; uma ótima chácara foi alugada; bailes, teatro, passeio eram a nossa única ocupação; nossa casa estava cheia dos mais asseados móveis; bronzes, mármores, cristais, lindas bagatelas, tudo anunciava profusão e luxo. E donde tirava meu marido dinheiro para tudo? Eis aí o que eu ignorava: mais de dois anos se passaram sem que soubesse donde provinham as suas rendas, nem me atrevia a perguntar-lho, porque o amava em extremo, e ao mesmo tempo lhe tinha um respeito como se tem a um pai, e ele tinha tomado comigo um tom decisivo, que nunca eu tinha que replicar as suas palavras.

Dois anos se passaram, e a não ser a falta do carinho paternal, e a morte da minha mãe, fora eu verdadeiramente feliz. Foi passado esse tempo que, tendo ele saído uma manhã, e entrando eu acaso no seu gabinete, vi o bilhete seguinte aberto, que provavelmente tinha esquecido:

Fernando. Ontem perdi 10 contos para o Silveira: como não tinha vintém, e as dívidas do jogo devem ser sagradas, vê se me podes arranjar essa quantia entre os nossos amigos.
O TEU FELÍCIO.

O efeito que em mim produziu esse bilhete tu o não podes imaginar, ninguém, ninguém, somente aquela que se tiver achado em semelhante posição. Meu marido jogador!... perdendo 10 contos em uma só noite!... E sem ter um vintém!... Quem era esse Fernando, cujo nome não me lembrava de ter nunca ouvido pronunciar? Quem eram esses amigos, entre os quais se devia arranjar a soma perdida?...

Às três horas voltou e trazia consigo dois sujeitos, que me disse ficariam para jantar. Esforço me foi necessário fazer para não deixar ver o que sentia, e creio que o consegui, pois Felício não mostrou ter visto alteração sensível. Ele foi amável como sempre, se não mais: encheu-me de carinhos e atenções, dir-se-ia que íamos casar no dia seguinte. No fim do jantar me anunciou que, como minha saúde se achava fraca e o campo parecia agradar-me, tinha comprado a chácara que tínhamos até então de aluguel.

Nova surpresa acresceu à minha surpresa; nunca eu dera mostras de comprazer-me na chácara, minha saúde era boa, e demais, quando ele tinha sofrido perda tão considerável e não tinha um vintém, a compra de uma propriedade que devia custar não poucos contos de réis e que nada rendia!... A tanto não pude resistir e dirigindo-me a ele lhe disse: "Mas creio que não era esta a ocasião...". Um olhar seu, daqueles que sabia lançar a tempo, me fizeram emudecer. Os dois hóspedes deram grandes elogios ao que chamaram amor e delicadeza de meu marido, que assim buscava agradar-me. Pouco depois saíram os três.

Querida amiga, é agora que principia o inferno da tua Carolina. Dois anos se tinham passado, sem que me tivesse demorado um só momento a pensar na minha sorte; arrebatada sempre por um turbilhão, nem tinha podido, nem mesmo me tinha lembrado de pensar na minha posição; porém, agora!... agora imaginava que cada superfluidade que Felício me tinha comprado havia sempre sido subsequente a alguma grave perda; agora eu me achava a mulher de um jogador e esperava que ele e eu teríamos o fim dos jogadores.

Ao menos não tinha filhos. Com quanto ardor os tinha desejado! E, nesse dia, o não tê-los me servia de alívio. Mal me poderia lembrar que brevemente choraria por os não ter. Como são inconstantes as coisas humanas!

As visitas de meu pai eram raras: no dia seguinte, ele me veio felicitar por nossa nova aquisição. Novas dores me apunhalaram; milhares de vezes o segredo fatal esteve sobre meus lábios; porém, um pejo irrefletido, o desejo de o não querer magoar e, sobretudo, a vaidade de não querer que ele visse realizados os seus funestos pressentimentos, me embargaram a voz. Ele conheceu que eu estava triste: uma dor de cabeça me serviu de desculpa.

Nesse mesmo dia me disse meu marido que um jantar devia ser dado na chácara, como para tomar posse dela; e, para esse fim, devia eu para ali partir no dia seguinte. Parti e começaram os preparativos para a função, que devia ser esplêndida, no domingo próximo. Na quinta-feira, porém, me disse Felício que não podia ter lugar o jantar no dia aprazado e que, por isso, ficava espaçado.

É chegada a ocasião de dizer-te que, quando eu estava na chácara, muitas noites dormia Felício na cidade, servindo-lhe de motivo a distância. Não me causava isso a menor perturbação: tanta confiança tinha eu nele, e eram tão deliciosos os momentos de suas chegadas, que a sua ausência de um ou dois dias era para mim um prazer. Depois do dia fatal de que acabei de falar-te, a causa dessas faltas me foi conhecida; e agora, quando à noite não aparecia, eu ficava na mais viva agitação: via-o sentado à mesa de jogo, nessas casas infames cuja descrição tenho lido e ouvido; figurava-o entre homens das classes mais vis, disputando a quem mais ligeirezas faria; com os olhos fitos sobre o dado fatal, ou sobre a mão do terrível banqueiro, minha imaginação mo pintava, já saltando de contentamento, já pálido como um cadáver de três dias... Supõe tu na ideia quanto puderes de mais triste, nada equivalerá aos tormentos da tua amiga.

Quinze dias passei nessa ansiedade; durante eles, quatro vezes vi Felício: o infame cada vez redobrava seus carinhos, eu o acreditava sincero nessa parte; mas a ideia terrível do jogador não podia deixar-me, e minha saúde começou a sofrer. Em uma tarde, uma violenta febre se me declarou; ele estava na cidade: o mal crescia; era pouco mais de meia-noite, os cavalos foram postos na carruagem, e eu a caminho; às três horas, estava à porta do quarto em que costumávamos dormir. Esperava encontrá-lo, pois nunca se recolhia depois da meia-noite. Entro: à luz duvidosa da lamparina vejo sobre meu leito o vulto de uma pessoa que, acordando à bulha que fiz, solta estas palavras:

– Ainda agora, Felício? Já estou cansada de dormir.

Era Isabel, a minha mulata, a minha escrava Isabel que, deitada em meu próprio leito, esperava por meu marido que, disputando, entretanto, os acasos da fortuna, ou antes, os da arte, devia vir depois em seus braços, ou alegrar-se de seus lucros, ou esquecer-se de suas perdas... Caí sem sentidos sobre o soalho.

Era alto dia quando volvi a mim. Aos pés da cama, em uma cadeira, estava sentado meu pai; à cabeceira, Felício, com uma de suas mãos pegando em uma das minhas, e com a cabeça encostada na outra com sinais de profunda aflição. "Meu pai!", foram as minhas primeiras palavras. Felício deu como um salto; suas feições exprimiram o prazer, e imediatamente chegou a mim um copo com uma bebida, e me recomendou tranquilidade e silêncio. Silêncio... oh! Sim, eu o guardava: meu pai estava presente, e não era diante dele que eu desafogaria o meu coração.

Pouco depois, Felício tocou a campainha, e Isabel, a mulata Isabel, me trouxe um caldo. Se vires a maneira humilde com que se apresentou! Debalde tive constantemente os olhos fitos nela: nunca se puderam encontrar com os seus; meu marido pareceu a nada dar atenção. Tomava eu o caldo, quando bateram com força na escada a procurar Felício; era, diziam, um corretor; Felício foi ver o que queriam e voltou alguns momentos depois, dizendo que lhe era absolutamente necessário sair para negócio da maior urgência, o que fazia por me ver já livre do perigo; que, entretanto, me recomendava a meu pai, a quem suplicava ficasse comigo até a sua volta; e a Isabel deu as instruções mais miúdas sobre o que tinha a fazer para o meu tratamento. Ninguém poderia ter mais cuidado nos preceitos; ninguém os podia executar mais à risca do que os executou a minha escrava.

Eis-me absorvida em minhas reflexões: meu pai as não perturbava, para me não fazer quebrar o silêncio. Já eu não via o jogador, não via o esposo infiel; era o ultraje de ver meu leito manchado por minha própria escrava.

"Que homem vil!", dizia eu; se ao menos fosse fascinado por algumas dessas mulheres brilhantes que enchem nossos salões! Se ao menos a formosura o deslumbrasse! Se em uma de suas orgias noturnas se deixasse vencer por alguma dessas imundas prostitutas, que vendem seu corpo por dinheiro!... Eu o pudera desculpar... Mas que seduções, que atrativos pode ele encontrar em sua própria escrava? Mulher que nunca pôde elevar até a si e, por consequência, que o obrigava a descer até ela!

Tanta baixeza de sentimentos me custava a conceber. E era o homem da moda, o homem do grande tom que, à porfia, era buscado para todos os salões! Quando Isabel aparecia, tinha vontade de a mandar pôr de rastos fora de meu quarto; porém meu pai ali estava, meu pai que me prendia. E podes tu imaginar os meus tormentos? Se cada um me arrancasse uma lágrima, os olhos da tua amiga não bastariam para as chorar.

Davam três horas quando entrou meu marido: pareceu-me em extremo abatido; foi jantar, e meu pai com ele; findo o que, este se retirou. Chegando-se ele então a meu leito, interrogando-me sobre o meu estado e vendo que estava fora de todo o perigo, me disse:

– Nunca uma infelicidade vem só; além de tua doença, outro infortúnio, menor por certo, pesa sobre mim: estou ameaçado de uma grave perda, e meu crédito de quebra.

Essa notícia foi aterradora para mim; mas ele continuou:

– Não te assustes; ainda tenho grandes recursos; e mesmo se vencer esta dificuldade, e se puder fazer que essa notícia não transpire, a minha fortuna ficará segura para sempre.

Não sei hoje, querida amiga, se essas palavras eram verdadeiras ou se eram apenas um meio de distrair a minha atenção: então eu as considerei sinceras. A infidelidade de meu marido desapareceu da minha ideia; vi Isabel sem lhe dar atenção; meu entendimento só se ocupava com o infortúnio que ameaçava, não a mim, mas ao homem a quem me achava ligada por um laço indissolúvel. Eu aborrecia o jogador, porém amava meu marido; eu sabia fazer abstração dessas duas qualidades, e o perigo em que ele se achava me fazia esquecer da sua infidelidade.

Alguns dias se passaram, e a serenidade voltou ao rosto de Felício. Eu também fui melhorando sensivelmente; e, no meu espírito, se foram equilibrando as ideias do jogador, do homem infiel, daquele que sofrera perdas e de meu marido; elas se combatiam mutuamente; e, umas vezes, odiava aqueles; outras, amava a este ou me compadecia dele, segundo a ideia que na ocasião prevalecia. Mas nunca meu coração desabafou: com quem o faria? Com meu pai? A vaidade, a louca vaidade me embaraçava. Com Felício? O momento da exaltação tinha passado, a timidez tinha volvido.

Cheguei mesmo em breve a esquecer-me de que fora infiel: era tal a maneira por que me tratava que o supus verdadeiramente arrependido; perdoei-lhe, e disso o procurei convencer. Quanto a Isabel, uma só palavra lhe não disse para não despertar em Felício a ideia de que meu perdão não era total e absoluto.

Algum tempo se passou nesse estado; os médicos me aconselharam o ar do campo. Foi assentado por meu marido que voltaria eu para a chácara: Isabel foi contada entre as escravas que deviam acompanhar-me. Na véspera da partida, à noite, houve em nossa casa brilhante reunião; o que, porém, me admirou mais foi que me comprasse meu marido nesse dia uma nova carruagem, muitos diamantes e uma porção tal de enfeites, que parecia que eu ia ser pela primeira vez apresentada em alguma corte. Soube-se isso na minha sala; todos me felicitaram pela ventura de minha união com Felício, e a este as senhoras pela maneira delicada com que me tratava. E eu estava triste: lembravam-me os 10 contos de réis perdidos em uma noite, minha ignorância sobre a origem dos fundos de meu marido; meu coração pressagiava desastroso futuro. Meu marido se mostrava demasiadamente satisfeito: sempre ele se mostrou alegre com os elogios que recebia.

Parti para a chácara, e Felício aí ia pernoitar todas as noites, voltando ao romper do dia para a cidade, a cavalo ou no seu carrinho. Meses eram passados: a ideia de me ver associada a um jogador me perseguia sempre; mas, ao menos, tinha-me esquecido a sua infidelidade. Isabel me servia com o maior cuidado e submissão.

Uma madrugada, se despediu ele de mim com mais carinhos do que nunca; parecia que a nossa separação nunca lhe fora tão custosa; mais de uma vez voltou a dizer-me alguma coisa, a dar-me o último beijo. Afinal saiu, e eu fiquei na cama, como sempre costumava, mas não pude mais conciliar o sono; eu lamentava a minha sorte, que, tendo-me dado um marido tão amante, ao mesmo tempo o fizera escravo de um vício tão funesto. Levantei-me e fui dar um passeio pela chácara. Mais de duas horas se tinham passado desde que meu marido se tinha despedido de mim e, todavia, por entre as árvores, eu o vi galopando pela estrada, no seu cavalo, para o lado da cidade; o portão me ficava do lado oposto. Mil reflexões me assaltaram. Esquecer-lhe-ia alguma coisa? Teria por isso voltado? Mas então por que me não falou? Recearia talvez acordar-me e incomodar-me. Em que volto para casa, encontro Isabel colhendo flores, que todos os dias costumava levar ao meu quarto, antes que me levantasse... um raio não seria mais pronto... Supus que meu marido se demorava com ela. E podes tu conceber o estado em que fiquei? Não, nunca tu sofreste tanto: não podes imaginá-lo.

Porém, minhas suspeitas podiam ser falsas: determinei coligir provas mais evidentes. Dia de horror! Dia de angústias foi esse! E como foi demorado! Que intervalo espantoso mediou desde esse momento até a hora de jantar! E desde o jantar até ao pôr do sol! E desde o pôr do sol até a chegada de Felício! Parecia-me que os relógios não andavam, que o sol estava parado. Ele chegou enfim, e eu tive coragem bastante para nada lhe deixar perceber.

A noite se passou como sempre; a madrugada volveu: ele se levantou e preparou para sair. Tinha dito na véspera que iria de carrinho: ouvi rodar o carrinho pelo pátio calçado.

Um quarto de hora seria passado: levanto-me, vou ao quarto de Isabel e não a encontro! Minhas suspeitas crescem. Vou direita ao portão da saída: aí encontro o carrinho, que sossegadamente esperava!... tudo é realidade. Volto: vejo à entrada do pátio um quarto que ali havia, com a porta cerrada... empurro-a... entro... meu marido e Isabel ali estavam!!! Saio: com violência puxo a porta... volto para casa. Meu marido me segue... Vou a subir os degraus... ele chama por mim... quero fugir-lhe mais depressa... tropeço... caio... o meu sangue inunda a escada. Os escravos correm todos, e todos presenciam este espetáculo! De um lado, o bárbaro aceso em furor!... De outro, eu nadando em meu próprio sangue! Agarra em mim, quer arrastar-me; peço-lhe que me acabe a existência. Vendo baldados os seus esforços, tomando um sangue-frio aparente, diz-me:

– 'Ora pois, senhora, tendes-nos dado em espetáculo: parece-vos bonito? Talvez fosse melhor mandar chamar os vizinhos. Tende juízo: recolhei-vos ao vosso quarto.

– Não, nunca, enquanto me não vingar da infame, enquanto ela estiver dentro destas paredes. Agarrai, agarrai todos em Isabel; amarrai-a, levai-a já...

Os escravos pareciam dispostos: ela estava presente.

– Não – gritou Felício –, ninguém lhe ponha a mão.

– Como ninguém? – disse eu. – Arrastem-na já daqui, nem mais um momento nesta casa; eu também sou senhora, tenho dito: arrastem a infame daqui para fora.

Já os escravos a agarravam quando Felício se chegou a ela e lhe fez um muro com seu corpo.

– Ninguém, ninguém lhe bula; senhora, atendei ao seu estado, respeitai a mãe de meu filho.

Atender ao seu estado! Respeitar a mãe do seu filho! Essas palavras me causaram tanto horror que, no estado em que estava, corri pela porta fora e me dirigi ao portão. Debalde Felício corria atrás de mim gritando; em um momento me achei junto ao carrinho e, entrando nele, ordenei ao boleeiro que partisse a todo o galope.

– Forro, se Felício me não apanha – disse eu. Em menos de uma hora me achei à porta de meu pai, que me recebeu.

Foi aqui que contemplei todo o horror da minha sorte: nenhuma conciliação era mais possível com meu marido. Isabel era a mãe de seu filho! E a mãe de seu filho prevalecia a sua mulher! E eu não tinha um filho! Isabel tinha tomado o primeiro lugar, e eu não podia descer abaixo de minha escrava. Essas considerações têm minado minha existência, uma tísica pulmonar ameaça dar breve fim a meus dias. Meu pai ignora tudo, apenas sabe que tive uma desavença com meu marido; provável é que assim fique até a minha morte.

E Felício? Goza ele ainda da consideração e estima públicas? A polícia o persegue, já como dono de um jogo de roleta, já por se lhe atribuir a falsificação de muitas firmas. Ele se acha oculto, e nossos bens vão ser divididos por um sem-número de credores, não bastando para pagar o quarto de nossas dívidas.

E poderia eu desejar viver? Não, não o desejo; venha a morte, que resignada a espero; então, tu receberás esta carta, comunicá--la-á a meu pai, e chorareis ambos a infeliz

CAROLINA.

Carolina
Casimiro de Abreu

1856

CASIMIRO DE ABREU
Barra de São João (RJ), 1839 – Nova Friburgo (RJ), 1860

Casimiro José Marques **de Abreu** é, sobretudo, lembrado como poeta. O autor de *Primaveras* é um dos principais nomes da chamada segunda geração romântica no Brasil. Das incursões do poeta pela prosa, e em particular pela narrativa breve, destacam-se os contos "Camila – Memórias duma viagem" e "Carolina". O primeiro destaca-se, sem dúvida, pela experimentação mais ousada, com narração pontuada de ironia que põe em questão certas convenções da literatura da época. No entanto, tal como conhecido, o conto restou inacabado. Optamos por recolher aqui o segundo conto mencionado, mais enquadrado dentro das convenções sentimentais do tempo, com forte apelo melodramático e uma história de amor, traição e arrependimento. Os termos em que é representada a traição dão interesse especial ao conto. A história é ambientada em Lisboa e outras cidades lusitanas como Setúbal, valendo lembrar que o poeta viveu por quatro anos em Portugal, para onde foi enviado pelo pai para estudar e onde acabou iniciando sua carreira literária.

I. ADEUS!

Na estrada que conduz de Lisboa a *** erguia-se há poucos anos uma casa de bonita aparência, com sua vinha verdejante, seu pomar odorífero, seu jardim pequeno, mas bonito, suas alamedas curtas, mas frondosas. O muro da quinta era alto bastante e, contudo, os ramos das faias e dos choupos gigantes debruçavam-se sobre ele, assombrando com sua folhagem majestosa a estrada, que o mesmo muro flanqueava para um pequeno espaço.

Ao ver-se essa pequena casa cercada de perfumes, de verdura, de sombra e de poesia, podia-se sem receio dizer: seus habitantes são felizes. E eram. Viviam entregues aos prazeres mais doces da vida doméstica. Acordavam quando a natureza despertava, no meio do trinar das aves, do sorrir da manhã e do sorrir das flores; adormeciam sossegados ao som do vento da noite que zunia, dobrando a coma dos arvoredos.

Era uma bela tarde de maio de 1848. Os raios moribundos do sol no ocaso pareciam dormir nos bastos olivais que coroavam a crista dos outeiros; uma viração suave e branda refrescava a atmosfera, sussurrando por entre as folhas e alterando o espelho tranquilo do lago onde o cisne vogava majestoso; o céu trajava o azul mais puro apenas manchado aqui e além por ligeiras nuvens brancas, semelhantes a vapores, como se fossem os rolos de incenso que os turíbulos da terra enviavam aos pés do Senhor, impelidos pelas auras bonançosas. Era na verdade uma tarde de primavera, da primavera, mocidade do ano, dessa quadra amena e deleitosa, que por toda a parte entoa o canto grandioso da criação!...

No fim duma das alamedas da quinta, debaixo dum lindo caramanchão, acabavam de assentar-se um rapaz de 20 a 22 anos e uma menina de 17 ou 18. Tinham os braços entrelaçados e olhavam-se com esses olhares ternos dos amantes.

Que lindo par! Ele, belo com essa beleza que distingue o homem; ela, bela com essa beleza que Deus dá só às mulheres! Ai! Um sorriso que se desprendesse dos lábios formosos daquela virgem mataria de amores um homem! Um olhar meigo e terno que brilhasse por entre aquelas pestanas aveludadas venceria o mundo!

– Ora diz-me a verdade, Augusto, sempre partes amanhã? – disse a jovem a seu companheiro, com uma voz suave como teriam os anjos, se eles falassem.

– Não me acreditas, Carolina? Para que te havia de eu enganar?

Carolina fitou seus olhos negros nos de Augusto, e disse-lhe corando:

– Para quê?!

– Olha, és injusta; um dia to hei de provar.

– Mas tu não te demoras muito, não é assim?

– Não sei; mas, mesmo que me demore muito, um dia hei de voltar.

– Ah! Tu já não me amas! – disse ela, e duas lágrimas despregaram-se de suas pálpebras e vieram cair-lhe no seio.

– Carolina! Carolina! Cada vez te amo mais, meu anjo.

E Augusto encostou a cabeça da virgem ao seu peito e beijou-lhe a fronte.

E os pássaros cantavam seus gorjeios, e a fonte murmurava seus queixumes, e a brisa dizia seus segredos!...

– Escuta, querida, podes vir todas as tardes sentar-te sobre este mesmo banco, podes até trazer o meu retrato que eu te dei; e quando os pássaros cantarem, quando o sol se esconder, quando a brisa brincar com as flores, tu ouvirás os meus protestos de amor. Sentado à popa do navio que me levar, pisando solo estranho longe de ti, eu direi à viração do mar, eu direi às brisas da tarde: levai-me este suspiro a Carolina.

– Sim, sim – murmurava ela –, manda-me um suspiro.

– E quando um dia – continuou Augusto –, a estas mesmas horas, tu ouvires uma voz cantar estes versos:

Ó querida, estou de volta,

Venho-te um abraço dar;

Enxuga teus lindos olhos,

Sê minha, que eu sei-te amar.

"Então, meu anjo, sou eu, é o teu Augusto; então, eu o juro, tu serás minha à face do mundo e à face de Deus; então nós viveremos."

– Oh! Augusto! Augusto! Não partas, não me deixes! – E a jovem banhara-se em pranto e soluçava.

– Oh! Eu devo partir, mas creio em Deus, também hei de voltar.

E Augusto com a voz trêmula e os olhos umedecidos, abraçando a virgem, disse-lhe:

– Adeus, Carolina!
– Adeus, Augusto! Para sempre?!...
– Não! Não!
E seus lábios se encontraram num longo beijo de amor, no meio de lágrimas e soluços.
Um grito, agudo e lúgubre como o do mocho, retumbou no espaço!...
– Jesus! – exclamou Carolina, cobrindo o rosto com as mãos.
– Não creio em agouros! – respondeu Augusto, cavalgando o muro.
Um momento depois sentia-se o tropel dum cavalo que partia a toda a brida para Lisboa...
Quando esse ruído se perdeu ao longe, Carolina juntou as mãos e disse em voz baixa:
– Adeus, Augusto! Adeus!...
Quase ao mesmo tempo, o cavaleiro que parecia fugir nas asas do vento murmurava:
– Adeus, Carolina! Adeus!

II. CAIU!

No fim da mesma alameda, embaixo do mesmo caramanchão, sentados sobre o mesmo banco onde seis meses antes dois amantes se beijavam em prantos, dois amantes hoje beijam-se por entre sorrisos de prazer.

Ah! Mulher! Mulher! Que tão cedo esqueceste o homem que te votou o amor mais ardente de sua alma! Esse homem a quem juraste vir aqui todas as tardes escutar o suspiro saudoso, que ele te havia de enviar nas asas da viração!...

Ah! Mulher! Mulher! Que tão depressa esqueceste um homem que te ama, para ouvires os galanteios doutro que te cobiça!... Deixas adormecida em teu peito a imagem daquele por quem teu coração novel bateu as primeiras pulsações, ao mesmo tempo tímidas e suaves, e não te lembras que esse homem virá um dia, implacável como o destino, terrível como o raio, pedir-te o cumprimento das juras que lhe fizeste; exigir-te contas do seu amor, que tu escarneceste; das suas crenças, em que tu cuspiste; da sua alma, que tu assassinaste!...

Não te lembras que os lábios ardentes doutro homem roçaram as tuas faces?

Oh! Para o futuro, nas horas mortas da noite, sentirás o pungir desse remorso!

....

O dia está quase no seu termo; em breve virá a noite com seu silêncio, suas estrelas, seus fantasmas, seus mistérios!...

Eles falam; escutamos:

– Olha, Fernando, ontem esperei-te tanto tempo, e tu não vieste! Estava aqui sentada só, triste! Qualquer ruído que sentia na estrada, dizia comigo: é Fernando; e enganava-me, não eras tu!

– Não vim ontem, porque não pude; mas vi-te.

– Não vieste e viste-me?!

– Vi-te sim, Carolina, vi-te em sonhos como te vejo todos os dias. E que outra mulher, senão tu, há de vir abrilhantar os meus sonhos? Às vezes vejo-te, semelhante a um anjo, fugires da terra envolta em nuvens vaporosas. Ontem vi-te aqui, neste mesmo parque. Tu eras já minha e estavas tão linda como agora; o céu sorria-se para ti, os pássaros gorjeavam para tu os ouvires, a brisa brincava com teus cabelos e tu brincavas com as flores...

– E tu, Fernando?

– Eu?! Corria atrás de ti para te dar um beijo e tu fugias ligeira como a gazela e depois cansada, com teu seio a arfar, com teus lábios entreabertos, com tuas tranças soltas, caías desfalecida em meus braços... e ambos gozávamos gozos, delícias, como só se gozam no céu... estávamos no paraíso. Ah! Que sonho tão lindo, Carolina! Mas era um sonho. Foi cruel o despertar.

– Não te acredito – disse ela com um sorriso que queria justamente dizer o contrário.

– Mas eu não te engano; amo-te como um louco, amo-te como ninguém nunca amou, porque és tu a mulher que eu havia sonhado nos meus sonhos da infância, nos meus sonhos da adolescência, nos meus sonhos dos 18 anos, quando o coração tem necessidade de amor, quando os lábios desejam que os beijos duma mulher venham mitigar a sede que os abrasa.

E Fernando pôs-se de joelhos aos pés de Carolina, cingindo-lhe a cintura flexível e delicada, com seus braços nervosos.
— E tu, Carolina, também me amas?
— Muito, muito — disse ela, e subjugada pelo olhar ardente de Fernando, uniu seus lábios corados aos dele, que queimavam...
A noite tinha estendido o seu manto: as estrelas cintilavam no firmamento, grossas nuvens haviam ocultado a face da lua.
A noite tem seus mistérios!

....

No meio daquela mudez aterradora, soou um grito de mulher, abafado logo por algum beijo. Teria Carolina visto a figura de Augusto desenhada no muro fronteiro?...

....

Meia hora depois, à claridade da lua que se mostrou de súbito, um vulto de mulher atravessava apressado a alameda, dirigindo-se para casa, grave como um fantasma, trêmulo como um condenado!

....

As estrelas cintilavam mais frouxas, a lua ocultou-se de novo e um murmúrio indefinível, semelhante a um queixume, parecia subir da terra ao céu...
Carolina tinha uma coroa de virgem que lhe circundava a fronte como uma auréola brilhante; Fernando arrancou essa coroa e calcou-a aos pés!...
O anjo caiu do seu pedestal de inocência... a rosa purpurina e bela pendeu na sua haste... o vento da noite levou-lhe as folhas...

III. A VOLTA

Estamos em 1849.
Numa tarde de fevereiro, levado por toda a velocidade de seu

bom cavalo, seguia um cavaleiro a estrada de Lisboa a ***, estrada onde ficava essa linda quinta com sua casa, no meio de perfumes e de verdura.

Esse cavaleiro era Augusto.

Quando ainda de longe ele avistou a casa, seus olhos disseram é ali, seu coração indeciso murmurava: aquela?!...

Ai! Já não era a mesma quinta bela e verdejante, que ele tinha deixado na primavera! O inverno havia-a transformado horrivelmente.

Os ramos das faias e dos choupos gigantes já não se debruçavam sobre o muro. A natureza estava triste. As árvores não tinham folhas: apenas erguiam seus ramos despidos que vergavam com o vento.

Uma tristeza involuntária apoderou-se do mancebo.

Prendeu ao muro o seu cavalo coberto de suor e poeira e pôs-se a cantar com uma voz trêmula:

Ó querida, estou de volta,
Venho-te um abraço dar;
Enxuga teus lindos olhos,
Sê minha, que eu sei-te amar.

Nenhuma voz respondeu à sua copla apaixonada. Um silêncio profundo reinava nas alamedas; só os ramos das árvores se agitavam. Dir-se-ia ser um cemitério.

Augusto teve um pressentimento; sua fronte empalideceu por um instante, mas continuou repetindo:

Enxuga teus lindos olhos,
Sê minha, que eu sei-te amar.

O mesmo silêncio terrível. Só o eco repetia triste suas últimas palavras: "Sê minha, que eu sei-te amar".

Saltou o muro e alongou a vista impaciente.

Que tristeza! As alamedas estavam desertas, o jardim já não florescia, o lago já não tinha o seu cisne, a natureza já não sorria!

Foi direito ao caramanchão, ele lá estava no mesmo lugar com o seu banco de cortiça, mas a fonte que dantes murmurava parecia gemer agora!

Augusto sentou-se no banco com a cabeça encostada a uma das mãos e olhou para tudo com uma indizível tristeza.

Ai! Os pássaros já não cantavam, nem a brisa brincava travessa!

Então o pranto correu-lhe livre, o seu coração dizia-lhe que chorasse.

– Foi aqui – murmurava ele –, foi aqui que me despedi dela, foi aqui que prometi torná-la a ver. Meu Deus! Quantas lágrimas não derramei quando atravessava o oceano, que me separava da pátria, onde ficara a minha alma! E agora, que torno a ver a terra onde nasci, agora, que devia ver a minha Carolina, não sei por quê, sinto uma vontade imensa de chorar. Carolina! Carolina! – bradou ele. – Vem ver o teu Augusto, vem dizer-lhe que sempre o amaste, vem dar ao desgraçado que chorou os prantos da saudade o teu beijo de amor. – E os soluços abafaram-lhe a voz no peito.

Mas o mesmo silêncio lúgubre continuou; nem uma voz, nem um som respondeu aos gemidos do amante.

Ergueu-se pálido e trêmulo e caminhou vagaroso pela alameda que ia dar ao jardim, cantando sempre com a sua voz comovida aquela copla, que tão bem exprimia os desejos do seu coração.

Chegou ao jardim e olhou. A casa tinha as portas e as janelas todas fechadas. Também estava deserta.

– Mudaram-se – disse ele –, Carolina já aqui não está!

E volta pensativo para o caramanchão e parou diante da fonte.

– Onde está Carolina? – perguntou ele, como se a fonte pudesse responder-lhe.

– Onde está Carolina? – perguntou ele às árvores, e parecia esperar a resposta.

Mas a fonte continuava a correr e as árvores a agitar os ramos.

– Então adeus, meu caramanchão, minha fonte, meu jardim, adeus!

E Augusto saltou o muro e quis passar por diante da casa onde estivera a sua amada. Quando aí chegou, parou e pôs-se a olhar para a janela onde a tinha visto a primeira vez.

– Jesus! Meu Deus! Aquele não é o senhor Augusto? – dizia uma saloia, que passava por ali, a seu marido.

– Parece que é – respondeu o saloio.

Ao ouvir o seu nome, Augusto olhou para o lado donde partiram as vozes e reconheceu-os. Depois de os cumprimentar perguntou logo:

– Diga-me, o senhor Ferraz já aqui não mora?

– Há que tempos! Mudaram-se pelo Natal.

– Sabe para onde?

– Isso é que não sei; tanto ele como a senhora estavam muito tristes, e tinham razão, aqueles desgostos não são para menos.

– Então eles tiveram algum desgosto? – perguntou Augusto, que pressentia a morte de Carolina.

– E muito grande. Sua filha, a senhora dona Carolina, fugiu...

– Carolina fugiu? – perguntou Augusto com uma voz que assustou a pobre mulher.

– Sim, senhor – respondeu ela –, foi no meado do mês de dezembro. Custa acreditar que uma menina tão boa deixasse sua mãe. E daí pode ser que fosse roubada, quem sabe!

Augusto já nada ouvia; estava louco.

– Oh, meu Deus! Meu Deus! – murmurou ele.

– Jesus! Que é isso, senhor Augusto? – perguntou a mulher vendo-lhe a extrema palidez e o chamejar sinistro dos olhos.

– E eu, que a amava tanto! – continuou ele em voz baixa.

A saloia compreendeu-o e afastou-se murmurando:

– Pobre rapaz! O que lhe fui eu dizer!

Augusto ficou ainda algum tempo imóvel com os olhos turvos e o peito arquejante, mas depois ergueu a fronte de repente e bradou com uma explosão terrível de dor:

– Ah! Mulher, mulher! Tu me mataste!

Desprendeu seu cavalo, montou e desapareceu na estrada. Ainda olhou de longe uma vez para aquela quinta deserta e triste, que lhe inspirava tantas recordações...

IV. O MUNDO!

O esplêndido sol dum dia de junho de 1852 brilhava com toda a sua força.

Lisboa – a ufana – curvada graciosa para o Tejo, que lhe beija as plantas, oferecia alegre as suas torres, seus palácios, suas praças, suas ruas aos raios ardentes desse astro vivificador.

Entranhemo-nos por essa Lisboa, labirinto como tantos outros que se chamam Paris, Londres etc. Vereis, por toda a parte desonra, infâmia, crime! Vereis a virtude esmagada pelo vício! Vereis a par da mais deslumbrante opulência, a mais horrível miséria! Vereis o pobre ajuntar as migalhas dos festins e das orgias do rico! Vereis desacatada a religião, profanado o templo, insultado o Cristo!

– E vive-se nesse inferno?! – perguntareis vós.

– Vive-se sim, porque esse abismo alcatifado de flores tem uma atração a que ninguém resiste. Vive-se sim, porque aí pode o malvado esconder a fronte criminosa no meio da multidão, que se agita e ruge como o oceano em um dia de cólera. Vive-se sim, porque a mulher, que o mundo perdeu, pode aí facilmente furtar-se à vista daqueles que a conheceram no seu tempo de candura e de inocência.

– Vinde.

– Por aqui?!...

– Sim, por aqui; causam-vos nojo estas ruas estreitas, tortuosas e lamacentas? Também a mim. Reparai como estes prédios denegridos exalam um fétido insuportável. Tudo respira orgia, vício! Não vedes essas mulheres, que nos atraem com seus olhares voluptuosos, seus sorrisos de amor, seus requebros lascivos? São mulheres perdidas. Coitadas! Arrojaram-nas nesse abismo de devassidão e não há mão que as salve! Hão de morrer revolvendo-se nesse lodaçal imundo! Desçamos esta calçada.

Não vedes além, aquela jovem pálida e linda encostada à sua janela? Tem seus olhos negros fitos no céu; talvez esteja passando pelo pensamento toda a sua vida. Quem sabe?

Olhai! Também tem sobre a fronte o cunho da prostituição.

Mas reparai bem: não vos parece, assim como a mim, tê-la já visto?... Esperai! Foi... há de haver quatro anos... numa linda quinta... chamava-se... chamava-se... Carolina...

Carolina!! Aquela virgem que passeava pensativa e bela no seu jardim... inocente como uma pomba?... Oh, o mundo!... O mundo!...

E foi um miserável que a perdeu!...

Fernando! Fernando! O que fizeste!...

Onde está teu filho, malvado?!

Meteste-o na roda! Vai, monstro, vai ver se o encontras agora, no meio dessas crianças condenadas a viver, sem jamais receberem uma carícia de sua verdadeira mãe, sem que na hora derradeira se recordem que os beijos maternos lhe roçassem as faces na sua infância.

E quando, um dia, um homem puser sobre teu peito a ponta do seu punhal, exigindo-te a bolsa ou a vida, terás a certeza de que esse bandido não seja o teu filho?...

Ah! Fernando! Fernando! A virgem que, louca, se confiou na tua lealdade – seduziste-a!

A mulher que, com vergonha da sua família, deixou por teus conselhos a casa paterna – abandonaste-a!

E a desgraçada, numa noite tempestuosa, vertendo prantos de dor e arrependimento, bradou desesperada: "Fernando! Fernando! Tu me enganaste! Augusto, perdão! Meu Deus, valei-me! Que hei de eu fazer? Oh! A culpa não é minha, levo a consciência tranquila!".
E lançou-se no vício!...
E não houve um braço que a sustivesse à borda do precipício!...
E as turbas, que vêm e vão, quando passam, chamam-lhe: prostituta!...
Covardes! Não insulteis essa mulher. Foi um homem que a perdeu.
Lembrai-vos que ela já foi virgem; lembrai-vos que essa rosa, hoje pálida, desbotada, murcha e estendida no solho dum lupanar, já foi um botão mimoso, que entreabria risonho num jardim florido, e que o vendaval da vida derrubou.
Não a insulteis! Resgatai-a do vício; tirai-lhe o labéu infamante, que lhe pesa sobre a fronte, e Deus vos recompensará.
Não a insulteis, que aquele pobre coração há de sofrer tormentos horríveis. Quantas vezes não terá ela chorado lágrimas de sangue, lembrando-se das carícias de sua mãe, do amor de seu pai, dos seus dias sossegados e felizes passados no lar doméstico! Quantas vezes não terá pensado no seu Augusto, que tanto a amava e que talvez agora a amaldiçoe!...
E essa infeliz, ralada por sofrimentos horríveis, não terá, na última hora, mão amiga que lhe venha cerrar as pálpebras?!...
Ah! Mundo! Mundo! Abismo insondável, que tragas tantas vítimas!...
Ah! Sociedade estúpida! Que escarneces da desgraça!...
Ah! Justiça! Justiça! Palavra irrisória, que nunca punes o criminoso!...
Mas há a de Deus, e essa... é justa!

V. DEUS

Nesse magnífico dia de junho de 1852 em que Carolina na sua janela olhava para o céu e parecia murmurar uma oração à Virgem, dois jovens caminhavam conversando pela mesma rua.

– Pois é como te digo – dizia um deles –, o amor cá para mim resume-se no gozo. Para que diabo tem um homem dinheiro, senão para pagar com ele os seus prazeres? Um homem rico é feliz, tem tudo quanto quer.

"Nada inveja, nem mesmo o sultão, porque o dinheiro também pode comprar um serralho com 100 mil mulheres, que todas juntas entoem um canto imenso de voluptuosidade e de amor, cerquem um homem de carícias e encham o espaço com um concerto mágico de beijos e suspiros.

"Isso é que é vida. Se a não posso ter assim, ao menos nunca me deixei arrastar por essas torrentes de sentimentalismo estúpido, de que tantos parvos têm morrido. Cá para mim, o amor é o prazer."

– Tens razão, Fernando – replicou o outro –, de que serve dar um homem o seu amor puro e sincero a uma mulher, se ela depois escarnece dele?

"Tens razão; o amor é o prazer."

– Ora, Augusto! – disse Fernando soltando uma gargalhada do mais revoltante cinismo. – Então tu também caíste na asneira de amar com muito respeito alguma virgem encapotada? Hein? Aposto que ela te pagou bem!

– Fugiu com outro a pérfida! – disse ele, e seu rosto cobriu-se da palidez da morte.

– É porque entendia melhor da vida do que tu.

– Oh! Fernando, tu não sabes o que eu tenho sofrido! Era a primeira mulher que amava, a única que tenho amado. Era tão linda! Parecia um anjo. Não, não! Não creio que aquela mulher me traísse; foi decerto uma fraqueza de instante.

– Histórias da vida! Ela aborreceu-se de ti e gostou doutro, eis o caso. Há quanto tempo foi?

– Há quatro anos.

– Há quatro anos e ainda tu pensas nisso! Se fosse há dois dias tinha alguma desculpa. É a primeira vez que tal vejo. Pois há mulher alguma que mereça as lágrimas dum homem? Há tantas!

– Mas eu amava-a!

– Ora, amavas! Gostavas dela é que queres dizer. Pois bem, esquece-a; goza agora de vinte ao mesmo tempo e estás vingado nobremente.

– Sim, sim, quero vingar-me! – bradou Augusto, e sobre seus lábios pairou um sorriso sinistro, diabólico!...

– Até que afinal! Filiei mais um campeão às minhas bandeiras.

Dou-te os parabéns. Para essa vingança, à minha moda, tens quem te ajude, toca.

E estes dois homens, que deviam saldar entre si uma dívida terrível de sangue, apertaram as mãos como amigos!

– Sim, sim, quero vingar-me – continuou Augusto –, hei de perder tantas mulheres quantas as lágrimas que ela me fez verter.

– Bravo! Bravo! Isso é que se chama uma vingança sublime.

E assim conversando, tinham ambos chegado junto à escada do prédio onde morava Carolina.

– Oh! Augusto, para principiares a vingar-te, vamos aqui ao quarto andar.

– Não vou.

– Anda, vem! O Moreira disse-me que há aqui uma rapariga muito linda. Que diabo vais tu fazer agora ao passeio? Anda, vem.

E ambos subiram a escada, bateram ao quarto andar e entraram.

No corredor, sentiram o roçar dum vestido pelas paredes; um vulto de mulher apareceu a uma porta e fugiu de súbito.

Seguiram essa mulher e viram-na cair sobre um sofá com o rosto oculto entre as mãos, soluçando como uma criança.

Quando eles se aproximaram, a desgraçada ergueu-se e juntando as mãos para Augusto disse-lhe:

– Perdão! Perdão! Fernando é que me perdeu. – E caiu sem sentidos!

– Carolina! – exclamaram os dois mancebos ao mesmo tempo, recuando um passo.

E só então é que esses dois homens compreenderam o papel que deviam representar nesse drama.

– Miserável! Foste tu! – bradou Augusto lívido de cólera, agarrando Fernando por um braço.

Este levou a mão ao peito, os olhos injetaram-se-lhe de sangue, sentiu vergarem-lhe as pernas, e ferido por uma apoplexia fulminante, caiu redondamente no chão. Na queda, roçou com a cabeça a orla do vestido de Carolina.

A justiça de Deus foi terrível!... O algoz expirou aos pés da vítima!

VI. PERDÃO!

Augusto fugiu espavorido daquela casa onde deixava um cadáver; o cadáver de Fernando, punido pela cólera do Senhor!...

E ele conviveu com esse homem durante tantos anos e chamava-lhe seu amigo!...

E a mulher que ele amara pediu-lhe perdão, confessando o seu erro e o seu arrependimento!...

Ela ainda o amava... talvez! E com essa lembrança ele sentia reviver todo o amor que lhe jurara nos seus dias felizes. Cem vezes quis voltar para trás e levar nos seus braços Carolina desfalecida, que ele reanimaria com o seu hálito abrasador, mas a cabeça andava-lhe à roda, as casas pareciam cair e as pernas tremiam-lhe. Uma febre ardente devorava-lhe o cérebro.

Uma hora depois, dois médicos contemplavam-no estendido sobre a cama.

Erguia meio corpo, apoiava-se com os cotovelos e, espraiando os olhos desvairados, perguntava com uma voz terrível: "Onde está Carolina?".

Depois... seus punhos cerravam-se, seus dentes rangiam e murmurando: "Fernando! Fernando!", caía de novo sobre o travesseiro. Era o delírio.

À claridade das velas, aquele rosto pálido, que se debatia na cama, parecia o dum espectro agitando-se sobre um túmulo.

À meia-noite cessou-lhe a febre, e um sono tranquilo e longo o conservou deitado até às dez da manhã.

Apenas acordou, contra a ordem expressa dos médicos, vestiu-se e saiu.

Quem o visse na rua diria ser um fantasma. Estava desfigurado como um cadáver; só seus olhos tinham um brilho imenso.

Dirigia-se apressado para a casa onde se desenrolara a seus olhos o drama da véspera: queria ver Carolina.

– Quero falar à menina Carolina – disse ele à dona da casa, apenas entrou.

– O senhor certamente enganou-se com a casa, aqui não há nenhuma Carolina.

– Pois ela não estava aqui ontem?

– Carolina!... Não senhor.

— Se eu estava aqui quando ela desmaiou ontem à tarde!

— Ah! É verdade, mas ela chama-se Amélia.

— Mudou de nome! — disse consigo o mancebo. — Tinha vergonha que a conhecessem! — Depois dirigindo-se à mulher: — Não lhe podia falar agora?

— Ela já cá não está. Saiu ontem mesmo quase à noite, deixando-me uma carta para entregá-la a uma pessoa que a devia vir aqui procurar ontem ou hoje. Talvez seja o senhor. Queira ter a bondade de me dizer o seu nome?

— Augusto ***.

— Justamente. Vou já buscá-la.

— Esperava que eu viesse ontem ou hoje e não quis que eu a visse! — murmurou ele apenas a mulher saíra da sala. — Compreendo-te, Carolina; tu ainda me amas e receavas que eu te repelisse agora que estás manchada, quando te havia deixado pura. Não, não! Não te repilo, porque o meu coração bate da mesma maneira que batia há quatro anos; porque para mim sempre serás a mesma Carolina virgem, inocente, que eu respeitei como irmã; porque terias de mim o perdão voluntário dessas faltas que o mundo te fez cometer. Oh! Para que me separei de ti? Para que fiz aquela viagem?...

E abafou com o lenço as lágrimas que lhe saltaram dos olhos.

— Aqui está a carta — disse a mulher entrando.

Augusto recebeu-a e desceu precipitadamente as escadas. Queria lê-la em casa, porque aí ninguém viria perturbar-lhe a sua dor.

Meia hora depois, sentado a uma mesa, lia ele a carta de Carolina.

AUGUSTO:

Perdão! Perdão! É de joelhos que to imploro. Não me amaldiçoes; por piedade, ouve-me primeiro. Bem sei que te rasguei o coração, porque tu me amavas deveras, mas já tenho expiado de sobra o mal que te fiz. Para que me deixastes tu, para fazer aquela viagem? Antes não fosses. Chorava todas as tardes debaixo do caramanchão, por ti; chorei três meses. Um dia vi Fernando. Um dia... Perdão! Perdão! Foi fraqueza; manchei o corpo, mas a alma ficou pura. Não amava senão a ti. Desde esse dia a tua imagem perseguiu-me sempre. Tremia diante da minha família, tremia diante de Deus, tremia diante de tudo! Era culpada! Uma noite, enfim, seduzida por aquele homem, que prometera desposar-me, reparando a falta, deixei a casa onde nascera para nunca mais voltar. Passei essa última tarde com minha mãe, que eu abracei e beijei mil vezes. Minha pobre mãe! Que nunca mais te hás de sorrir para mim! Meu pobre pai, que nunca mais me chamarás a tua Carolina!

Oh! Augusto! Augusto! eu tenho sofrido muito.

Depois, meu filho foi-me arrancado dos braços, e quando pedi a Fernando os meus dias felizes, a minha honra, as carícias de minha mãe e os afagos de meu pai... ele respondeu-me com uma gargalhada e abandonou-me.

Para onde havia de ir? Para casa de meus pais? Eles fechariam a porta à filha indigna que lhes manchara o nome. Não tinha coragem bastante para suicidar-me... Arrojei-me no abismo!...

Mas todas as noites pedia a Deus nas minhas orações que te pudesse ver ainda uma vez antes de morrer, a ti, o único que tenho amado. Deus ouviu-me, Deus puniu Fernando.

Adeus! Parto para longe de ti; nunca mais me verás. Não, nunca mais, porque é impossível que o coração de um homem possa amar a mulher que o traiu. Mas ao menos lembra-te que Cristo perdoou a seus algozes, perdoa-me também. Oh! Sim, Augusto, perdão! Perdão para CAROLINA.

– Sim, sim, perdoo-te – exclamou o mancebo deixando cair a carta das mãos. – Perdoo-te, porque sinto renascer todo o amor que eu julgava extinto. Carolina! Carolina! – bradou ele, erguendo-se. – Vem a meus braços, vem, que eu te dou todo o amor que encerra o coração de um homem.

"Meu Deus! Meu Deus! Dai-me a minha Carolina, que eu nunca amei outra mulher no mundo..."

VII. A ÚLTIMA HORA

Um mês depois, nos últimos dias de agosto, Carolina gemia agonizante em Setúbal.

Que coração de mulher resistiria a tantas comoções?

Com a cabeça formosa recostada no travesseiro, firme e resignada, ouvia ela da boca do sacerdote as doces e consoladoras palavras do Evangelho.

Sobre uma pequena mesa via-se um crucifixo entre duas velas acesas, que espalhavam pelo quarto a sua claridade mortuária.

Oh! Triste e solene hora do passamento! Como se patenteia em tão eloquente o nada das grandezas humanas!...

– Filha – dizia-lhe o padre, com sua voz suave –, lembrai-vos só de Deus, diante do Qual ides em breve comparecer. Arrependei-vos, filha, e Ele, que é um Deus de bondade e misericórdia, há de perdoar-vos.

– Deus perdoa-me, padre?

– Perdoa-vos, sim, filha.

– Então morro contente; mas eu também queria levar outro perdão da terra.

– Dizei, filha.

– É o de meus pais, que eu abandonei, padre; mas eu amava-os muito.

– Também te devem perdoar, filha, porque Deus manda que se perdoe.

– Ainda falta outro, padre.

– Dizei, filha.

– É um homem que eu amei muito, padre, e que ainda amo.

– Fizestes-lhe mal, filha?

– Traí-o, padre – disse ela chorando.

– Descansa, filha, ele também te há de perdoar.

– Meu padre, queria pedir-vos um favor.

– Falai, filha.

– É de enviardes para Lisboa a carta que está sobre aquela mesa; é o último adeus que eu digo àquele homem.

– Eu enviarei a carta, filha. Mas por que chorais? São ainda lembranças deste mundo que vos pungem? Já vos arrependestes sinceramente de tudo; pois bem, desligai o pensamento de tudo que é terrestre, mesquinho e pequeno, e pensai em Deus, sublime e grande.

– Padre, padre, eu vou morrer! Repeti-me que Deus me perdoa.

O padre aproximou-se e curvado sobre o leito dizia-lhe:

– Minha filha, Deus é bom, Deus perdoa quando Seus filhos se arrependem como vós vos arrependestes.

– Minha pobre mãe, adeus! – murmurava a agonizante. – Perdoa a tua filha, meu pai!

Depois um tremor percorreu-lhe os membros, um soluço saiu de seu peito e fazendo um último esforço disse: "Adeus... Au... gus...", e a voz expirou-lhe nos lábios, e a cabeça pendeu para o lado, sem um gemido.

Estava morta.

O padre contemplou-a um instante, mudo e enternecido.

– Morreu! – disse ele enxugando uma lágrima. – Ainda tão jovem! Foi o mundo que a matou.

EPÍLOGO

Alguns dias depois, Augusto, trêmulo, abria uma carta fechada com obreia preta, e lia:

> Adeus, Augusto: quando leres esta carta já estarei morta. Consola meu pai e minha mãe, se os vires. Não amaldiçoes a minha memória! Morro beijando o teu retrato, que levo comigo ao túmulo. Adeus! Ora por mim!
> CAROLINA.

– Sim, sim – disse o mancebo, caindo de joelhos e juntando as mãos. – Eu oro por ti. Que Deus te perdoe como eu te perdoei.

Lembra-te de mim
José de Alencar

1872

JOSÉ DE ALENCAR
Messejana (CE), 1829 – Rio de Janeiro (RJ), 1877

José Martiniano de Alencar é um dos nomes mais representativos do Romantismo brasileiro, tido como fundador do romance nacional, realizado por ele dentro das diversas modalidades que o gênero assumiu no período: o romance indianista, o histórico, o urbano, o regional etc. Alencar foi também cronista, dramaturgo, memorialista e polemista, além de ter tido participação ativa na política do Segundo Reinado. Em termos de narrativas breves, Alencar se tornou mais famoso por novelas como *A viuvinha* e *Cinco minutos*, geralmente reproduzidas em antologias anteriores dedicadas ao gênero. "Lembra-te de mim" é dos títulos menos conhecidos como exemplo da incursão alencariana pelo conto ou novela, talvez porque originalmente publicado na forma de prefácio a um livro de Luís Guimarães Júnior. A narrativa explora temas caros à literatura da época, como o casamento de conveniência em detrimento do verdadeiro amor, o abandono, a loucura, além da flor que dá nome ao conto, que, apesar de significado diverso, não deixa de evocar a lembrança da *flor azul* de Novalis, um dos grandes símbolos do Romantismo.

I

O arroio corria trépido e gárrulo, pelo regaço da campina, entre as pedrinhas vermelhas que matizavam o leito de branca e fina areia. Campânulas, boninas, lírios, botões-de-ouro e outras flores silvestres bordavam-lhe as margens estofadas de relva sempre verde e viçosa; e no cristal de suas águas límpidas espelhavam as airis os penachos graciosos, arrufados pela viração.

Na hora da calma intensa, quando os passarinhos emudeciam, abrigados à sombra das árvores, os doces murmúrios do regato se misturavam com o descante alegre de Nila, que bordava no rústico alpendre da casinha.

Às vezes uma graúna, escondida na copa frondosa da mangueira, convidada pelos arpejos do canto gazil, trinava em desafio; como uma flauta agreste fazendo o acompanhamento da singela modinha brasileira.

Era maviosa a voz de Nila, porém livre e caprichosa, como a brisa que se enleia na ramagem, e aqui meiga suspira no cálice da rosa, lá plange melancólica nas franças dos pinheiros, além crepita e farfalha prazenteira entre os leques da palmeira, semelhante à gentil moreninha que estala as castanholas, dançando o lundu.

Assim no meio dos quebros de ternura, soltava-se uma volata, que mais parecia cascata de riso fresco e argentino do que a modulação da cantiga.

Mas eram essas puras alegrias, essas efusões de contentamento, que davam aos descantes de Nila uma graça inimitável. Quando ela cantava, na hora mais ardente, acompanhando o ágil movimento da agulha, parecia que lhe borbulhava dos lábios em aljôfares uma frescura deliciosa, a derramar-se na alma de quem a ouvia, por aquela calma abrasadora.

II

De manhã, às primeiras alvoradas, quando se abria a portinha do casebre, aparecia Nila esfregando os olhos ainda cheios de sono e deslumbrados pela claridade.

Como vinham abotoados de aborrecimento os lábios encarnados?

Nunca se pareciam eles tanto com os bagos carnudos da pitanga. Ah! Quem os provara, para ver se tinham também o agridoce no sabor?

A viuvinha, porém, chilrava na laranjeira o seu trilo argentino, *Marido é dia*; e Nila, voltando-se para ela com um sorriso, começava a arremedá-la.

Disparava depois a correr até o regato e sentava-se na grama para lavar o rosto, pois não tinha ela, a faceira menina, outro toucador senão aquele que lhe fizera a natureza, e talvez lhe invejassem em dias de tédio muitas moças encerradas em seus camarins de estofos e dourados.

Às vezes, quando não tinha pressa de acabar alguma costura, ficava Nila tempo esquecido a mirar-se no cristal das águas, anelando entre os dedos os crespos cabelos castanhos que enroscavam-se pelo colo; requebrando languidamente os grandes olhos pardos; e amarrotando nos lábios o sorriso gentil que neles floria, para compor um sério, melancólico e sentimental.

Achava-se bonita, bem bonita, mesmo nesse desalinho, e com o modesto roupão de chita, liso, mas fofo, que lhe escondia os contornos graciosos do talhe pubescente. O que não seria quando punha o seu vestido de garça, cujo decote mostrava o casto relevo de um seio virgem, enquanto o lustre da seda fazia ondular?

Expandia-se então o semblante da menina, que apinhando os dedos na boca, estalava um beijo e o atirava rindo à sua imagem refletida na água, como um namorado à sua amada.

III

Uma vez voltando para a casa, encontrou Nila um homem, que vinha pelo mesmo caminho com a cabeça baixa e o passo tardo.

Por vergonha de ser vista e curiosidade de ver, escondeu-se a menina atrás de uma moita.

O desconhecido ao passar por diante parou para colher flores azuis à borda da água; e ela pôde então examiná-lo a seu gosto. Era moço e moço da corte: isso via-se logo pelo corte elegante de sua roupa de campo e a graça especial que tinha em toda sua pessoa.

Nila nunca tinha visto aquele modo tão airoso, nem sabia que se chamava *o chique*. Mas, com o seu instinto de moça adivinhou logo aquela faceirice, e compreendeu que só na corte se aprendia o segredo dessas maneiras.

Não era só moço e casquilho o desconhecido; também era bonito. Tinha uma dessas fisionomias corretas e artísticas, perfumadas de sedutora palidez, que parecem figurinos de um jornal de modas, copiados em cera.

Para as meninas ingênuas, cujas almas Deus criou de sorrisos e ilusões, essa beleza plástica tem um encanto irresistível. Elas amam a cor, o metro, a harmonia das formas.

O homem a seus olhos é como a estrela, a flor, o colibri, o brilhante, a pérola, a renda, a fita, e todas essas galanterias em que sua alma gentil vê refletir-se um traço da própria imagem.

A que tempos já passara o moço, que desaparecera ao longe na volta do caminho, e, entretanto, Nila ainda lá está escondida na moita, arrancando uma a uma as flores de um ramo de madressilvas, que desfolha distraidamente.

As pálpebras meio cerradas coavam apenas entre os cílios um vago olhar que flutuava na doce trepidação de uma réstia de sol, filtrada pelo trêmulo recorte das folhas.

Nessa gaze umbrosa acendiam-se e apagavam-se os cambiantes da doce miragem de sua alma.

IV

As lindas cantigas tinham emudecido no lábio travesso da formosa Nila.

Escondida já no canto do alpendre, trabalhava calada e tão quieta que não se perceberia na sombra o seu vulto gracioso, a não ser o movimento compassado da mão pespontando a costura.

Se entreabria-se a mimosa boca, era para soltar o suspiro que enfunava-lhe docemente o seio; ou então para mostrar a ponta do dentinho alvo que mordia o lábio com um assomo de impaciência.

Por que essa mudança?

Uma semana havia que desaparecera o moço; e Nila não podia mais espiá-lo por entre as latadas de madressilvas, lembrando-se das histórias que outrora lhe contava sua mãe.

Veio o domingo.

Nila acordou contente e espanejando-se como o saci, que ao doce bafejo do romper do dia sacode as penas aljofradas de orvalho e gazeia saltitando pelo tope das árvores.

Correu prazenteira ao seu querido regato. Pareceu-lhe que não o vira desde muito, e não gozara do prazer de banhar-se em suas águas cristalinas. Se ela andava tão alheia de si, e daquilo que amava?

Mas agora desforrava-se; e tudo lhe era novo, como se admirasse pela primeira vez estes sítios pitorescos onde nascera.

Abençoada aurora da vida! Como são passageiras as nuvens que toldam a tua serenidade; e como voltam logo, e tão cheias de gozos inefáveis, as bonanças da alma?

V

Mirando-se na límpida veia do regato, com o rosto ainda aljofrado das gotas de água e os cabelos derramados pelo colo nu, viu Nila surpresa desenhar-se junto ao seu, bem junto, o rosto de um mancebo que lhe sorria.

Era o desconhecido; o mesmo dos dias anteriores, que a olhava da margem oposta do regato, quase fronteiro a ela, e também inclinado para a corrente, onde acabava de colher algumas das florinhas azuis, suas prediletas.

Com um rápido gesto, fechou a menina o crespo véu da sua madeixa, apertando contra o seio os anéis que lhe cobriam as faces; e, arrepiando-se como a nambu, fugiu.

Riu-se o moço da timidez da linda menina; e seguindo o vulto gracioso, sua pupila baça e fatigada acendeu-se com um lampejo ao ver a mimosa carnação da perna, que descobrira a fímbria do vestido com o volutear da corrida.

Mas bocejou, como um homem que se sente invadido pelo tédio; e, esquecendo a camponesa, sentou-se à margem do arroio.

Distraiu-se em colher as flores da trapoeraba, que brilhavam entre a relva com um azul tão diáfano e puro, como era o matiz do céu naquela manhã de primavera.

Mal sabia ele que, através da folhagem, dois olhos buliçosos o estavam espreitando desde muito tempo.

Nila tinha fugido, só quanto bastara para esconder-se e espiar.

VI

Quantas vezes encontrou Nila o desconhecido, a discorrer pela campina ou vagando à margem do regato, e quantas fugiu por pejo e faceirice?

Também que longas horas não passou ela contemplando o desconhecido por entre a espessura, e embebendo em sua alma aquela imagem formosa como uma estrela?

Ela que dantes não colhia flores para trazê-las, contentando-se de as ter nas árvores, por companheiras de seus folguedos campestres, algumas vezes amarrotando-as, como faz a criança às bonecas; agora achava prazer em catar na grama a florinha azul, que prendia no decote do vestido, onde logo a murchava o calor do seio.

O seu maior divertimento, ou a mais gostosa travessura, era erguer-se muito cedo, com as primeiras arraiadas da luz, e correr ao arroio para colher todas as florinhas azuis que abrissem naquela manhã.

Depois escondia-se para ver o moço, que no seu passeio habitual debalde procurava as suas prediletas e só a muito custo lá achava alguma que tinha escapado à colheita.

Então a travessa deitava na água sobre uma folha de nenúfar o seu ramalhete, que ia levado pela correnteza passar diante do desconhecido.

A primeira vez o apanhou ele pensando que tinha caído por inadvertência e procurou a quem restituí-lo. Mas a dona fugia como sempre, sem dar-lhe tempo de falar.

De outra vez compreendeu o desconhecido que era um mimo, enviado pelo regato, mudo e inocente mensageiro. E desde então, quando o tirava da água, embora não visse a moça, roçava os lábios pelo ramalhete e o prendia ao peito do redingote.

Nila, oculta entre as árvores, vendo-o beijar as flores, corava como se lhe queimasse as lindas faces o bafejo de uma chama.

VII

Vinha rompendo a aurora.

Pulava Nila sobre a grama fazendo a sua colheita habitual. A aurora já enrubescia as nuvens jaspeadas, que estofavam o horizonte; e a menina, receosa, apressava-se para não ser surpreendida.

Esgarçando uma fita do leque de uma palmeira, atou o ramalhete e se abaixou para deitá-lo na água sobre a folha da ninfeia.

Mas surgiu mão alva e delicada, que, roçando sutilmente o talhe da moça, recebeu o ramalhete antes que ela o largasse na folha.

Imóvel de espanto, gelada a voz nos lábios, com uma nuvem nos olhos, ficou Nila um instante; mas voltou logo a si ao contato de um braço que a cingia.

– Não me abrace! – exclamou ela com um assomo de cólera.

– Queria que a deixasse cair na água? – perguntou o desconhecido com um brando sorriso.

Nila voltou-lhe as costas.

– Se a ofendi, peço-lhe perdão – continuou o desconhecido com a mesma voz doce e melancólica. – Foi um gracejo, fiz mal; não voltarei mais a estes lugares para não contrariá-la com minha presença.

Ia afastar-se, mas ouviu pranto. Nila soluçava, cobrindo o rosto com as mãos.

– Meu Deus, que lhe fiz eu? – perguntou o desconhecido sinceramente aflito pela mágoa que causara.

– O senhor está zangado comigo! – exclamou a moça descobrindo o seu belo semblante orvalhado de lágrimas.

Sorriu-se o desconhecido com expressão de bondade, e tirando o seu lenço de fina cambraia enxugou carinhosamente as faces da menina como faria um irmão.

VIII

Camilo Moreira sofrera uma decepção.

A sorte o feriu nos dois lóbulos que tinha seu coração, no amor e na ambição. Uma linda moça e rica herdeira, que havia cortejado um ano inteiro, sempre acolhido com distinção, de repente, no meio de geral surpresa, casara com uma espécie de Polifemo, verdadeira hipérbole humana.

O mais notável foi que a moça fez essa escolha muito livremente e por paixão. Era das que medem a grandeza do homem pela estatura.

Preterido por essa fêvera espessa que servia de estojo a uma alma raquítica; vendo se desvanecerem de chofre suas afagadas esperanças e desmoronar-se o brilhante pedestal que sonhara para seu futuro, apoderou-se de Moreira o desânimo.

Sentiu-se doente. E que pior enfermidade do que o abatimento da energia vital e o tédio da existência, quando invadem uma organização ativa e robusta?

Embotou-se o olhar brilhante, e a primeira ruga sulcou a fronte do moço.

Enjoado do mentido interesse que mostravam os indiferentes por sua saúde, e aborrecido de responder às perguntas incessantes a respeito de sua magreza ou palidez, fora esconder-se naquele canto da província do Rio de Janeiro, onde não o importunasse o mundo.

IX

Desde aquele dia Nila não fugiu mais do mancebo, quando o encontrava à beira do arroio.

Ao contrário esquecia-se na companhia dele a passear pela margem, colhendo a florinha azul e saltitando sobre a relva.

Um dia voltou-se ela para Camilo Moreira e perguntou-lhe:
– Como se chama a sua flor?
– Não sei – respondeu ele.
– Ora, que pena!
– Podemos dar-lhe um nome.
– Qual há de ser?
– Qualquer. O seu...
– Não tem graça.
– Pois há de chamar-se "lembra-te de mim" – disse ele sorrindo.
– Quando eu tiver deixado estes sítios, e a menina andar por aqui sozinha, já esquecida de nossos passeios, ela, a florinha azul, brilhando

entre a grama, lhe trará uma recordação deste amigo de alguns dias. E talvez a menina pergunte: "Coitado! Onde estará ele?".

– Então o senhor não fica morando aqui? – perguntou Nila, cujo semblante velou-se com uma nuvem de melancolia.

– Não posso! – disse Camilo com um suspiro.

E reparando na mágoa que desmaiava o gentil semblante da menina, buscou distraí-la daquele pensamento.

Outras vezes o mancebo, sentado com Nila à sombra das latadas de jasmins e madressilvas, devaneava como um poeta sobre a florinha azul.

– Veja, este folículo donde sai a flor tem a forma de um coração; e abre-se como ele para exalar o suspiro. Se o suspiro pudesse ter uma cor, havia de ser este azul suave, que é um reflexo do céu; e exprime a pureza e a constância do amor.

Nila bebia essas palavras, que derramavam em sua alma a doçura de um favo de mel.

X

Afinal chegou o dia da partida de Camilo Moreira.

Nila, quando soube da resolução do moço, debulhou-se em lágrimas e soluçou como uma criança.

– Não chore, Nila! Eu voltarei!
– Está me enganando.
– Eu lhe prometo.
– Quando?
– Não sei; o mais breve que eu puder.
– Jura?
– Juro!
– Pois bem, eu fico à espera.

E abafando um suspiro, enxugou as lágrimas, através das quais já espontava um sorriso de esperança, como raio do sol entre nuvens.

No dia seguinte Camilo Moreira, ao despedir-se da menina, pousou-lhe um beijo na face, e prendendo-lhe no decote do vestido uma florinha azul, murmurou: "Lembra-te de mim".

Nila ficou imóvel até que o vulto do mancebo se perdeu ao longe, entre o arvoredo que bordava o caminho.

Abaixando então a cabeça para ver a florinha que o calor do seio já tinha murchado, orvalhou-a de lágrimas.

Todo o dia a trouxe no seio bem junta ao coração; e à noite, quando se recolheu, depositou-a aos pés de um registro de Nossa Senhora para que a Virgem Santíssima abençoasse o seu amor.

XI

Decorreram três anos.

Um dia, pela estrada que atravessava o córrego depois de margeá-lo em certa distância, passaram a par um elegante cavaleiro e uma faceira amazona.

Eram Camilo Moreira e sua mulher.

Restituído à corte e à vida dos salões, o mancebo encontrou-se nos bailes com a filha de um fazendeiro, que saíra do colégio e começava a frequentar a sociedade em companhia de uma parenta, a quem o pai incumbira de procurar-lhe noivo.

A moça agradou-se dele; e mais feliz desta vez, poucos meses depois realizou-se o casamento sem estorvo.

Estavam satisfeitos todos os votos de Moreira; o casamento lhe trouxera aquilo por que tanto almejava, influência e riqueza; mas esquecera o essencial, a felicidade doméstica.

Ligado a uma moça cheia de caprichos e vaidades, enervou-se toda sua energia moral e embotaram-se as nobres aspirações de sua inteligência.

A fazenda do sogro era situada justamente no lugar onde tinha passado o mancebo alguns meses de repouso e isolamento depois da decepção que sofrera.

Encaminhando o passeio para aquelas bandas e seguindo a margem do córrego, sentiu ele uma viva reminiscência dos dias que ali vivera cismado, e da gentil companheira que lhe perfumara a solidão com seu inocente afeto.

Passaram o córrego, roçando pelos festões de madressilvas que espargiam flores sobre eles.

Entre a folhagem soou um gemido abafado.

Camilo voltou-se; mas nada viu.

XII

"Que será feito de Nila? Ainda habitará nestes lugares? A casa da mãe ficava por aqui perto, lá, junto daqueles palmiteiros. Daqui não se avista por causa desta ponta de morro.

"Estará solteira ainda ou já terá casado? É mais provável. Pobre Nila! Como ela gostava de mim! E quando a deixei, como chorou, coitadinha! Que pena tive eu dela; não me animei a desenganá-la; jurei voltar.

"E ela prometeu me esperar. Criança! Aposto que uma semana depois já nem se lembrava de mim; ou quando se lembrava era para rir-se dos nossos desfrutes!

"Realmente naquele tempo não sei onde me andava a cabeça que passava horas e horas a namorar uma flor?

"Todos temos as nossas descaídas; e ainda bem que da minha não resultou mal a ninguém.

"Vou perguntar notícias de Nila; quero vê-la. Muito nos havemos de divertir com a lembrança das nossas criançadas!"

Este monólogo, Camilo o fazia quando, no passeio a cavalo que dava só em companhia da mulher todas as manhãs, atravessava o córrego.

Alguma vez, porém, um eco recôndito repercutia-lhe dentro da alma estas palavras:

"Quem sabe se aquele amor puro e ingênuo não me daria a felicidade que não trouxe um casamento rico?..."

E uma vaga tristeza encobria-lhe o coração.

XIII

Chegavam Camilo Moreira e a mulher à beira do córrego.

Era a quinta vez que por aí passavam; e nessa manhã a moça ainda mais arrebitada que de ordinário causticava a paciência do marido, com beliscadelas e alfinetadas.

Junto à latada de madressilvas o cavalo refugou, olhando espantado para o maciço da folhagem.

Arredando as ramas com o cabo do chicote, viu Camilo, a alguns passos, sentada sobre a relva, uma moça, a catar nos tufos de grama que alfombravam o brejo as florinhas azuis.

Era Nila.

Reparando na sua imobilidade e acompanhando-lhe o olhar, descobriu um colar vivo que cingia o lindo braço da menina.

Um grito de espanto rompeu-lhe dos lábios, e ele precipitou-se cuidando chegar a tempo de salvar Nila.

A moça apanhava as florinhas azuis, como costumava todas as manhãs, desde que Camilo a deixara.

Percebendo a áspide que se enroscara no talo da planta, em vez de retirar o braço, tristemente sorriu. Sua esperança morrera há dias, quando viu a primeira vez passar Camilo com sua mulher.

A morte colhida, com a flor mimosa, era suave; parecia-lhe uma ternura daquele a quem amara, e que, não podendo já a possuir na terra, a enviava ao céu.

No momento em que o moço, atirando-se do cavalo, corria para Nila, ela ergueu a custo o braço onde se enroscava a áspide e, estendendo a mão, cujos dedos gelados ainda seguravam uma florinha azul, arquejou:

– Lembra-te de mim.

E, dobrando o colo, adormeceu.

Inocêncio
**Joaquim Manuel
de Macedo**

1861

JOAQUIM MANUEL DE MACEDO
Itaboraí (RJ), 1820 – Rio de Janeiro (RJ), 1882

Joaquim Manuel de Macedo foi escritor e teatrólogo, entre outras tantas ocupações. Seu romance *A moreninha* é um dos marcos inaugurais do gênero no Brasil. Seu livro de narrativas breves mais lembrado é *As vítimas-algozes*. Escolhemos, entretanto, para esta antologia, uma narrativa praticamente desconhecida, que surpreende não tanto por ser uma realização estética plena dentro do gênero em questão, mas pelos ingredientes empregados em sua composição. Personagens, seus nomes e epítetos, as relações sociais, os interesses de classe e a crença na vontade e no mérito do indivíduo em choque com a lógica das influências pessoais e do favor, produzindo humor, são ingredientes que veríamos depois plenamente arquitetados e tensionados na ficção de Machado de Assis. A diferença é que Macedo mais tematiza do que realiza formalmente o que se torna procedimento fundamental da prosa machadiana.

I

Na manhã do dia 24 de janeiro do ano corrente de 1861 estava passeando à entrada da estação da estrada de ferro, no Campo da Aclamação, à espera do trem que devia a todo instante chegar, um homem de 50 anos de idade, de estatura regular, um pouco gordo, nem bonito nem feio, mas que à primeira vista logo se fazia notar por um sorriso constante que lhe morava nos lábios, sorriso que nem exprimia bondade nem toleima; muito claramente, porém, uma ironia cruel e, talvez, insolente.

Esse homem chamava-se, ou antes chama-se, Geraldo; mas porque muito a miúdo dá ao seu sorriso habitual as proporções de gargalhada, é ainda mais do que pelo seu nome de batismo, conhecido na cidade do Rio de Janeiro pela alcunha de "Risota".

Geraldo-Risota ri com efeito de todos e de tudo; mas o seu rir é triste e desconsolador: é um rir que faz mal. Uma longa e dolorosa experiência, uma série de desgostos e decepções, uma disposição natural do seu espírito, uma mania talvez, ou o quer que fosse, tinha alterado profundamente o caráter daquele homem, tinha-o tornado tão descrente das coisas deste mundo que de todo se lhe apagara a fé e a esperança no futuro da vida, da sociedade e do país; mas essa descrença, em vez de torná-lo melancólico e rude em seu parecer, emprestara-lhe esse rir de mofa e o fazia soltar gargalhadas a respeito de tudo: era um Demócrito grosseiro, que parecia feliz e devia ser desgraçado.

Geraldo-Risota passeava, pois, esperando a chegada do trem de ferro, que enfim anunciou-se por aquele sibilo bem conhecido.

Alguns minutos depois, um homem e uma senhora, que eram sem dúvida marido e mulher, e uma bela moça, provavelmente filha deles, saíram da estação e saudaram amigavelmente a Geraldo, e logo em seguida apareceu um elegante mancebo, que correu para este com os braços abertos.

Geraldo-Risota abraçou o mancebo sem entusiasmo, sem ardor, mas com aparências de interesse, e, tomando imediatamente um carro de aluguel, partiu com ele para sua casa.

– Pensei que te demorasses mais tempo na tua província, Inocêncio – disse Geraldo.

– Não, meu padrinho; eu estava ansioso por voltar à capital do Império; brilhantes esperanças, nobres ambições e agora, quiçá, também o amor marcam aqui o meu lugar.

O Risota soltou uma gargalhada.

– Que é isso, meu padrinho?...

– Foi uma gargalhada muito longa, confesso; mas era preciso que fosse assim, visto que devia valer por três, pois que a um só tempo me falaste em tuas brilhantes esperanças, nobres ambições e em amor... Três coisas que me fazem sempre morrer de riso.

Inocêncio não respondeu; pôs-se a olhar para a rua e daí a pouco disse:

– Quando eu observo o desenvolvimento e progresso que teve a cidade do Rio de Janeiro nos oito anos que gastei estudando na Europa, sinto verdadeiro entusiasmo imaginando o que será a nossa capital daqui a vinte ou a trinta anos!...

O Risota achou no que acabava de ouvir motivo para rir tanto que o mancebo desapontou e não disse mais palavra.

O carro parou finalmente à porta da casa de Geraldo, e este, depois de conduzir o seu afilhado ao aposento que lhe destinara, disse-lhe:

– Procede comigo como dantes, Inocêncio: faze de conta que é tua a casa de teu padrinho; almoça, descansa; que eu tenho o que fazer e vou tratar da vida.

Inocêncio ficou só: pediu almoço ao escravo que veio pôr-se às suas ordens, e logo depois achou-se sentado à mesa.

Enquanto ele almoça, aproveitarei o tempo dizendo o que convém para tornar conhecido o afilhado de Geraldo.

Inocêncio era filho de um honrado fazendeiro da província de *** e tendo mostrado desde tenra idade muita disposição para a carreira das letras, seu pai o mandou educar.

Geraldo, que era parente afastado, mas também padrinho de batismo de Inocêncio, recebeu em sua casa o afilhado, que fez no Rio de Janeiro os seus estudos de humanidades com aplauso geral dos mestres, que admiraram a sua inteligência e não menos o seu caráter honestíssimo.

Aos 18 anos Inocêncio partiu para a Europa e lá, em vez de passear e divertir-se, empregou oito anos em estudos assíduos e conscienciosos, de modo que em 1860 voltou para o Brasil, rico de ciência e de ilustração, podendo ufanar-se de ser um matemático hábil, um engenheiro prático e um literato brilhante.

Inocêncio perdera seu pai quando estava na Europa; viera, porém, encontrar uma doce consolação no amor da mais carinhosa mãe. Também tendo, de volta do Velho Mundo, chegado ao Rio de Janeiro em junho de 1860, apenas se demorou oito dias nesta capital e logo partiu para sua província, onde ficou ao lado de sua mãe até o fim do ano, época em que tornou para o Rio de Janeiro, chegando à cidade no dia 24 do primeiro mês de 1861, como se acaba de ver.

É certo que ele poderia ter chegado alguns dias mais cedo; encontrando, porém, na fazenda de um velho amigo de seu pai, fazenda pouco distante da cidade, uma família da corte que ali fora passar a festa do Natal, deixou-se cativar e prender pelos encantos de uma interessante moça, amou-a e não seguiu a concluir a sua viagem senão quando aquela família teve também de retirar-se, cabendo-lhe a dita de embarcar-se com os pais da sua amada e com esta no mesmo trem e no mesmo carro do caminho de ferro de Dom Pedro II.

Creio que se adivinhará facilmente que a família de que se trata é aquela mesma que saudou com sinais de amizade a Geraldo ao sair da estação do Campo da Aclamação.

Agora que fica já referida a história do passado de Inocêncio, é justo dizer duas palavras sobre o seu físico, e alguma coisa mais sobre o seu caráter.

Inocêncio vai fazer 27 anos; é alto, delgado, pálido e simpático; tem sobretudo uma fronte elevada, onde se lê claramente uma bela inteligência, e olhos pardos e cheios de doçura, em que transluz a bondade.

Disse que Inocêncio vai completar 27 anos e devo acrescentar que a certos respeitos parece não ter mais de 15 ou 16; une a um entusiasmo de poeta a inexperiência de um menino.

Bom até ao extremo, honrado como os que mais o são, de consciência a mais escrupulosa, severo sempre para consigo mesmo, indulgente sempre para com os outros, era sobretudo crédulo como a infância e não calculava jamais nem com a hipocrisia nem com a perfídia dos homens.

Até a idade a que tinha então chegado, vivera constantemente afastado das lutas e das agitações do mundo e só ocupado com os seus estudos, cultivando apenas a sociedade generosa e leal de alguns bons colegas das aulas.

Entrava agora finalmente no mundo social com a cabeça cheia de utopias e o coração cheio de amor. Era entusiasta do belo, da virtude e escravo do dever: amava com ardor a pátria e desejava servi-la; amava os homens e desejava ser-lhes útil.

Embora fosse modesto, Inocêncio tinha consciência de que valia alguma coisa e ufanava-se dos conhecimentos e da ilustração que possuía, porque podia com a sua inteligência esclarecida prestar serviços ao seu país.

E enfim, para remate completo e perfeito dessa natureza tão própria para ser objeto e vítima das zombarias e dos enganos do mundo, Inocêncio era poeta e podia, se quisesse, brilhar como tal aos olhos dos homens.

Desculpem-me se deixo em silêncio os defeitos desse mancebo: os seus defeitos sem dificuldade se adivinham, porque naturalmente devem corresponder à exageração das suas boas qualidades.

Deixei Inocêncio ainda há pouco à mesa do almoço; agora vou encontrá-lo no seu quarto.

Está deitado, mas não dorme nem descansa; medita: em que medita?... Ele lá o sabe; sonha talvez, sonha com um futuro de flores, com triunfos, com amor, com a glória; sonha com ilusões; não é assim que sonham todos os poetas?...

Levantou-se e foi sentar-se a uma mesa, abriu a sua carteira de viagem, dela tirou papel, penas e um pequeno tinteiro, e pôs-se a escrever.

Escreve no seu diário as lembranças e impressões do dia, a cujo termo ainda não chegou.

Realmente, há nesse cuidado pressa demais.

Sorriu-se e suspirou escrevendo um nome; esse nome é Cristina.

É provável que se chame Cristina a moça com quem ele veio no carro do trem do caminho de ferro; não é provável, é certo, porque sem necessidade já escreveu três vezes o mesmo nome e o repete docemente dez vezes de cada vez que o escreve uma.

Melhor! Esqueceu a prosa e compõe versos: é um canto que improvisa, e com tanta facilidade e prontidão que no fim de duas horas escreve o último verso da vigésima e derradeira estrofe.

Mas nesse momento rebentou aos ouvidos do mancebo uma gargalhada homérica.

Inocêncio voltou a cabeça e viu seu padrinho encostado à sua cadeira.

– Estava aí, meu padrinho?...
– Sim, e li o teu canto, que me fez rir.
– Por quê?... achou-o mau?
– Péssimo, porque me parece excelente.
– Não o compreendo.
– Pois é fácil: quem escreve versos como esses...
– Está apaixonado, não é isso?... confesso que tem razão.
– A paixão é o menos, porque a paixão apaga-se.
– Conforme...
– Apaga-se.
– Admitamos isso; e que mais então?...
– É que quem escreve versos como esses, ainda que nunca mais escreva outros, nem por isso deixará de ser sempre poeta pela cabeça e pelo coração, e está por consequência destinado a ser uma alma de outro mundo desterrada neste, onde não encontrará nunca nem o que pensa nem o que sonha.
– Meu padrinho confunde este mundo com o inferno.
– Não, meu afilhado; eu não confundo, digo somente o que ele é; és tu que pretendes arranjar o mundo a teu modo e transformá-lo em paraíso.

E o pior foi que dessa vez Geraldo-Risota não riu.

II

A capital do Império do Brasil compõe-se, por assim dizer, de duas cidades distintas, mas habitadas pela mesma população: a cidade da manhã e a cidade da tarde, a cidade do trabalho e a cidade do descanso. A primeira é aquela que especialmente se estende do Campo da Aclamação para os diversos bairros comerciais, que formam o que ainda se chama a *cidade velha*; a segunda é imensa, variada e pitoresca, e compreende todos esses subúrbios elegantes, amenos e saudáveis que se chamam Catete, Botafogo, Laranjeiras, Santa Teresa, Engenho Velho, Rio Comprido, São Cristóvão, Andaraí, Tijuca e outros ainda.

De manhã, negociantes, capitalistas, funcionários públicos, advogados e homens de todas as profissões correm a povoar a cidade do trabalho; chegada, porém, a hora em que o trabalho cessa ou escasseia, voltam apressados a passar a tarde e a noite na cidade do descanso. É verdade que a grande maioria da população fica sempre na primeira cidade; mas também a grande maioria é composta daqueles que não podem ter uma casa para a manhã e outra para a tarde e a noite; e habitam constantemente a cidade do trabalho pouco mais ou menos pela mesma razão por que os presos habitam na cadeia.

Geraldo-Risota pertencia ao número dos felizes, que podem ir jantar e dormir na chácara, e, muito zeloso desse direito, logo que terminou a sua tarefa no dia da chegada de Inocêncio, partiu para a sua casa de campo, levando consigo o afilhado.

Jantaram ambos como bons amigos e, acabado o jantar, foram tomar o fresco passeando pelo jardim.

Ali estão eles, o padrinho e o afilhado, sentados em frente um do outro, em dois bancos de relva.

Inocêncio acabava de enunciar-se não sei a respeito de que assunto com o seu ardor costumado, e Geraldo-Risota havia lhe respondido com uma gargalhada.

Ficaram depois em silêncio por algum tempo; mas Geraldo outra vez encetou a conversação.

– Conversemos, Inocêncio; mas fala-me em prosa se queres que eu te entenda.

– Falar-lhe-ei do modo que chama prosa, meu padrinho, isto é, sem mostrar interesse e ainda menos entusiasmo, que é o que lhe parece poesia; falar-lhe-ei, pois, assim, mas há de ser com uma condição.

– E qual é ela?

– Que vossa mercê não me interromperá com as suas risadas, que me desapontam.

– Oh, diabo!

– Sim ou não, meu padrinho!...

– Mas se és tu que me fazes rir!

– Vossa mercê ri de tudo.

– Foi o melhor partido que pude tomar depois que refleti seriamente sobre os homens e as coisas da nossa época.

– Em tal caso não direi mais palavra, nem em verso nem em prosa.

– Está bem: por tua causa sufocarei o riso e tornar-me-ei sério e grave como um desembargador quando veste a beca. Ora pois, conversemos.

– Conversemos, meu padrinho.

– Principia tu, pondo-me ao fato dos teus projetos e esperanças; pode ser que eu te dê algum bom conselho, porque enfim sou teu parente, teu padrinho e teu amigo.

– Com o maior prazer.

– Vamos lá: acende outro charuto e fala; mas fala sem fogo, fala frio; desenxabido e positivo como um deputado ministerial.

Inocêncio acendeu um segundo charuto e falou:

– Meu padrinho, três grandes esperanças me animam, três belos pensamentos me ocupam atualmente.

– É muito: três são demais; devia ser uma só, e ainda assim não seria difícil o desencanto.

– Mas as minhas esperanças baseiam-se em seguros fundamentos.

– Vamos a elas.

– Espero no dia 30 de janeiro ser eleito deputado pelo meu distrito, na província onde nasci.

– Oh, lá!

– Espero que o governo me confie uma comissão importante, na qual servirei bem ao meu país e darei uma prova dos meus recursos intelectuais.

– Excelente!

– Espero enfim casar-me com uma jovem que fará a felicidade da minha vida.

– Três sortes grandes sem comprar bilhete!... Desconfie de tanta coisa junta: olha, que eu desato a rir, Inocêncio!

– E eu calo-me.

– Não: estás vendo que conservo inalterável a minha gravidade de desembargador de beca. Tornemos às esperanças e estudemos cada uma por sua vez. Como arranjaste a deputação?

– Muito simplesmente: reuni em minha casa os eleitores do meu município, expus claramente a todos eles as minhas ideias políticas e administrativas, mostrei-lhes quais eram os meios mais racionais e capazes de preparar um brilhante futuro à nossa pátria, marquei o procedimento que eu teria se fosse eleito deputado e concluí dizendo-lhes: eu não vos peço os vossos votos; pergunto-vos se os mereço; se os mereço, deveis dar-mos; a eleição não é uma questão de favor, e sim de interesse geral e de consciência. Ora, os eleitores responderam-me que as minhas ideias eram excelentes e que me supunham muito digno de uma cadeira na câmara temporária; por consequência, não posso duvidar do resultado da minha eleição.

– Mas quem toma a peito a tua candidatura?

– Creio que todos os eleitores.

– Por quê?...

– Já o não disse?... porque todos eles aplaudiram as minhas ideias e reconheceram que eram sãs, conscienciosas e utilíssimas.

– E o presidente da província protege-te?

– Que tem que ver o presidente da província com a minha eleição?... Eu rejeitaria um diploma que fosse arrancado aos eleitores pela intervenção do governo.

– Mas alguma potência eleitoral ao menos...

– A única potência eleitoral deve ser o merecimento do candidato; uma eleição não é um favor que se ande mendigando: hei de ser eleito sem empregar esses meios que reprovo.

– Só depois de ver esse milagre acreditarei nele. Desconfio muito que não serás nem o imediato em votos. Rapaz, tu pensas que a eleição é uma bela realidade política, e ela não passa de uma comédia ou fantasmagoria constitucional. Mas vamos à segunda esperança: a tal comissão...

– Soube, antes de partir para a minha província, que o governo ia nomear um comissário encarregado de examinar trabalhos importantes que se referem à especialidade que foi objeto dos meus principais estudos: requeri ser escolhido para essa comissão, documentando o meu requerimento com todos os meus atestados acadêmicos, declarando-me pronto para exibir provas da minha capacidade em um exame público e, visto que sou ainda pouco conhecido, apontando diversos cavalheiros considerados desta capital que podem afiançar a minha probidade. Ora, a comissão é difícil e espinhosa, não creio que muitos a desejem e, portanto, espero ser escolhido para ela.

– E quem é o teu patrono nesta pretensão?

– O meu patrono?...

– Sim; quem se empenha a teu favor?...

– Meu padrinho é maníaco pelos empenhos!... Eu não pedi, nem peço a pessoa alguma que se interesse por mim; ofereci-me a sujeitar-me a um exame público, lembrei homens conceituados que podem responder pela minha probidade e é o que basta.

– Falaste ao ministro respectivo?...

– Procurei-o, e responderam-me que ele estava muito ocupado, o que é bem natural, porque um ministro tem a seu cargo uma tarefa onerosíssima; deixei, pois, o meu requerimento documentado na secretaria e espero sossegadamente o resultado.

– Inocêncio! – disse Geraldo. – Uma de duas: ou tu te resolveste a passar a tarde divertindo-te à minha custa ou és o maior tolo que eu tenho conhecido no mundo.

– Por quê, meu padrinho?...

– Pois tu já viste nomeações sem patronos e sem empenhos?...

– Oh, senhor! – exclamou Inocêncio. – Não falo agora de mim, que pouco valho: quando, porém, se apresenta pretendendo um emprego um homem ilustrado, honesto e capaz de preenchê-lo com proveito do país...

– Em regra não arranja nada, é posto de lado e "morre pagão" se não tem padrinho.

– Que blasfêmia, meu Deus!...

– Inocêncio! Conheces o direito constitucional do teu país?...

– Um pouco.

– Quantos são os poderes do Império?...

– Ora, meu padrinho!

– Responde.

– São quatro.

– São cinco.

– Eu respondo com o direito constitucional.

– E eu com o direito consuetudinário. O patronato é o quinto poder do Império: ainda não houve ministro que o confessasse em alta voz; mas também nenhum houve ainda que deixasse de reconhecê-lo e dobrar-se a ele.

– Então o Brasil...

– O Brasil está no caso das outras nações: mais miséria, menos miséria, mais ou menos desmoralização, todas elas andam assim.

– Portanto...

– Aposto que ficarás sem a comissão.
– Veremos.
– Vamos à esperança do casamento.
– Meu padrinho, não viu aquela família que chegou hoje comigo em um carro do trem da estrada de ferro?...
– Ah! Trata-se da formosa dona Cristina, filha do meu amigo Fagundes... Uma bela moça de aparências sentimentais, mas fria como uma pedra de gelo e positiva como um bilhete do banco.
– Meu padrinho! Eu a amo...
– E ela?
– Corresponde ao meu amor.
– E os pais?
– Não podem deixar de sabê-lo.
– Entendo: o nosso amigo, em cuja casa estiveste, deu-lhes notícias tuas e de tua família, e eles ficaram sabendo que tens uma fortunazinha de 50 a 60 contos de réis.
– E que vem isso ao caso?
– Vem muito: vais por aí melhor do que pelas esperanças de deputação e de emprego.
– Creio que não se refere ao meu dinheiro...
– Refiro-me; é mesmo justo que um pai deseje para sua filha um marido que tenha com que tratá-la convenientemente: é verdade que o meu amigo Fagundes não é pobre; mas nem por isso calcula menos com um genro que seja rico. Anima-te, pois: a tua terceira esperança realizar-se-á, contanto que...
– Acabe!
– Ora! Contanto que ainda a tempo não apareça algum outro pretendente que, mercantilmente falando, represente uma soma mais avultada do que tu podes representar.
– Isto é demais!
– Não é de mais nem de menos, é exato. Entretanto, aprovo a tua ideia de casamento e amanhã à noite iremos tomar chá à chácara do Fagundes; quero apresentar-te como meu afilhado.
– Aceito, meu padrinho.
– E não tens mais que confiar-me?
– Nada mais.

Ouvindo isso, Geraldo-Risota começou a soltar tantas e tão continuadas risadas que esteve a ponto de cair do banco onde se achava sentado. Inocêncio susteve-o e pediu-lhe que se lembrasse da promessa que fizera.

– Deixa-me rir! Deixa-me! Não sabes quanto me custou estar sério por tanto tempo; mas disseste coisas que hão de fazer-me rir durante um ano.

III

No dia seguinte, das seis para as sete horas da tarde, Geraldo e Inocêncio dirigiram-se à chácara de Fagundes.

Era curta a distância que tinham de vencer, mas ainda assim o padrinho e o afilhado aproveitaram o tempo conversando.

– Inocêncio – disse Geraldo –, preciso que me previnas do papel que pretendes representar para com a família de Fagundes.

– Que papel pretendo representar! Essa é boa, meu padrinho; eu quero e hei de sempre aparecer e mostrar-me tal qual sou: dir-se-ia que vossa mercê supõe que se trata de representar alguma comédia!

– Rapaz, o mundo é um teatro imenso, onde os homens, quer em relação à política quer em relação às suas profissões, às sociedades que frequentam e até à própria religião, são cômicos mais ou menos habilidosos. Todos representam e muitos ou quase todos o fazem até mascarados.

– E com que fim?

– Com o fim de ver quem mais engana os outros e mais se aproveita da credulidade alheia.

– E meu padrinho queria então que eu também, por minha vez, voltasse as costas à verdade, esquecendo o dever da lealdade e da franqueza, e me desfigurasse com a mentira?...

– Eu não disse que o queria; apenas perguntei o que pretendias fazer: não te aconselho que te deixes corromper e te desmoralizes, mas também se te visse já enfeitado com uma certa perfídia e desmoralização elegante, que tanto aproveitam aos grandes e poderosos da terra, não trataria de corrigir-te, porque vejo que é com esses enfeites que melhor se arranja a vida e se passa bem no mundo.

– E meu padrinho pratica também assim?...

– Eu não, mas eu já não sou deste mundo; ou mesmo quem sabe se as minhas repetidas gargalhadas não são uma espessa máscara com que escondo o pesar de mil decepções e desenganos?... Está dito: eu também represento o meu papel de Demócrito.

– Ah!

– Mas ainda há pouco disseste uma grande asneira perguntando-me se eu queria que te desfigurasses com a mentira: as mentiras do bom-tom não desfiguram, esmaltam, e era possível que te quisesses esmaltar com algumas dessas mentiras aos olhos da família do meu amigo Fagundes.

– Por exemplo...

– Por exemplo, podias querer passar por fidalgo e em tal caso inventarias dez histórias a respeito da sublime procedência de teus avós; para um moço que deseja recomendar-se à sua noiva e aos pais dela, isso não era de todo novo nem mal pensado. Atualmente a fidalguia vai criando asas e tomando uns ares que fazem medo; o que vale é que os nossos fidalgos arranjam-se às dúzias e apresentam-se tão caricatos que fazem rir. Podias também, e isso era mais importante ainda, querer passar por herdeiro futuro de uma riqueza colossal, dizendo em tal caso que tua mãe possui dez fazendas em vez de uma só; em questão de casamento uma mentira deste gênero esmalta admiravelmente um noivo e impressiona de um modo indizível os pais da moça.

– E depois?...

– Depois de arranjado o negócio, os iludidos que engoliram a pílula calam-se porque se se animassem a falar e protestar...

– Que aconteceria?...

– O mundo rir-se-ia deles, e eu, mais que todos, soltaria enormes gargalhadas.

– Pois eu nunca me servirei da mentira nem da perfídia para alcançar o que desejo.

– Farás bem e farás mal; alcançarás uma coroa no reino do céu, mas hás de levar muita pateada nos reinos da terra.

– Então a virtude já fugiu espantada e corrida deste mundo?...

– Não: ainda se sustenta nele, resistindo ao triste espetáculo da prepotência, do patronato, da traição, da infidelidade e do vício, que muitas vezes campeiam triunfantes; ainda resiste e resistirá sempre, e é por isso que é virtude.

– Ainda bem! Meu padrinho já acredita em alguma coisa!

– Pois eu deixei algum dia de crer na virtude, na honestidade e na honra?... O que eu digo é que, sendo poucos os virtuosos, ando sempre a rir-me e sempre desconfiado ao ver a multidão de gente que anda a toda hora impondo de virtuosa.

Geraldo e Inocêncio chegaram nesse momento ao portão da chácara de Fagundes e daí a pouco bateram palmas à porta, e o primeiro exclamou:

– Licença para um padrinho que traz consigo o seu afilhado!

É inútil dizer que Geraldo e Inocêncio foram recebidos com a maior alegria.

– O senhor Inocêncio não precisava de apresentação – disse Fagundes –, é já nosso amigo e deve-nos muita estima.

– Mas folgamos bastante por saber que é seu afilhado – acrescentou Carlota, a mãe de Cristina.

– E, além de afilhado, parente – disse Geraldo.

– Parente chegado?... – perguntou com interesse a boa mãe da menina.

– Não, tenho outros mais próximos – respondeu Geraldo, desatando a rir.

Bem depressa a conversação tornou-se geral, sendo Inocêncio objeto de extraordinários elogios da parte de Fagundes e de Carlota.

Quem menos falava era Cristina.

O rosto dessa moça era regular e bonito; atraía, porém, a atenção ainda mais por uma certa expressão de suave melancolia do que pela sua beleza; seus olhos principalmente, seus olhos negros e úmidos eram cheios de um langor que cativava; sua voz parecia um canto harmonioso, cada um de seus sorrisos um triunfo de amor: a graça morava nos lábios de Cristina.

Inocêncio devorava com olhos ardentes a sua encantadora amada.

Fagundes e Carlota conversavam com Geraldo de modo a deixar ao mancebo tempo e ocasião de sobra para falar em liberdade a Cristina.

Mas os dois namorados entendiam-se ainda mais com os olhos e com os suspiros do que com a palavra.

– Canta alguma coisa – disse enfim Carlota a Cristina.

A moça fez-se rogar um pouco e acabou por levantar-se, sendo acompanhada por Inocêncio ao piano.

– Permite que eu tenha a honra de acompanhar o seu canto?... – perguntou o mancebo.

– Com muito prazer – disse corando e tremendo a moça.

Escolhiam a música... folheavam-se os livros... os dedos cor-de-rosa de Cristina encontravam-se com os de Inocêncio, e ao doce contato ambos sorriam.

Enfim Cristina preferiu entre outras a ária de Eleonora do *Torquato Tasso*, e cantou-a com sentimento e paixão.

Acabado o canto, os dois namorados ficaram conversando junto do piano.

– Gosta muito daquela música, minha senhora?...
– O mais que é possível.
– Tem razão; a música do *Torquato* é um verdadeiro triunfo da arte.
– Talvez que a arte seja o que menos influi na minha predileção por esta ária.
– Então...
– Arrebata-me o pensamento que ali domina, arrebata-me aquele amor que faz esquecer a distância que separa o poeta da princesa: o sentimento transborda ali com a mais sublime pureza. É um amor que não parece da terra e que é, no entanto, o único que eu posso reputar verdadeiro e santo.

Inocêncio teve desejos de ajoelhar-se aos pés de Cristina e adorá-la como um anjo.

– Oh! Tem havido tantos sacrílegos ousando emprestar o nome sagrado de amor a sentimentos às vezes tão baixos!... O interesse tem tantas vezes manchado esse nome belo e puro envolvendo-se com ele que...
– Acabe...
– Senhor... estou dizendo loucuras...
– Oh! Não... está fazendo ouvir a lição da virtude, da generosidade, do amor do céu!
– Pois bem: tantas vezes tem-se observado aquele sacrilégio abominável que pela minha parte eu preferira ser vítima dele a parecer suspeita de haver pensado em cometê-lo! Oh! Eu desejara que o homem a quem eu amasse... e que tivesse de ser meu esposo, fosse tão pobre, tão completamente pobre que somente me pudesse dar o tesouro do seu coração. Então eu ostentaria o meu amor profundo, desinteressado, virgem, divino pela sua essência, divino ainda pela sua duração sem termo... porque o meu amor, eu o sinto, não poderá acabar nunca!

Com uma comoção violenta, Inocêncio agitado, nervoso, trêmulo e receoso de atraiçoar-se, correndo com os dedos pelo teclado de piano, executou alguns compassos de uma música estridente, ao mesmo tempo que Cristina, comovida também, mas observando-o cuidadosa e disfarçadamente, viu caírem-lhe dos olhos duas grossas lágrimas.

– Incomodei-o? Chora?... – perguntou ela.

– Não! Não! Estas lágrimas que caíram de meus olhos são mais doces do que todos os risos da felicidade, Cristina... Cristina... o seu amor é como o amor que eu sinto, e o seu... eu o quero para mim... é meu... pertence-me... Ah! Diga-me ainda uma vez que me ama...

A moça deixou cair sua mão esquerda sobre as mãos de Inocêncio e, apertando com a outra o coração, murmurou docemente:

– Amo-o!

O chá começou a servir-se naquele momento.

Às dez horas da noite Geraldo e Inocêncio despediram-se e retiraram-se.

– Então! Aproveitaste bem o teu tempo, não é assim?... – perguntou Geraldo.

– Meu padrinho – respondeu Inocêncio –, Cristina é um anjo!

– Mas repara que não me asseguras que não seja algum daqueles anjos decaídos que se revoltaram contra Deus e caíram do céu no inferno.

– Não zombe; é um anjo de virtude e de amor!

– Qual! É uma moça bonitinha, que tem mais defeitos do que pensas.

– Meu padrinho, peço-lhe que respeite aquela que deve ser minha esposa.

– Não digo mais palavra sobre ela; creio, porém, que posso falar sobre os pais.

– E que tem a dizer a respeito deles?...

– Pouca coisa: digo que se interessam por ti.

– Ah!

– Não houve pergunta que me não fizessem: ficaram sabendo a quanto montou a legítima que te tocou por morte de teu pai e a herança que te caberá por morte de tua mãe...

– Meu padrinho!

– Não acharam mau o que eu lhes disse e que foi a pura verdade, mas ficaram menos contentes quando eu os informei de que não podias esperar ser herdeiro de mais parente algum...

– Sempre a mesma ideia!...

– É muito natural; os pais devem pensar no futuro de suas filhas; e assiste-lhes o direito de serem muito positivos.

– Tem razão.

– E Cristina? O que te disse ela?

– Vossa mercê zomba de tudo...

– Não, tomarei este negócio ao sério.

Inocêncio contou palavra por palavra tudo quanto se passara entre ele e Cristina, e o entusiasmo com que esta lhe falara do amor da princesa Eleonora e do amor desinteressado e santo, único que ela compreendia.

Ouvindo isso, Geraldo-Risota pareceu fazer um esforço sobre si mesmo e de repente começou a assobiar muito desatinadamente uma música que ninguém seria capaz de dizer o que era.

– Que faz, meu padrinho? – perguntou Inocêncio.

– Assobio, meu afilhado; assobio para não rir.

IV

Foi tão lisonjeiro ou tão animador o acolhimento que Inocêncio recebeu dos pais da sua amada que não deixou mais passar uma única noite sem ir pagar tributos de amor e colher suaves esperanças na chácara feliz onde habitava Cristina.

Visitas tão frequentes poderiam ofender certas considerações que sempre se devem respeitar; mas Inocêncio olhava já Cristina como sua noiva e, embora ainda não a tivesse pedido formalmente em casamento, já com tanta clareza manifestara as suas intenções a esse respeito a Fagundes e sua esposa que sem vexame e quase que com uma presunção de direito ia todas as noites passar duas ou três horas ao lado daquela que devia ser em breve a sua companheira de toda vida.

Também de sua parte Fagundes e Carlota recebiam sempre com o maior agrado Inocêncio, e Cristina nunca se despedia dele que ao apertar-lhe a mão não lhe dissesse:

– Até amanhã!

Tudo isso era muito natural e explicável.

A um namorado não faltam jamais pretextos e nem mesmo razões que lhe parecem muito sólidas para frequentar assídua e até diariamente a casa daquela a quem ama.

Os pais de uma menina que já tocou a idade de casar-se acolhem sempre com estudado favor o mancebo que se lhes afigura em boas condições de ser um marido extremoso e capaz de fazer a felicidade da filha.

O que, porém, menos natural poderia parecer era a incansável solicitude com que Geraldo-Risota mostrava auxiliar os amores e os projetos de casamento de Inocêncio.

Geraldo não deixava de acompanhar o afilhado uma só noite à chácara de Fagundes nem de informar-se na volta a respeito do estado das relações dos dois amantes.

Uma vez Inocêncio chegou a agradecer ao padrinho os sinais do vivo interesse que lhe devia.

– Nada de agradecimentos – respondeu Geraldo –, não quero que te enganes comigo; o empenho que tomo em informar-me dos teus amores com Cristina nasce somente do juízo que faço do coração da tua noiva e da admiração que me causa a sua constância.

– Já vê, meu padrinho, que lhe cumpre reformar o seu juízo e pedir perdão a Cristina.

– Ainda não: deixa primeiro soprar o vento.

– Que vento?

– Um certo vento que às vezes faz mudar de rumo a muitos homens e do mesmo modo a muitas senhoras.

– Meu padrinho! Já lhe pedi...

– Mudemos de assunto.

– É melhor.

– Como vais de esperanças eleitorais?...

– Nada posso dizer além do que já lhe disse, não tenho recebido carta alguma da província.

– Mau sinal!

– Não; estou perfeitamente tranquilo: a minha eleição é indubitável.

– E a comissão do governo?...

– Fui já três vezes procurar o ministro para entender-me pessoalmente com ele e não consegui uma só vez lhe falar.

– Talvez o procurasses em horas mal escolhidas.
– Por pensar também assim, mudei sempre de hora.
– E sempre infeliz, hein?
– A primeira vez fui às onze da manhã: Sua Excelência estava almoçando.
– Bom!
– A segunda fui às cinco horas da tarde; Sua Excelência estava jantando.
– Melhor!
– Exasperado ou pelo menos contrariado, a terceira vez fui às oito da noite, e Sua Excelência estava ceando!...
– Ótimo, sempre comendo!
– Não volto mais ao ministro.
– Mas a comissão?...
– Há de vir a seu tempo: o meu requerimento está de tal maneira concebido que ou o governo há de atender-me ou escolherá para o desempenho da comissão um homem mais hábil e mais digno do que eu, e nesse caso não poderei queixar-me.
– E se escolher uma pessoa sem capacidade nem habilitações?...
– Não admito semelhante hipótese.
– Podes contar com a salvação eterna, Inocêncio.
– Por quê?
– Porque dos inocentes é o Reino do Céu.

Na noite que se seguiu àquela em que teve lugar esse breve diálogo, Inocêncio e Geraldo-Risota encontraram na chácara de Fagundes quatro outros visitantes.

Eram eles Antônio Cubas, um ancião comendador e trimilionário, Anselmo, Vitorino e Carlos, todos três também Cubas, pois que eram filhos do rico capitalista.

Antônio Cubas é um bom velho, mas orgulhoso, porque orgulhoso o tornaram os aduladores da sua fortuna...

Dos seus três filhos, Anselmo era atilado, astuto, ambicioso e dotado das melhores condições para fazer fortuna depressa; seu pai o amava muito, depunha nele a maior confiança e o escolhera entre os outros para ajudá-lo a dirigir os seus negócios.

Vitorino e Carlos tinham estado em Paris, onde haviam encontrado por vezes a Inocêncio.

Vitorino fora estudar a ciência do direito e Carlos, a engenharia; divertiram-se ambos o mais que puderam e voltaram pouco mais ou menos com a instrução com que tinham saído do Brasil.

O doutor em direito ainda não distinguia bem os diversos sistemas de governo por que são regidos os povos e sustentaria que a Inglaterra e a Rússia têm idênticas formas de governo. O engenheiro não sabia desenhar nem seria capaz de construir uma ponte; ambos, porém, tinham os seus diplomas muito regulares.

Entretanto, Vitorino e Carlos haviam sempre aproveitado alguma coisa em Paris: nada se podia notar na perfeição com que retorciam as pontas dos seus bigodes; no tom com que se vestiam; na amabilidade com que faziam a corte às senhoras; e no ar de solene desprezo com que olhavam para quem não tinha pelo menos um cavalo inglês, um faetonte e uma dúzia de histórias de conquistas e de seduções de que se ufanar.

Inocêncio olhou com indiferença e Geraldo-Risota com muita atenção para os quatro Cubas.

A noite não correu inteiramente ao gosto de Inocêncio. Os novos hóspedes tinham vindo perturbar os gozos inocentes e suavíssimos do seu coração.

Cristina, obrigada sem dúvida pelas exigências de uma perfeita cortesia a obsequiar a todas as pessoas que em sua casa se achavam, não pôde como até então ocupar-se exclusivamente de Inocêncio; mas pelo menos olhou mil vezes, mil vezes sorriu-se para ele e mil vezes ainda tornou a olhá-lo corando, e certamente aflita por não poder escapar de um modo conveniente às insistências de Vitorino, que especialmente lhe fazia a corte.

Às dez horas da noite levantaram-se Antônio Cubas e seus filhos para se retirarem, e logo depois Inocêncio e Geraldo-Risota despediram-se também.

– Até amanhã – disse Cristina a Inocêncio, apertando-lhe como sempre a mão.

Aquele doce "até amanhã" foi para o apaixonado mancebo uma indizível consolação.

O padrinho e o afilhado voltavam para casa caminhando em silêncio.

Mas Geraldo não podia conservar-se por muito tempo em silêncio.

– Não dizes nada, Inocêncio! – observou ele, um pouco maliciosamente.
– Nada tenho que dizer, meu padrinho.
– Pareces-me um pouco pensativo.
– Quase sempre ando refletindo.
– Um pouco melancólico...
– Creio que não.
– Sou capaz de jurar que esta noite voltaste da chácara do Fagundes menos satisfeito do que das outras...
– Talvez.
– Por quê?...
– Não sei.

Geraldo sorriu-se; mas conteve-se para que o afilhado não se apercebesse disso.
– Conhecias já aqueles senhores Cubas?...
– Conheci em Paris os dois mais moços.
– Vitorino e Carlos...
– Esses mesmos.
– Que me dizes deles?...
– Não convivi com eles; nada posso informar das suas qualidades.
– Aproveitaram muito na Europa?...
– Não estou no caso de responder afirmativa nem negativamente. Ignoro.
– Muito bem, Inocêncio! Muito bem! Gosto ainda mais de ti quando não me fazes rir.
– Não o compreendo, meu padrinho.
– Compreendes... compreendes: como não te é possível elogiar aqueles dois *petits-maîtres*, preferes guardar silêncio; isso é generoso; eu, porém, que sou mau e falador, direi o que tens e escondes na consciência. Vitorino e Carlos foram para França, demoraram-se por lá cinco anos, gastaram 50 contos de réis ao tolo do pai, voltaram com dois diplomas que mandaram comprar na Alemanha e chegaram ao Rio de Janeiro sabendo de menos a própria língua e somente sabendo de mais uma língua, nova e desconhecida, que se parece um pouco com a francesa, mas que em último resultado não o é. Acertei ou não?...

Inocêncio sorriu e não respondeu.
– Sabes que mais? – disse Geraldo. – Gosto muito de falar; mas

aborreço-me de o fazer quando não me respondem; se eu fosse músico, detestaria as árias e só cantaria duetos. Tu hoje estás intolerável, Inocêncio.

– Por quê, meu padrinho?
– Queres que te diga o que te tornou assim silencioso e aborrecido de tudo?...
– Diga.
– Foi o vento.
– Que vento?...
– O vento que começa a soprar, meu afilhado; aquele que às vezes faz mudar de rumo a muitos homens e a muitas senhoras. É um vento que os marinheiros não conhecem, vento que tem um nome geral que eu agora não quero dizer e que pode também chamar-se por todos os nomes que tomam os homens: desta vez o vento chama-se...
– Como?...
– Vitorino.

V

O mês de fevereiro ia correndo e aproximando-se do seu termo.

Ninguém ignora que o mês de fevereiro de 1861 foi no Brasil um mês cheio de alegria para alguns e de tristeza para muitos, conforme trouxe a satisfação ou o desengano das esperanças que em janeiro sorriam a quase todos os pretendentes de cadeiras no parlamento.

Inocêncio andava triste desde muitos dias, mas convém saber que não era a sua tristeza a consequência de uma derrota eleitoral. Distava muito da corte o círculo por onde ele esperava ser eleito; não tinha ainda recebido notícias da eleição e continuava, pois, como até então, a contar como seguro e indisputável o seu triunfo.

Também não era a demora da nomeação que do governo esperava que o fazia mostrar-se melancólico: maldizia das delongas com que a administração pública atrasava a decisão e despacho do seu requerimento, mas insistia sempre em que o governo o escolheria para desempenhar a comissão de que se tratava ou escolheria para ela alguma outra pessoa de merecimento bastante para não lhe dar motivo de queixa.

O que entristecia Inocêncio era unicamente a situação em que se achava a respeito de seu amor e suas pretensões de casamento. Depois daquela noite em que encontrara os quatro senhores Cubas em casa de Fagundes, continuara durante uma semana a frequentar com a mesma assiduidade o teto querido onde vivia a sua amada, tendo sempre o desprazer de achar ao lado de Cristina ou o velho Cubas e seus três filhos, ou pelo menos o pretensioso Vitorino, que não cessara de fazer a corte àquela que ele já considerava sua noiva.

A princípio julgou aquelas visitas apenas impertinentes; logo depois, porém, incomodou-se muito seriamente com elas.

Por mais que quisesse cerrar os olhos à luz da evidência, não pôde deixar de reconhecer que Cristina, em vez de procurar furtar-se aos cumprimentos demasiado significativos de Vitorino, parecia antes excitá-los e corresponder a eles.

Inocêncio teve pejo de mostrar-se ciumento, mas não lhe foi possível disfarçar o seu desgosto.

Cristina ou não compreendeu ou fingiu não compreender o sentimento que despedaçava o coração de seu amante.

Geraldo-Risota, que era o companheiro infalível de Inocêncio, ria-se muito do que se estava passando e repetia sempre ao afilhado:

– É o vento que está soprando.

Na última noite daquela semana, que foi a derradeira de assiduidade, Cristina, apertando a mão de Inocêncio no momento da despedida, limitou-se a dizer-lhe "boa noite!", e não lhe disse mais, como dantes, "até amanhã".

O nobre mancebo ressentiu-se e passou três noites sem voltar à chácara de Fagundes.

Na quarta noite não pôde vencer-se e correu aos pés de Cristina.

A bela e desinteressada jovem estava sentada junto de Vitorino e, cortejando com sensível frieza a Inocêncio, nem lhe perguntou se estivera doente.

Era muito, era claro, era evidente: o vento estava soprando.

O filho do riquíssimo sr. Cubas fazia voltar a cabeça à jovem romanesca, que uma noite dissera com entusiasmo a Inocêncio que desejava que "o homem a quem amasse e que tivesse de ser seu esposo fosse tão pobre, tão completamente pobre que somente lhe pudesse dar o tesouro de seu coração".

Inocêncio retirou-se da chácara de Fagundes uma hora depois de ter lá chegado e arrastou oito noites seguidas sem voltar a ela.

Amando sempre Cristina, procurando desculpá-la, desgostoso de si mesmo, gastou dias inteiros a procurar um pretexto para tornar a vê-la e a descobrir um meio que pusesse um termo honroso à situação melindrosa em que supunha achar-se.

Está visto que acabou por fazer a desejada descoberta de um e outro.

O pretexto foi a inconveniência que resultava do seu súbito e inexplicável desaparecimento de uma casa onde fora constantemente bem recebido e obsequiado. O meio foi a necessidade de ter uma explicação decisiva com Cristina.

Tomada essa dupla resolução, Inocêncio, desejando por um lado não se encontrar com Vitorino e por outro escapar ao menos uma vez à companhia de seu padrinho, saiu uma tarde ainda cedo e sozinho dirigiu-se à chácara de Fagundes.

Cristina estava no jardim e viu o mancebo aproximar-se dela: não avançou um passo para encontrá-lo nem recuou um passo para fugir-lhe; ao menos, porém, sorriu-se ao vê-lo chegar.

Inocêncio abriu o coração para receber aquele correio.

– Até que enfim voltou! – disse Cristina.

– Supunha então que eu não voltaria? – perguntou o mancebo.

– Não sei – respondeu a moça –, quem compreende o coração de um homem?

– Tem-se feito mil vezes essa pergunta, minha senhora, mas sempre a respeito do coração da mulher.

Cristina tornou a sorrir-se.

– Sim, minha senhora – continuou Inocêncio –, é somente o coração da mulher que se reputa incompreensível; eu, porém, via em vossa excelência uma bela exceção a essa regra pouco lisonjeira para o sexo amável.

– E mudou de opinião?

– Não mudei ainda, mas é possível que mude.

– E por quê?...

– Vossa excelência o pergunta?... Se quer zombar de mim, é uma crueldade e um sacrilégio, porque atormentaria o amante e ridicularizaria o amor.

– Que amor! Que amor é esse tão forte e irresistível que pode dormir oito dias?...

Inocêncio sentiu brilhar de novo a seus olhos a mais suave esperança: daquelas palavras transpirava uma queixa, e essa queixa era para ele a felicidade, a glória.

O crédulo mancebo não sabia que Vitorino não aparecera na chácara de Fagundes nas duas últimas noites.

– Sentiu então a minha ausência? – perguntou Inocêncio.

– Senti e chorei; senti, porque a sua ausência me parecia um desengano cruel; chorei, porque supus que ela podia ser aconselhada por um ressentimento infundado e, ousarei dizê-lo, por um ciúme injusto.

– Cristina!...

– O senhor é mau para mim! – disse a moça, levando o lenço aos olhos.

– Oh! Não chore! Não! – exclamou Inocêncio. – É verdade... o ciúme torna-me injusto; eu, porém, venho hoje merecer o meu perdão, pedindo-lhe licença para dar um passo decisivo, que deve ser o princípio da nossa felicidade.

– E qual?...

– Se o permite, pedi-la-ei hoje em casamento a seus pais.

Cristina estremeceu e corou.

– Permite-o?...

A moça tinha os olhos no chão e meditava.

Inocêncio tremia por sua vez.

– Permite-o?...

– Escute – disse Cristina comovida –, o senhor vem me oferecer uma dita que desde muito desejo; mas de hoje a três dias eu faço anos e ser-me-ia ainda mais agradável que o seu pedido fosse feito no meio da festa do meu aniversário natalício: concorda?...

– Oh! Cristina! A felicidade não se adia, aproveita-se no mesmo instante em que se mostra.

– Nega-me isso?... Talvez seja um capricho, mas eu lho peço.

– Pois bem: de hoje a três dias virei pedir a sua mão a seus pais.

Inocêncio retirou-se ao anoitecer, não completamente tranquilo, um pouco, porém, mais sossegado.

Se se tivesse demorado até mais tarde, poderia ter apreciado devidamente a influência de sua entrevista com Cristina, porque nessa noite Vitorino veio acompanhado de seu pai e de seus irmãos à chácara de Fagundes.

Inocêncio dormiu mal: a insistência com que Cristina lhe rogara que adiasse o pedido de casamento causara-lhe desagradável impressão.

No dia seguinte, logo depois de deixarem a mesa do almoço, Geraldo-Risota levou Inocêncio para a sala de visitas e, sentando-se em frente dele, perguntou-lhe:

– Onde foste ontem à tarde?
– À chácara do sr. Fagundes.
– Adivinho que tiveste uma explicação com a tua namorada.
– É exato.
– E então?...
– Pedi-la-ei em casamento depois de amanhã.

Geraldo-Risota fez uma careta.

– Diabo!... Querem ver que o vento deixou de soprar!
– Meu padrinho!...
– Não falemos mais nisso por ora. É a terceira decepção, que poderá chegar mais tarde.
– Como?...
– Já leste o *Jornal do Commercio* de hoje?
– Ainda não.
– Pois lê; toma-o.

Inocêncio recebeu o jornal, abriu-o e leu a *Gazetilha*.

– É possível!... – exclamou o mancebo. – Anselmo Cubas deputado pelo meu distrito eleitoral!...
– Se não acreditas, esfrega os olhos e lê outra vez.
– Mas Anselmo Cubas nunca foi àquele distrito e nenhum dos eleitores o conhece!...
– E o elegeram sem saber se é vegetal ou mineral? Que novidade!
– É incrível!...
– E quantos votos tiveste?...
– Dois, meu padrinho! Somente dois!
– Eu não esperava tantos.
– Mas a palavra daqueles homens?...
– Em tempo de eleições suspendem-se as garantias da honra e da probidade.

Inocêncio deixou cair das mãos o jornal.

– Apanha o jornal – disse Geraldo-Risota –, apanha-o depressa e lê a parte oficial; anda.

Inocêncio leu.

– Esta é ainda melhor!... Carlos Cubas nomeado pelo governo para a comissão que eu pedia!...

– E que tem isso?...

– Carlos Cubas é de uma completa incapacidade... é quase um idiota...

– Pateta! Já viste algum filho de milionário que não seja sábio?...

Geraldo-Risota rompeu em gargalhadas estrondosas, enquanto Inocêncio lia e tornava a ler o ato oficial e a *Gazetilha*, como duvidando ainda dos seus próprios olhos.

Nesse momento bateram na escada, e logo depois um escravo apresentou uma carta a Geraldo e outra a Inocêncio.

Geraldo apenas abriu a carta que lhe era dirigida, renovou as suas gargalhadas com tanta força que ficou quase sufocado.

Inocêncio tinha no rosto a palidez da morte.

As cartas eram assinadas por Fagundes, que participava aos seus amigos o próximo casamento de sua filha Cristina com Vitorino Cubas.

– Foi o vento que tornou a soprar – disse enfim Geraldo.

– Oh! Três desenganos, três decepções num dia!... Povo, governo e mulher... todos me enganaram!...

– Vai aprendendo, rapaz, vai aprendendo: hás de acabar, como eu, não acreditando em coisa alguma deste mundo.

– Não, meu padrinho; não: o ceticismo é a morte do coração, é a sua gargalhada, é o pranto da alma desfigurado em uma risada de escárnio lançada à face de todos os homens; o ceticismo é uma luz do inferno que conduz o homem ao desespero ou ao vício: eu nunca serei cético; apesar do povo, do governo e da mulher, nunca serei cético.

– Pois em tal caso, meu pobre afilhado, volta para a roça e ocupa-te em fazer versos; arranja um mundo a teu jeito com o encanto da poesia e vive nele para sempre, que é esse o único recurso que resta àqueles que, a despeito de todos os desenganos, ainda têm esperanças e ainda acreditam nos homens.

Geraldo-Risota soltou de novo uma gargalhada homérica.

Mas Inocêncio não se confundiu; antes levantou com toda aquela nobreza que nasce de uma sã consciência e da virtude.

O último concerto
Luís Guimarães Júnior

1872

LUÍS GUIMARÃES JÚNIOR
Rio de Janeiro (RJ), 1847 – Lisboa, Portugal, 1898

Luís Caetano Pereira **Guimarães Júnior** foi diplomata, poeta, contista, romancista e teatrólogo. Sua produção literária se enquadra inicialmente no Romantismo, mas se estende até o Parnasianismo. Foi autor de várias narrativas breves, algumas reproduzidas em antologias anteriores dedicadas ao gênero. Escolhemos, entretanto, uma narrativa menos lembrada, por considerá-la uma realização literária mais feliz. Ela se ocupa de um tema que fascina a literatura de várias épocas, mas que ganhou especial projeção com os românticos. É o tema do criador, aqui representado por músico e compositor, e seu anseio pela realização da obra maior, definitiva e derradeira, concebida no limite entre a vida e a morte. Como é próprio de certo imaginário romântico, a arte é concebida como síntese expressiva da própria existência, e o músico busca plasmar em sua composição a intensidade do amor devotado a uma jovem da sociedade. Mais do que o tema, porém, o que chama atenção no conto é a grande constelação de autores e obras evocados pelo escritor como termos de comparação. Tais citações tendem a tornar certas passagens algo difusas, mas nem por isso Guimarães Júnior perde o domínio sobre a narração, o que parece ser o motivo pelo qual Machado de Assis reivindica do público a devida atenção às realizações de Guimarães Júnior no conto, "gênero difícil, a despeito da sua aparente facilidade".

I

Vi-o pela primeira vez no Teatro de Santa Isabel, em Pernambuco, em uma noite em que a companhia italiana, dirigida por dom José Amat, dava o *Barbeiro de Sevilha*, a feiticeira pérola da coroa rossiniana.

Nada tem a minha história com a arquitetura ou com a empresa lírica do teatro pernambucano. Deixemos, pois, o edifício do Santa Isabel, que era graciosíssimo, e o empresário Amat, que ouve a esta hora os gorjeios vibrantes da Adelina Patti, para nos embebermos unicamente na essência que produziu este conto fugitivo e real, como a imagem da vida comum.

Às oito horas em ponto apoderei-me da minha cadeira, pouco distante da orquestra. O regente moveu agilmente a batuta e os instrumentos entraram em campo, atacando com brio e com amor a introdução da ópera monumental.

Eu havia chegado da Corte poucos dias antes e não estava disposto a perder a mais sutil particularidade da vida elegante de Pernambuco. Na véspera gozara os suaves eflúvios das auras do Caxangá; na antevéspera dormira em Apipucos, com as janelas do quarto abertas aos quatro ventos do céu e ao melancólico clarão da lua aventureira.

A orquestra deu-me desde o princípio a conhecer a inteligência dos professores que a compunham e do maestro que a regia. À introdução do *Barbeiro*, viva, cristalina, eloquente, ora sentida como um amuo entre lágrimas, ora turbulenta como as gargalhadas de uma infância traquinas, prendia a minha atenção de turista à fiel interpretação musical da joia de Rossini.

As senhoras nos camarotes, cheias de interesse, de pedrarias e de sorrisos, aspiravam os sons diáfanos das originais harmonias; os *dilettanti*[1] sentavam-se caprichosamente limpando os vidros do binóculo e o cristal dos *pince-nez* indiscretos.

No meio da grandiosa *ouverture*, a flauta incumbida de um solo brilhante espalhou com uma etérea onda de melodias o profundo silêncio da atenção e do êxtase em todo o teatro.

---

1 Em italiano no original: apreciador apaixonado de música; diletante. [N.E.]

Nos camarotes os leques colheram as buliçosas asas; na plateia os murmúrios e os diálogos cessaram, como por encanto, à primeira nota do mágico instrumento.

A flauta era acordada por sopro de mestre, uma brisa inspirada percorria-lhe o misterioso tubo, extraindo daí cardumes de sons peregrinos que voavam em redor de todas as almas como um bando de segredos divinos.

Não pareciam notas de instrumento tangido por força humana, pois só o vento que surpreende o eco, só o hálito da tarde que desperta o arvoredo, possuem vozes assim, tão macias, tão brandas e tão magoadas.

As palmas na plateia e os lenços nos camarotes receberam os últimos ais do predileto instrumento.

Foi tal o sucesso que por um minuto o regente suspendeu a orquestra em massa.

– Bravo, Salustiano! – gritavam as vozes frescas da mocidade acadêmica.

– Viva o Salustiano!
– Bis! Bis!
– O solo!
– O solo, Salustiano!

Recrudesciam as palmas, multiplicavam-se os bravos, e os aplausos, de animados que eram, chegaram a tocar a veemência do delírio.

Não houve remédio; apesar do olhar trôpego do delegado e de cinco ou seis fardas imponentes do camarote policial, o regente da orquestra voltou a página da partitura, e a meiga flauta, a adorada flauta, a flauta tentadora, ergueu-se de novo como um incenso de melodia naquele religioso silêncio do amor e da admiração popular!

Quando precipitaram-se as novas ovações, no final do solo, Salustiano levantou-se do fundo da orquestra e inclinou a cabeça comovida perante o público, arquejante de entusiasmo.

Era um rapaz de 22 a 25 anos, pálido e formoso como aquele Rafael de Lamartine, cujo retrato todos nós gravamos na nossa alma, depois da leitura das castas estrofes do mais inspirado livro deste século.

Fulgurava em seus negros olhos o tranquilo astro do gênio, que derrama sobre as fisionomias favoritas da divindade uma aurora imortal. Ele sorria tímido quando saudou o público, e a flauta estremecia em suas mãos, como o arco da rabeca entre os dedos de Paganini na hora dos supremos triunfos.

Momentos depois, ergueu-se o pano, e Rossini, auxiliado por uma ruim companhia ambulante, apoderou-se da atenção pública.

Menos da minha; durante todo o primeiro ato não afastei os meus olhos do semblante pensativo e meigo de Salustiano.

II

Quatro meses depois, batia eu à porta da casa nº 54 da rua da Roda, onde morava Salustiano em companhia de sua mãe e de uma raquítica megera, que lhes servia de criada. Já nós nos dávamos com essa franca e cordial expansão da mocidade, tão pronta a entregar-se e a sacrificar-se entre dois sorrisos.

Ele estava de cama, atacado por uma febre violentíssima. Quando me abriram a porta, saía o médico. A velha mãe do artista apertou-me as mãos afogada em lágrimas e soluços.

– Ânimo!

– É o que lhe digo – acrescentou o médico, continuando o meu pensamento. – O moço, embora gravemente enfermo, salva-se com toda a certeza.

– Deus o ouça, meu senhor!

– Mande já a receita à botica e não se esqueça de ministrar-lhe a beberagem: um cálice de meia em meia hora.

– Vá descansado, senhor doutor!

A velha apresentou-me ao descendente de Esculápio. Estendemo-nos as mãos e ele, chamando-me de parte:

– É conveniente que o senhor fique por aqui até a minha volta. A febre é traiçoeira e, se o delírio aumentar, não há braço de mulher que contenha o Salustiano.

– Com todo o gosto fico, doutor. Interesso-me por este moço e se for necessário passarei a noite inteira ao pé dele.

– Bravo. Vou mais tranquilo, adeus. Pouco me demorarei.

Penetrei na alcova do doente, impressionado deveras. A luz da velha lâmpada, posta discretamente na penumbra, aclarava em moles raios o silencioso aposento.

Salustiano estava lívido como um cadáver e de sua boca entreaberta escapava-se o silvo agudo da respiração intermitente e febril. Os seus olhos meio cerrados nadavam em luz, e uma crispação nervosa sacudia-lhe às vezes o corpo da cabeça aos pés, como ao contato de uma pilha de Volta.

A mãe do artista, sentada em um canto da alcova, ora limpava as lágrimas, ora desfiava, murmurando, as contas negras do rosário.

O quarto do Salustiano era um genuíno quarto de boêmio.

Na cintilante cal da parede viam-se duas ou três figuras de odaliscas e um retrato de Pergolesi. Junto à cabeceira gemia uma caranchosa estante ao peso de uma porção de livros de música e das obras completas de Heinrich Heine, seu escritor predileto.

No meio de tudo isso mortalhas de cigarros esparsas, dois cachimbos funambulescos e o busto de Petrarca, coroado de rosas e de louros.

Sentei-me defronte do doente e esperei. Um despertador colocado sobre a mesa, cheia de garrafas de medicamentos, quebrava a mudez do quarto com as suas longas e soturnas palpitações.

Pobre Salustiano! Ali estava ele talvez às portas da morte, com pouco mais de 20 anos e um surpreendente talento, digno da imortalidade na Terra e no paraíso! Ninguém o acompanhava nos seus amargurados transes, senão as dolorosas lágrimas maternas e o simples cuidado de um amigo, por assim dizer, da véspera, um amigo como se encontra tantas vezes na mocidade, entre os rumores de um festim e à beira de um túmulo insondável.

Eu me prendera pela simpatia e pela admiração ao engenhoso flautista e, desde a noite do *Barbeiro de Sevilha*, Salustiano abriu o rol dos meus mais queridos companheiros. "*À la vie! À la mort!*"[2], como era a divisa do Antony.

Aquele dia era um sábado. O sábado, em Pernambuco, desde o toque de recolher, assemelha-se às mais formosas noites de Sevilha, em que dizem que os suspiros do amor e os suspiros das serenatas cruzam até o romper da alvorada, através dos flutuantes clarões da lua!

Enquanto eu me perdia em tristes pensamentos com os olhos fitos no busto melancólico do doente, parou pouco distante da casa

---

2 Em francês no original: "Para a vida! Para a morte!". [N.E.]

um grupo, e os sons maviosos de uma flauta acompanhada a violão espalharam-se lentamente na sua atmosfera.

Salustiano abriu os olhos e apertou com os dedos frios a cabeça abrasada.

Aproximei-me rápido, e a velha correu ao meu aceno. Apoderamo-nos ambos das mãos do artista.

A flauta na rua exalou mais plangente melodia, e as cordas vibrantes do violão pareceram soluçar convulsivamente.

– Ouçam! – murmurou Salustiano pondo o dedo sobre a boca. – É assim que começa o hino! O grande hino! O sublime hino!

– Salustiano!

– O hino da mocidade! – terminou ele, caindo como uma massa inerte ao longo da cama.

O médico, que entrava, examinou atentamente o pulso do doente.

A serenata estava no auge do entusiasmo.

III

Salustiano veio convalescer em minha companhia. Aluguei para esse fim uma pequena e graciosa casa em Olinda, onde acondicionei a limitadíssima família do artista. Eu frequentava nesse tempo o quarto ano acadêmico e, depois da aula, voava ao meu silencioso sítio, em cujo limiar os dois hóspedes recebiam-me como se recebem um irmão e um filho estremecido.

Olinda é uma das mais encantadoras paragens do mundo.

Para os amigos da solidão, da paisagem e do silêncio, nada vale aquela cidade peregrina, plantada à beira da água e que contempla pensativa o mar, como a noiva de um marinheiro à espera da adorada vela do seu amor.

À tarde, eu e o artista sentávamo-nos em uma espécie de terraço que deitava para o nascente e líamos alguma coisa, quase sempre o *Intermezzo* de Heine, de que ele era apaixonadíssimo.

E enquanto os navios singravam ao longe, e as jangadas perdiam-se na barra inflamada no horizonte, a alma daquele sublime rapaz boiava como uma gaivota nas doces ondas da inspiração e da poesia:

LV
A floresta despertou ao som precipitado dos meus passos e eu vi as árvores agitarem os ramos, murmurando piedosamente e compadecendo-se do meu destino.

LVI
Em campos agrestes e desertos enterram-se os infelizes que se suicidam.

Ali nasce uma flor azul; chamam-lhe a flor da alma maldita.

Parei nesses campos e desprendi um suspiro. A noite estava fria e silenciosa. Aos raios frouxos da lua, eu via mover-se brandamente a flor da alma maldita.

LVII
Uma negra escuridão cobre os meus olhos, depois que os não a alumia a luz dos teus, ó meu anjo idolatrado!

A estrela do amor apagou-se para mim; vejo aberto um abismo diante dos meus passos; oh! noite eterna, sepulta-me para sempre no teu regaço!

....

– E haverá melhores harmonias do que as desta protetora lira? – dizia-me o Salustiano, com os olhos úmidos e estáticos. – Repara naquele brigue que aproa para nós; vê como o clarão do sol no poente envolve-o como que de uma bênção divina! Ler-se Heine, desta maneira, é gozar duas vezes a poesia; pelos olhos e pelos ouvidos! Lê, lê!
Voltando alguns capítulos do *Intermezzo*, eu continuava:

LVIII
A tempestade faz gemer a frondosa ramagem das árvores, a noite está pesada e fria; eu atravesso o bosque no meu altivo e impaciente corcel.
E enquanto o meu cavalo galopa, os pensamentos que me borbulham na mente transportam-me aos pés da minha amante.

Ladram os cães, aparecem os criados com archotes; eu subo a escada, fazendo tinir as minhas estridentes esporas.

Em um aposento atapetado e resplandecente com a chama de milhares de luzes, no seio de uma atmosfera serena e embalsamada, minha amante espera-me. Caio delirante entre os seus braços!

E o vento fustiga as folhas do carvalho, e elas parecem dizer no seu murmúrio lúgubre:

"Para que te deixas dominar, louco cavaleiro, de insensatas ilusões!"

O crepúsculo, cujo véu obscuro caía lentamente sobre as ondas e envolvia a terra silenciosa, interceptava-nos a leitura do poema.

A velha, com medo do sereno, reclamava para o interior da casa a presença do filho, e terminávamos a noite, antes de nos recolhermos, ele a seguir o voo das mariposas em redor do lampião, eu a folhear as *Ordenações do reino* e os contos de Nodier.

Um dia Salustiano me disse:

– Há um segredo na minha alma que preciso te revelar. Um segredo profundo como o mar, e perigoso como ele.

Contemplei-o atônito; nunca sua voz soara em meus ouvidos com tão fúnebre entoação nem seus olhos despediram tão lúgubres centelhas.

– Há um segredo em minha alma! – repetiu o artista.

A natureza parecia querer ser intérprete das confidências misteriosas de Salustiano. O céu, pensativo e curioso, acendera todas as suas pupilas e 1 milhão de aragens molhava a asa no mar e nas flores, à cata de segredos. As ondas sussurravam na praia alva e longa, a lua entornava o tesouro de mágicas ardentias e no mar alto vogavam, mal surpreendidas por nossos olhos enevoados, as velas dos navios que abicavam ao porto, lutando com a maré e com os ventos contrários.

Salustiano tomou-me as mãos inquietas entre as suas:

– Crê, meu amigo, um mistério profundo me persegue como a minha sombra, como o meu sangue, como a minha alma. Dir-se-ia que Deus me deu o gosto e o sentimento da poesia unicamente para que eu medisse o espaço que a desventura ocupa no meu coração! Amo, amo perdidamente uma mulher!

– E é essa a tua desgraça?

– É, sim; a minha desgraça está nesse amor. Não leste nunca a história de Bernardim Ribeiro e as aventuras do Tasso, pobres vermes sublimes apaixonados por uma estrela? Pois eu sou como eles. Estou apaixonado por uma estrela!

Salustiano ergueu os olhos ao céu, respirando sofregamente.

– Que estrela? – perguntei eu, gracejando. – Vésper, Mercúrio, Saturno, Minerva, Vênus, Júpiter? Estarás apaixonado por Júpiter, Salustiano?

– Júpiter, o Rei dos Raios? Justamente! O meu astro fulmina, meu caro, arrasa, pulveriza, incendeia! Tu a conheces; é a mulher mais bela do mundo; e decerto o anjo mais desejado do céu.

– Oh!

– Não rias. Poupa-me o teu espírito hoje, e deixa que esta confissão corra pacífica e suave como todas as confissões em que entra a alma.

– Está dito. Conta-me a tua paixão.

– Não é propriamente uma paixão mundana; não é o amor; não é o desejo; não é o entusiasmo; não é o coração. É o êxtase e o misticismo. Encontrei-a um dia. Mas para que recordar-te coisas que não podem te interessar absolutamente?

– Continua!

A velha chamou o filho por duas ou três vezes. Caía o sereno com o terno raio das estrelas.

– Eu sou pobre, como sabes; pobríssimo até; sou um miserável...

– Grande termo! Um miserável!

– Um miserável na extensão da palavra. O burguês que encontra na gaveta uma moeda de vintém e na mesa uma côdea de pão é mais feliz do que eu. Muito mais feliz.

– Estás hoje digno de um taquígrafo!

– Ri-te, tu que possuis um pai, uma família e tens um correspondente que te compra livros. Em vão, meu filho, em vão tentarás devassar com a vista impotente o negro abismo em que se estorce a miséria! Ser proletário é pouco; sentir a dor dessa lepra é que é horrível. Eu a sinto, Luís! Sinto-a com as maiores torturas e com as mais amargas lágrimas!

Minha alma pendia dos lábios vibrantes do artista, como um virtuose das cordas trêmulas de uma rabeca ou do tubo de uma flauta inspirada.

– A minha estrela, esse astro fatal que conduz os poetas e os artistas, iluminou-me o espírito e arremessou-me ao canto obscuro de uma orquestra, em cujo trabalho mal chegavam minhas mãos a arrecadar o pequeno óbolo para o sustento desta infeliz mulher que me deu a vida. Como eu invejei, como eu invejo Bellini, Rossini, Mercadante, Donizetti, Beethoven e os outros mestres! Esses foram os prediletos do Senhor, e as suas inspirações, bafejadas pelo sopro divino, impuseram-se ao mundo com o fulgor dos fenômenos e a grandeza dos milagres!

– Espera, Salustiano. Para ti é que o futuro reserva palmas e coroas. Verás.

– Porque sou moço; não é verdade? Deixa-te disso. Eu nasci com a desventura amarrada às costas, como o caramujo com a inseparável concha. Esta desventura atroz é a minha existência; sem ela, eu morreria, embora nadasse em mares de dinheiro e me reclinasse aos coxins da opulência. Há quem venha ao mundo para ser banqueiro, quem venha para ser poeta, artista, bandido, parricida ou milionário. É o destino, meu caro! O destino inexorável e fatal. Quanto a mim, vim ao mundo com a seguinte sina: amar a glória impossível e a mulher mais impossível ainda. Eis o caso do canto de Heine ou de Murger: um grilo amante da estrela Vênus!

– E a tua flauta, louco!

Os olhos do artista chamejaram na sombra.

– A minha flauta? É a minha perdição, é a minha tortura, é o meu abismo! Que de dores tenho tragado por causa dela, Deus do céu! Foi em uma noite da *Traviata* – continuou ele, com a voz vacilante e a face lívida, como um condenado que se confessa no último degrau do cadafalso –, em uma noite em que o teatro estava cheio até a última galeria e uma atriz festejada incumbia-se pela primeira vez do tipo da Violeta. Ela estava no teatro...

– Ela?

– Não me perturbes! – exclamou Salustiano, torcendo-me a mão nervosamente. – Ela estava no teatro. Bem defronte de mim; risonha, coberta de flores, de brilhantes e de cetins voluptuosos...

"No fundo do camarote o pai contemplava-a com um olhar meigo e persistente. De seus olhos escuros escapava-se a irradiação de um céu inteiro, quando a noite vai calma e o mar adormece aos melancólicos afagos do vento! Por mais que meus olhos a procurassem, ela entregava-se venturosa aos meneios do seu leque e às frases perfumadas que um ou outro elegante, nos intervalos, dirigia-lhe em furtiva visita. Subiu o pano no quarto ato. Toda a sua alma embebeu-se no feiticeiro poema das lágrimas e das amarguras que em cena se desenrolava. Da pupila úmida desprendia-se-lhe um terno lampejo, e sua boca entreaberta deixava escapar suspiros mais chorosos e puros do que todas as melodias de Verdi... Incumbido do acompanhamento da célebre *romanza* final, estremeci tomando a flauta, como um assassino quando levanta o punhal sobre um peito indefeso. As luzes do salão multiplicaram-se à minha vista ansiosa; os aromas invadiram-me vertiginosamente; orquestra, teatro, luzes, público, Verdi, artistas, tudo desapareceu ante meus olhos paralisados, e só ela, ela só, erguia-se na noite tempestuosa de minha alma, à semelhança de um astro que rompe o nevoeiro da chuva ou o sorriso de uma mãe que transparece através de nossas mais tormentosas lágrimas!...

"A prima-dona volvia o olhar assustado para a orquestra; o regente agitava a batuta, o povo murmurava... Que tinha eu com este mundo estúpido, incapaz de compreender-me?

"O sangue fervia-me nas artérias; a luz fugia de meu espírito; palpitava-me sôfrego o coração e, com a vista cravada nela, que, como todos, me contemplava indiferentemente, deixei cair das mãos a flauta inútil, saboreando o prazer inefável da minha ventura, das minhas dores, dos meus triunfos e das minhas alegrias simbolizadas naquela criança esplêndida e cruel! Arrancaram-me das mãos o maldito instrumento, e não sei como continuou o espetáculo.

"No dia seguinte lembrei-me da ridícula cena, enquanto minha mãe chorava à cabeceira de minha cama e o médico estudava-me o pulso e a cabeça."

– Salustiano! – exclamou a velha pela centésima vez. Levantamo-nos ambos e dirigimo-nos ao interior da casa.

O artista disse-me ainda quase ao ouvido:

– Eu te hei de mostrar. Se morrer em breve, crimina-a porque morro por causa dela.

– Ora!
– Morro.

IV

Salustiano T., ao autor.

A bordo do *Cruzeiro do Sul*, 20 de outubro de 186...

Meu caro Luís.

Vou deixar-te esta carta na agência dos paquetes nacionais, no Ceará, em cujo porto fundearemos amanhã, se não falharem os cálculos do comandante Alcoforado. O mar está furioso; o vapor joga como um endemoninhado e o vento norte assovia arrogantemente nas gáveas e nos mastros despovoados.

Que tristeza, meu caro! Que tristeza se apodera de minha alma e que dolorosíssima saudade! Desventurada existência de artista! Hei de estar sempre exposto a todos os perigos e contrariedades para conseguir um pouco de pão, enquanto os imbecis comem à farta em lautos banquetes.

Na realidade, vale a pena correr atrás da glória. Porque, digamos em confidência, eu amo a glória e o triunfo com uma fatal persistência e um inaudito arrojo. Que queres? É o único meio de aproximar-me a ela. A glória é uma escada de luz que devora o espaço aberto entre as ervas e as estrelas.

O mar geme neste momento como um moribundo impenitente. O vento diz coisas lúgubres, zunindo de encontro aos capacetes flutuantes das ondas, e o horizonte estende-se sobre nossas cabeças, escuro e fúnebre como uma ameaça.

O comandante por muito favor concedeu-me o seu beliche, onde eu escrevo-te estas mal amanhadas linhas. O Byron foi um doido quando teceu ditirambos engrandecendo o enjoo, e o meu adorado Heinrich Heine no Mar do Norte mentiu dando ao oceano qualidades que o pobre velho nunca teve nem terá. Poetas! Poetas! Desculpa se te toco na ferida.

Tens ido ao Caxangá? Tens ido a Apipucos? Dá lembranças ao fotógrafo alemão que me fez o supremo benefício de me ceder um retrato, companheiro hoje da minha saudade e das minhas veementes aspirações.

É o retrato dela! Imagina que felicidade! O retrato dela, pensativa e formosa como um anjo que está recordando-se das primaveras eternas do céu!

Sei que teimas em saber o nome da minha feiticeira. Desculpa-me o mistério. Tenho eu próprio medo de pronunciá-lo a sós, aqui mesmo, no meio do mar e da noite. Poderiam as ondas levá-lo e, espalhando-o em ouvidos indiscretos, revelarem o meu criminoso segredo ao mundo.

Procura-a nas melhores reuniões, nos melhores bailes, nas mais suntuosas festas, que a encontrarás com certeza. Ela é a alma da beleza, e ao seu contato não há quem deixe de sentir a influência magnética que os seres privilegiados exercem geralmente.

Amaldiçoado e bendito amor! Por que motivo a sociedade e o destino nos separaram um do outro com tanta crueldade?! Ah! Meu amigo! Eu daria satisfeito metade de meu sangue para poder cair, rojar-me aos pés dela beijando entre lágrimas de divina alegria as margens do seu vestido perfumado, ouvindo em êxtase a sua voz, que me perdoasse.

Tenciono demorar-me no Pará o tempo suficiente apenas para dar alguns concertos e matar os desejos de minha mãe: ela ansiava por esta viagem; é uma paraense dos quatro costados, que necessita de vez em quando saborear as aragens natais de suas virgens florestas, sob pena de morrer aos poucos de nostalgia e de tristeza.

Pobre mãe!

Anteontem fez um dia soberbo e o mar estava... manso como a lanugem de uma ovelha... Encostado à amurada do vapor, pus-me a contemplar o firmamento e uma velinha branca que bordejava nas vaporosas plagas do horizonte. Lembrei-me de Olinda e senti mais do que sempre a tua falta, meu bom, meu único amigo! Qual será o destino que o céu me reserva? A ventura não foi criada para mim e parece-me que as coroas do meu triunfo eram entrançadas com os goivos melancólicos da morte.

Antes que me esqueça, devo dizer-te: não estou bom, creio mesmo que estou bastante doente. Vem a bordo um médico, o dr. Ramos, da Bahia, a quem pedi que me auscultasse e aconselhasse. Disse-me que eram cismas minhas.

Cisma! Pode ser, mas afianço-te que há momentos em que tenho medo de ficar doido. Correm-me nuvens nos olhos, e um frio de morte apodera-se de meu corpo todo. Um cortejo extravagante, imagens burlescas e sérias, pensamentos lúgubres e joviais, todo esse imbróglio rodeia-me em sonhos e quando estou acordado, a ponto de me aterrorizar.

No meio disso, porém, através dessas tempestades absurdas, fulgura o rosto e irradia o sorriso daquela mulher como o arco da aliança, como os prismas da minha existência, submersa em um dilúvio de lágrimas. Adeus; é tarde e sinto-me fatigado. Lamenta-me e estima-me, hei de mandar-te contar os meus sucessos ou desastres no Pará. Deus não há de ser mau para mim, que dizes? Conceder-me-á a suprema ventura de morrer na terra em que ela habita, respirando pela última vez os ares que lhe dão vida, mocidade e beleza.

Recomenda-me ao Colas e ao Coimbra do Santa Isabel. Aperta-te as mãos o teu velho e saudoso amigo
SALUSTIANO T.

Nessa, como em mais duas ou três cartas que Salustiano me escreveu, o espírito do artista parecia vacilar; raras vezes seguia um pensamento judicioso e, desde o momento em que sua pena lembrava a mulher adorada, vinha logo adiante uma fileira de palavras extravagantes, apaixonadas, dolorosas, que refletiam o estado anormal daquela miraculosa alma, tão digna de pairar na serena atmosfera da glória e da riqueza.

Fui uma noite ao Clube Pernambucano. Intrigava-me deveras o mistério dentro do qual o artista metera o seu amor, com o ciúme da concha que acoita a pérola e da onda que sepulta as bagas do coral.

A mocidade impelia-me à descoberta do segredo, e nessa noite a nova diretoria do Clube abria os elegantes salões com um opulento baile.

Entrei às onze horas e percorri avidamente com os olhos o grande salão festivo, em que cruzavam-se gazas, casacas, diamantes, flores e sorrisos. A orquestra enchia o ar de harmonias arrebatadoras; um denso aroma de cravos e rosas pejava a tépida atmosfera; e os leques adejavam como asas fugazes em plena primavera de amor.

Passava no turbilhão uma menina formosa, de olhos mortos e seio ofegante. "Será esta?", perguntava eu a minha alma curiosa. Mais adiante outra curvava-se sorrindo à palavra lisonjeira do cavalheiro. "Será aquela? Ou aquela outra, que arrasta com o aprumo de uma rainha a longa cauda do vestido de cetim azul orlado de flores de ouro?"

À uma hora da madrugada recrudescia o meu afã e o mistério ainda se conservava coberto pelas suas mil dobras, ante o meu espírito quase desanimado. Dei o braço a um amigo e fomos à janela principal receber o ar frio da noite.

Conversavam vivamente duas meninas, duas crianças de 15 a 18 anos, no vão da janela.

– E não voltas tão cedo para a cidade? – perguntava a que parecia mais moça.

– Não. Eu adoro aquele sossego! Faz bem ao coração! Olha, esta vida de barulhos e de festas cansa afinal! Houve tempo em que, se papai me tirasse da cidade, eu morreria!

A outra riu-se maliciosamente, batendo-lhe com o leque no rosto. Ela ergueu os ombros nus, com um desdém esplêndido, e levantou os olhos ao céu. Era uma admirável criatura, salva e contornada como um busto grego. Os cabelos enroscavam-se-lhe em volta da fronte alta, formando na nuca um tufo espesso que se desmanchava em ondas revoltas. Vestia uma simples toalete branca, envolta em primorosas rendas, e da cintura à fímbria roçagante deslizavam-se-lhe duas orlas de trepadeiras rubras como lágrimas de sangue.

Seus lábios meio abertos pareciam estar sempre aspirando os aromas de um mundo desconhecido.

– Conheces esta moça? – perguntei em voz baixa ao meu amigo.

– Já a vi no teatro e nos Apipucos, creio eu. Mas no Clube é a primeira vez!

Um sujeito pingue e condecorado chegou-se ao grupo formado pelas duas meninas, trazendo no braço um forte albornoz de caxemira cor de pérola.

– Vamos?

A esplêndida criatura voltou-se rapidamente.

– Oh! Papai! Vamos!

Um dos diretores do baile aproximou-se agitado.

– Quê! Já, senhor comendador?

– Estou incomodada! – acudiu a menina com certa impaciência, recebendo a capa e curvando-se para o velho estender-lha nos adoráveis ombros.

Voltou-se à companheira e, beijando-a nas duas faces:

– Agora, até quando?

– Breve!

– Qual! Não há mais teatro lírico! Só aí é que se podia ver vossa excelência! – disse ela gracejando.

Senti um aperto íntimo e brusco.

– É ela; não há dúvida – exclamei.

Momentos depois, parou um carro à porta do Clube, e a formosa, ao subir o estribo, leve como uma visão, abandonava à brisa traiçoeira, que a conduzia até nós, uma vaga de perfumes provocadores.

Os cavalos fustigados arrebataram o cupê com uma velocidade pasmosa. Retirei-me também do baile, lutando entre as suspeitas que me assaltavam.

Antes de deitar-me, escrevi ao Salustiano as seguintes linhas:

Descobri o teu segredo. Tens razão, pobre Bernardim! Estás apaixonado por uma princesa!

V

Deixei de receber inteiramente cartas do Salustiano. Esperei três, quatro, cinco vapores da linha do Norte. Fui a bordo do Tocantins, com cujo comandante dava-me há tempos, e pedi-lhe notícias do artista.

– Na capital não está – disse-me o comandante. – A propósito, tenho aqui jornais do Pará. Quer consultá-los? Pode ser que o orientem de qualquer forma!

Abri os jornais e corri ansiosamente à seção dos espetáculos. Em vão! Não havia vestígio do nome de Salustiano.

– Mas de que Salustiano fala o senhor?

– De um músico, um flautista, que partiu no Cruzeiro para o Pará.

Um passageiro, interpelado pelo comandante, declarou-me que Salustiano dera concertos na capital, onde fora muito festejado, e que partira para o interior da província pouco tempo depois, em companhia de sua mãe.

– E o conheceu? – perguntei com crescente interesse.

– De vista apenas. Assisti a dois concertos dele. É um gênio!

– Um gênio, tem razão. Foi muito aplaudido pelo povo?

– Excessivamente. Era enchente certa no teatro toda vez que se anunciava um concerto do Salustiano.

– Obrigado!

Voltei à terra impressionado.

Onde estaria aquele mau amigo, aquele admirável talento, cuja imagem perseguia-me com a persistência incansável da figura da mulher amada, que não nos abandona um minuto sequer? Nessas vacilações de espírito agitei-me durante dois meses largos e aborrecidos.

Raiou o dia do Carnaval, e o Teatro de Santa Isabel anunciou pomposos bailes de máscaras.

No domingo gordo à noite dirigi os meus passos para o Largo da Princesa. A fachada do formoso edifício do Santa Isabel, iluminada e florida, trazia-me à mente as misteriosas festas do serralho, em que em uma hora se goza tudo quanto se chega a saborear em dois anos nas cinco partes do mundo.

Os mascarados atropelavam-se à porta e o saguão regurgitava de povo. A música derramava no ar calmo da noite os seus inúmeros encantos e as suas infernais tentações.

Ornado apenas com a máscara insulsa que a natureza me concedeu, recebi o meu bilhete de ingresso e afastei a mole ruidosa para entrar no salão.

Entrei.

Não havia começado o baile ainda. Cruzavam-se os máscaras e os curiosos em várias direções, e a orquestra, incumbida de atiçar os sentidos populares, repetia, tentando os folgazões, a primeira parte de uma quadrilha provocadora.

Despejavam os lustres torrentes de fogo; dos vasos acondicionados junto aos grandes espelhos escapavam-se vagas de aromas diabólicos; o segredo preparava no meio de toda essa perigosa atmosfera as suas cem garras diamantinas e os seus irresistíveis filtros.

Às dez horas em ponto formou-se a quadrilha, e o maestro Colas acenou com a imperial batuta a sua harmoniosa falange.

O que é o Carnaval, sabem todos os que não têm vivido dentro de um ostracismo imbecil, separados da humanidade turbulenta e ativa.

O baile de máscaras é o resumo do baile da vida.

O dominó, o pierrô, o *débardeur*[3], o polichinelo... representam

---

3 Personagem típico do Carnaval de Paris. [N.E.]

excelentemente a criatura humana fardada de vários matizes e sujeita aos indecifráveis sentimentos que a acometem.

A loucura toma a vanguarda nesses pleitos revolucionários e brilhantes; o espírito da mordacidade, da injúria ou da intriga, à sombra do veludo e do cetim, exercita-se contra as vítimas que o acaso lhe sugeriu e bloqueia o senso comum de uma maneira insuportável.

Os camarotes começaram a se encher desde as nove horas. Às dez e meia abriu-se um na segunda ordem, e apareceu-me ante os olhos curiosos... quem? A desconhecida do clube em todo o fulgor de sua imensa beleza.

Trajava um vestido de cetim verde-claro com fofos alvos, e na cabeça sustinha um toucado de margaridas e palmas verdes. Um colar de esmeraldas e pérolas acariciava-lhe o colo palpitante.

Correu com o binóculo a plateia, examinou os camarotes e disse, sorrindo ao velho, que a seguia como uma sombra, não sei o quê, que o fez também sorrir.

Depois da quadrilha marcava o programa uma valsa. O delírio subia nota por nota a escala do entusiasmo e da loucura. Cresciam os perfumes, multiplicavam-se os movimentos dos pares dançantes, e a poeira que os pés levantavam no turbilhão enevoava o espaço, aclarado vertiginosamente por oitocentos tubos de gás.

Ela, à semelhança dos cisnes que nadam e das estrelas que brilham, deixava-se guiar indiferentemente pelas cambiantes ondas em que seu espírito se embalava. Parecia-me a figura de Hebe nos resplendores do paraíso, desmanchando ao furacão dos ventos e das harmonias a basta cabeleira desgrenhada.

Seus olhos seguiam as danças sem luzirem de febre ou de interesse natural na mocidade; seu peito largo e nu respirava como de costume, e o leque abria-se mansamente como uma nuvem alva sobre os seus lábios distraídos.

Alguns máscaras procuraram com ditos tolos e lembranças banais arrancar-me à espécie de misticismo que me subjugava; meus olhos, porém, fitavam-se religiosamente sobre aquela criatura, que, a meu ver, era a depositária da existência, de uma das mais preciosas existências da Terra.

Lembrei-me do Salustiano. Onde estaria àquela hora o inspirado artista? Ele daria de bom grado metade dos dias futuros, unicamente para acompanhar como eu os ziguezagues caprichosos que o leque da elegante descrevia em redor de sua casta formosura!

À meia-noite o delírio tocou a meta; a dança macabra entrava na festa estendendo os seus braços medonhos e insaciáveis.

Ergui-me de um canto onde me sentara, quase escondido por uma multidão de espectadores, e dirigi-me ao saguão. Um polichinelo, cheio de guizos, deteve-me o passo e enlaçou-me a cintura.

– Que fazes aqui?

Achei originalíssima a pergunta e desatei uma gargalhada.

– Não deverias aqui vir! – continuou ele com a voz esganiçada e vibrante. – Isto é o turbilhão, meu caro, o turbilhão em que ela aparece como o santelmo no meio dos naufrágios!

Esforcei-me por me desvencilhar do abraço.

– Espera um pouco, impertinente folhetinista, e olha para aquele camarote!

O dedo enluvado designava-me o camarote da menina do Clube, a Laura do Salustiano, a Laura ou a Beatriz, a inspiração que ia matando os sonhos e as alegrias do meu desventurado artista.

– Repara, repara naquela tranquilidade e naquele indiferentismo! Assim fazem as estrelas, não é verdade? Quando as ondas espumam e fervem loucamente! Malvada! E há entre nós, entre cancanistas e valsistas, palhaços e macacos, um homem que vive por ela, vive, sofre, agoniza e morre!

– Quem é esse homem? – acudi eu intrigado.

– É um homem! *Rara avis!* Bípede implume, segundo Platão, estupor de vícios, segundo Voltaire. Ele corre talvez arrebatado pelos furores da dança, contemplando-a através do prisma fatídico deste baile celebrado em honra do nascimento do Diabo!

O polichinelo apertava-me a cintura em risco de partir-me as costelas.

– Mas admira a sua beleza! – prosseguiu ele dando à voz o tom da súplica e da humilhação. – Admira-a agora, agora que ela se debruça do camarote como um anjo que espia as misérias da Terra! Tra la, la, la! Bonita valsa, sim senhor, bonita valsa de Auber! Quatro bemóis, quatro bemóis tem esta valsa! Andante! Tra la!

– É um ébrio! – pensei comigo. – Com licença, meu espirituoso polichinelo, eu já volto.

– Não te deixo, não! Hás de ouvir-me até o fim!

E dá graças a Deus, mal-aventurado, que estás ouvindo um moribundo!

A voz estrangulava-se-lhe na garganta opressa. Mais de vinte pessoas nos cercavam curiosas.

– Aquela menina que tu vês, pura, branca, meiga, tranquila, é o cadafalso em que se degolam uma por uma as ilusões de uma existência inteira! Eu amo-a! – articulou ele em um soluço, sufocando a frase em meu ouvido.

Arrastei-o para fora da sala. Ele seguiu-me trêmulo e as suas luvas queimavam com o calor das mãos febricitantes. No botequim arrancou-se de meu braço por um violento esforço e saltou sobre o balcão. Todos voltaram-se para ele, alegres, como se esperassem um chorrilho de sandices.

– Eu morrerei! – gritava o polichinelo, emprestando à voz variadíssimos tons. – Eu morrerei por causa dela, mas que importa? Com todos os diabos! Que importa? Que importa?

O botequim enchia-se à proporção que o máscara gesticulava falando.

– Vocês todos olham-me contentes e nenhum de vocês é capaz de me entender. Vão dançar, imbecis. Dancem até arrebentar! Pulem! Saltem! Estorçam-se, aniquilem-se, oh, foliões do grande Carnaval! Oé! Oé!

O caixeiro servia conhaque a um freguês. O polichinelo curvou-se rápido, e, apoderando-se do cálice cheio, engoliu o espírito em meio segundo.

Pungiu-me cruel desgosto vendo-o cambalear.

A orquestra no salão chamava os *dilettanti* para nova dança. O botequim esvaziou-se pouco a pouco. O polichinelo continuou com movimentos mais frenéticos:

– Dancem, dancem, felizes idiotas! Para vocês é que se inventou o Carnaval! ... Oé! O Carnaval, a asneira, os pulos, a toleima! Offenbach, Strauss, Schulhoff, Goria, Ravina, Arditi e os outros! Deem lembranças, marotos, à bela dos olhos grandes e das tranças flutuantes! Ela me mata, mas eu amo-a! Tra la le li! Adoro-a!... Sinto por aquela criatura um...

Subitamente o polichinelo virou-se para a porta que desembocava no saguão e, estendendo os braços, ficou hirto, pasmo e inteiriçado como um espectro... Segui-lhe os movimentos e notei que entre as pessoas que se retiravam vinha uma moça, coberta por um longo albornoz, cor de pérola.

Temi conhecer a verdade. Lancei-me ao máscara, que, preso de um violento ataque, despenhava-se de cabeça baixa como um corpo decapitado.

Eu e algumas pessoas presentes arrancamo-lhe os disfarces que o desfiguravam...

Por baixo daquelas barbas ásperas e ridículas apareceu-nos o lívido rosto de Salustiano inanimado.

VI

Até às quatro horas da manhã Salustiano ardeu em uma febre implacável. Eu havia-o conduzido para a minha casa na cidade, sem saber mesmo onde habitava a mãe do artista ou se ela estaria no Recife àquela hora.

O médico que receitou ao doente era o antigo facultativo que eu pela primeira vez encontrara na casa da rua da Roda. Ministrou-lhe uma simples beberagem e exigiu-me o maior cuidado com o enfermo.

– Este rapaz acaba mal! – disse-me ele tristemente. – É a sina dos artistas e dos poetas – continuou com um doce sorriso –, o corpo humano não pode suportar por muito tempo os voos da essência divina.

– E haverá perigo?

– É de crer que não. Isto passará com facilidade... mas depois? Quem sabe se amanhã um novo excesso virá prostrá-lo deveras? Pobre Salustiano!

Quando o médico se retirou, sentei-me à cabeceira do doente. Contemplei então o rosto macilento, úmido pelas transpirações da febre, e fiz uma ideia dos sofrimentos por que passava a desventurada alma daquele louco ideal. Tremiam-lhe os lábios abrasados, de vez em quando, como se articulassem um nome, uma oração querida. As mãos cadavéricas, cruzadas sobre o peito ofegante, pareciam já as de um defunto à espera das fúnebres dobras do seu derradeiro lençol.

Auxiliou-me um companheiro de casa, A.R. (lerá ele estas páginas?), a verter o remédio através dos dentes cerrados convulsivamente.

Aos primeiros clarões da manhã Salustiano abriu os olhos e volveu-os em redor de si com espanto e terror. Apertei-lhe a mão ardente e pronunciei em voz baixa o seu nome. O artista olhou-me longamente, sem pestanejar, e com os sobrolhos unidos, como quem se esforça por atrair à memória lembranças fugidias. De súbito, porém, fechou os olhos e tornou-se imóvel, qual se o torpor da moléstia o petrificara completamente.

Descansei a mão sobre o seu peito; o coração batia brusco e precípite como o de uma criatura arquejante.

Decorreram alguns minutos em que eu, com a vista no céu, em cujos flocos vaporosos a madrugada estendia as suas harmônicas luzes, me entreguei às pesarosas cogitações que o estado de Salustiano suscitava-me ao espírito preocupado.

Um som flébil e suave partiu o silêncio do gabinete, espécie de rumor de asas invisíveis ou de suspiros de criança, que sonha com os brincos do paraíso.

Outro som, mais outro, outros ainda se sucediam sem intermitência, com uma angélica melodia. Voltei-me para o doente e vi que era de sua boca adormecida que as notas se desprendiam...

Nuvem rosada subia-lhe das faces à fronte inspirada e seus lábios frementes, como as cordas sonoras de uma harpa, reproduziam os sons sem que a harmonia perdesse o mínimo compasso e a menor partícula de doçura.

Os lábios despediram notas mais rápidas e seguidas, entrelaçavam-se os ais e as melodias com uma formosura igual à dos concertos das aves escondidas na sombra, à hora do crepúsculo, que é quando a natureza enlanguesce e os pássaros cantam os triunfos do dia que desmaia.

Assim, em cardumes misteriosos, em serenos adejos em voos peregrinos e castos, o artista criava, sonhando talvez com a glória, um dos seus mais caprichosos poemas musicais. Eu pendia estático dos lábios vibrantes, e meu coração banhava-se nas águas lustrais daquelas harmonias com uma ânsia sobrenatural.

Pouco a pouco os sons diminuíram, estremeceu a boca terminando o suspiro da última nota, e o silêncio foi interrompido apenas pelos sussurros da natureza que despertava.

Os campanários soavam em todas as igrejas e a luz entrando pelas janelas aclarava ao mesmo tempo a cabeça imóvel de Salustiano e a roupa de polichinelo, envolta em trapos e guizos, aos pés da cama.

VII

Como chegara ele ao Recife sem que ninguém o esperasse ou pressentisse sequer?

Contou-me tudo a velha a quem procurei no dia seguinte e com quem conversei largamente, depois do restabelecimento de Salustiano.

– Este rapaz é doido, meu senhor – disse-me ela. – Quando chegamos ao Pará fomos muito bem recebidos por todo mundo, e até os jornais falaram de meu filho como se pode falar bem de um artista. Salustiano parecia estar satisfeito, alegre, trabalhava até cedo, quando não tocava no teatro, e todas as tardes ia com os amigos passear pelos arredores, donde voltava corado e forte. Imagine a minha felicidade! Nesse tempo, ele lhe escreveu?

– Algumas poucas cartas, sim.

– Deu concertos no teatro, onde foi muito aplaudido, coberto de coroas, versos, flores, que era um deus nos acuda! Não sei quem lhe mandou uma carta daqui do Recife (nós estávamos fora de Belém), que o fez ficar triste de um momento para outro que nem um castigo do céu!

A pobre mulher enxugou os olhos molhados de lágrimas, enlaçando as mãos com um movimento de dor.

– Uma carta?

– É verdade; uma carta amaldiçoada!

– E a senhora não conseguiu fazê-la ler por alguém, para saber o que sucedia?

– Qual! Ele rasgou-a logo depois e ficou branco como uma cera. Na véspera de seguir para o sul o vapor, Salustiano escreveu a noite inteira. Foi ele mesmo pôr a carta na agência do lugar e, voltando a casa, nem quis comer, nem quis sair mais do seu quarto. Tinha-se tratado um concerto em casa particular e não houve forças humanas que o fizessem tocar naquela noite.

– É célebre!

– Veio segunda carta; ele acabou de a ler e disse-me que partíamos para o Recife no primeiro vapor.

"Já!", perguntei-lhe admirada.

"Se me quer bem, minha mãe, vamos embora."

"Fiz-lhe a vontade; embarcamos no *Paraná*, que fundeou em Pernambuco mesmo no domingo de entrudo. O mais, o senhor sabe..."

– E ele compôs alguma coisa lá? Trabalhou?

– Ah! É verdade. Salustiano está fazendo não sei que música, que eu se pudesse punha no fogo até lhe ver as cinzas!

– Não diga isso!

– E então, meu senhor? É uma dor de coração ver o rapaz como sofre quando põe-se sozinho a cantar, a escrever e a tocar na flauta tudo aquilo. Sua, treme, fica amarelo, e já chegou uma vez a desmaiar nos meus braços!

– Não terá ele alguma paixão que oculta à senhora?

– Eu sei! Se tem, renegada seja a mulher que está o matando.

– Havemos de salvá-lo! Descanse!

– Agora estou mais tranquila porque sei que o senhor e o sr. dr. R. são seus amigos às direitas!

– Pode crê-lo. O que couber em nossas forças empregaremos a favor dele!

Entrava o Salustiano da rua. Acompanhei-o ao quarto e sem mais preâmbulos:

– Deixa-me ver o retrato de que me falaste na tua carta.

Ele olhou-me enleado.

– Perdi-o!

– Pior! Deixa-me ver o retrato da moça que me mostraste na noite de Carnaval.

– Pelo amor de Deus não fales tão alto! – murmurou ele voltando-se para a porta entreaberta.

– Deixas ou não?

– Para quê?

– Para convencer-me da verdade. Em Olinda prometeste-me dizer o seu nome; é inútil; eu o sei na ponta da língua.

O artista aproximou-se-me palpitante.

– Pois é ela, sim, é ela mesma! – exclamou em um tom submisso e humilde.

– Com quem te correspondias tão em segredo do Pará para Pernambuco?

– Foi minha mãe que...?

– Não te importes. Qual era esse grande amigo por quem esqueceste aquele que te fala neste momento?

– Oh! Perdoa-me, vou contar-te tudo; é o coração em pedaços que tu exiges, pois bem; ficarás satisfeito. Votei-te sempre a mais decidida amizade, e, acima de tudo, uma gratidão profunda. Mas um acanhamento invencível apoderava-se do meu espírito e do meu coração quando tinha de dirigir-me a ti nessa mal-aventurada rede em que embrulhei a minha existência. Receei as tuas censuras, aliás justíssimas e...

– Procuraste outro confidente.

– Não procurei; ele já havia surpreendido o meu segredo. Queres saber quem é?

– Dispenso o nome de um mau amigo!

– Mau amigo!?

– Péssimo, traidor, cruel amigo! Todo aquele que não te arredar do precipício a que te arrojas fatalmente não merece ser contemplado no rol dos verdadeiros amigos. E o que te dizia ele em uma carta que tanto te impressionou?

– Dizia-me que ela fora pedida em casamento.

– E tu tencionaste imediatamente assassinar o noivo, não é verdade?

– Não gracejes. Nunca em minha vida senti tormento igual ao que a notícia me trouxe. Cuidei morrer de desespero!

– Bom. Responde-me agora; foste ao baile de máscaras na certeza de a encontrares no teatro?

– Fui. Dou-me muito com o Zebedeu, o bilheteiro do Santa Isabel. Soube por ele que o comendador alugara um camarote para essa noite e...

– O mais, meu ex-polichinelo, poderei contar melhor do que tu!

– Não me recordes coisas que eu resgataria feliz com o preço de meu sangue.

– Queres resgatar o passado?

– Esquecendo-a? Não!

– Ouve-me, esplêndido louco. Estás matando a fogo lento tua mãe!

O artista empalideceu e fitou-me amedrontado.

— O que esperas desse amor, Salustiano? O que esperas de semelhante empresa? Pois não tens certeza ainda do impossível que te separa a ti, artista e pobre, duas vezes condenado, daquela moça milionária, aristocrática e filha de um comendador, quase barão?

— Tenho; mas amo-a...

— Compreendo, descendente de Pirro, compreendo os teus entusiasmos pela formosura dessa menina! És artista, e os artistas possuem o dom supremo de analisar a beleza através dos prismas celestiais. Mas, em nome do senso comum, em nome de teu futuro, em nome de tua...

— Basta, pelo amor de Deus! Se minha mãe nos ouvisse!

— Infeliz mulher! Ainda há pouco amaldiçoava à minha vista a criatura que te faz sofrer!

— E o que devo eu fazer então?

— Esquecê-la!

— Impossível!

— Fugi-la!

— Impossível!

— Queres um conselho? Carrega uma pistola até a boca, dirige-te à casa dela e, depois de declarar-lhe o teu imenso amor, faz saltar os miolos ao teto!

— Seria melhor isso! — acudiu ele com um olhar sinistro.

— Se as almas são na realidade imortais e se é certo que elas se reúnem em outro mundo, uma hora depois do teu suicídio, a alma de tua mãe iria queixar-se no céu da ingratidão de seu filho!

— Santo Deus! Queres enlouquecer-me!

— Responde-me, Salustiano; o que pretendes da mulher que adoras? Dize!

— Um olhar, ou um sorriso! Um sorriso dela seria a minha eterna felicidade!

— Se ela te contemplasse embevecida no meio dos teus triunfos artísticos, com toda a sua mocidade, com todos os seus sorrisos inocentes e o seio arquejante de entusiasmo e vida?

Ele tremia da cabeça aos pés e acompanhava as minhas palavras como quem assiste a uma revelação divina.

-- Se isso acontecesse, tu fugirias dela para sempre e tentarias esquecê-la um dia? Juras?

— Juro — balbuciaram os lábios deslumbrados do artista.

Corri ao interior da casa e tomei pela mão a velha, surpresa e assustada. Conduzia-a ao pé do filho, sem lhe dizer uma palavra.

– Jura pela vida de tua mãe, Salustiano – exclamei eu, reunindo todas as minhas forças.

Ele curvou-se subjugado e repetiu inundando as mãos vacilantes da velha de beijos e de lágrimas:

– Juro pela vida de minha mãe.

VIII

Como certas plantas enfezadas e maninhas, que ao primeiro raio do sol espalham ao ar fulgurante os novos botões de recém-nascida primavera, a alma de Salustiano começou a expandir-se feliz e animada, aspirando os ventos odorosos da mocidade e expondo-se às irradiações solenes do astro do futuro.

Não era o mesmo aquele rapaz franzino, nervoso e apaixonado. Seus olhos cobriam-se de uma luz magnética e, de sua boca, outrora silenciosa, as frases espirituosas e vivas voavam em bandos infatigáveis.

A princípio assustou-me a rápida metamorfose. Estaria curado? Estaria salvo? Por um desses raros, mas conhecidos fenômenos psicológicos, o espírito do meu louco amigo voltaria aos arraiais antigos, donde fora banido pelas Eumênides insaciáveis do amor e da juventude?

Um dia surpreendi-o à mesa do trabalho. Assim que me viu, debruçou-se sobre o papel de música que enchia, escondendo-o com o temor com que o ladrão oculta as provas do crime.

– Salustiano, tu me enganas!

– Eu te engano?

– Enganas-me, sim. Que diabo estavas aí a fazer de tão monstruoso e negro que a minha presença amedronta?

– Estou preparando a minha salvação – disse ele com um sorriso banhado em torturas e lágrimas. – Não era isso o que querias? Não me preveniste ontem de que em breve eu daria o meu concerto de despedida?

– Bom, bom; copias músicas perfeitamente!

Os olhos do artista fuzilaram como o flanco tempestuoso da nuvem.

– Não copio músicas, não! Componho a última parte do *Hino da mocidade*! *Hino da mocidade*! Deverá intitular-se *Hino do desespero*!
– Quê!
– Olha, Luís – acrescentou ele, apertando-me as mãos com um carinho fraternal –, há momentos em que tenho vontade de expor-me à tua maldição, aos desprezos do mundo, aos desprezos dela – dela, entendes? –, e como um alienado que escapasse às prisões do hospício, arremessar-me a seus pés pedindo-lhe a morte, já que a vida não quer me abandonar!

Seus olhos úmidos como os da ovelha moribunda fitaram-se dolorosamente em meu rosto.

– Quebras o teu juramento?
– Nunca. Sinto-me com forças de carregar o Atlas às costas e bater-me com o mundo inteiro!
– Nesse caso...
– Nesse caso, pensas tu, é facílimo afrontar o meu amor e a minha desventura? Eu nem sei, meu caro! Os tremendos sacrifícios importam à existência da criatura humana!
– Mas qual era a tua intenção, se eu não te falasse?
– Matar-me.
– E tua mãe?
– Foi o que me prendeu à beira da cova, a ideia de torturar o coração de minha mãe. Desventurada mulher! Eu, que por uma lágrima dela verteria sorrindo, gota a gota, todo o suor do meu corpo e todo o sangue de minhas veias!
– Bravo, Salustiano! És uma bela alma!
– Não sou, não, porque arremessei-me ao indefinido, cuidando marchar em estrada simples e comum.
– Privilégio dos privilegiados, meu caro! Se nascesses recebedor de impostos ou agente dos correios, nunca saborearias o indizível prazer de te expor à morte por uma visão ou uma quimera fugitiva!
– Perfeita visão; é verdade.
– Perfeitíssima! Nem ela te conhece!
– Não falemos mais dessas coisas que me atormentam. Vamos entrar em questões mais sisudas. Foste chamado à lição na academia?
– O que estavas escrevendo? Pergunto-te de novo.
– Nada; uma despedida às fantásticas delícias da arte.
– Tão cedo, meu poeta, foges ao afago das tentadoras musas?

– A arte é um inferno, e o artista é o maior e o primeiro de todos os condenados. A arte diz "voa" e prende os braços daquele a quem aponta os brilhantes horizontes, com torrentes mais pesadas que o universo. Mais vale a obscuridade que a luz nestes casos; prefiro a posição do morcego à da borboleta.

– Mau gosto!...

– As dores que eu tenho engolido e as mágoas que me acompanham são mais numerosas do que os astros que brilham nas eternas constelações. Não te rias! Para ti, que és feliz, que vives satisfeito, que não amas, tudo corre às mil maravilhas, sem tropeços, nem cuidados. Mas eu! Eu, cujos dias são pesados, um por um, na balança das aspirações impossíveis, esforço-me como um miserável nos tortuosos labirintos da minha existência, e se não fosse... o que tu sabes, a esta hora estarias acompanhando a minha última viagem!

– Louco!

– Louco! Louco! Chamas-me louco e tens razão, porque não sentes o que eu sinto! Sabes o que eu escrevia?

Salustiano revolveu freneticamente os seus papéis de música e, estendendo-mos ante os olhos ávidos:

– Este *Hino* – exclamou ele – é a minha desgraça e a minha glória! Todos os meus pensamentos, todos os meus êxtases, suspiros, encantos, entusiasmos, desilusões, quimeras, sonhos, febres, arrojos, quedas e ascensões de mocidade e de talento, estão aqui, neste papel escuro, nestas folhas garatujadas, que o primeiro varredor lançaria ao lixo se as encontrasse à porta da casa!

"Sobre estas folhas chorei eu muitas noites, e muitos dias ergui o meu pensamento anelante como o poeta que traduz o último canto de uma epopeia, o matemático que descobre a solução de um problema estupendo, e o mineiro que arranca da terra convulsa o diamante envolto em sangue, suor e lodo! É o *Hino da mocidade*! O *Hino*! O grande *Hino da mocidade*!"

Todo o seu corpo vacilava, como ao choque de uma carga elétrica, e os seus cabelos negros em redor da testa larga e pálida voavam flutuantes, à semelhança das nuvens obscuras que a tempestade revoluciona.

– Desde o dia em que vi pela primeira vez aquela mulher, uma harmonia selvagem surgiu do meu coração desvairado, e meus olhos começaram a descobrir, através das lágrimas do meu amor, o sombrio e fulgurante fantasma da glória! Arremessei-me à mesa do estudo e compus, compus, com o desespero do pobre que procura uma côdea de pão ou do astrólogo que persegue no céu a cauda de uma estrela!

"As notas saíam-me em borbotões, lavas, coriscos, raios, soluços, cóleras, que sei eu?! Um completo extermínio e uma completa vitória de harmonias! Hás de ouvir na flauta o *Hino da mocidade*! É um furacão! É um terror, é um naufrágio!

"Tentei reproduzir as ânsias e as venturas supremas de minha alma deslumbrada! Às vezes, crê, às vezes a correnteza de minhas dores assemelhava-se à corrente caudalosa dos rios, quando a tormenta ruge e o relâmpago ensanguenta os ares! Outras vezes, era o murmúrio da fonte que se parecia com o suspiro do meu amor, o sussurro das flores ao afago da noite e ao resplendor das estrelas! As notas embebiam-se no papel; os compassos galopavam-me ante os olhos ardentes como uma legião de demônios e de fadas! Tudo entorpecia-me os sentidos! Tudo me agitava, erguia-me, torturava-me, incendiava-me, enregelava-me, pois tudo me inspirava como se Deus estivesse atrás de mim!"

Repetidas crispações nervosas acometiam-lhe os membros e o suor brilhava escorrendo por sua face macilenta.

– Eu executarei esta música sagrada e maldita adiante dela! Não é o que tu exiges? Não é o que exige o mundo?

– Ouve-me, Salustiano!

– Não te ouço, não! Deixa-me contar-te tudo, já que o meu destino por tua causa...

– Por minha causa?!

– Por causa de minha mãe – acudiu ele, abrandando a voz –, deteve-se em frente de suas mais fogosas esperanças!... O *Hino da mocidade* será acariciado por aqueles ouvidos divinos, e as vozes da flauta angustiada confundir-se-ão no esplêndido concerto de primavera e de inocência, que rompe do seu coração sublime! Oh! Feliz! Três vezes feliz e três vezes desgraçado, artista que te sepultas com as tuas próprias mãos suicidas!

Apertei-o em meus braços.

– Meu amigo!

– Quando é o concerto? – perguntou ele, transformando-se de súbito.

– De hoje a quinze dias, pouco mais ou menos.
– Tenho tempo. Vou estudar!
– Mas por tua honra, vê o que fazes!
– Se da prova final eu me salvar, acredita que conquistei o mais gigantesco de todos os triunfos.

Salustiano contemplou o céu profundo e luminoso:
– Felizes os que não têm mãe! – murmurou ele surdamente.
– Estás louco!
– Felizes! Porque esses podem morrer.

IX

Nos programas espalhados para o seu concerto, Salustiano fez inserir a seguinte epígrafe:

CONCERTO DE DESPEDIDA À ARTE
em benefício
do artista Salustiano Tenório

Procurei-o no dia em que os jornais publicaram o primeiro anúncio:
– Que diabo vem a ser concerto de despedida à arte?

Ele pareceu perturbar-se levemente com a pergunta.
– Nada. É um meio apenas de chamar concorrência. Sou americano, meu caro! Pertenço à propaganda civilizadora do pufe!
– Não é preciso pufe para ti. O teatro vai encher-se pelo simples fato de te apresentares ao público de flauta em punho.
– Obrigado; mas é conveniente formar a estrada para se andar a gosto; o talento só, *caro mio*, se realmente eu o tenho, pode conseguir, e já não é pouco, morrer à fome em qualquer cantinho imundo e negro!
– Mau! Começas com as tuas descrenças oratórias!
– Não falemos mais disso. Gostaste do programa?
– Gostei. Estou ansioso por ouvir-te executar as variações dos *Puritanos*, de que o Colas fez-me ontem as mais laudatórias ausências.
– Bom amigo aquele! Mandou-me oferecer a orquestra grátis para o concerto.

– Decididamente teimas em não me revelar um ou dois trechos do *Hino*, antes da execução em público?
– Decerto, para causar-te surpresa.
– Creio que seria difícil.
– Como? Se nunca tu?...
– É o que tu pensas. Parece-me que cantarolaste alguma coisa do famoso *Hino* na noite do Carnaval, enquanto dormias, ardendo em febre.
– Maldita noite! Causa de todas as minhas desventuras!
– Olha, tenho às vezes ímpetos de desligar-te do teu juramento, Salustiano. Palavra de honra!
– Cuidas que me arrependi!
– Que dúvida!
– Não me arrependi, não; mas sofro as dores de uma operação horrenda! Imagina! É o mesmo que arrancarem-me, vivo e palpitante, com tenazes ardentes e coração do peito!
– Mas ficarás salvo depois?
– Salvo!

Um pálido sorriso vagou-lhe na boca desmaiada, e o suspiro cortou o lábio em tímidos harpejos. Imediatamente, porém, o rubor lhe coloriu as faces mórbidas e um tremor nervoso sacudiu-o bruscamente.

– Vou trabalhar! – exclamou ele.
– Por que não cedes a algum copista a tua música? – Salustiano olhou-me com o espanto de um homem que surpreende as primeiras palavras de um doido.
– É que o copista poderia errar um ou dois compassos – volveu ele, moderando-se instantaneamente.

Deixei-o no gabinete, de pena empunhada, e fui a negócio no Recife.

Só os delicados afagos de uma mesada iminente teriam o poder de afastar-me de Salustiano. O correspondente esperava-me.

X

Era a segunda vez que eu penetrava no edifício do Teatro de Santa Isabel depois da famosa noite de domingo de Carnaval.

O teatro estava todo iluminado e, na zona diáfana em que se derramavam miríades de estrelas de gás, flutuavam flâmulas e estandartes, prodigalidade excessiva da parte do empresário em honra ao Salustiano, o beneficiado da noite.

Enchia o povo o saguão, e as carruagens enfileiravam-se no largo. Batiam oito horas quando entrei. A muito custo conquistei a minha cadeira e corri os olhos por todos os camarotes. Havia um desocupado, quase unido ao cenário, na segunda ordem.

Os músicos preparavam os instrumentos, e o regente Colas ainda não tomara posse da cátedra presidencial.

Marquei a cadeira e saí. O porteiro da caixa, meu conhecido desde épocas mais felizes, não pôs dúvida em ceder-me ingresso.

– Hoje não entra aqui ninguém – disse-me ele entre um sorriso de incredulidade e um olhar de mistério.

– Oh! Oh!

– Foi mesmo o sr. Salustiano quem deu essa ordem.

– Mas eu...

– Oh! O senhor é outra coisa. A casa é sua!

– Obrigado, respeitável cérbero!

Salustiano estava no camarim, enluvado, encascado, frisado, mas lívido como um defunto.

Com a cabeça firmada nas mãos hirtas, ele parecia esquecer-se completamente do lugar em que se achava e de tudo quanto o cercava naquele momento. Ardiam duas velas sobre a mesa, cheia de potes de carmim, pó de arroz, escovas, barbas postiças, plumas multicores e os demais utensílios de teatro, de que tantos príncipes e monarcas se têm servido durante o reinado de cinco atos de melodrama!

Chegavam até o camarim os sons variados da orquestra que se afinava. O contrarregra bateu palmas e o regente sentou-se de batuta erguida. Começava o espetáculo por não sei que comédia traduzida do francês. No primeiro e no último intervalo fazia-se ouvir a flauta do Salustiano; nos outros a atenção pública ia repartir-se entre os talentos mais ou menos festejados de vários músicos pernambucanos.

A *ouverture* na orquestra fez estremecer o busto pendido do meu taciturno amigo. Salustiano ergueu a cabeça, correu a mão sobre a testa úmida, como quem fustiga uma asa agoureira, e, vendo-me, aumentou-se-lhe a cadavérica palidez.

– Tenho medo – disse ele com a voz surda e vacilante. – Medo! – Medo!?

– Sim, meu amigo – continuou o artista apertando-me vivamente as mãos entre as suas. – Sinto o terror na minha alma. Olha, o jogador que expõe em última parada o derradeiro pecúlio de seus filhos não sofre o que eu padeço agora!

– Anima-te, rapaz! Deixa estas coisas para os romances de capa e espada!

– Não brinques, pelo amor de Deus! Passei um dia horrível hoje! Estive quase a transferir o concerto. Esqueci-me até, acredita! Esqueci-me da primeira nota da música!

– Logo te entusiasmas! O artista, Salustiano, é como o cavalo de batalha (salvo a comparação), cria fogo quando ouve o primeiro clamor das trombetas guerreiras e aspira o sangue dos feridos! Quando soarem as palmas que te receberem, ganharás alento, e o artista ocupará triunfante o lugar do homem!

– Deus te ouça!

– Ela não veio ainda.

– Antes não venha, meu filho! Vendo-a, a flauta cairá das minhas mãos covardes, e eu próprio rolarei no tablado como uma massa inerte!

– Ou erguer-te-ás na asa da inspiração, meu poeta, ascendendo ao paraíso da arte, do amor e da mocidade!

Os olhos dele fulguravam através das pestanas negras como a cauda do fuzil no meio da borrasca.

– Fala-me, que me dás vida!

– Joga-se hoje o grande *lansquenet*[4] da tua existência, sublime mentecapto! Pede ao céu que o teu *doublé* seja em ouros, que é justamente a cor do sol e da fortuna!

Rindo-se o artista, respondeu-me com uma energia fora do comum na sua natureza lânguida e doentia:

– Estás no teatro, minha mãe e o R.; tudo se fará.

– O R. ainda não chegou, parece-me, mas ele virá com toda a certeza. Adeus; coragem, coragem!

– Reza por mim.

– Farei o possível; mas nota que eu sou herege... na arte.

---

4 Nome de um jogo de cartas. [N.E.]

Quando de novo entrei na plateia, volvi os olhos para o camarote, até então desocupado. Dessa vez estremeci vendo na frente, com o alvo braço nu pousado no parapeito do camarote, a tão esperada senhora dos destinos do beneficiado. Ela estava fulgurante de beleza e de juventude. Sua boca vermelha e voluptuosa entreabria-se em um sorriso admirável, e de seus olhos negros, como o crime, escapavam-se irresistíveis cintilações. Cobria-a um longo vestido de cetim azul, e em seus cabelos cintilava, como diabólicas pupilas, uma chuva de diamantes formando um diadema. Da mão dela pendia um grande cacto, borrifado ainda de sereno.

Subiu o pano. Enquanto se representava a comédia, uma comédia fútil e banal, olhei para o camarote e vi que ela conversava, rindo com o velho, meneando a esplêndida cabeça, soberana e pura como a da Palas mitológica.

Caiu o pano e eu dirigi-me à caixa do teatro. Salustiano enfiava em surdina, na flauta, escalas sobre escalas; os sons trêmulos e chorosos entrelaçavam-se como os ais melancólicos de um rio à noite, ou os murmúrios do vento entre as ramas espessas do arvoredo sombrio.

– Ela está aí!

– Já a vi! – exclamou o artista, com a alegria de um cego que torna a contemplar o disco incendiado do sol.

– Ânimo!

– Por ora, tudo irá bem, creio eu. Pouco trabalho tenho. Para mais tarde é que peço forças ao céu. O *Hino* foi composto com o pensamento nela, e tremo à ideia de não poder interpretá-lo com alma!

– Mas tu cambaleias, desgraçado!... se te sentes mal, transforma-se o programa.

– Qual! Na hora das grandes catástrofes ou dos grandes triunfos, a criatura humana é menor e mais vacilante que o átomo!

A orquestra deu o sinal. Corri à minha cadeira. Pouco depois dirigi os olhos para o camarote; ela tinha-os presos no palco.

Subiu o pano.

XI

Fez-se um profundo e religioso silêncio em todo o teatro. Salustiano entrou em cena no meio de uma salva geral de palmas, enquanto o regente da orquestra entregava-lhe, em nome dos professores de música pernambucanos, uma gentil coroa de louros.

Estava pálido o artista como um sentenciado que aguarda o golpe do carrasco; estremeciam-lhe os membros visivelmente e, por duas vezes, a flauta, conduzida à boca, resvalou mal suspensa dos dedos oscilantes.

O público, sem compreender aquela súbita comoção, procurou animar o seu predileto artista, fazendo-lhe soar de novo ao ouvido profusão de palmas e de bravos.

Só eu possuía o segredo, o lúgubre segredo de tão misterioso enleio. Salustiano não havia ainda erguido os olhos para o camarote fatal, e, tentando descobrir o sentimento que se apoderava dela naquele instante, notei com desgosto que a sua misteriosa beleza, à semelhança da formosura das esfinges, não revelava a mais sutil comoção ou o menor abalo.

A orquestra lembrou o motivo dos *Puritanos* e deu começo ao acompanhamento. O maestro Colas não despregava a pupila ardente do semblante demudado de Salustiano.

Finalmente, depois de um supremo esforço, a flauta deixou voar as primeiras notas, tímidas, assustadas, quase em murmúrio, como um enxame de mistérios suaves que têm medo de ser surpreendidos. Pouco a pouco foi ganhando alma o instrumento e entusiasmo o artista; pouco a pouco as notas mais firmes e vibrantes percorreram em deliciosas escalas os tesouros harmoniosos desse poema dos *Puritanos*, tão solene, no meio dos seus poéticos arroubos, e tão poético, em meio de suas lágrimas arrebatadoras!

A plateia prorrompeu em retumbantes aplausos.

Cai o pano, e dirigindo eu a vista ansiosa para o camarote, reparei que ela espalhava do lábio coralino aquele desdenhoso sorriso, que jamais a abandonava.

Fiquei indignado. Pois quê! Não haveria nada capaz de perturbar a eterna monotonia de tão peregrina formosura?! Seria realmente insensível essa menina a tudo quanto o céu formou para eletrizar as almas e produzir no coração humano o choque dos santos entusiasmos e dos irresistíveis delírios?!

Alva, tranquila, primorosa, como a mais bem contornada estátua de mármore, obra do cinzel de Fídias, ela resistia com a impassibilidade das rochas ao fragor das palmas, que saudavam o artista inspirado, e às ondas de harmonias divinas que flutuavam através das luzes e do aroma, ora arquejantes como beijos insaciáveis, ora meigas, castas, puras e ternas, como um suspiro entre lágrimas ou as orações de um moribundo.

Fui encontrar o Salustiano no camarim, abatido e mudo.

– Creio que dou parte de fraco – disse-me ele. – Não posso mais.

– Saíste-te perfeitamente nos *Puritanos*.

– Pessimamente, deves tu dizer.

– Hás de permitir que eu não saúde com grandes exclamações a tua, aliás graciosíssima, modéstia!

– Graceja, graceja, inexorável amigo! Oxalá não te arrependas do passo que deste!

– Salvando-te?

– E terei eu forças bastantes para arrostar tão tremenda prova sem sucumbir nela?

– A imaginação dos artistas e dos poetas, Salustiano, é como o vidro do microscópio; faz de uma pulga um elefante.

– Tu é que pretendes transformar em rosas os espinhos que me cercam, mas meteste-te em uma empresa impossível!

– A propósito, quem vai tocar agora?

– Ninguém. O Roberto canta a *Serenata* do *Don Pasquale*.

– Eu tenho dito por aí cobras e lagartos a respeito do teu *Hino*.

– Maior será a desilusão do público!

– Veremos!

– Responde-me seriamente: não fizeram fiasco as variações dos *Puritanos*?

– A tua comoção serviu até de alvo aos aplausos, como viste!

– Palmas de compaixão!

– Estás insuportável, distintíssimo maestro!

Entrava no camarim a mãe do Salustiano. Mudamos de conversa. Dois minutos depois, fui ocupar o meu lugar nas cadeiras. O camarote estava vazio.

– Teria ela ido embora? – perguntei a mim mesmo com terror.

O R., que veio me falar, disse-me que ela e o pai passeavam no salão. Descansei. Enquanto se cantou a *Serenata* e dois artistas, um violinista e outro perfeito violoncelista, ocuparam a atenção pública, nem ela nem o velho dignaram-se vir ao camarote.

Desceu o pano, e eu dirigi-me ao saguão para fumar.

O tema da conversa entre todos era o Salustiano.

– Tiraria a sorte grande? – perguntava um interlocutor a outro.

– Despede-se da arte!

– Não sei. Ali está quem nos pode dizer alguma coisa.

Referiam-se a mim. O que fizera a pergunta era meu conhecido; encaminharam-se na minha direção, e o curioso questionou-me acerca da despedida à arte, anunciada pelo flautista.

– Ele anda doente – acudi eu, encontrando felizmente a tempo uma resposta banal –; quer tratar-se; vai para os sertões do Ceará um destes dias. Eis a explicação do anúncio!

– Coitado! Mal podia suster-se em cena, há pouco!

Salustiano fechara-se no camarim, através de cuja porta ainda pude ouvir os sons flébeis de sua flauta, recordando um ou outro motivo da música.

A mãe do artista, que se sentara junto aos bastidores, chamou-me.

– Parece-me que ele não está bom! – disse-me ela com cuidado.

– Por quê?

– Não sei, veja.

Salustiano abriu a porta do camarim e saiu com a flauta na mão. Realmente causava dó olhar-se para o pobre moço. Um terno sorriso, o sorriso do martírio resignado e do glorioso sofrimento aclarava-lhe como luz celestial os traços desfigurados.

Ele padecia atrozmente; sua alma a custo sustentava os ímpetos do coração opresso, e a sua inteligência por um esforço quase sobrenatural acudia às urgentes necessidades de momento; a flama do talento sobrepujava as aflições profundas da existência dilacerada.

– O que sentes tu?

Tive desejos de arrastá-lo do teatro; dir-se-ia que ele agonizava.

– Nada. Uma debilidade passageira.

– Acabemos com isto, Salustiano! És ou não és um homem? Tens ou não tens força suficiente para saltar sobre o ridículo que o teu misterioso sofrimento pode provocar ante os olhos do público?

– Ridículo; acreditas que seja ridículo isto?

E o artista espalhou por um nervoso movimento os cabelos revoltos, como um brioso corcel que se prepara para o combate.

– Acredito que o povo não sabe acompanhar as peripécias extravagantes de tua vida e não poderá, portanto, desculpar-te as heroicas pusilanimidades. Cada um pagou o seu bilhete de cadeira, plateia, camarote ou galeria no honesto e louvável intuito de ouvir a tua flauta e admirar o teu talento. Ora, é pouco airoso apresentares-te como tipo de romance perante uma multidão pouco amiga, neste momento, de coisas imaginárias ou poéticas.

– Basta. Eu não te envergonharei nem me envergonharei também. Vai descansado – continuou ele rapidamente e empurrando-me com brandura –, não tarda a subir o pano... vai! Oh! É verdade; conduz minha mãe ao camarote.

A velha persistia em ficar na caixa; Salustiano, enfadando-se, obrigou-a a subir para a terceira ordem onde lhe havia reservado um lugar.

XII

Quando eu me apoderei da minha cadeira, a orquestra executava os prelúdios da *ouverture*. Percorria a sala do teatro, dos últimos camarotes às últimas gerais, uma espécie de ruído surdo e abafado, tal como acontece na atmosfera, carregada de eletricidade, quando através do pavilhão das nuvens a tempestade prepara-se para assombrar a natureza. Comecei a ter sérios receios pelo sucesso do Salustiano. Seria eu culpado ou não por haver insistido com o artista em levar-se a cabo uma empresa tão difícil e escabrosa? Arrependia-me da minha ideia, e o meu coração febril pulsava-me violentamente dentro do peito abrasado.

Terminavam os últimos sons da orquestra quando ela chegou à frente do camarote. Sua mão enluvada e graciosa sustentava sempre o hastil do cacto, cujas pétalas o calor das luzes e da noite fazia arrufar em um melindroso recato.

Ergueu-se o pano. A orquestra marcou os primeiros compassos do acompanhamento e as palmas vibrantes saudaram a aparição do Salustiano. Os olhos dele e os olhos dela encontraram-se de súbito e um flamejante clarão perpassou o rosto do artista, que se hasteou glorioso como um cetro triunfante.

A flauta, unida vertiginosamente aos lábios, desprendeu um trilo rápido, fugaz, lancinante, que parecia ferir os ouvidos na passagem. Em seguida as notas imponentes atacaram a introdução do *Hino* com um valor e uma sonoridade admiráveis. Todas as vistas estavam presas em cena, e um silêncio de morte pairava no ambiente luminoso. A pele úmida de Salustiano brilhava com as luzes e a flauta arquejava-lhe nas mãos convulsas. Com o busto meio pendido do camarote, a formosa criatura seguia a música, animando-se pouco a pouco, de nota a nota, de compasso a compasso, como uma floresta virgem que desperta ao cântico matutino dos pássaros e aos primeiros raios do sol no oriente. Entrou finalmente o *Hino*, o grande, o festivo, o indizível, o maravilhoso *Hino da mocidade*! Era ele! Era a música, que em surdina cantarolavam os lábios túmidos e febris do artista na noite do Carnaval! Os sons tumultuosos e doces, tranquilos e revolucionários, calmos e tempestuosos, enroscavam-se, serpenteando na atmosfera, serenos às vezes como a espiral de um perfume, e outras vezes arrogantes, amedrontadores, esplêndidos e voluptuosos como as iras, os gemidos e os beijos de um gigante...

A plateia inebriada e pasma estendia as mãos para a cena... Salustiano crescera a meus olhos; crescera prodigiosamente, assumindo a portentosa figura de um semideus. Ele batia-se com a sua criação, lutava com o seu talento, arcava com a fortaleza de sua alma, impetuoso, ardente, indomável, indescritível! As notas voavam no encalço cristalino de outras notas, confundindo-se em turbilhões, entrechocando-se, devorando-se, esvaindo-se em uma só e imensa harmonia!

Minha imaginação, aterrorizada e acariciada a um tempo, via desenrolar-se, ante os seus olhos sôfregos, quadros de diversos matizes e cores, qual se o instrumento do artista fosse uma varinha encantada a cujo toque criavam-se novos mundos e abria-se de par em par o mitológico domínio das feiticeiras e dos duendes.

Galopavam corcéis de crinas flutuantes e dorso luzidio, cobertos de esmeraldas e rosas, montados por fogosas amazonas, cujo capacete de prata luzia ao clarão melancólico da lua!... O bando ruidoso fugia envolto na poeira argentina da noite, fazendo retinir no espaço radiante o choque das lanças sobre o dorso dos animais, e o ruído das armaduras de ouro picando o ventre abrasado dos insaciáveis corcéis!

Imediatamente transformava-se o panorama e um grande lago, afagado pelos vislumbres da cadente madrugada, estendia-se até os confins do horizonte. Cortava a água um batel tripulado por anjos e seguido por uma falange de cisnes e garças, de asa espalmada.

Depois era uma floresta cheia de harmonias e sombras; depois a luta de dois gladiadores ofegantes; depois um templo majestoso em cujos altares celebrava-se o ofício divino, enquanto o órgão despejava a sua invisível urna de melodias e místicas emanações!

Contemplei a heroína de todos esses triunfos; ela pendia do camarote, trêmula, assustada, palpitante, de boca entreaberta, seio exausto e colo estendido, como se conhecesse que era a alma desse miraculoso *Hino*, e quisesse submergir-se no abismo luminoso que a atraía, fatalmente.

Salustiano tocava a meta do incompreensível. Não era a música de Verdi aquilo! Apaixonada e brilhante! Nem os soluços de Bellini; nem os caprichos provocadores de Rossini; nem a imponente inspiração de Meyerbeer; nem a chorosa loucura de Donizetti revelada nas lágrimas de *Lucrécia* ou nos angustiados arroubos da *Lúcia*. Era o *Hino da mocidade*! A alma de um artista feita em pedaços e ascendendo gigantescamente ao horizonte no meio de súplicas, de orações e de blasfêmias sublimes! As harmonias subiam, subiam, enovelavam-se, entrelaçavam-se como serpentes impalpáveis e desfaziam-se de ímpeto como um dilúvio de estrelas e de raios!...

Salustiano cambaleava e o sopro estava quase a abandoná-lo.

O povo em pé entregava-se ao magnetismo daquela música, sem saber se ela o despedaçava ou comovia. Era a vitória do gênio! O triunfo irradiante da arte!

Enfraqueceram pouco a pouco as notas; diminuíram os sons, desenrolando-se como um colar de pérolas desmanchado e, em um último esforço, a derradeira harmonia ergueu-se palpitante do tubo da flauta e do peito do artista! O delírio fez explosão nesse momento! Os gritos, as palmas, os lenços, as flores coroavam tumultuosamente o intérprete da mocidade, e ela, à semelhança do aloés quando rompe do seio fecundo da terra, desprendendo um brado de entusiasmo, deixou cair aos pés do artista o cacto, úmido com as lágrimas que choviam-lhe dos olhos deslumbrados.

Salustiano veio quatro vezes consecutivas à cena. Em todas elas unia aos lábios a flor, que era o resumo de todas as suas angústias, de todas as suas glórias, esperanças, desconforto, futuro e vida!

Quando eu corri à caixa, fui a tempo de recebê-lo entre os meus braços. O suor gotejava-lhe da fronte, e um calafrio intenso percorria-lhe o corpo forçando-o a contrair as mãos geladas.

A caixa foi invadida por grande parte do povo que reclamava o artista em altos brados.

Ele agarrou-me a mão e com a voz sibilante e breve:

– Vem! – exclamou.

Arremessou-se ao camarim e fechou a porta sobre nós. Sem me dar tempo de evitar-lhe o rápido movimento, despedaçou contra a parede a flauta, origem de seus recentes e deslumbrantes triunfos.

– Salustiano!

– Cumpro a minha promessa! E antes que me arrependa, olha!

Seus dedos nervosos rasgaram os papéis de música onde fora escrito o *Hino*, e ele lançou-se nos meus braços, chorando como uma criança. Batiam à porta do camarim, e a voz da velha chamou o artista.

Salustiano enxugou os olhos, afastou para longe os fragmentos da flauta e da música, dizendo-me ainda:

– Amanhã ou depois partirei deste céu e deste inferno. O destino permitiu, ao menos, louvado seja Deus, que caísse uma flor nas ondas do meu naufrágio!

E beijou respeitosamente as úmidas pétalas do cacto.

O relógio de ouro
Machado de Assis

1873

MACHADO DE ASSIS
Rio de Janeiro (RJ), 1839-1908

Joaquim Maria **Machado de Assis** é autor de uma produção vasta e diversificada que inclui poemas, peças teatrais, crítica, crônicas, contos e romances. Hoje talvez mais conhecido e celebrado como o autor de *Memórias póstumas de Brás Cubas* (1881), *Quincas Borba* (1891) e *Dom Casmurro* (1899), estreou antes no conto do que no romance, com a publicação de "Três tesouros perdidos" em 1858, aos 18 anos. Nas cinco décadas seguintes, publicaria em diversos periódicos, e muitas vezes sob pseudônimos, mais de duzentos contos. Destes, recolheu 76 em livros, entre os quais encontram-se peças antológicas, tais como "O alienista", "Noite de almirante", "A cartomante", "Missa do galo", "A causa secreta" e "Pai contra mãe". Nelas, o domínio técnico da narrativa breve o coloca entre os grandes renovadores do gênero no século XIX, ao lado de Edgar Allan Poe, Anton Tchékhov e Guy de Maupassant. O conto selecionado para esta antologia foi publicado pela primeira vez em 1873 no *Jornal das Famílias*, e no mesmo ano recolhido no volume *Histórias da meia-noite*. A história, que trata de casamento e traição, apresenta muitos clichês românticos, tratados de forma paródica e, por vezes, ridícula; e o leitor muito provavelmente reconhecerá no drama de Clarinha e Luís Negreiros semelhanças com *Dom Casmurro*.

AGORA CONTAREI A HISTÓRIA DO RELÓGIO DE OURO. ERA UM grande cronômetro, inteiramente novo, preso a uma elegante cadeia. Luís Negreiros tinha muita razão em ficar boquiaberto quando viu o relógio em casa, um relógio que não era dele, nem podia ser de sua mulher. Seria ilusão dos seus olhos? Não era; o relógio ali estava sobre uma mesa da alcova, a olhar para ele, talvez tão espantado, como ele, do lugar e da situação.

Clarinha não estava na alcova quando Luís Negreiros ali entrou. Deixou-se ficar na sala, a folhear um romance, sem corresponder muito nem pouco ao ósculo com que o marido a cumprimentou logo à entrada. Era uma bonita moça esta Clarinha, ainda que um tanto pálida, ou por isso mesmo. Era pequena e delgada; de longe parecia uma criança; de perto, quem lhe examinasse os olhos veria bem que era mulher como poucas. Estava molemente reclinada no sofá, com o livro aberto, e os olhos no livro, os olhos apenas, porque o pensamento, não tenho certeza se estava no livro, se em outra parte. Em todo o caso parecia alheia ao marido e ao relógio.

Luís Negreiros lançou mão do relógio com uma expressão que eu não me atrevo a descrever. Nem o relógio nem a corrente eram dele; também não eram de pessoas suas conhecidas. Tratava-se de uma charada. Luís Negreiros gostava de charadas e passava por ser decifrador intrépido; mas gostava de charadas nas folhinhas ou nos jornais. Charadas palpáveis ou cronométricas, e sobretudo sem conceito, não as apreciava Luís Negreiros.

Por esse motivo, e outros que são óbvios, compreenderá o leitor que o esposo de Clarinha se atirasse sobre uma cadeira, puxasse raivosamente os cabelos, batesse com o pé no chão e lançasse o relógio e a corrente para cima da mesa. Terminada essa primeira manifestação de furor, Luís Negreiros pegou de novo nos fatais objetos e de novo os examinou. Ficou na mesma. Cruzou os braços durante algum tempo e refletiu sobre o caso, interrogou todas as suas recordações e concluiu no fim de tudo que, sem uma explicação de Clarinha, qualquer procedimento fora baldado ou precipitado.

Foi ter com ela.

Clarinha acabava justamente de ler uma página e voltava a folha com ar indiferente e tranquilo de quem não pensa em decifrar charadas de cronômetro. Luís Negreiros encarou-a; seus olhos pareciam dois reluzentes punhais.

– Que tens? – perguntou a moça com a voz doce e meiga que toda a gente concordava em lhe achar.

Luís Negreiros não respondeu à interrogação da mulher; olhou algum tempo para ela; depois deu duas voltas na sala, passando a mão pelos cabelos, por modo que a moça de novo lhe perguntou:

– Que tens?

Luís Negreiros parou defronte dela.

– Que é isto? – disse ele tirando do bolso o fatal relógio e apresentando-lho diante dos olhos. – Que é isto? – repetiu ele com voz de trovão.

Clarinha mordeu os beiços e não respondeu. Luís Negreiros esteve algum tempo com o relógio na mão e os olhos na mulher, a qual tinha os seus olhos no livro. O silêncio era profundo. Luís Negreiros foi o primeiro que o rompeu, atirando estrepitosamente o relógio ao chão e dizendo em seguida à esposa:

– Vamos, de quem é aquele relógio?

Clarinha ergueu lentamente os olhos para ele, abaixou-os depois e murmurou:

– Não sei.

Luís Negreiros fez um gesto como de quem queria esganá-la; conteve-se. A mulher levantou-se, apanhou o relógio e pô-lo sobre uma mesa pequena. Não se pôde sofrear Luís Negreiros. Caminhou para ela e, segurando-lhe nos pulsos com força, lhe disse:

– Não me responderás, demônio? Não me explicarás esse enigma?

Clarinha fez um gesto de dor, e Luís Negreiros imediatamente lhe soltou os pulsos que estavam arrochados. Noutras circunstâncias é provável que Luís Negreiros lhe caísse aos pés e pedisse perdão de a haver machucado. Naquela nem se lembrou disso; deixou-a no meio da sala e entrou a passear de novo, sempre agitado, parando de quando em quando, como se meditasse algum desfecho trágico.

Clarinha saiu da sala.

Pouco depois veio um escravo dizer que o jantar estava na mesa.

– Onde está a senhora?

– Não sei, não senhor.

Luís Negreiros foi procurar a mulher; achou-a numa saleta de costura, sentada numa cadeira baixa, com a cabeça nas mãos a soluçar. Ao ruído que ele fez na ocasião de fechar a porta atrás de si, Clarinha levantou a cabeça, e Luís Negreiros pôde ver-lhe as faces úmidas de lágrimas. Esta situação foi ainda pior para ele que a da sala. Luís Negreiros não podia ver chorar uma mulher, sobretudo a dele. Ia enxugar-lhe as lágrimas com um beijo, mas reprimiu o gesto e caminhou frio para ela; puxou uma cadeira e sentou-se em frente de Clarinha.

— Estou tranquilo, como vês — disse ele —, responde-me ao que te perguntei com a franqueza que sempre usaste comigo. Eu não te acuso nem suspeito nada de ti. Quisera simplesmente saber como foi parar ali aquele relógio. Foi teu pai que o esqueceu cá?

— Não.

— Mas então...

— Oh! Não me perguntes nada! — exclamou Clarinha. — Ignoro como esse relógio se acha ali... Não sei de quem é... deixa-me.

— É demais! — urrou Luís Negreiros, levantando-se e atirando a cadeira ao chão.

Clarinha estremeceu e deixou-se ficar onde estava. A situação tornava-se cada vez mais grave; Luís Negreiros passeava cada vez mais agitado, revolvendo os olhos nas órbitas e parecendo prestes a atirar-se sobre a infeliz esposa. Esta, com os cotovelos no regaço e a cabeça nas mãos, tinha os olhos encravados na parede. Correu assim cerca de um quarto de hora. Luís Negreiros ia de novo interrogar a esposa, quando ouviu a voz do sogro, que subia as escadas gritando:

— Ó seu Luís! Ó seu malandrim!

— Aí vem teu pai! — disse Luís Negreiros. — Logo me pagarás.

Saiu da sala de costura e foi receber o sogro, que já estava no meio da sala, fazendo viravoltas com o chapéu de sol, com grande risco das jarras e do candelabro.

— Vocês estavam dormindo? — perguntou o sr. Meireles tirando o chapéu e limpando a testa com um grande lenço encarnado.

— Não, senhor, estávamos conversando...

— Conversando?... — repetiu Meireles.

E acrescentou consigo:

— Estavam de arrufos... é o que há de ser.

— Vamos justamente jantar — disse Luís Negreiros. — Janta conosco?

— Não vim cá para outra coisa — acudiu Meireles. — Janto hoje e amanhã também. Não me convidaste, mas é o mesmo.

— Não o convidei?...

– Sim, não fazes anos amanhã?
– Ah! É verdade...

Não havia razão aparente para que, depois destas palavras ditas com um tom lúgubre, Luís Negreiros repetisse, mas desta vez com um tom descomunalmente alegre:

– Ah! É verdade!...

Meireles, que já ia pôr o chapéu num cabide do corredor, voltou-se para o genro, em cujo rosto leu a mais franca, súbita e inexplicável alegria.

– Está maluco! – disse baixinho Meireles.

– Vamos jantar – bradou o genro, indo logo para dentro, enquanto Meireles, seguindo pelo corredor, ia ter à sala de jantar.

Luís Negreiros foi ter com a mulher na sala de costura e achou-a de pé, compondo os cabelos diante de um espelho:

– Obrigado – disse.

A moça olhou para ele admirada.

– Obrigado – repetiu Luís Negreiros. – Obrigado e perdoa-me.

Dizendo isso, procurou Luís Negreiros abraçá-la; mas a moça, com um gesto nobre, repeliu o afago e foi para a sala de jantar.

– Tem razão! – murmurou Luís Negreiros.

Daí a pouco achavam-se todos três à mesa do jantar e foi servida a sopa, que Meireles achou, como era natural, de gelo. Ia já fazer um discurso a respeito da incúria dos criados, quando Luís Negreiros confessou que toda a culpa era dele, porque o jantar estava há muito na mesa. A declaração apenas mudou o assunto do discurso, que versou então sobre a terrível coisa que era um jantar requentado – *qui ne valut jamais rien*[1].

Meireles era um homem alegre, pilhérico, talvez frívolo demais para a idade, mas em todo o caso interessante pessoa. Luís Negreiros gostava muito dele e via correspondida essa afeição de parente e de amigo, tanto mais sincera quanto que Meireles só tarde e de má vontade lhe dera a filha. Durou o namoro cerca de quatro anos, gastando o pai de Clarinha mais de dois em meditar e resolver o assunto do casamento. Afinal deu a sua decisão, levado antes das lágrimas da filha que dos predicados do genro, dizia ele.

---

[1] "Que nunca valeu nada", em francês no original, em referência ao poema *Le lutrin*, de Nicolas Boileau (1636-1711). [N.E.]

A causa da longa hesitação eram os costumes poucos austeros de Luís Negreiros, não os que ele tinha durante o namoro, mas os que tivera antes e os que poderia vir a ter depois. Meireles confessava ingenuamente que fora marido pouco exemplar e achava que por isso mesmo devia dar à filha melhor esposo do que ele. Luís Negreiros desmentiu as apreensões do sogro; o leão impetuoso dos outros dias tornou-se um pacato cordeiro. A amizade nasceu franca entre o sogro e o genro, e Clarinha passou a ser uma das mais invejadas moças da cidade.

E era tanto maior o mérito de Luís Negreiros quanto que não lhe faltavam tentações. O diabo metia-se às vezes na pele de um amigo e ia convidá-lo a uma recordação dos antigos tempos. Mas Luís Negreiros dizia que se recolhera a bom porto e não queria arriscar-se outra vez às tormentas do alto-mar.

Clarinha amava ternamente o marido e era a mais dócil e afável criatura que por aqueles tempos respirava o ar fluminense. Nunca entre ambos se dera o menor arrufo; a limpidez do céu conjugal era sempre a mesma e parecia vir a ser duradoura. Que mau destino lhe soprou ali a primeira nuvem?

Durante o jantar Clarinha não disse palavra – ou poucas dissera, ainda assim as mais breves e em tom seco.

"Estão de arrufo, não há dúvida", pensou Meireles ao ver a pertinaz mudez da filha. "Ou a arrufada é só ela, porque ele parece-me lépido."

Luís Negreiros efetivamente desfazia-se todo em agrados, mimos e cortesias com a mulher, que nem sequer olhava em cheio para ele. O marido já dava o sogro a todos os diabos, desejoso de ficar a sós com a esposa para a explicação última, que reconciliaria os ânimos. Clarinha não parecia desejá-lo; comeu pouco e duas ou três vezes soltou-se-lhe do peito um suspiro.

Já se vê que o jantar, por maiores que fossem os esforços, não podia ser como nos outros dias. Meireles sobretudo achava-se acanhado. Não era que receasse algum grande acontecimento em casa; sua ideia é que sem arrufos não se aprecia a felicidade, como sem tempestade não se aprecia o bom tempo. Contudo, a tristeza da filha sempre lhe punha água na fervura.

Quando veio o café, Meireles propôs que fossem todos três ao teatro; Luís Negreiros aceitou a ideia com entusiasmo. Clarinha recusou secamente.

– Não te entendo hoje, Clarinha – disse o pai com um modo impaciente. – Teu marido está alegre e tu pareces-me abatida e preocupada. Que tens?

Clarinha não respondeu; Luís Negreiros, sem saber o que havia de dizer, tomou a resolução de fazer bolinhas de miolo de pão. Meireles levantou os ombros.

– Vocês lá se entendem – disse ele. – Se amanhã, apesar de ser o dia que é, vocês estiverem do mesmo modo, prometo-lhes que nem a sombra me verão.

– Oh! Há de vir – ia dizendo Luís Negreiros, mas foi interrompido pela mulher que desatou a chorar.

O jantar acabou assim triste e aborrecido. Meireles pediu ao genro que lhe explicasse o que aquilo era, e este prometeu que lhe diria tudo na ocasião oportuna.

Pouco depois saía o pai de Clarinha protestando de novo que, se no dia seguinte os achasse do mesmo modo, nunca mais voltaria à casa deles e que, se havia coisa pior que um jantar frio ou requentado, era um jantar mal digerido. Esse axioma valia o de Boileau, mas ninguém lhe prestou atenção.

Clarinha fora para o quarto; o marido, apenas se despediu do sogro, foi ter com ela. Achou-a sentada na cama, com a cabeça sobre uma almofada e soluçando. Luís Negreiros ajoelhou-se diante dela e pegou-lhe numa das mãos.

– Clarinha – disse ele –, perdoa-me tudo. Já tenho a explicação do relógio; se teu pai não me fala em vir jantar amanhã, eu não era capaz de adivinhar que o relógio era um presente de anos que tu me fazias.

Não me atrevo a descrever o soberbo gesto de indignação com que a moça se pôs de pé quando ouviu essas palavras do marido. Luís Negreiros olhou para ela sem compreender nada. A moça não disse uma nem duas; saiu do quarto e deixou o infeliz consorte mais admirado que nunca.

"Mas que enigma é este?", perguntava a si mesmo Luís Negreiros. Se não era um mimo de anos, que explicação pode ter o tal relógio?

A situação era a mesma que antes do jantar. Luís Negreiros assentou de descobrir tudo naquela noite. Achou, entretanto, que era conveniente refletir maduramente no caso e assentar numa resolução que fosse decisiva. Com esse propósito, recolheu-se ao seu gabinete e ali recordou tudo o que se havia passado desde que chegara à casa. Pesou friamente todas as razões, todos os incidentes e buscou reproduzir na memória a expressão do rosto da moça em toda aquela tarde. O gesto de indignação e a repulsa quando ele a foi abraçar na sala de costura eram a favor dela; mas o movimento com que mordera os lábios no momento em que ele lhe apresentou o relógio, as lágrimas que lhe rebentaram à mesa e, mais que tudo, o silêncio que ela conservava a respeito da procedência do fatal objeto, tudo isso falava contra a moça.

Luís Negreiros, depois de muito cogitar, inclinou-se à mais triste e deplorável das hipóteses. Uma ideia má começou a enterrar-se-lhe no espírito, à maneira de verruma, e tão fundo penetrou que se apoderou dele em poucos instantes. Luís Negreiros era homem assomado quando a ocasião o pedia. Proferiu duas ou três ameaças, saiu do gabinete e foi ter com a mulher.

Clarinha recolhera-se de novo ao quarto. A porta estava apenas cerrada. Eram nove horas da noite. Uma pequena lamparina alumiava escassamente o aposento. A moça estava outra vez assentada na cama, mas já não chorava; tinha os olhos fitos no chão. Nem os levantou quando sentiu entrar o marido.

Houve um momento de silêncio.

Luís Negreiros foi o primeiro que falou.

– Clarinha – disse ele –, este momento é solene. Responde-me ao que te pergunto desde esta tarde?

A moça não respondeu.

– Reflete bem, Clarinha – continuou o marido. – Podes arriscar a tua vida.

A moça levantou os ombros.

Uma nuvem passou pelos olhos de Luís Negreiros. O infeliz marido lançou as mãos ao colo da esposa e rugiu:

– Responde, demônio, ou morres!

Clarinha soltou um grito.

– Espera! – disse ela.

Luís Negreiros recuou.

– Mata-me – disse ela –, mas lê isto primeiro. Quando esta carta foi ao teu escritório já te não achou lá: foi o que o portador me disse.

Luís Negreiros recebeu a carta, chegou-se à lamparina e leu estupefato estas linhas:

meu nhonhô.
Sei que amanhã fazes anos; mando-te esta lembrança.
tua iaiá.

Assim acabou a história do relógio de ouro.

FONTES DA TRANSCRIÇÃO DOS CONTOS

"O sino encantado". TÁVORA, Franklin. *Illustração Brasileira*, n. 13, pp. 202-3, 1 jan. 1877.

"O pão de ouro". GUIMARÃES, Bernardo. In: *A ilha maldita – O pão de ouro*. Rio de Janeiro: B.L. Garnier, 1879, pp. 247-302.

"A guarida de pedra". VARELA, Fagundes. In: CAVALHEIRO, Edgar. *Fagundes Varela*. São Paulo: Livraria Martins, s/d, pp. 311-317. [Há notícia de que a narrativa teria sido publicada no *Correio Paulistano* em 1861.]

"O baú". ANÔNIMO. *Correio das Modas – Jornal crítico e litterario das modas, bailes, theatros, etc.*, Rio de Janeiro, pp. 184-185, 1 jun. 1893.

"Mandinga". PORTO ALEGRE, Apolinário. In: *Paisagens*. Estudo crítico: Regina Zilberman. Estudo biobibliográfico: Maria Eunice Moreira. Porto Alegre: Movimento; Brasília: Minc/Pró-Memória/INL, 1987, pp. 33-42.

"O punhal de marfim". MENESES, J.F. *Revista Popular – Noticiosa, científica, industrial, histórica, literária, artística, biográfica, anedótica, musical, etc., etc.* B.L. Garnier: Rio de Janeiro, Tomo XV, ano 4, pp. 197-206, jul.-set. 1862.

"Camirã, a quiniquinau". TAUNAY, Visconde de [sob pseudônimo de Sylvio Dinarte]. In: *Histórias brasileiras*. Rio de Janeiro: B.L. Garnier, 1874, pp. 119-149.

"Fany ou O modelo das donzelas". FLORESTA, Nísia. In: DUARTE, Constância (Org.). *Inéditos e dispersos de Nísia Floresta*. Natal: EDUFRN, 2009, pp. 95-102.

"As duas órfãs". SOUSA E SILVA, Joaquim Norberto de. In: *Romances e novelas*. Niterói: Tipografia Fluminense de Cândido Martins Lopes, 1852, pp. 85-115.

"Gupeva – romance brasiliense". REIS, Maria Firmina dos. *Echo da Juventude – Publicação dedicada a litteratura*, São Luís, vol. 1, n. 14, pp. 107-111, 12 mar. 1865; vol. 1, n. 15, pp. 117-119, 19 mar. 1865; vol. 1, n. 16, pp. 125-127, 26 mar. 1865; vol. 1, n. 17, pp. 132-136, 2 abr. 1865.

"Conversações com minha filha: a mulher literata". COARACY, Corina [com o pseudônimo Aniroc]. *Illustração do Brazil*, Nova série, Rio de Janeiro, n. 9, pp. 138-139, maio 1879.

"Achar marido num ovo (episódio em 1839)". ESCOLÁSTICA P. DE L. *O Jornal das Senhoras – Moda, Literatura, Belas-Artes, Teatros e Crítica*, t. I. Rio de Janeiro: Tipografia de Santos & Silva Júnior, pp. 197-198, 29 jun. 1852.

"Que desgraça!". ANÔNIMO. *Correio das Modas – Jornal crítico e litterario das modas, bailes, theatros, etc.*, Rio de Janeiro, pp. 180-182, 1 jun. 1839.

"O banho russo". SILVA, João Manuel Pereira da. *Museo Universal: Jornal das Famílias Brasileiras*, n. 29, pp. 225-226, 13 jan. 1844. O texto teve publicação anterior na *Revista Nacional e Estrangeira* (Rio de Janeiro, dez. 1839, pp. 336-338).

"Minhas aventuras numa viagem nos ônibus". MARTINS PENA, Luís Carlos. *Correio das Modas*, Rio de Janeiro, n. 4, pp. 30-32, 26 jan. 1839.

"A caixa e o tinteiro". ROCHA, Justiniano José da. *O Chronista*, n. 18, pp. 69-71, 26 nov. 1836.

"Carlotinha da mangueira". BRAGA, Gentil Homem de Almeida (sob o pseudônimo Flávio Reimar). In: *Entre o céu e a terra: reminiscências, fantasias, contos e pontos e traços e meias tintas*. São Luís: Tipografia de B. de Mattos, 1869, pp. 181-187.

"O grande vaso chinês". D'AGUIAR, Flávio. *Illustração Brasileira*, Rio de Janeiro, n. 16, pp. 251 e 254, 15 fev. 1877.

"Um enforcado – o carrasco". SILVA, Josino do Nascimento. *O Chronista*, n. 41, pp. 161-163, 25 fev. 1837.

"A revelação póstuma". PAULA BRITO, Francisco de. *Jornal do Commercio*, Rio de Janeiro, ano XIV, n. 57-58, pp. 1-2, 9 e 11 mar. 1839.

"Carolina". ABREU, Casimiro de. In: *Obras de Casimiro de Abreu*. Ed. comemorativa do centenário do poeta (1939). Org., apuração do texto, escorço biográfico e notas por Sousa Silveira. São Paulo: Companhia Editora Nacional, 1940, pp. 434-456. [Há notícia da publicação da narrativa em *Jornal do Progresso*, Lisboa, 12 e 13 mar. 1856.]

"Lembra-te de mim". ALENCAR, José de. In: GUIMARÃES JÚNIOR, Luís. *Nocturnos (Com uma introdução do conselheiro José de Alencar)*. Rio de Janeiro: A. de A. Lemos, 1872, pp. VII-XXIII.

"Inocêncio". MACEDO, Joaquim Manuel de. In: *Os romances da semana*. 3ª ed. Rio de Janeiro: B. L. Garnier, 1873, pp. 221-276.

[Publicado anteriormente no *Jornal do Commercio*, Rio de Janeiro, 10, 17, 24 e 31 mar. e 7 abr. 1861.]
"O último concerto". GUIMARÃES JÚNIOR, Luís. In: *Contos sem pretensão*. Rio de Janeiro: B.L. Garnier, 1872, pp. 129-200.
"O relógio de ouro". ASSIS, Machado de. In: *Histórias da meia-noite*. Rio de Janeiro: B.L. Garnier, 1873, pp. 193-205.

REFERÊNCIAS

BLAKE, Augusto Victorino Alves Sacramento. *Diccionario bibliographico brasileiro*. Rio de Janeiro: Typographia Nacional, 1883-1902.

BONHEIM, Helmut. *The Narrative Modes – Techniques of the Short Story*. Cambridge: D.S. Brewer, 1982.

CANDIDO, Antonio. *Formação da literatura brasileira – Momentos decisivos, 1750-1880*. 12ª ed. Rio de Janeiro: Ouro sobre Azul; São Paulo: FAPESP, 2009.

CASCUDO, Luís da Câmara. *Contos tradicionais do Brasil*. Rio de Janeiro: Americ-Edit, 1946.

CAVALHEIRO, Edgard (seleção); BRITO, Mário da Silva (introd. e notas). *O conto romântico*. Rio de Janeiro: Civilização Brasileira, 1961.

CORTÁZAR, Julio. "Alguns aspectos do conto". In: *Valise de cronópio*. 2ª ed. São Paulo: Perspectiva, 1993.

GOMES, Celuta Moreira (org.). *O conto brasileiro e sua crítica (1841-1974)*. 2 vol. Rio de Janeiro: Biblioteca Nacional, 1977.

GOTLIB, Nádia Batella. *Teoria do conto*. São Paulo: Ática, 2003.

COUTINHO, Afrânio. *Literatura brasileira – Era romântica*. São Paulo: Global, 2001, pp. 286-288.

PIGLIA, Ricardo. *Formas breves*. São Paulo: Companhia das Letras, 2004.

POE, Edgar Allan. "The Short Story". In: *The Portable Edgar Allan Poe*. Selected and edited with an introduction and notes by Philip Van Doren Stern. Nova York: Penguin Books, 1981.

ROMERO, Sílvio (org.). *Contos populares do Brasil*. Lisboa: Nova Livraria Internacional, 1885.

SOBRINHO, Barbosa Lima. "Introdução". *Os precursores do conto no Brasil*. Introdução, pesquisa e seleção de Barbosa Lima Sobrinho. Rio de Janeiro: Civilização Brasileira, 1960.

TELES, Gilberto Mendonça. "Para uma poética do conto brasileiro". In: *Revista de Filologia Românica*, n. 19, 2002, pp. 161-182.

VOISINE, Jacques. "Le récit court, des Lumières au Romantisme (1760--1820): 1) Du conte à la nouvelle". *Revue de littérature comparée*, n. 261, 1992, pp. 105-131.

____. "Le récit court: 2) La famille du conte, 1760-1820", *Revue de littérature comparée*, n. 262, 1992, pp. 149-171.

Primeira edição
© Editora Carambaia, 2020

Esta edição
© Editora Carambaia
Coleção Acervo, 2021

Revisão
Cecília Floresta
Ricardo Jensen de Oliveira
Tamara Sender

Projeto gráfico
Bloco Gráfico

CIP-BRASIL. CATALOGAÇÃO NA
PUBLICAÇÃO/SINDICATO NACIONAL
DOS EDITORES DE LIVROS, RJ/
S625/ *O sino e o relógio: uma antologia do conto romântico brasileiro* / Franklin Távora... [et. al]; organização Hélio de Seixas Guimarães, Vagner Camilo.
[2. ed.] São Paulo: Carambaia, 2021.
384 p; 20 cm. [Acervo Carambaia, 14] /
ISBN 978-65-86398-45-8/ 1. Ficção brasileira. 2. Contos brasileiros.
3. Literatura brasileira. I. Távora, Franklin. II. Guimarães, Hélio de Seixas. III. Camilo, Vagner. IV. Série
21-73629/CDD 869/CDU 821.134.3(81)

Camila Donis Hartmann
Bibliotecária – CRB-7/6472

Editorial
Diretor editorial Fabiano Curi
Editora-chefe Graziella Beting
Editora Livia Deorsola
Editora de arte Laura Lotufo
Editor-assistente Kaio Cassio
Assistente de coordenação editorial Karina Macedo
Produtora gráfica Lilia Góes

Comunicação e imprensa Clara Dias

Administrativo e comercial
Lilian Périgo
Marcela Silveira
Fábio Igaki (site)

Expedição
Nelson Figueiredo

Fontes
Untitled Sans, Serif

Papel
Pólen Soft 80 g/m²

Impressão
Eskenazi

Editora Carambaia
Av. São Luís, 86, cj. 182
01046-000 São Paulo SP
contato@carambaia.com.br
www.carambaia.com.br

ISBN
978-65-86398-45-8